5인의 목격자

Five Strangers by E.V. Adamson

This Korean edition was published by DAEWON C. I. INC. in 2022 by arrangement with Andrew Wilson Media Ltd. c/o Aitken Alexander Associates through KCC(Korea Copyright Center Inc.), Seoul.

5인의 목격자

E. V. 애덤스 장편소설

신혜연 옮김

FIVE STRANGERS

그날 우리는 그 사건을 분명히 보았다!

하빌리스

클레어 알렉산더에게

일러두기

'주'는 옮긴이 주이며 본문에 각주로 수록했다.

차례

1.
젠 JEN

멀리서는 팔러먼트 힐 필즈의 카이트 힐에 있는 이들이 마치 마법의 주문에 걸린 것처럼 보였을 것이다. 사람들은 거기 서서 도시의 풍경을 내려다보았다. 간간이 런던의 스카이라인이 변화하는 모습에 대해 짧게 언급하는 소리만 들려올 뿐 대화를 나누는 사람들은 많지 않았다.

날씨는 더할 나위 없이 화창했다. 왠지 모르지만 뭐든 다 잘될 것 같은 기분이 드는 오후였다. 푸른 하늘에는 구름 한 점 보이지 않았고 공기도 맑아서 모든 것이 뚜렷하고 선명했다. 그런데 사람들이 말을 잊은 이유는 눈앞에 펼쳐진 풍경의 아름다움보다 그것이 주는 비현실적인 감정 때문이었다.

사람들의 눈빛은 꿈을 꾸는 듯했다. 모두가 기꺼이 환상의 세계에 자신해서 끌려와 있는 것 같았다. 도시는 최고의 모습을 뽐내고 있었다. 사람들은 인근의 볼품없는 건물에서 시선을 돌려 그 모습을 먼빛으로나마 지켜보았다.

마법의 주문은 허구의 세계에서나 일어날 법한 끔찍한 사건으로 인해 곧 풀려 버릴 예정이었다. 하지만 그 순간만큼은, 더 정확히 말해 2월 14일 그 사건이 일어나기 전의 길고 여유로운 순간만큼은 훈훈한 행복을 느끼며 경치를 감상할 수 있었다.

그날은 밸런타인데이였다. 커플들은 연차를 내거나 사무실 책상 머리에서 샌드위치로 점심을 때우는 일상에서 살짝 도망쳐 나와 카이트 힐에서 경치를 즐겼다. 검은 머리의 20대 청년은 예쁜 여자 친구와 벤치에 앉아 샴페인과 초콜릿을 먹었다. 한 노부부는 손을 잡고 눈을 감은 채 고개를 뒤로 젖히고 서서 창백한 얼굴로 떨어지는 햇살을 만끽했다. 다른 벤치에는 부유층 특유의, 나이에 비해 완벽한 피부와 윤기 나는 머릿결을 자랑하는 중년 남자가 젊은 남자와 함께 앉아 있었다. 우아한 바이마라너(독일 사냥견 – 옮긴이)의 매끈한 등 털을 쓰다듬는 그들의 손가락이 이따금씩 서로를 스쳤다. 젊은 남자가 휴대폰을 꺼내 개와 셀카를 찍기 시작했다. 촬영 버튼을 누르자 개 또한 활짝 웃는 것 같았다.

사랑에 취한 커플들을 지켜보고 있자니 나의 미래에 대해, 그리고 로렌스와의 관계에 대해 감히 꿈꿀 엄두가 나지 않았다. 아주 가끔 문자 메시지나 메일을 주고받긴 했지만 작년의 그 끔찍한 밤 이후 우리는 이렇다 할 연락을 거의 하지 않았었다. 그러다 내일 같이 점심을 먹기로 했던 것이다. 설렘이라고밖에 달리 표현할 길이 없는, 기분 좋은 흥분과 기대감이 밀려왔다. 우리에게 아직 미래가 남아 있는 걸까? 혹시 나를 다시 받아 주진 않을까? 여러 가지 생각들이 머릿속을 어지럽혔지만 떨쳐 내야 했다. 나는 잡념에 빠져드는 스스로를 용납할 수 없었다. 내가 로렌스에게 다시 돌아가고 싶다고 털어놓았을 때 벡스는 망상이나 다름없는 나의 말을 참을성 있게 들어 주었다. 결국에는 말도 안 된다며 "누가 너 같은 미친 애랑 사귀고 싶겠니?"라고 면박을 주었지만 말이다. 물론 벡스는 농담을 던진 것이었으나 아예 틀린 말도 아니었다. 내가 보아도 나는 그다지 좋은 애인은 못 되었고, 그 때문인지 남자 여럿을 떠나보낸 전적을 가지고 있었다. 하지만 굳이 변명을 하자면, 벡스에게도 종종 이야기했듯 애정 없는 지지부진한 관계를 억지로 끌고 가느니 차라리 혼자가 나았다.

나는 햄스테드 히스와 켄티시 타운의 중간쯤 자리한 이곳에서 벡스와 만나기로 했다. 약속 장소를 정한 건 벡스였는데 어쩐 일인지 여태 그림자도 보이지 않았다. 우리는 커피를 마신 다음 버스를 타고 시내로 나가 영화를 보고 밥을 먹을 예정이었다. 나중에 집에 가서는 페넬로페와 로제 샴페인도 한잔하기로 했다. 그날 아침 페넬로페는 1989년 밸런타인데이에 마지막 남편을 내쫓아 버리고 혼자 지낸 지 30주년이 되는 날이라며 이런 날에는 반드시 축하주를 마셔야 한다고 말했다.

저 멀리 높이 솟은 유리 건물 하나에 풍경이 비쳐 보였다. 잠시 거울 앞에 선 듯한 착각이 들었다. 스카이라인 전체가 점점 흐릿해지는 듯하더니 도시의 풍경은 어디론가 사라지고 아른아른 빛나는 유리 표면만이 남았다. 마치 어린 시절로 돌아가 부모님의 전신 거울 앞에 선 기분이었다. 거울에 비친 내 모습이 썩 마음에 들진 않았다. 그러다 눈 깜짝할 사이에 대도시의 스카이라인이 다시 선명하게 제 모습을 드러냈다. 나는 깊이 숨을 들이마신 다음 눈을 가늘게 뜨고 스카이라인을 바라보았다. 크리스털 팰리스의 송신탑과 노스 다운스의 언덕이 눈에 들어왔다. 나는 너무나 아름다운 곳에서 있었다. 그러니 과거 따위 생각할 필요가 없었다.

그런데 뭔가 잘못되어 가고 있다는 걸 처음에 어떻게 감지했더라? 유리병이 땅에 떨어지는 소리 때문이었나? 아니면 억눌린 듯한 여자의 비명 때문이었나? 나는 고개를 돌려 벤치에 앉아 있던 젊은 커플을 쳐다보았다. 남자의 언성이 높아지고 여자가 그에게서 서서히 뒷걸음질을 치고 있었다. 나는 개를 쓰다듬던 중년의 동성애자와 눈이 마주쳤다. 아마도 우리 둘 다 같은 생각을 했을 것이다. '어떻게든 말려야 하지 않을까?' 하지만 그 순간 남자가 여자에게 팔을 두르고 사과의 말을 쏟아 내기 시작했다. 여자가 미소를 지으며 고개를 끄덕이는 게 보였다. 두 사람이 무슨 일로 다투었든 곧바로 괜찮아진 모양이었다. 나는 그들에게서 시선을 거두고 휴대폰을 확인했다. 오후 1시 17분이었다. 대체 벡스는 어디 있는 거야? 약속 시간에서 20분 정도가 지나 있었다.

메일함을 대충 훑어보니 아침에 책임 편집자들에게 보낸 아이디어 관련 답신은 아직 와 있지 않았다. 나는 주위를 둘러보았다. 다른 벤치에 멋있고 고급스러운 옷을 입은 젊은 인도 여자가 헤드폰을 낀 채 눈을 감고 앉아 있었다. 잠깐 눈을 붙인다는 게 그만 세상모르고 잠이 든 게 분명했다. 스카이라인 안내도 앞에는 한 10대 소년이 부지런히 시선을 옮기며 안내도의 이미지와 완전히 다른 실제 모습을 번갈아 보고 있었다. 카이트 힐 정상에는 중년층으로 보이는 거구의 백인 여자가 회색 운동복 차림으로 숨을 고르고 있었다. 붉게 상기된 얼굴이 어쩐지 낯이 익었다. 그때 검정 후드 티에 달린 모자를 푹 뒤집어쓴 남자가 조깅을 하며 정상에 있던 백인 중년 여성을 스치듯 지나갔다. 그리고 바로 그 순간 그 자리에 있던 모두의 삶이 완전히 달라졌다.

순간이라고 표현하긴 했지만, 그 순간은 시간이 아주 빠르게 흐르는 것처럼 순식간에 지나간 것 같기도 했고 또 아주 느린 것 같기도 했다. 쉽게 고통을 끝내지 않겠다는 듯 최악의 순간이 무참히 길게 이어졌던 것도 같다. 병 깨지는 소리와 동시에 비명이 들렸다.

돌아보니 아까 그 청년이 여자 친구를 일으켜 세우고 있었다. 남자는 깨진 샴페인 병을 여자의 목에 가져다 댔다. 술이 그의 팔뚝을 지나 여자의 하얀 블라우스 앞으로 주르륵 흘러내렸다. 블라우스가 젖으면서 속이 훤히 비쳤다. 본능적으로 얼른 그녀를 가려 주어야 한다는 생각부터 들었다. 여차하면 온 세상이 그녀의 가슴을 보게 될 판이었다.

"나쁜 년!" 남자가 여자의 팔을 등 뒤로 꺾으면서 욕설을 내뱉었다. "이 더러운 년아!"

그는 깨진 병의 날카로운 끝날을 여자의 목에 가져다 댔다. 여자의 목에서 피가 배어 나왔다. 흰 블라우스의 앞섶 위로 핏방울이 뚝뚝 떨어졌다. 그녀는 공포에 질려 커다래진 눈으로 자신을 지켜 줄 만한 뭐라도 찾아 필사적으로 오른손을 뻗었다. 불행히도 벤치 등받이 외에는 움켜쥘 만한 게 없었다. 여자가 할 수 있는 일이라고는 손가락을 바둥거리며 나무 벤치의 등받이를 붙잡기 위해 안간힘을 쓰는 것뿐이었다.

"난 여전히 널 사랑해." 그녀가 말했다. "댄, 난 언제나 널 사랑할 거야. 하지만……."

남자가 여자를 더 가까이 끌어당겼다. 여자의 입에서 고통스러운 비명이 터져 나왔다.

"내가 분명 죽여 버린다고 했는데 내 말을 안 들었잖아." 남자가 말했다. 말투에서 이스트 엔드[1]나 에식스[2] 지역의 억양이 느껴졌다. "내 말을 귓등으로도 안 들었잖아!"

개와 있던 중년 남자가 한 걸음 앞으로 나섰다. 그—나중에 알고 보니 이름이 제이미였다—는 근육질에 힘도 꽤 세 보였다. 뭘 어쩔 셈일까?

"여자분한테서 떨어져요." 그가 말했다. "다른 해결 방법이 분명히 있을 거예요. 감당 못할 짓은 하지 말아요."

"당신이 뭘 안다고 그래?" 댄이라는 남자가 소리쳤다. "이 여자가 무슨 짓을 했는지 알기나 해?"

제이미는 야생 동물을 진정시키듯 오른손을 들어 올렸다. "여자 친구 이름이 뭐예요?" 제이미가 물었다. 남자는 대답하지 않았다. "아가씨, 이름이 뭐예요?"

여자가 대답하려 하자 남자가 손에 쥐고 있던 병으로 그녀의 입을 내리쳤다. "어디서 입을 열어. 한마디라도 해 봐. 가만 안 둘 테니까!"

여자의 비명이 공기를 갈랐다. 블라우스 앞이 온통 흩뿌려진 피

1 전통적으로 노동자 계층이 주로 거주하는 잉글랜드 런던의 동부 지역

2 잉글랜드의 남동부. 런던 북부와 연결된 지역으로 에식스 억양을 쓰는 사람들은 교양 없고 거칠다는 편견이 있다.

로 물들었다. 여자의 입에서 핏줄기가 붉은 리본처럼 흘러내렸다. 그녀는 상대적으로 자유로운 나머지 손으로 남자 친구의 손아귀에서 빠져나오기 위해 발버둥 쳤다. 여자가 남자의 얼굴을 할퀴려는 순간 남자가 깨진 병으로 그녀의 살을 베었다.

제이미가 여자 쪽으로 돌진하려고 하자 옆에 있던 제이미의 남자 친구가 끼어들지 말라며 소리를 질렀다. 제이미의 바이마라너가 경고하듯 무섭게 짖어 댔다.

댄이 깨진 병으로 제이미의 머리를 가리키며 소리쳤다. "한 발짝만 더 움직이면 네 얼굴도 박살 날 줄 알아." 그가 소리쳤다. "꺼져, 이 게이 새끼야!"

제이미가 간절하게 도움을 청하는 눈빛으로 주위를 두리번거렸다. 그의 젊은 남자 친구는 개의 목줄을 꽉 붙든 채 휴대폰으로 경찰에게 상황을 설명하고 있었다. 목줄이 팽팽하게 당겨지도록 버티고 선 바이마라너는 불안과 두려움으로 잔뜩 흥분한 상태였다. 안내도를 보고 있던 10대 청소년 역시 공포에 질려 몸이 마비라도 된 듯 그 자리에 얼어붙어 있었다. 회색 운동복 차림으로 숨을 고르던 여자는 근처 벤치에 기대 가까스로 몸을 가누고 있었다. 안색이 좋지 않았다. 벤치에 앉은 인도 여자는 여전히 눈을 감은 채 눈앞에 펼쳐지는 광경을 전혀 알아채지 못했다.

"저기," 제이미가 조깅하는 남자에게 소리쳤다. 남자가 속도를 늦추었다. "좀 도와주세요!"

그러나 남자는 걸음을 멈추는 대신 오히려 속도를 높이며 언덕마루 너머로 뛰어가 버렸다.

"거기 서요!" 제이미가 뒤에다 대고 소리쳤다. "이런 젠장! 누구라도 제발 좀 도와줘요! 알렉스?"

알렉스라고 불린 젊은 남자가 고개를 가로저었다. 그는 겁에 질려 미동조차 못하는 상태였다. 제이미가 돌아서서 자신의 남자 친구를 향해 걷기 시작했다. 그러다 모두가 놀랄 정도로, 심지어 그 자신마저 놀랄 정도로 갑작스럽게 몸을 돌려 댄에게 덤벼들었다.

댄은 섬뜩하리만치 난폭하게 제이미의 머리를 병으로 내리치며 공격에 맞섰다. 제이미는 가까스로 여자를 구해 냈다. 여자가 바닥으로 쓰러졌다. 얼굴이 온통 피범벅이었다. 내가 달려가 여자를 끌어내려는데 누군가 복부를 발로 차는 느낌이 들었다. 폐부를 파고드는 강한 충격에 숨이 콱 막혔다. 순간 정신이 아득해졌다. 정신을 차려 보니 제이미가 댄의 손에서 겨우 유리병을 빼앗는 장면이 눈에 들어왔다. 쉽지 않은 싸움이었다. 병은 제이미의 손에도 상처를 냈고 거기서 흘러나온 피가 옷과 피부에 얼룩을 남겼다. 댄 역시 치고받는 과정에서 다쳤는지 뺨에 베인 상처가 났고 손목과 팔에도 병에 찔린 자국이 있었다. 그렇다고 해서 댄에게 일말의 동정심을 느낀 건 아니었다. 그는 엄연히 가해자였으니까. 댄은 고개를 숙이고 손으로 무릎을 짚은 채 서서 정신을 차리려는 듯 머리를 흔들어 댔다.

"경찰은 오고 있는 거야?" 제이미가 소리쳤다.

"응. 응. 오고 있대." 그의 남자 친구가 대답했다.

"다행이네." 제이미는 이렇게 말하고는 댄을 돌아보며 말을 걸었다. "도대체 무슨 생각으로 그런 짓을 한 거예요?"

댄은 묵묵부답이었다.

"구급차도 필요하겠는데," 제이미가 남자 친구에게 물었다. "구급차도 보내 달라고 했어?" 그의 남자 친구는 제이미가 고작 젊은 여자 하나 구하려고 위험을 무릅썼다는 사실에 망연자실한 듯 잠시 가만히 있다가 고개를 끄덕였다. 제이미는 여자 쪽으로 몸을 굽힌 채 피투성이가 된 얼굴을 가만히 들여다보았다. 그러고는 다시 한번 이름을 물으며 여자를 진정시키려고 했다. 여자는 아무 말도 하지 않았다. "상처가 심하고 피도 많이 흘리고 있긴 하지만 대동맥은 무사해." 그가 말했다. 그는 의료 교육 같은 것을 받은 경험이 있는 듯했다. "근데 충격을 많이 받은 것 같아. 뭐, 그건 우리도 마찬가지겠지만."

"제이미, 당신 피 나." 젊은 남자가 말했다. "아파?"

"괜찮아." 제이미가 대답했다. "내 걱정은 하지 마. 나보다 저 여자분이 걱정이네."

앞으로 전혀 예상치 못한 방식으로 엮이게 될 우리들은 무슨 말을 해야 할지 몰라 황망한 얼굴로 그저 괜찮으냐, 상태가 좀 어떠냐 같은 말만 주고받을 뿐이었다. 다들 여자가 심하게 다치긴 했지만 다행히 목숨은 건졌다고 확신했다.

"그런 상황에서 뛰어들 생각을 하다니 대단하세요." 회색 운동복을 입은 중년 여성이 제이미에게 말을 걸었다. "성함을 여쭤 봐도 될까요?"

"제이미, 제이미 블랙우드입니다." 얼굴에 묻은 핏자국을 닦아내며 그가 대답했다.

"정말 용감하시네요." 그녀가 말했다. 높은 교육 수준과 특권을 누리는 상류층 특유의 억양이었다. 그녀는 나도 아는 사람이었다. 노동당 의원 줄리아 존스였던 것이다. 그녀는 나에게도 이 소동을 무마시키는 데 나서 주어서 고맙다는 인사를 건넸다.

“저, 성함이 어떻게 되시죠?” 그녀가 물었다.

“제니퍼, 아, 젠 헌터예요.” 내가 대답했다.

“많이 들어 본 이름 같은데,” 그녀가 말했다. “혹시 우리가 전에 만난 적이 있나요?”

“아닐 거예요.” 내가 말했다. “근데 제가 예전에 칼럼을…….”

말을 채 끝마치기도 전에 실랑이하는 소리가 들려왔다. 그러고 나서 비명이 이어졌다. 댄이 갑자기 여자 친구를 다시 움켜잡았다. 오른손에는 칼을 쥐고 있었다. 그는 눈 깜짝할 사이에 칼을 여자의 목에 가져다 댔다.

“칼 내려놔!” 제이미가 외쳤다.

“가까이 오지 마!” 댄이 말했다. 눈물이 비처럼 흘러내리고 있었다. 모든 게 다 끝나 버렸다는 걸 아는 듯 쓸쓸하고 공허한 눈빛이었다.

“내 말 들어요, 댄. 이러면 안 돼요.” 줄리아 존스가 말했다.

“당신이 뭔데 나한테 이래라저래라야?” 댄이 말했다. “빌어먹을 여왕 폐하라도 되시나?”

그는 자신의 여자 친구를 돌아보았다. 그녀는 눈을 꼭 감고 두려움에 벌벌 떨고 있었다. 그가 여자의 머리카락을 부드럽게 쓸어 넘기기 시작했다. 잠시나마 그녀를 놓아주려는 게 아닌가 싶었다. 그는 여자의 이마에 입을 맞추고 나서 귀에 대고 무슨 말을 속삭였다. 그러더니 순식간에 칼로 여자의 목을 그었다. 불시에 공격을 당한 여자의 동공이 커다랗게 확장되었다. 그에게서 도망치려고 발버둥 쳤지만 그는 여자를 꽉 껴안고 놓아주지 않았다. 여자의 숨이 서서히 끊어지는 게 육안으로도 보였다. 멈추지 않고 흘러내리는 피가 목을 타고 내려와 옷을 적시고 발 쪽에 고여 웅덩이를 이루었다.

"도와주세요! 경찰 좀 불러 줘요!" 제이미가 소리쳤다. "경찰 지금 어디래? 저 빌어먹을 칼은 어디서 난 거야?"

"맙소사!" 줄리아 존스도 큰 소리로 도움을 요청했다. "좀 도와주세요!"

"젠장, 젠장!" 10대 소년이 중얼거렸다.

댄이 여자 친구를 놓아주었다. 그녀의 몸이 그의 발치에 쿵 하고 쓰러지더니 움직이지 않았다. 여자가 쓰러질 때 목에서 한 줄기 피가 뿜어져 나오면서 벤치에 앉아 있던 인도 여자의 볼에 획 뿌려졌다. 그제서야 자신의 눈으로 상황을 파악한 그녀는 헤드폰을 벗어 던지며 여자에게 뛰어갔다.

"전 의사예요." 그녀가 말했다. 그녀는 무릎을 꿇고 앉아 재빨리 여자의 상처를 살폈다. "선생님, 이분한테서 물러서세요." 그녀가 아직 칼을 쥐고 있는 댄에게 말했다.

하지만 댄은 꿈쩍도 하지 않았다.

"조심하세요." 제이미가 다급히 외쳤다. "위험한 사람이에요."

굳이 설명할 필요도 없이 그가 행사한 폭력의 증거가 그의 발치에 덩그러니 놓여 있었다.

"어떻게 된 거죠?" 그녀가 상처를 세심하게 살피며 물었다.

나, 제이미, 줄리아, 그리고 10대 소년까지 그 자리에 있던 다수가 한꺼번에 말을 쏟아 내기 시작했다. 우리의 두서없는 진술을 종합해 그녀는 몇 분 전에 일어난 끔찍한 사건을 개략적으로 그려 볼 수 있었다.

"맥박이 너무 약해요. 출혈부터 막아야겠어요. 지혈할 만한 게 필요한데……."

그때 10대 소년의 외마디 비명이 그녀의 말을 잘랐다. "조심하세요. 칼이에요!"

댄이 또다시 칼을 들어 올렸다. 이 사람은 대체 어떤 결말을 원하는 걸까? 그는 제정신이 아니었다. 누가 되었든 그의 시야에 닿는 사람은 위험한 상황이었다. 나도, 줄리아도, 제이미도 모두 그의 표적이 될 수 있었다. 한때 그의 여자 친구였던 사람의 생명을 구하려고 온 힘을 쏟아붓고 있는 의사도 예외일 순 없었다.

나는 의사에게 다가가 떨리는 손가락으로 그녀의 어깨를 두드렸다. "이분을 좀 옮길 수 있을까요?" 내가 들릴 듯 말 듯한 소리로 속삭였다. "여자분을 여기 두면 안 될 거 같아요."

댄이 휘청거리며 공중에다 대고 칼을 휘둘렀다. 내 말을 들었거나 의도를 눈치챈 게 틀림없었다. 입가에 고인 침과 분노가 이글거리는 눈은 흡사 광견병에 걸린 짐승과도 같았다.

"아무 데도 못 데려가." 그가 말했다. "비키는 내 옆에 있을 거야."

멀리서 사이렌 소리가 들려왔다. 오, 신이시여! 감사합니다! 드디어 경찰들이 오는 모양이었다. 그렇지만 그들이 우리 앞에서 피를 흘리며 죽어 가는 가엾은 비키의 목숨을 살릴 수 있을 만한 시간 안에 당도할지는 미지수였다. 지척에 경찰들이 도착했음을 알리는 소리가 나자 10대 소년이 반대 방향으로 허둥지둥 달아났다.

여자의 이름을 알게 된 의사는 그녀의 이름을 반복해서 부르며 끊임없이 말을 걸었다. "정신 차려요, 비키. 정신 차려야 해요." 비키의 목에서 울컥울컥 뿜어져 나오는 피를 지혈하고 죽어 가는 육체에 숨을 불어넣느라 그녀의 손은 물론 얼굴까지 온통 피 칠갑이 되어 있었다.

"경찰차랑 구급차가 오고 있어요." 내가 말했다. "얼마나 더 버틸 수 있을 것 같……."

내 목소리가 잦아들었다. 댄이 칼을 들어 자신의 얼굴 가까이로 가져가는 모습이 보였다. 그가 칼날의 옆면을 자신의 얼굴에 쓱 문질렀다. 비키의 피가 그의 볼에 묻었다. 발소리가 가까워지더니 경찰이 현장으로 들이닥쳤다. 곧 공포의 시간이 막을 내릴 터였다.

그런데 별안간 댄이 칼을 자신의 목에 가져다 대더니 그대로 깊숙이 그어 버렸다. 그가 거꾸러지는 순간 나는 그의 목에 목걸이처럼 그어진 핏빛 자상과 조롱하는 듯한 미소를 보았다. 댄은 죽어가면서도 그 자리의 모든 사람들에게 모욕감을 주려는 것 같았다.

2.
벡스BEX

팔러먼트 힐 필즈는 늘 사람들로 북적였다. 멀리서 보니 여느 때와 다름없이 팔러먼트 힐 필즈의 정상에 사람들이 반원형으로 모여 있었다. 그런데 가까이 갈수록 사람들이 쳐다보고 있는 게 반짝반짝 눈부신 도시의 풍경이 아닌 것 같았다. 그제야 나는 뭔가 잘못되었음을 감지했다. 처음 이곳을 찾은 관광객, 부유한 근처 주민, 젊은 연인, 반려견 산책을 위해 길을 나선 이들이 마구잡이로 뒤섞여 한곳을 응시하고 있었다.

나는 걸음을 재촉했다. "맙소사!" "어떻게 이런 일이!" "너무 처참해. 정말 끔찍하다." 같은 탄식이 들려왔다. 경사를 따라 핏물이 구불구불한 선을 그리며 느리게 흘러내렸다. 다들 얼굴이 납빛이었다.

나는 이곳에서 젠을 만나기로 했었다. 그나저나 젠은 어디 있는 거지? 샅샅이 훑어보아도 그녀의 모습은 보이지 않았다.

바로 그때 경찰차와 구급차가 경광등을 번쩍이며 급히 언덕을 올라갔다. 타이어가 지나가는 자리마다 풀로 뒤덮인 길이 움푹 패였다. 잠시 후 남녀 경찰이 차에서 뛰어내리더니 사람들을 밀치고 앞으로 나아갔다.

"비켜 주세요. 좀 지나가겠습니다!" 여자 경찰관이 소리쳤다.

"다들 물러서십시오. 길 좀 터 주십시오." 남자 경찰관이 명령하듯 말했다. "여깁니다!" 남자 경찰관이 두 명의 응급 구조대원을 향해 외쳤다. "여자 한 명, 남자 한 명입니다."

"이런 젠장." 응급 구조대원 하나가 중얼거렸다.

나는 더 가까이 다가가 사람들의 어깨 너머로 현장을 들여다보았다. 웅덩이를 이룬 핏물이며 칼에 베여 벌어진 상태로 너덜거리는 살점, 겨울 햇살이 반사되어 반짝이는 칼날이 눈에 들어왔다. 그리고 양손이 피투성이가 된 젊은 여자가 있었다. 응급 구조대원들이 그녀에게 조용히 고맙다는 말을 건넸다. 그런 다음 땅바닥에 누운 두 사람의 생명을 되살리기 위한 처치를 시작했다. 그때까지도 나는 젠을 찾지 못했다.

"무슨 일 있었나요?" 나는 고급스러운 차림의 노부인에게 물었다.

"칼부림이 있었대요." 그녀가 알려 주었다.

"네? 10대들이 또 사고를 친 건가요?"

"아니요. 성인 남자래요. 듣자 하니 여자 친구를 죽이고 스스로 목숨을 끊었대요."

"혹시 직접 보셨어요?"

"아니요. 천만다행이죠." 그녀가 말했다. "아마 저쪽에 서 있는 사람들은 다 봤을 거예요."

그녀가 앙상한 손가락을 들어 벤치 주변에 모여 앉은 한 무리를 가리켰다. 현장에 몰린 사람들에게 가려져 있어 내가 미처 보지 못한 이들이었다. 나는 그들을 더 자세히 보기 위해 주변을 천천히 맴돌았다. 회색 운동복 바지를 입은 60대 여성은 내가 아는 사람이었다. 머리카락이 적갈색이고 피부가 깨끗한 잘생긴 남자는 손을 심하게 다친 것 같았다. 그리고 젠처럼 보이는 금발 머리 여자가 바닥에 앉아 있었다. 젠처럼 보인다고 한 이유는, 얼굴은 젠이었지만 누군가 그녀의 얼굴에서 생기를 모조리 앗아가 버린 듯 완전히 딴판으로 보였기 때문이다.

"세상에, 젠!" 나는 사람들을 헤치고 앞으로 갔다. 사람들은 주저하면서 유혈이 낭자한 사고 현장이 잘 보이는 자리를 내주었다.

"거기 여성분, 뒤로 물러서세요!" 여자 경찰관이 명령조로 외쳤다. "여긴 범죄 현장입니다. 이 일대를 봉쇄할 예정입니다."

"저기 제 친구가 있어서요. 저 사람이요!" 내가 젠을 가리키며 말했다. 젠은 다리 사이에 고개를 파묻고 있어서 아직 나를 보지 못한 상태였다. "친구가 괜찮은지만 확인할게요." 어쩌면 젠이 다쳤을지도 모른다는 생각에 서둘러 그녀에게 달려가고 싶은 마음뿐이었다.

"가까이 오시면 안 됩니다." 여자 경찰관이 단호한 손길로 내 어깨를 잡으며 말했다.

"젠! 나야, 벡스."

내가 부르는 소리에 젠이 고개를 들었다.

"괜찮아?" 내가 소리쳤다.

잠시 후 내가 얼마나 멍청한 질문을 했는지 깨달았다. 젠은 괜찮은 것과는 거리가 멀었다. 꼭 이 사건이 아니더라도 젠은 괜찮지 않았다. 젠을 둘러싼 모든 게 잘못되고 있었다. 우선 젠의 고양이가 끔찍한 일을 당했다. 그리고 수입이 상당히 좋았던 '젠 헌터의 삶'이라는 칼럼 기고를 더 이상 할 수 없게 되었다. 칼럼은 그녀의 유일한 소득원이었다. 뿐만 아니라 5년 동안 사귄 남자 친구 로렌스와 헤어졌다. 이 말인즉슨 젠이 그의 집에서 나와야 한다는 것을 의미했다. 젠은 로렌스와 헤어져도 잘 지낼 수 있다는 확신을 가지려고 노력했지만 그녀는 아직 로렌스를 사랑하는 게 분명했다. 안타깝게도 두 사람이 재결합할 수 있을지는 미지수였다. 젠은 켄티시 타운에 있는 내 아담한 아파트에서 두어 달 함께 지내다가 최근 햄스테드에 위치한 대저택으로 이사했다. 집주인은 끔찍한 늙은 글쟁이 페넬로페 프레이저였다. 이 조합 역시 그리 오래 갈 것 같진 않았다.

젠이 땅을 딛고 일어나 벤치 옆에서 몸을 가누며 잔혹한 현장을 쓱 보더니 내가 있는 쪽을 향해 걸어왔다. 여자 경찰관이 젠을 막아서며 진술이 필요하다고 말했다. 설마 사건에 연루된 사람과 직접적인 접촉이라도 있었던 건가?

"아는데요. 잠깐만 친구랑 얘기 좀 해도 될까요?" 젠이 말했다. 맥없는 목소리였다. "걱정 마세요. 아무 데도 안 가요."

"혹시 뭐라도 목격하신 게 있습니까?" 여자 경찰관이 이번에는 나에게 물었다.

"아니요. 전 여기 방금 왔어요." 내가 대답했다. "여기서 제 친구

젠, 아니 제니퍼를 만나기로 했거든요. 근데 차가 좀 막히는 바람에…….”

그때 더 많은 경찰들이 속속 도착했다. 여자 경찰관은 이제 막 현장에 도착한 경찰들 쪽으로 가서 상황 설명을 해야 할 터였다. 그녀는 나를 향해 고개를 끄덕이고는 범죄 현장에 절대로 접근하면 안 된다고 주의를 주었다. 또 젠이 입고 있는 옷이 과학 수사의 분석 대상이 될 수도 있으니 접촉하지 말아 달라는 요청도 했다. 회색 운동복을 입은 여자가 풀밭에다 토하기 시작했다.

“맙소사, 젠, 이게 다 무슨 일이야?” 내가 물었다.

젠은 본인도 잘 모르겠다는 듯 고개를 절레절레했다. 창백한 얼굴 위로 금빛 머리카락이 빛바랜 커튼처럼 흘러내렸다. 젠이 한쪽 손을 들어 올렸다. 그제야 나는 젠이 피를 흘리고 있다는 사실을 알아챘다. 젠이 피가 묻은 손으로 눈과 코를 훔치는 바람에 얼굴에 기다란 핏자국이 남았다.

“다친 거야?” 내가 놀라서 물었다.

“발길질을 당해서 순간적으로 숨쉬기 힘들었던 것뿐이야. 그냥 좀 긁혔나 봐.” 젠이 말했다.

“어떻게 된 거야?”

“날씨가 너무 좋았는데,” 젠은 이곳에서 일어난 사건 탓에 하늘이 어둡게 변하기라도 한 듯 중얼거렸다. “다들 풍경을 내려다보고 있었어. 난 널 기다리고 있었고.”

“아, 이런, 젠, 정말 미안해.” 내가 말했다. “이런 일이 벌어질 줄은 꿈에도 몰랐어…….”

“저 남자 말이야. 아까는 분명히 괜찮았었거든. 샴페인 갖고 와서 자기 여자 친구랑 나눠 마시고. 너무나 행복해 보였어. 근데 갑자기 이 사달이 났어. 뭔지 몰라도……."

"웬 남자가 여자를 공격했다길래 순간 너한테 무슨 일이 생긴 건 아니겠지 했어." 내가 말했다. "혹시 그 남자가 로렌스일지도 모른다고 생각해서."

젠은 아무 반응도 보이지 않았다. 내 말이 귀에 제대로 들어오지 않는 모양이었다. 그녀는 사건 이야기만 계속했다.

"두 사람은 싸우기 시작했어. 남자가 여자를 꼼짝 못하게 붙들고는 병을 땅에 내리쳐서 깨트리더니 여자를 위협했어. 그때 누가 아, 여기 이 남자분이 그 남자를 말려 봤지만 소용없었어. 여자가 뭐라 말하려고 하니까 병으로 여자의 입을 내리쳤어. 오, 신이시여. 피가, 피가 엄청나게 많이 났어……." 젠이 고개를 좌우로 흔들어 댔다. 자칫하면 정신을 잃을 것 같았다.

"병원에 가 보는 게 좋겠다." 내가 말했다. "저, 선생님, 여기 좀 도와주세요! 제 친구가……."

젠이 나를 말렸다. "난 괜찮을 거야. 정말이야."

"도와 드릴까요?" 아까 무릎을 꿇고 앉아 사망자들을 살피던 젊은 여자였다. "아예샤 아메드라고 합니다. 전 의사니까 저한테 말씀해 보세요."

"여기 제 친구가요, 충격이 심한 것 같아요." 내가 말했다.

"이런 일을 현장에서 목격했는데 당연하죠." 아예샤가 응수했다.

그녀는 젠에게 기분이 어떤지, 토할 것 같은지, 숨은 잘 쉬어지는지 등 몇 가지 질문을 한 다음 눈을 들여다보고 맥박을 확인했다. 그러고 나서 적갈색 머리의 잘생긴 중년 남자의 손을 치료하던 응급 구조대원에게 다가가 몇 마디 주고받은 뒤 특수 담요를 가지고 돌아왔다. 그녀는 담요를 젠의 어깨에 둘러 주며 괜찮을 거라고 말했다.

"가망이 없나요?" 나는 젠이 듣지 못하도록 한쪽으로 의사를 데려가 물었다.

"안타깝지만, 네." 아예샤가 말했다. "저나 응급 구조대원분들이나 최선을 다했지만 출혈이 너무 심했어요."

"제 친구 말로는 샴페인 병으로 그랬다고 하던데요." 내가 말했다.

"들어 보니 처음엔 그랬다더군요." 그녀가 말했다. 그녀는 고개를 떨구며 나직이 자책의 말을 내뱉었다. "벤치에서 잠들지만 않았어도. 전 로열 프리 병원에서 일하는데 나이트 근무를 하고 바로 출근해야 하는 상황이었거든요. 잠깐 눈만 붙이고 일어날 생각이었는데. 게다가 헤드폰까지 끼고 있어서 아무 소리도 들리지 않았어요. 그러다…… 음, 뭔가 얼굴에 느껴져서 눈을 떠 보니 피더라고요. 그때는 저 남자가 칼을 들고 있었고, 그걸로 저 젊은 여자분의 목을 그었어요. 피해자분 이름은 비키라고 하고요."

"저런, 끔찍하네요." 내가 말했다. "자책하지 마세요. 선생님 선에서 할 수 있는 건 다 하셨잖아요."

"친절한 말씀 감사해요." 그녀가 애써 웃어 보이며 말했다. "그리고 친구분은 걱정하지 마세요. 괜찮을 거예요."

"그래야 할 텐데요." 내가 말했다. "제 친구가 최근에 힘든 일을 많이 겪어서 그게 걱정스러워요. 이 사건 때문에 더 힘들어지면 안 되는데……."

"벡스?" 젠이었다. 젠이 나를 찾고 있었다.

"갈게." 내가 말했다.

나는 젠이 도움의 손길을 뻗으면 열 일 제쳐 두고 달려갔다. 늘 그래 왔고 앞으로도 그럴 것이었다.

3.

젠 JEN

과학 수사 팀이 내가 입고 있던 옷과 이러저러한 샘플을 채취해 가고 나서 경찰이 자세한 사건 진술을 요청했다. 내가 카이트 힐에서 벌어진 살인 사건에 연루되었다는 사실이 아직도 믿기지 않았다. 현실이 아닌 것 같았다.

나는 낯선 사람의 옷을 받아 입고 햄스테드로 돌아왔다. 벡스는 내 수호천사나 다름없었다. 줄곧 곁을 지키면서 내 기분이 어떤지 끊임없이 확인했다. 다른 건 필요 없었다. 그저 벡스가 현장에 같이 있어 준 것만으로도 충분했다. 벡스는 페넬로페에게 나 대신 연락해서 상황을 설명해 주겠다고 했지만 페넬로페에게까지 벌써부터 불필요한 스트레스를 안겨 줄 이유는 없었다. 나중에 내 입으로 직접 말하는 편이 더 나을 것 같기도 했고.

"하필이면 밸런타인데이에 이게 무슨 난리래." 경찰차 뒷좌석에서 내 손을 잡으며 벡스가 말했다. "사랑이 어쩌고저쩌고하는 소리나 로맨틱한 둘만의 식사 같은 것들은 다 독이 될 뿐이라고 생각하긴 했지만…… 살인이라니."

"남녀 관계라는 게 그렇지 뭐." 내가 말했다. "겉으로 아무리 좋아 보여도……."

로렌스와의 추억과 우리가 헤어졌다는 사실이 떠올라 새삼 눈물이 났다.

나를 응시하는 벡스의 시선이 느껴졌다.

"젠, 이 사건이 너한테 어떤 영향이라도 줄까 봐 걱정된다. 그런 일이 또 반복되는 걸 원치 않……."

"걱정하지 마. 아까보단 상태가 훨씬 나아진 것 같아." 내가 말했다.

벡스는 벽돌로 포장된 앞마당을 가로질러 길게 나 있는 오솔길을 걸을 때도 내내 내 손을 잡아 주었다. 페넬로페의 저택은 정말이지 아주 특별했다. 끝내주는 고딕 양식으로 된 그 집은 어마어마한 크기에 거대한 석조 계단이 사방으로 뻗어 있었다. 페넬로페는 햄스테드 지역 중심부의 골목길에 자리한 그 단독 주택을 출판업자였던 첫 번째 남편과 60년대에 사들였었다. 이후 다양한 남자들이 남편으로, 때로는 애인으로 들어왔다 나가길 반복했다. 그러다 두 아들마저 독립해 나가고 없자 페넬로페는 침실이 일곱 개나 되는 대저택에 혼자 사는 처지가 되었다.

우리가 알고 지낸 지는 몇 년 되었다. 다양한 자리에서 함께 심사 위원을 했고, 토론에 참석했으며, 서로를 흠모하고 존경했다. 나는 총알이 난무하는 세계 곳곳의 분쟁 지역을 다녔다거나, 정신 나간 장성들을 유혹해 위험에서 벗어났다거나, 하는 그녀의 이야기를 좋아했다. 단, 정치에 있어서는 의견이 종종 갈릴 때가 있었지만 그녀가 명실공히 최고의 기자라는 사실만큼은 부인할 수 없었다.

푸크시아 핑크빛 입술, 길고 화려하게 손질된 손톱, 두꺼운 애벌레 같은 과한 인조 눈썹을 붙인 그녀는 흡사 두려움을 모르는 암컷 호랑이 같았다. 외모만 보아서는 여든에 가까운 실제 나이를 전혀 가늠할 수 없었다. 페넬로페는 꼭대기 층에서 생활했다. 친구들이 1층으로 내려오라고 설득했지만 그녀는 듣지 않았다. 그녀는 강인하고 열정 넘치는 겉모습과 달리 속마음이 아주 부드럽고 따뜻했다. 내가 로렌스의 집에서 쫓겨나듯 나와 켄티시 타운에 있는 비좁은 벡스의 아파트에서 지낸다는 소식을 듣고는 한 치의 망설임도 없이 자신의 집에 와서 머물게 해 주었다. 언제까지 있고 싶은 만큼 있어도 좋다고 했으며, 집세도 아주 저렴했다.

벡스와 집 안으로 들어선 나는 긴 복도를 지나 외부인이 드나들지 않는 저택 뒤편의 주방으로 갔다.

"젠, 왔니?" 페넬로페의 목소리가 들려왔다. "로제 샴페인 한 잔 준비해 놨……."

그녀는 내 몰골을 보고 말문이 막힌 듯했다.

"어머, 세상에, 무슨 일 있었어?" 원목 식탁 끝자리에 앉아 있던 그녀가 몸을 일으키며 물었다.

햄스테드 히스에서 목격한 일에 대해 입을 떼자 페넬로페는 샴페인 병을 냉장고에 도로 넣어 두고 대신 위스키를 꺼냈다. 그러고는 프로 언론인답게 내가 말을 마칠 때까지 말없이 고개만 끄덕이며 내 이야기를 주의 깊게 들어 주었다.

"그럼 벡스 너도 뭐 본 거 있어?" 페넬로페가 물었다.

"아니요. 유감스럽게도 전 늦게 도착하는 바람에 아무것도 못 봤어요." 벡스가 대답했다. "음, 유감스럽다고 말하긴 했지만, 한편으론 아무것도 안 봐서 다행이에요. 너무 끔찍했을 것 같아서."

벡스는 과거의 내 정신병력을 언급하며 자신이 나를 얼마나 걱정하는지 언급할 수도 있었지만 그러지 않았다. 그녀는 내가 페넬로페에게 과거에 대해 말하지 않았다는 사실을 알고 있었다. 다른 사람들과 마찬가지로 집주인인 페넬로페 역시 내가 칼럼 일에서 잘린 게 신문사를 한차례 휩쓸고 간 인원 감축 때문이라고 알고 있었다.

"커플의 신원은 아직 안 밝혀졌고?" 페넬로페가 물었다. 그녀는 언제나 사건의 최신 정보를 알고 싶어 했다.

"네. 아마 그럴 거예요." 내가 말했다. "조만간 경찰이 부모나 가까운 친척에게 알리지 않을까 싶어요. 제가 아는 건 남자 이름은 댄이고 여자 이름은 비키라는 게 전부예요."

"질투심 때문에 벌어진 사건일 확률이 크겠네." 페넬로페가 말했다. "하지만 깊이 캐 보면 더욱 흥미로운 사실들이 나올 거 같은데." 페넬로페가 눈을 반짝이며 나를 쳐다보았다. "나한테 좋은 생각이 있어. 이 사건에 대한 기사를 쓰는 게 어때?" 그녀는 내가 칼럼 일에서 잘린 이후로 이렇다 할 수입원이 없어 경제적으로 매우 어려운 상황임을 잘 알고 있었다. 그나마 배우와 작가를 인터뷰하는 일은 계속했지만 보수가 3, 400파운드 정도로 상당히 적었다. 1년짜리 계약에 15만 파운드를 받던 과거와는 비교도 되지 않는 금액이었다.

“근데 그렇게 하는 게 과연 젠한테 좋은 일일까요? 전 잘 모르겠는데.” 벡스가 말했다.

“안 좋을 게 뭐 있어?” 페넬로페가 대답했다. “젠한테는 꼭 필요한 일이야. 나쁜 기억은 빨리 잊는 게 좋거든. 알다시피 나도 한창 때 힘든 시간을 많이 겪어 봤잖아. 지금 생각하니 시련을 극복하는 가장 좋은 방법은 그 시련에 대해 글로 쓰는 일이더라고. 일종의 감정의 정화라고나 할까.”

“글쎄요.” 벡스가 회의적으로 받아쳤다.

“아무튼 네가 안 하면 다른 사람이 한다는 것만 알아 둬.” 페넬로페가 말했다. “신문사든 어디든 증인들을 인터뷰하겠다고 득달같이 달려들걸. 줄리아 존스도 그 자리에 있었다며. 얼마나 엄청난 일이니? 장담하건대 지금 이 시간에도 누군가 특종을 잡겠다고 그 여자 뒤를 쫓고 있을 거다.“

“하지만 외려 심란해질 수도 있어, 젠.” 벡스가 물었다. “그냥 없던 일처럼 잊어버리는 게 상책이지 않을까?”

“어쩌면 페넬로페 말이 맞을지도 몰라. 내가 잘나가는 것도 아니고, 찬밥 더운밥 가릴 처지가 아니긴 하잖아.”

“〈뉴스〉는 더 이상 너하고 엮이고 싶어 하지 않을 것 같은데?” 벡스가 말했다. “어쨌든…… 그쪽이 널 잘랐잖아.”

나는 벡스를 향해 경고의 눈길을 보냈다. 하지만 벡스 말이 맞았다. 그들이 나에게 다시 기고를 의뢰할 리 만무했다. 계약 해지의 선에서 마무리된 것만으로도 다행이었다. 당시 편집자는 나를 상대로 법적 조치를 취할 수도 있다며 심히 유감스러운 그 상황을 모조리 공개하겠다는 위협도 서슴지 않았었다.

"토요일 판에 기고하는 건 어때?" 페넬로페가 말했다. "내가 〈메일〉에 아는 편집자가 있어. 그 사람이라면 기꺼이 기사를 내 줄 거야. 너만 괜찮다면 내가 연결해 줄게."

"그래 줄래요?" 내가 물었다.

"당연하지. 그보다 더한 것도 해 줄 수 있는데." 페넬로페가 말했다. "내가 직접 고료를 협상해 볼게. 내가 네 에이전시 역할을 해 주되 수수료는 없고. 어때?"

눈앞에서 거래가 성사되는 것을 지켜보는 벡스의 얼굴에 떨떠름한 기색이 역력했다. 그녀는 시선을 떨군 채 자신의 위스키 잔을 가만히 바라보면서 얼굴에 붙은 윤기 나는 갈색 머리카락 하나를 손으로 떼어 냈다. 벡스가 진심으로 나를 걱정하고 있다는 건 잘 알았다. 그녀는 여러 차례 나를 위기 상황으로부터 구해 주었다. 나는 그 점을 늘 고맙게 생각했다. 그렇지만 벡스는 내가 어떻게든 생활비를 더 벌어야 하는 상황이라는 점을 직시할 필요가 있었다.

"좋아요. 할게요." 내가 말했다. 그때 잊었던 선약이 불현듯 떠올랐다. "참, 깜빡했는데 내일 점심에 로렌스랑 만나기로 했거든요."

"좀 미루면 안 돼?" 페넬로페가 물었다.

"네. 그럴게요." 내가 말했다. "문자 보내서 상황 설명하면 될 거예요."

페넬로페는 승리감에 차서 검버섯이 핀 손으로 테이블을 탁 쳤다. "좋았어. 당장 편집자에게 연락할게. 벡스, 그렇게 걱정스러운 얼굴 할 것 없어. 나도 알아. 젠이 끔찍한 현장을 목격했다는 거. 직접 보고 겪었다는 거. 하지만 그 사건에 대해 글을 쓰다 보면 트라우마가 극복될지도 몰라. 그러면서 돈도 벌고. 나쁠 거 없잖아."

4.

벡스 BEX

최악의 상황이 벌어진 건가? 어디서부터 시작하지? 생기 하나 없이 텅 빈 눈빛으로 껍데기만 남은 사람처럼 소파에 고꾸라져 있던 젠의 모습이 떠올랐다. 신문사에서 잘렸다는 소식을 들은 다음 날 아침이었다. 젠은 슬픔을 삼키듯 화이트 와인 몇 병을 연달아 들이부었고, 결국 이튿날 지독한 숙취와 가혹한 현실을 맞닥뜨려야 했다. 로렌스는 젠이 우리 집에서 하룻밤 자기로 한 건 알고 있었어도 과음한 이유까지는 몰랐다. 젠은 너무 창피하다는 이유로 로렌스에게 털어놓길 꺼렸다.

젠은 미래가 보이지 않는다고 말했다. 그녀는 스스로를 쓸모없는 인간으로 여기고 있었다. 해고 사유로 인해 원고료를 정산받지 못한 젠은 돈 걱정에 피가 말랐다. 갑자기 닥친 사태에 당혹스러운 나머지 어쩌면 런던을 떠나 다시 북부로 돌아가야 할지도 모르겠다고도 했다. 다 끝이었다. 젠은 칼럼에 너무 많은 걸 노출시켰다고 생각했다. 그리고 대체 뭘 위해 사적인 얘기를 그토록 수없이 늘어놓았는지 크게 후회했다.

나는 소파에 앉아 공허한 자신의 미래를 들여다보는 그녀가 진심으로 걱정되었기에 그대로 보낼 수 없었다. 나는 로렌스에게 연락해 간밤에 젠이 과음을 해서 숙취가 심하니 하루 더 같이 있다가 보내겠다고 전했다. 로렌스는 내가 젠을 잘 돌보아 주리라 믿었다. 나는 젠의 가장 오랜 친구였으니까.

젠과 나는 1995년 가을에 처음 만났다. 우리는 둘 다 지방에서 막 런던으로 상경했었다. 젠은 북부, 나는 에식스 출신이었다. 뭘 어떻게 해야 할지 몰라 혼란스러워하며 사설 기숙사 방에 홀로 앉아 있는데 얇은 벽 너머에서 누가 우는 소리가 들려왔다. 나는 자리에서 일어나 복도를 살짝 내다보며 귀를 기울였다. 왼쪽 방에서 숨죽여 흐느끼는 소리가 흘러나왔다. 나는 가만히 문을 두드렸다. 잠시 후 떡이 진 칙칙한 갈색 머리에 두꺼운 안경을 쓴 여드름투성이 여학생이 문을 열었다. 그녀는 자기 자신의 껍데기를 벗어던지고 싶어 못 견디겠다는 듯한 얼굴을 하고 있었다. 분명 나 같은 사람의 도움이 필요해 울고 있었으리라.

"괜찮아?" 내가 물었다.

여학생이 놀란 표정으로 눈물을 훔치고는 고개를 끄덕였다.

"엄마 아빠가 가고 나니까 좀 우울하네." 내가 말했다. 나보다는 그녀를 위해 한 말이었다.

칙칙한 머리의 그녀는 놀라서 어쩔 줄 몰라 했지만 나는 말을 이어 갔다. "내방에 애플 사이더가 좀 있는데 마실래?"

내 말에 이름이 제니퍼 헤스먼달프라고 한 그 여학생이 미소를 지었다. 우리는 같이 내 방으로 돌아왔다. 달콤한 애플 사이더 덕분인지 그녀의 기분이 아까보다 나아진 듯했다.

"인사가 늦었네. 만나서 반가워." 내가 말했다. "부모님이 떠나셔서 많이 우울하던 참이었거든. 너도 부모님이 데려다주고 가신 거야?"

제니퍼가 시선을 떨구었다. "안 계셔." 그녀가 대답했다.

"응?" 내가 물었다.

"부모님 안 계셔. 두 분 다 돌아가셨어." 그녀가 말했다.

"아." 나는 달리 할 말을 찾지 못해 입을 다물었다.

"괜찮아. 난 아무렇지 않아." 말은 그렇게 했지만 그녀의 속마음은 정반대라는 걸 알 수 있었다.

"어쩌다 돌아가신 거야?" 내가 물었다.

"내가 열네 살 때 자동차 사고로." 그녀가 말했다. 그녀는 눈을 빠르게 깜빡이며 손으로 초조하게 얼굴을 감쌌다. "더는 얘기하고 싶지 않아. 어쨌든 하룻밤 사이에 완전히 다른 인생을 살게 됐어."

"그럼 이후로는 누구하고 살았어?"

"이모." 그녀가 말했다. 지난 일에 대해 더 이상 언급하고 싶지 않은 게 분명했다. 그녀는 애플 사이더를 꿀떡꿀떡 들이켜고 나서 말했다. "익숙해지겠지 뭐. 혹시 애플 사이더 더 있니?"

우리는 애플 사이더를 마시며 각자가 자란 곳, 음악 취향, 정치 성향 등에 대한 이야기를 나누었다. 제니퍼는 랭커셔, 나는 콜체스터 외곽의 시골에서 자랐다. 제니퍼는 테이크 댓과 셀린 디온 같은 유의 음악을 좋아했지만, 나는 오아시스, 블러, 펄프 같은 그런지 스타일의 음악을 질리도록 들었다. 정치에 있어서는 보수당과 존 메이저를 지독하게 싫어한다는 공통점이 있었다. 우리는 다른 공통점도 많았다. 둘 다 형제자매가 없었고, 학교만 다를 뿐 전공이 영문학이었다. 어느덧 밤이 깊었고 헤어질 시간이 되자 그녀는 자신을 젠이라고 불러도 좋다고 말했다. 나중에 같은 기숙사에 사는 잘나가는 여자애들 무리가 젠을 '이상한 괴짜'라 부르며 왜 그런 애랑 어울리냐고 물어 왔다. 다른 뜻은 없었다. 그저 젠이 안쓰러웠을 뿐이다. 나는 약자에 약했다. 작고 연약한 존재들 말이다.

젠은 너무나 유약하고 무기력해 보였다. 게다가 어린 나이에 부모님을 여의었다. 젠은 나를 신뢰하게 되면서 자신에게 폭식증이 있으며 자존감이 무척 낮다는 등의 사적인 이야기까지 서슴없이 털어놓았다. 그리하여 나는 젠에게 작게나마 자신감을 불어넣어 주기로 마음먹었다. 일단 너저분한 옷들을 다 갖다 버리라고 설득하는 것부터 시작해서 유행에 민감한 스파 매장에도 데려갔다. 영양가 없는 불량 식품 대신 건강한 음식을 먹게 했으며, 두꺼운 안경을 벗고 콘택트렌즈를 끼게 했다. 또 젠을 고급 미용실에도 데려갔다. 헤어 디자이너는 젠에게 금발 머리를 추천했다.

젠은 폭식증을 다스릴 수 있게 되었고, 여드름도 잦아들기 시작했다. 머리까지 밝은색으로 염색하고 나니 2학기가 끝날 무렵에는 완전히 딴사람이 되어 있었다. 외모가 달라진 젠은 성격도 바뀌었다. 전보다 유머러스하고 자신감이 넘쳤으며, 혼자 움츠러들지 않고 세상과 관계라는 걸 맺을 줄 알게 되었다. 기숙사의 다른 학생들도 젠의 변화를 알아차렸다. 젠에게 데이트를 신청하는 남학생들이 생겨났고 개중에는 아주 잘생긴 애들도 있었다. 뒤에서 못되게 굴던 여자애들도 커피나 음료를 마시자며 젠을 초대하기 시작했다.

그렇다면 새 사람이 된 젠은 과연 나에게 어떻게 보답했을까?

문제가 생긴 건 젠이 학보사 일을 시작하고 새로운 사람들과 어울리면서부터였다. 처음에 젠은 학보 제작을 도우며 기사 원고와 교정본을 확인하고 가끔 재치 있는 표제를 내놓기도 했다. 그러던 중 2학년 때 인기 필자였던 서맨사 킹이 제때 칼럼을 송고하지 못하는 일이 발생했다. 화가 머리끝까지 치솟은 편집 담당자 가이 데이비스는 서맨사에게 여러 번 연락을 시도했으나 서맨사는 묵묵부답이었다. 급기야 그는 서맨사의 집으로 직접 사람을 보냈지만 원고를 줄 수 없다는 답변만이 돌아왔다. 그도 그럴 것이 그녀는 약물 과다 복용으로 정신병 증세를 보여 정신과 병동에 입원한 상태였다. 학보사 관계자들은 칼럼이 들어가는 자리를 어떤 걸로 채워야 할지 고민에 빠졌다. 그때 교열 작업 중이던 젠이 대신 칼럼을 쓰겠다고 나섰다.

나는 이 얘기를 나중에 젠과 커피를 마시면서 들었다. 젠은 그 모든 난리가 어떻게 나게 된 것인지 자세히 설명해 주었다.

"난 네가 좋아할 줄 알았는데." 젠이 말했다.

"좋아할 줄 알았다고? 정확히 내가 어디서 어떻게 좋아해야 하는 건데?"

"넌 날 정말 많이 도와줬잖아." 젠이 말했다. "네가 아니었다면 난 아직도 꿀 먹은 벙어리에다 모두가 꺼리는 괴상한 여자애였을 텐데."

"젠, 진심으로 하는 말이야?" 나는 신문 한 부를 집어 들고 젠이 쓴 칼럼의 첫 문단에서 문장 하나를 골라 큰 소리로 읽었다. "'벡스가 나타나 미운 오리 새끼였던 나를 백조까지는 아니더라도 그런대로 괜찮은 뻐꾸기나 까치 정도는 될 수 있도록 변신시켜 주었다. 그녀는 내가 나 자신이 될 수 있도록 자신감을 심어 주었다.' 내가 진짜 이랬어?"

"미안해, 벡스. 난 어떻게 해야 좋을지 몰라서," 젠이 말했다. "가이가 뭐가 됐든 신입생들에게 흥미를 일으킬 만한 걸 쓰라고 했는데 대학에 막 입학했을 때 불행했던 내 모습이 떠오르는 거야. 무엇보다 칼럼 내용은 다 사실이잖아. 네가 나한테 어떻게 해 줬는지 누구보다 네가 잘 알잖아."

"난 진실 따위 눈곱만큼도 관심 없어!" 나는 냅다 소리를 질렀다. 갑작스러운 소란에 스타벅스에 있던 다른 사람들이 우리 쪽을 흘끔거렸다. "왜 내 실명을 그대로 썼어?"

"난 네가 신경 안 쓸 줄 알았어." 젠이 말했다. "그리고 성 빼고 이름만 썼고."

"그럼 네 건 왜 바꿨는데?" 내가 물었다.

젠은 헤스먼달프라는 자신의 성 대신 헌터라는 가상의 성을 썼다. 젠은 나중에 저널리스트로 활동하면서 개명을 했다. 아마도 과거를 지우고 싶어서였을 것이다.

"지면을 재배치할 시간이 없어서 공간에 딱 맞게 더 짧은 필명을 써야 한다고 가이가 그랬거든."

나는 아무 말도 하지 않았다. 나는 침묵이 말보다 더 마음을 불편하게 만든다는 걸 잘 알았다.

"지금은 그 칼럼을 보기만 해도 속이 울렁거려." 젠이 말했다. "쓰지 말걸 그랬나 봐. 근데 가이가 칼럼이 언제 마무리되는지 코앞에서 지켜보면서 대놓고 압박했어. 첫 두 문단 정도를 마쳤더니 아주 잘 썼다고, 계속 쓰라고 부추겼고. 그러더니 나한테 일언반구 말도 없이 원고를 인쇄소에 보내 버렸어." 젠이 말했다.

"내 얘기를 써도 괜찮겠는지 사전에 나한테 물어봤어야지." 내가 말했다. "넌 정말 뭐가 문젠지 모르겠니?"

우리 사이에 또다시 무겁고 끔찍한 정적이 내려앉았다. 젠이 먼저 입을 열었다.

"내가 한 짓은 용서가 안 되는 일이야. 나하고 더 이상 친구로 남을 수 없다고 해도 충분히 이해해. 보상할 수만 있다면 뭐든지, 뭐든지 할게."

젠의 떨리는 입술과 눈물이 그렁그렁한 눈을 보니 더는 화를 낼 수 없었다.

"다시는 절대 그런 짓 하지 마." 내가 말했다. "알았지? 다신 내 얘기 쓰지 마. 약속할 수 있어?"

젠이 속삭이듯 대답했다. "약속할게."

5.

젠 JEN

2019년 2월 16일 토요일

밸런타인데이에 일어난 학살 - 전례 없는 흉기 범죄

다음은 지난 화요일 햄스테드 히스에서 발생한 살인-자살 사건의 목격자 가운데 하나인 젠 헌터가 잔혹했던 그날의 범죄에 대해 본지에 단독으로 공개한 내용이다.

그날은 여느 때와 다름없는, 아니 그 어느 때보다 좋은 날이어야만 했다. 바로 밸런타인데이였기 때문이다. 연인들은 서로의 손을 잡은 채 끝없이 펼쳐진 런던의 스카이라인을 바라보며 낭만적인 저녁 식사를 계획 중이었다. 계절에 비해 날씨는 이상하리만큼 따뜻했고, 햄스테드 히스의 팔러먼트 힐에서 날씨와 뷰를 즐기는 사람들의 얼굴을 어루만지는 햇볕 또한 무척이나 포근했다. 그런데 바로 그때 공포 영화의 한 장면 같은 일이 실제로 벌어지고 말았다.

사건의 내막은 이랬다. 최근 대니얼 올리버라고 밝혀진 28세의 남성이 자신의 여자 친구인 26세의 인테리어 디자이너 빅토리아 다 실바를 샴페인 병으로 위협했다. 빅토리아 다 실바는 포르투갈 출신 사업가이자 억만장자인 페트로 다 실바의 딸이다. 처음에 대니얼은 빅토리아의 입을 병으로 내리쳤다. 이에 한 용감한 목격자가 병을 빼앗자 그는 주머니에서 칼을 꺼내 빅토리아의 목을 베고 뒤이어 자신의 목도 그어 버렸다. 두 사람 모두 현장에서 사망한 것으로 확인되었다.

경찰은 공식 석상에서 이 사건을 살인-자살 사건으로 명명했다. 대니얼 올리버는 에식스의 노동자 계급 출신으로 도심에서 유통업에 종사했다. 그의 친구들은 질투심을 살인 동기로 꼽았다. 익명을 요청한 한 증인에 따르면, 대니얼 올리버는 빅토리아 다 실바가 바람을 피웠다고 주장했다고 한다. 런던의 부유한 동네 중 하나인 비숍스 애비뉴에 거주하는 빅토리아 다 실바의 아버지는 이렇게 진술했다. “빅토리아는 아름답고 총명하고 우아하고 상냥하고 완벽한 딸이었습니다. 세상을 다 가졌던 아이가 너무 일찍 우리 곁을 떠나 버렸습니다.” 어느 때보다 힘든 시기를 겪고 있는 그는 사생활 보호를 요청했다.

이혼 후에도 여전히 에식스에 거주 중인 대니얼 올리버의 부모는 아들의 범죄 소식에 충격을 받았으며, 아들이 여자 친구를 칼로 찔러 죽였다는 사실을 믿기 힘들어했다. "댄이 얼마나 비키를 사랑했는데요. 옆에서 지켜보는 우리도 다 알 정도로요. 그런 애가 그렇게 무시무시한 짓을 저질렀을 리 없어요." 52세인 대니얼의 어머니 캐런이 말했다.

물론 대니얼 올리버의 어머니는 믿기 힘들겠지만 그가 범죄를 저지른 건 부인할 수 없는 사실이다.

나는 그 현장을 목격했다.

빅토리아가 어떤 말을 하려고 하자 대니얼이 깨진 샴페인 병으로 빅토리아의 입을 있는 힘껏 내리치는 모습을 그 자리에서 보았다. "어디서 입을 열어. 한마디라도 해 봐. 가만 안 둘 테니까!"라고 그가 소리친 후 피가 솟구치는 것도 보았다. 또 그의 공격을 저지하려던 용감한 사람들도 보았다. 나는 모든 과정을 두 눈으로 직접 목격했고, 할 수만 있다면 이 끔찍한 기억을 깨끗이 지워 버리고 싶은 심정이다.

그날 팔러먼트 힐 필즈 정상에는 42세의 헤지 펀드 매니저 제이미 블랙우드도 있었다. 그는 남자 친구인 24세의 알렉스 휴스와 반려견을 산책시키는 중이었다. 제이미는 대니얼 올리버에게서 병을 뺏으려고 몸싸움을 벌이다가 손에 여러 차례 경상을 입었다. 격투 끝에 그가 병을 뺏는 데에 성공했기 때문에 나머지 사람들은 잠시 그 끔찍한 상황이 일단락된 것으로 생각했다. 하지만 경찰을 기다리는 와중에 대니얼 올리버가 주머니에서 칼을 꺼내 빅토리아의 목을 그었다. 놀람과 공포가 뒤섞인 그 젊은 여자의 표정은 아마도 영원히 잊지 못할 것 같다.

햄스테드의 로열 프리 병원에서 의사로 일하는 25세의 아예

> 샤 아메드는 점심시간을 이용해 잠시 휴식을 취하러 나왔다가 사건을 목격하고 빅토리아 다 실바의 생명을 구하기 위해 최선을 다했다. 심지어 스스로 목을 그은 가해자, 즉 대니얼 올리버의 생명까지 구하고자 했다. 그러나 관계자들이 도착했을 즈음 두 사람은 이미 사망한 상태였다.
>
> 현장은 도살장이나 다름없었다. 사방이 피투성이였다. "이런 건 처음 봤습니다. 보는 것만으로도 제 몸이 다 아프더군요." 운동하러 히스를 찾았다가 우연히 사건을 목격한 노동당 의원 줄리아 존스의 말이다. "이 끔찍한 범죄로 인해 엄청난 충격을 받았을 두 가족 모두에게 심심한 위로를 전합니다. 물론 저는 조사에 적극적으로 응할 것이고, 경찰이 2월 14일에 벌어진 사건을 종합적으로 파악할 수 있도록 힘을 보탤 생각입니다. 이번 사건에서도 알 수 있듯이 흉기 범죄는 흑인과 백인, 부자와 빈자를 가리지 않고 어떤 공동체에든 해를 끼칠 수 있습니다. 흉기 범죄의 급속한 확산을 반드시 막아야 합니다."
>
> 경찰은 또 한 명의 목격자인 10대 흑인 소년의 증언도 듣기를 원하고 있다. 하지만 그는 경찰 관계자가 도착하기 직전에 사라졌다. 또한 경찰은 사건이 벌어지던 시점에 팔러먼트 힐 필즈의 조망 지점에서 조깅하던 남성도 찾고 있다. 누구든 해당 사건과 관련된 정보를 알고 있다면 경찰이나 범죄 예방 자선단체 크라임스토퍼스(0800 555 111)로 연락을 바란다.

기사가 인터넷에 게재됨과 동시에 로렌스로부터 메일이 왔다. 메일 수신함에서 로렌스의 메일을 보니 기운이 났다.

보낸사람 : laurencejrobertson@gmail.com

받는사람 : Jen@JenHunter.com

제목 : 괜찮은 거야?

젠, 나야.

방금 당신 기사 읽었어. 세상에, 괜찮아? 그런 끔찍한 사건을 목격하다니. 당신 말처럼 공포 영화가 따로 없더라. 당신 마음이 어떨지 상상이 안 돼. 아무리 질투심으로 정신이 나가 버렸다고 해도 어떻게 그런 짓을 해.

어제 못 만나서 신경 쓰이네. 얼굴이라도 봤으면 좋았겠지만 문자 보냈듯이 어쩔 수 없는 상황이었으니까.

우리가 좋게 헤어진 게 아니란 건 알아. 그날 밤엔 우리 둘 다 선을 넘었던 것 같아. 입 밖에 꺼내지 말걸, 하고 후회되는 말들도 많고. 당신도 같은 심정이겠지. 다시 날 정해서 조만간 꼭 보자.

로렌스

로렌스가 아직 나에게 마음을 쓰고 있는 것이 분명했다. 나는 그의 손을 잡고 극장에서 영화를 보고, 소파에서 애정을 표현하고, 함께 맛있는 걸 먹는 장면을 그려 보되, 그와 자는 모습은 떠올리지 않으려 애썼다. 하지만 모르는 일 아닌가? 어쩌면 그는 내가 살인-자살 사건을 목격했다는 사실을 알고 나서 더욱 연민을 가지게 된 것일 수도 있었다. 그렇다면 이 일로 말미암아 우리가 다시 잘될 가능성이 있을지도 몰랐다.

생각이 꼬리에 꼬리를 물고 끝없이 이어지던 중 갑자기 트위터 알림이 격하게 울리기 시작했다. 누군가 또 분노로 가득한 자극적인 트윗을 보냈을 것 같아서 마음을 단단히 먹고 피드를 훑어보아야 했다. 신문 기사에 대한 비판이 눈에 띄었지만 리트윗과 응원의 글도 간간이 보였다. 또다시 트위터 메시지 알림이 왔다. 나는 메시지를 보낸 사람의 계정을 확인하고 당혹스러움을 감추지 못했다. 보낸 이는 '@젠헌터당신을지켜보고있어'였다.

@젠헌터당신을지켜보고있어 안녕. 얼굴은 괜찮게 생겼군.

프로필을 확인해 보니 오늘 생성된 계정이었고 내 팔로워도 아니었다. 간단한 자기소개 하나 없고 활동 흔적도 전혀 보이지 않았다. 해당 사용자 아이디로 게시된 이미지는 기사 말미에 들어간 내 필명을 찍은 사진이 다였다. 잠시 후 파도처럼 밀려드는 트윗에 나는 당황하지 않을 수 없었다.

@젠헌터당신을지켜보고있어 어디선가 본 것 같은데.
@젠헌터당신을지켜보고있어 우리가 전에 만난 적이 있었나?
@젠헌터당신을지켜보고있어 현장을 봤다고 써 놨던데 진짜 본 거 맞아?

나는 수년간 소셜 미디어에서 별난 괴짜들과 악플러를 겪을 만큼 겪었다. 세상의 온갖 못된 사람들을 끌어들이는 데에는 신문의 개인 소식란에 자신의 약점을 드러내는 일만 한 게 없었고, 이에 대한 가장 훌륭한 대응책은 그냥 무시해 버리는 것이었다. 계정을 차단할까 하는 생각도 잠깐 들었지만 마지막 질문이 마음에 걸렸다. 기사가 성공적으로 실린 데 대해 페넬로페와 축하주 몇 잔을 마신 후 방으로 돌아와 있던 나는 그 트윗에 답장을 보냈다.

@온리원젠헌터 무슨 뜻이죠?

상대방은 답이 없었다. 나는 다시 물었다.

@온리원젠헌터 대니얼 올리버와 빅토리아 다 실바 사건에 대해 아는 거라도 있어요?

나는 휴대폰 화면을 응시했다. 얼마나 뚫어지게 보았는지 답을 기다리는 동안 앱의 아이콘이 머리에 박힐 지경이었다. 답은 여전히 오지 않고 있었다.

그만 휴대폰을 내려놓고 잠자리에 들려는 찰나 다시 메시지가 왔다.

@젠헌터당신을지켜보고있어 대니얼 올리버는 빅토리아 다 실바를 죽이지 않았어.

6.

벡스 BEX

젠의 행동이 이상했다. 물론 젠이 팔러먼트 힐 필즈에서 목격한 사건을 고려하면 그리 놀라운 일은 아니었다. 그런 끔찍한 살인과 자살이 이어지는 현장에 있었다면 나 역시 정신이 나가고도 남았을 것이다.

나는 젠에게 문자를 보내 햄스테드에 있는 커피 컵이라는 카페에서 만나자고 했다. 50년대풍의 원목 패널과 붉은 카펫 등으로 아늑하게 인테리어가 된 장소에 들어오면서도 젠은 무엇에 쫓기는 사람처럼 주위를 두리번거렸다.

"어머, 젠, 괜찮아?" 나는 젠이 자리에 엉덩이를 붙이기도 전에 그녀의 상태부터 살폈다.

"말해도 못 믿을걸." 젠이 외투를 벗으며 속삭였다. 그녀는 사냥감이라도 된 것 같은 눈빛이었다.

“무슨 일인데? 걱정되게 왜 그래.”

“어젯밤 한 10시쯤 이런 게 왔어.” 젠이 휴대폰을 불쑥 내밀며 말했다.

‘@젠헌터당신을지켜보고있어’라는 트위터 계정에서 연속으로 날아든 트윗이었다.

“젠, 이거 정말 이상하다.” 내가 말했다. “경찰에 신고했어?”

“아니. 아직.” 젠이 금발 머리를 손으로 훑어 내리며 말했다.

“신고할 거지? 계정은 차단했고?”

“응. 언젠가는 할 거야. 하지만 우선은 이 계정을 좀 더 파 보려고.”

“파 보다니?”

“배후에 누가 있는지 알아보려고. 어떤 진실이 숨어 있는지 캐 보고 싶어서.”

그때 종업원과 눈이 마주쳤다. 우리는 커피를 주문했다. 젠이 카페 안의 사람들을 하나하나 훑어보았다. 우리는 다시 이야기를 이어 갔다.

“뭐? 대니얼 올리버가 자기 여자 친구를 죽인 게 아니라고?” 나는 눈을 가늘게 뜨고 의심스러운 표정을 지어 보였다. 내가 이렇게 하면 젠이 정신을 차리곤 했으니까. “근데 넌 사건의 목격자잖아. 다른 목격자들도 있고. 그 자리에 하원 의원도 있었고, 그 게이 남성분, 이름이 뭐였더라, 아무튼 헤지 펀드 매니저도 있었고. 그 사람들도 다 봤다면서.”

“미친 소리처럼 들린다는 거 알아. 어쩌면 정말 미친 건지도 모르고. 하지만 석연치 않은 구석이 있어.” 젠은 이렇게 말하며 고개를 좌우로 돌렸다. 그러면서 혹시 누가 자신의 얘기를 듣고 있지는 않은지 살폈다. "어쨌든 내가 칼럼을 쓰지 못하게 된 후로 얼마나 힘들었는지 너도 알지? 생각해 봤는데 만일 내가 어떻게든 뭘 알아내면 괜찮은 일거리로 이어질 수도 있지 않을까 싶어. 어쩌면 책을 낼 수도 있겠고."

"네가 얼마나 힘들었는지 잘 알지." 내가 말했다. "그렇지만 이 일은 너한테 전혀 도움이 되지 않을 것 같아. 그때 너……."

"뭐, 내가 완전히 망가졌던 거, 그거 말하는 거야?"

"그래. 네가…… 정신적으로 힘들었을 때 의사가 스트레스 상황은 되도록 피하라고 했잖아. 일을 꼭 해야겠으면 가볍게 배우나 작가를 인터뷰하는 건 어때? 너 그런 거 전문이잖아."

"배우나 작가 인터뷰라니!" 젠이 내뱉듯 말했다. "난 전환점이 될 만한 진짜 일을 하고 싶어."

"모든 걸 잊고 싶은 거라면 내가 누누이 말했듯이 자원봉사 같은 걸 해 봐. 이를테면……."

"알았어. 할게." 젠이 대답했다. 죄책감을 느끼는 듯한 말투였다. "푸드 뱅크에 가서 봉사 활동도 할게. 약속해. 이기적으로 들리겠지만, 그리고 이기적인 거 맞지만…… 난 내 삶을 다시 시작해야겠어. 나 북부 출신이잖아. 나 자신이나 내 직업의식이 어떤지 너도 잘 알지?"

"그건 그렇지만, 진짜로, 뭘 어쩌려고 그래?" 내가 물었다. "그나저나 이 트위터 계정명 진짜 마음에 안 든다. 누군지 짐작은 가?"

"나름 찾아본다고 노력은 했는데 아무리 구글을 뒤져도 누군지 모르겠어." 젠이 대답했다. "IP 주소라고 하나? 아무튼 다른 사람의 IP 주소를 알아낼 방법은 없다더라. 하지만 그 계정 주인이 위협적인 행동을 하면 트위터에 신고는 할 수 있대."

"너나 나나 위협이 진화하면 어떻게 되는지 알잖아." 내가 말했다. "그땐 이미 늦었다는 걸."

젠의 눈이 공포에 질렸다.

"아, 아니야. 네가 그렇게 된다는 말은 아니고." 내가 말했다. "미안해. 다 괜찮을 거야. 하지만 절대 경솔하게 행동해선 안 돼. 어떤 식으로든 너 자신을 위험에 빠트려서도 안 되고."

커피가 나왔다. 젠은 블랙, 나는 저지방 우유를 넣은 라테를 주문했다.

"고마워." 젠이 숨을 깊이 들이마시며 말했다. "잠깐 다른 얘기 좀 하자. 내가 로렌스랑 만나기로 했다가 마감 때문에 어쩔 수 없이 약속을 취소했던 거 알지?"

"응. 근데?"

"로렌스한테서 기분 좋은 메일이 왔어. 그 사람이 내가 괜찮은지 궁금해하더라고. 날 걱정하는 것 같았어."

나는 젠의 말에 특별히 반응하진 않았다.

"약속을 다시 정하재." 젠이 말을 이어 갔다. "만나서 한잔하든지 저녁 같이 먹자고. 뭐, 로렌스가 원래 좀 다정한 사람이긴 했잖아. 그냥 네가 궁금해할 것 같아서."

"그런 메일을 보내다니 속 깊네. 네 말마따나 그러다 관계가 회복될 수도 있겠지. 다시 친구로 지낼 수 있을지도 모르고."

입술이 떨리는지 젠이 입을 비틀며 얼굴을 찡그렸다. 혹시 나한테 말하지 않은 게 있나?

젠은 블랙커피를 한 모금 마시고는 자세를 고쳐 앉았다. "그러게. 우리 이거 마시고 햄스테드 히스로 산책하러 갈까?"

"좋아. 그러자." 내가 말했다.

"집까지 같이 걸어가도 좋고."

커피를 마시고 나온 우리는 천천히 플라스크 워크를 걸어 내려오면서 작은 부티크며 수제 베이커리, 매력적이지만 엄청나게 비싼 조지 왕조 시대풍 집을 지나쳤다. 터무니없이 큰 페넬로페의 저택으로 이어지는 갈림길을 지나면서 나는 젠에게 지금의 라이프 스타일이 마음에 드는지 물었다.

"우습긴 한데 페넬로페가 정말 좋아졌어." 젠이 말했다. "물론 페넬로페랑 난 완전히 달라. 하지만 그녀가 이뤄 낸 것들을 생각하면 너무나 존경스러워. 그녀의 정신력도." 젠이 나를 돌아보며 물었다. "근데 그건 왜 묻는 거야?"

"그냥 언제든 우리 집에 와서 지내도 된다고 말해 주고 싶어서." 내가 말했다. "우리 집 소파는 네가 원하면 언제든 네 거니까."

"정말 고마워." 젠이 말했다. "내가 일자리를 잃었을 때도 넌…… 아, 넌 정말이지 하늘에서 내려 준 천사가 따로 없었는데. 그렇지만……."

"그렇지만, 뭐? 이제 출세해서 햄스테드에 살고 있으니 켄티시 타운에 있는 방 한 칸짜리 아파트로 돌아올 일은 절대 없다는 얘기야?" 내가 농담조로 물었다. "그런 거야?"

"족집게네." 젠이 어색하고 억지스러운 웃음을 보이며 대답했다. "이제는 원래의 내 생활로 돌아가야지."

"알겠어." 내가 말했다.

우리는 웰 워크를 지나 히스의 언덕을 걸어 올라갔다. 2월 중순밖에 되지 않았는데도 그곳에는 새순과 생명의 약속이 가득했다. 나는 그 사건을 화제에 올리지 않으려 애썼다. 젠은 그 사건에서 벗어날 필요가 있었다. 그래서 나는 캠던 구청 기획부에서 내가 하는 일이며 지역 서비스 삭감 문제, 빌어먹을 보수당 정부 문제 따위에 대해 떠벌렸다. 그러다가 우리가 연못으로 이어지는 아래 방향이 아니라 팔러먼트 힐 필즈와 카이트 힐로 향하는 길을 따라 걷고 있음을 깨달았다.

"이쪽으로는 가지 말자." 내가 걸음을 멈추며 말했다.

"무슨 소리야?"

"젠, 무슨 말인지 알잖아." 내가 말했다. "네가 목격한 끔찍한 사건 말이야. 그걸 자꾸 떠올리고, 꼬치꼬치 캐고, 다시 범죄 현장을 돌아보는 건 너한테 도움이 되지 않을 거 같아."

"그럴 수 있지. 미안. 근데 내 생각은 좀 달라." 젠이 말했다. "메시지를 보낸 사람은 내가 처음부터 끝까지 다 잘못 봤다고 했어. 뭔가 놓쳤다고 했다고."

"그랬다면 경찰이 먼저 알아챘겠지. 하지만 그들도 너랑 같은 결론을 내렸잖아." 내가 말했다. "네가 기사에 그렇게 썼잖아. 살인 후 자살한 사건이라고. 대니얼 올리버가 질투심 때문에 저지른 일이라고."

"그렇지만 혹시 대니얼이 죽인 게 아니라면?"

"젠, 나 슬슬 걱정되려고 한다."

"그냥 현장을 다시 한번 보고 싶은 거뿐이야. 어쩌면 내가 놓친 게 있을지도 모르니까."

“하지만 네 말…… 솔직히 정신 나간 소리로 들려. 그러니까, 너 좀 미친 것 같아.” 너무 심하게 말했다는 생각이 들었지만 어떻게든 젠을 제정신으로 돌려놓아야 했다. 전에도 이런 식으로 일부러 잔인하게 굴어서 효과를 보았으니 지금도 그게 먹히길 바랄 뿐이었다. “네 눈으로 직접 봤잖아. 거기 있던 다른 사람들도 봤고. 그거보다 확실한 게 또 뭐가 있겠어?”

“같이 갈 건지 말 건지만 말해. 아니면 나 혼자 갈 거니까.” 젠이 말했다. “넌 그냥 너 하고 싶은 대로 하면 돼.”

과거의 경험으로 말미암아 젠의 상태가 지금 같을 때는 하고 싶은 걸 마음껏 하도록 내버려 두는 게 상책이었다. 그녀는 고통이 따르더라도 자신이 얼마나 비이성적인지 스스로 깨달아야만 깨끗이 포기할 수 있었다. “페넬로페 집에 도착하면 전화나 문자 줘. 알았지?” 젠을 진짜로 혼자 가게 둘 생각은 없었다. 아무 일 없는지 멀리서 지켜볼 요량이었다.

7.
젠 JEN

사건 현장은 여전히 범죄 과학 수사 팀의 천막으로 가려진 상태였다. 현장 둘레를 따라 넓게 경찰의 접근 금지 테이프가 둘러쳐져 있었다. DNA 증거와 육안으로는 보기 힘든 섬유 조직 같은 흔적을 채취하기 위해 투입되는 전문 팀은 더 이상 눈에 띄지 않았지만 제복 차림의 경찰관 두어 명이 현장을 지키고 있었다. 사건에 대해 아무것도 모르는 한 일본인 관광객 무리가 어리둥절한 얼굴로 조망 지점 근처에 멈추어 섰다. 런던에서 반드시 가 보아야 할 장소 목록에 범죄 현장은 없었을 터다.

"여기 무슨 일 있어요?" 무리 중 한 남자가 물었다.

"어떤 남자가 자기 여자 친구를 죽이고 본인도 스스로 목숨을 끊었대요." 한 여자가 기계적으로 답했다.

어쨌든 그게 팩트이긴 했다. 나는 일련의 사건을 머릿속으로 다시 훑었다. 대니얼 올리버가 샴페인 병을 들어 빅토리아 다 실바의 얼굴을 내리치는 장면이 펼쳐졌다. 그가 어떻게 칼을 손에 들었고, 어떻게 빅토리아의 목과 자신의 목을 차례로 찔렀는지도 생생하게 떠올랐다. 피. 맞아. 피가 엄청나게 났었어. 아예샤 아메드가 두 사람의 목숨을 살리려고 안간힘을 쓰던 장면도 되살아났다. 그때 응급 구조대원들과 경찰이 도착했었다. 두 사람은 현장에서 사망한 것으로 확인되었다.

질투심에 눈이 먼 남자가 여자 친구를 살해하고 자살한 게 사건의 진상이었다. 질투는 기원이 오래된 살해 동기 아닌가. 어쩌면 나한테 '완전히 미친 것 같다'고 했던 벡스 말이 맞을지도 몰랐다. 나는 이전에 불행한 순간을 여러 번, 아니 수없이 겪었다. 의사는 나에게 스트레스를 되도록 피하라고 권했고, 심리 치료사 애나벨도 환상과 현실을 구분할 줄 알아야 한다고 주의를 주었다. 현장에 아직도 남아 있을지 모를 그날의 흔적을 찾는 일은 경찰의 몫이었다. 경찰은 본업에 충실하기 위해 가능한 한 많은 증거를 수집해 심리 때 제출할 것이고, 그러면 나는 일상으로 돌아가기만 하면 되었다.

그런데 정확히 어떤 일상으로 돌아가야 하는 걸까? 나는 하숙방 말고는 집도 없었고, 어쩌다 한번씩 하는 프리랜서 일 말고는 제대로 된 직업도 없었다. 게다가 언젠가 상황이 달라질 수 있겠지만 애인도 없었다.

나는 주위를 둘러보면서 그때 그 순간을 다시 떠올렸다. 커다란 벌레 한 마리가 목구멍을 슬금슬금 기어올라 숨통을 조이는 듯했다. 숨을 쉴 수가 없었다. 심장이 빨리 뛰다 못해 멈추어 버릴 것만 같았다. 나는 벤치를 단단히 붙잡고 서서 살육의 순간, 빅토리아가 겁에 질려 헐떡거리던 모습, 자신에게 무슨 일이 일어나고 있는지 알게 되었을 때 그녀에게 드리워졌던 표정을 떠올렸다. 깨진 병이 그녀의 아름다운 얼굴을 망가트리던 광경과 비명, 대니얼과 제이미의 몸싸움, 대니얼의 공격이 멈추었을 때의 안도감과 다음 순간 이어진 소름 끼쳤던 침묵을 떠올렸다. 그런 다음 햇빛에 반짝이던 칼날, 벌어진 채 펄럭이던 목의 살점, 서서히 배어나다 왈칵 쏟아져 나오던 피를 떠올렸다.

이쯤에서 생각을 멈추어야 했다. 나는 자꾸만 떠오르는 생각들을 머릿속에서 떨쳐 내기 위해 억지로 심호흡을 했다. 다른 목격자들도 나처럼 이렇게 힘들까? 어쩌면 나만 그런 건지도 몰랐다. 이곳을 다시 찾은 건 어리석은 짓이었다. 언제나 그랬듯 벡스 말이 맞았다. 벡스 말을 들었어야 했다. 벡스에게 전화해서 쓸데없는 고집을 부린 데에 대해 사과하리라.

이성적인 사고가 필요한 시점이었다. 머릿속으로 정리를 좀 해야 했다. 줄리아 존스에게 연락해 보면 어떨까? 기사를 쓴다는 언급은 굳이 하지 않아도 될 것 같았다. 그녀의 공식 입장은 의원실에서 내보낸 보도 자료를 참고하면 되니까. 다만 줄리아 존스라면 자신이 목격한 것에 관해 더 많은 얘기를 들려줄지도 모른다는 생각이 들었다. 나는 나에게 온 트위터 메시지를 공유하진 않을 작정이었다. 그렇다면 무슨 이유를 대고 만나자고 하지? 줄리아 존스는 바쁜 사람이었고 이미 증언을 끝냈다. 그냥 살인-자살 사건에 대해 심층 보도를 준비 중이라고 말할까?

나는 벤치에 앉아 매혹적인 스카이라인을 다시금 바라보았다.

별안간 현장에서 되도록 먼 곳으로 천천히 걷고 싶은 충동이 강렬하게 밀려들었다. 나는 햄스테드와 페넬로페의 집이 있는 곳을 향해 걸음을 옮겼다.

나는 페넬로페와 가볍게 점심을 먹으면서 더 자세한 기사를 쓰는 일의 가능성에 대해 의논했다. 그러고 나서 2층에 있는 내 방으로 올라가 벡스와 간단히 통화를 했다.

나는 노트북 앞에 앉아서 신중하게 단어를 골라 메일을 썼다. 줄리아 존스의 사무실에 보낼 인터뷰 요청 메일이었다. 나는 다른 목격자들도 찾아보기 시작했다. 그리고 헤지 펀드 매니저라고 했던 제이미 블랙우드와 의사 아예샤 아메드에게 특집 기사를 어떤 식으로 작성할 것인지 설명하는 메일을 차례대로 보냈다. 혹시 몰라 내가 쓴 새로운 기사와 예전에 썼던 칼럼 몇 편의 링크도 첨부했다.

나는 현장에 있었고, 그들도 그곳에 있었다. 우리는 모두 같은 범죄 현장을 직접 본, 이른바 목격자들이었다. 그들의 눈에는 무엇이 보였는지 궁금했다.

8.

벡스 BEX

페넬로페의 집으로 돌아간 젠에게서 전화가 왔다. 젠은 아까는 미안했다며 내 말이 맞았다고 했다. 히스에서 공황 발작을 겪었다면서, 이제는 모든 것에서 벗어나 그런 사건이 일어났었다는 사실 자체를 잊기로 마음먹었다고 했다. 또 섬뜩한 악플러가 보낸 트위터 메시지도 죄다 삭제하고 거대한 가상의 디지털 휴지통에 영영 가두어 버릴 거라고 말했다.

젠의 생각이 그렇다면 왜 줄리아 존스의 집에 몰래 가려고 한 걸까? 오늘은 월요일이었고, 나는 아침에 젠이 가장 좋아하는 아몬드 크루아상 한 상자를 들고 페넬로페의 집으로 가서 젠을 깜짝 놀라게 해 줄 작정이었다. 젠의 기운을 북돋워 주기 위해서였다. 플라스크 워크를 걸어 내려와 모퉁이를 도는데 얼핏 젠이 보였다. 젠을 부르려다 말고 보니 젠의 옷차림이 눈에 들어왔다. 맵시 있는 검은색 정장이었다. 인터뷰하러 갈 때 주로 입는 옷이었고, 신발은 운동화였다. 정장에 운동화는 시내에서 흔히 볼 수 있는 조합이었다. 바쁜 전문직 여성들이 지하철에서 편한 운동화를 신고 사무실에 도착하면 높은 하이힐로 갈아신는 일은 비일비재했으니까.

하지만 젠은 출근할 직장이 없었다.

'뭐지? 어디 가는 거지?'

과거 이력을 볼 때 젠은 결코 직업을 가질 가능성이 없었다. 적어도 폐쇄적인 런던의 언론사에서는 그랬다. 나는 젠에 대해 아는 사람들이 얼마나 될지 궁금했다. 공식적으로는 젠 헌터의 활동 중단이 신문사의 예산 삭감 탓으로 되어 있었지만 분명 어떤 이는 진실을 알 터였다.

'제발 젠이 또 다른 사건에 휘말리는 일은 없어야 하는데.'

나는 젠의 뒤를 밟기 시작했다. 젠이 히스를 가로질러 가는 동안 적당한 거리를 유지하며 혹시 그녀가 뒤를 돌더라도 나를 보지 못하도록 간간이 커다란 나무나 길게 늘어선 관목 울타리에 숨기도 했다. 들킬 경우를 대비해서 핑곗거리도 마련해 두었다. 깜짝 놀라게 해 주려고 그랬지. 네가 좋아하는 빵도 사 왔어!

하지만 젠은 히스를 가로질러 봉분(封墳)을 지나 연못 쪽으로—이번에는 사건 현장을 피해서—가는 내내 단 한번도 돌아보지 않았다. 젠은 하이게이트 로드의 라 생트 유니언 가톨릭 스쿨(잉글랜드 런던 북부에 위치한 카톨릭 여학교 - 옮긴이) 맞은편으로 나와 보수공사 중인 불 앤 라스트를 지나서 우드섬 로드로 접어들었다. 그녀를 따라 보스캐슬 로드를 지나 다트머스 파크 로드로 들어서자 내 아파트가 위치한 켄티시 타운에서 1.5킬로 정도밖에 떨어져 있지 않지만 완전히 차원이 다른 세계가 펼쳐졌다.

켄티시 타운도 충분히 세련된 지역이었지만 다트머스 파크는 수준이 달랐다. 아주 넓고 웅장한 데다 대부분의 집들이 정문에서 현관까지 인상적인 계단으로 이어져 있었다. 물리적인 부분뿐만 아니라 거주자들의 면면도 아주 달랐다. 이 동네에는 주로 기업의 변호사, 은행가, 영화감독 등이 거주하고 있었다.

나는 어느 차 뒤에서 몸을 숙여 운동화 끈을 매는 척하며 젠이 운동화를 벗어 가방에 넣고 검정 하이힐로 갈아신는 모습을 지켜보았다. 젠은 웨딩 케이크 같은 저택 가운데 한 곳의 계단을 올라가 초인종을 눌렀다. 조금 긴장한 듯한 모양이었다. 기다리면서 좌우로 몸을 왔다 갔다 하는 데서 짐작할 수 있었다. 잠시 후 문이 열렸다. 깔끔한 단발머리에 자그마하고 균형 잡힌 체형의 여성이 반가운 미소와 함께 모습을 드러냈다. 그녀는 바로 사건 당일 히스에서 보았던 노동당 의원 줄리아 존스였다.

"다시 만나서 정말 반가워요." 줄리아가 손을 내밀며 말했다. "기분 좋은 일로 만났으면 좋았을걸 안타깝네요. 어서 들어와요."

"고맙습니다." 젠이 말했다.

나는 혹시라도 누가 알아챌까 봐 얼른 그곳을 벗어났다. 그러고는 가까운 가게에 들어가 〈가디언〉 한 부를 산 다음 맞은편에 자리한 다트머스 암스라는 펍에 들어가 앉았다. 젠에게 문자를 보내려고 휴대폰을 꺼냈다. 일단(一團)의 의원들이 노동당을 버리고 따로 창당을 모의 중이라는 뉴스 알림이 떴다. 빌어먹을. 줄리아 존스라면 그러고도 남을 여자였다. 그러나 명단에 그녀의 이름은 없었다.

나는 젠에게 문자를 보냈다.

뭐 해? 같이 점심 먹을래?

답장이 바로 올 거라 기대하진 않았지만 45분 후에나 올 줄은 몰랐다.

미안. 오늘 시내에 나와 있어서 좀 바빠. 나중에 연락하자.

답장은 하지 않았다. 나는 펍에서 나와 아몬드 크루아상 상자를 근처 쓰레기통에 던져 버렸다.

9.
젠 JEN

"너무 끔찍하지 않았어요?" 줄리아는 이렇게 말하며 복도를 지나 책이 가득한 어마어마한 크기의 응접실로 나를 안내했다. "전 그런 광경을 난생처음 봤거든요. 그런 남자에게 맞서다니 정말 대단해요." 그녀가 큼지막한 밝은 오렌지색 벨벳 소파에 앉으라는 손짓을 했다. "다친 곳은 없어요?"

"가벼운 타박상 정도만요." 내가 말했다.

"아, 다행이네요. 차 마실래요? 아니면 커피?"

"커피 주세요. 감사합니다." 내가 소파에 앉으며 대답했다.

"루이자!" 그녀가 큰 소리로 누구를 불렀다. 그러고는 목소리를 조금 낮추어 말했다. "제 딸이에요. 고등학교 졸업하고 대학 입학 전이라 그 사이에 여유 시간을 보내고 있어요. 옥스퍼드에 진학할 예정이랍니다."

까만 머리에 깡마른 소녀가 환하게 웃으며 문간에 나타났다. 인사를 건네는 그녀에게서 자신감이 흘러넘쳤다. 여유로운 매력과 유머러스한 성격 덕분에 그 자신감이 전혀 부정적으로 비치지 않았다. 비슷한 나이 때의 내 모습과는 정반대였다.

"분부 따르겠나이다, 여왕 폐하." 음료를 내오기 위해 자리를 뜨면서 루이자가 말했다.

줄리아는 대화를 나눌 시간이 20분 정도밖에 안 된다며 양해를 구했다. 소문과 달리 그녀는 브렉시트에 반대해 새로 구성되는 무소속 그룹에 합류한 상태였다('망할, 지금 당장 우리한테 필요한 게 뭔데'). 잠깐의 정치 얘기 끝에 우리가 나누기로 한 대화 주제로 돌아왔다. 줄리아는 내가 쓴 기사를 읽었다며 그 사건에 대한 심층 기사를 쓰려는 이유를 물어 왔다. 그게 무슨 도움이 되며 자신이 왜 도와야 하는지에 대해서도 궁금해했다. 확실히 줄리아는 호락호락한 사람이 아니었다. 그녀는 또 대니얼 올리버나 빅토리아 다 실바의 가족들을 만나 보았는지도 물었다. 나는 그들의 가족은 만나지 못했으며 아직은 시기상조인 것 같다고 대답했다. 가족에게는 애도할 시간이 필요하고 그들의 사생활을 존중해 주고 싶다고도 했다. 기사에 인용된 그들의 발언은 언론사를 통해 입수한 거라는 사실도 확인시켜 주었다.

"그래서, 당신은 좋은 사람이란 말인가요?" 그녀가 물었다.

"네?" 내가 되물었다.

"보기 드문 사람 말이에요. 선량한 인간인 동시에 저널리스트라……." 그녀가 말했다.

"글쎄요," 내가 말했다. "이젠 저널리스트라고 하기도 좀 그렇네요. 혹시 제가 〈뉴스〉에 지난 10년간 칼럼을 기고해 온 거 아시나요?"

"아, 그럼요. '젠 헌터의 삶' 잘 알죠. 그 칼럼으로 유명해지셨잖아요. 제 딸도 '자신을 드러내는 일'이 쉽지 않은데 용기가 대단하다고 했었어요."

"근데 그게, 대부분 제 자신과 제가 겪고 있는 사적인…… 문제들을 쓴 것뿐이라서요. 첫 데이트에서의 처참한 시도라든지, 인간관계에 관한 디테일 같은 거요. 오랫동안 이런 주제로만 글을 써서 그런가 제대로 된 저널리즘이 뭔지 가물가물해요."

"듣기로는 〈뉴스〉에서 어쩔 수 없는 구조 조정이 있었다던데. 힘들었겠어요."

"네. 그랬죠." 내가 대답하는 순간 루이자가 쟁반을 들고 돌아왔다.

그녀는 테이블에 음료를 내려놓으면서 긴장된 분위기를 감지했는지 말없이 자리를 떴다.

"거짓말은 하지 않을게요, 존스 의원님." 내가 말했다.

"줄리아라고 불러요."

나는 그녀를 설득할 기회는 이번 한 번뿐임을 직감했다.

"칼럼을 중단하게 되면서 정말 힘들었어요. 정신적으로도, 경제적으로도 타격이 심했거든요." 나는 숨을 깊이 들이마시며 말을 이었다. "그 시기에 여러…… 개인적인 문제도 겪었고요. 솔직히 말씀드리면 이번 사건이 저에게 전화위복의 기회가 될 수 있을 것 같아요. 이 사건처럼 충격적인 일을 겪는다는 게 어떤 의미인지 알리는 계기도 될 수 있다고 생각하고요. 사건 관련 유족들이 이 사건으로 인해 받았을 충격을 줄여 주려는 의도는 아니에요. 사랑하는 가족을 그런 식으로 잃는 건 당해 보지 않으면 알 수 없는 아주 끔찍한 일인데 제가 어떻게 감히 그 마음을 헤아리겠어요. 전 사건을 조금 다른 방향에서 바라보려고 해요. 운이 나빠 어쩌다 우연히 사건을 목격한 사람들이 받는 충격은 탐구 대상이 되어 본 적이 없는 것 같아서요. 우리 가운데 스스로 원해서 그날 그 자리에 있게 된 사람은 없지 않나 싶은데요." 나는 커피를 한 모금 마신 후 말을 이어 갔다. "의원님은 어떠실지 모르겠지만 전 그날 이후 공포에 시달리고 있어요. 슬로 모션처럼 끊임없이 같은 장면이 떠올라요. 와인 병이랑 가엾은 여자의 얼굴, 피, 칼……."

줄리아가 컵을 협탁에 올려놓으며 말했다. "세상에, 제가 하려던 말이 바로 그거예요." 그녀가 반쯤 속삭이며 말했다. "솔직히 저도 여태 그 사건에 대한 악몽을 꿔요. 땀에 흠뻑 젖어서 한밤중에 깨고요. 그 일을 겪은 이후로 틈만 나면 그 얘기를 입에 올리고 있어요. 들어 줄 사람은 제 불쌍한 남편 닐과 루이자뿐이지만요." 그녀는 이렇게 말하며 내 얼굴을 찬찬히 살폈다. 얼마나 믿을 만한 사람인지 가늠해 보는 모양이었다. "지금 하는 얘기는 비공개로 해 주세요. 저녁 식사를 하면서 와인 한두 잔 마시다 보면 아, 그냥…… 솔직하게 한두…… 병이라고 할게요. 일종의 트라우마 해소 방법이라 할까요. 그 충격적인 장면을 목격한 후부터 예전의 불편한 기억들이 마구잡이로 떠올라요. 공감하시죠?" 그녀는 주머니에서 티슈를 꺼내 코를 풀었다. 울음을 터트릴 것만 같은 얼굴이었다. "전 아들을 잃었어요. 이름은 해리였고요. 겨우 스무 살이었어요."

"저런, 어쩌다가……."

그녀는 소리 없이 밀려드는 슬픔을 애써 떨치려는 듯 얼굴 앞에서 손을 저었다. "아주 오래된 얘기예요. 물론 저에겐 바로 어제 일 같지만요." 그녀는 마른침을 삼키고는 지그시 입술을 깨물었다. "히스에서 일어난 사건과는 무관한 일이에요. 아들은 2000년 여름에 인도의 오지를 여행하던 중에 사망했으니까요. 첫 번째 남편과의 사이에서 낳은 아들이었어요. 아들을 잃은 슬픔은 저와 전남편을 갈라놓았어요. 그 슬픔에서 헤어 나오지 못하고 있을 때 지금의 남편 닐을 만났어요. 우린 운 좋게도 아이를 갖게 됐고 그 아이가 루이자예요. 전 우리 딸 루이자가 있으면 상실의 아픔을 견뎌 낼 수 있을 줄 알았는데……." 줄리아의 목소리가 잦아들었다. 그녀는 잠시 과거라는 감옥에 갇힌 듯했다. 하지만 곧 크게 숨을 들이마시고는 기억을 떨치려는 듯 고개를 내저었다. "아, 이런 얘기 듣기 싫죠? 아까도 말했지만 제가 시간이 좀 없어요. 그럼 이제 뭘 하면 될까요? 기사 얘기로 넘어갈까요?"

"사건을 목격한 다른 분들과 대화를 나누면서 그날 있었던 일과 후유증에 대해 알아보고 싶어요. 나중에 제이미, 아시죠? 제이미 블랙우드. 그분도 만나 볼 생각이에요. 하지만 아예샤 아메드라는 의사분한테서는 아직 답이 없어요."

"아, 그 피범벅된 손이 생각나네요. 절대 잊지 못할 거예요." 줄리아가 말했다. "아이 손처럼 아주 작았는데." 팔러먼트 힐 필즈에서의 일이 떠올랐는지 그녀의 눈에 다시 눈물이 차올랐다. "전 거기 다시 못 갈 것 같아요. 사건이 일어난 그 자리가 말이죠. 제 딸이 어린아이였을 때 크리스마스 선물로 연을 받아서 아이랑 갔던 곳이거든요." 루이자는 잠시 말을 멈추고 마음을 가라앉혔다. "그래요. 좋아요. 도울게요. 어떻게든 도움이 되고 싶어요." 그녀는 가벼운 기침과 함께 바깥세상으로부터 자신을 보호하기 위해 쌓아 놓은 벽과 같은 냉정한 겉모습으로 되돌아왔다. "단, 뭐가 됐든 제가 한 말을 기사에 쓰고 싶다면 사전에 제 허락을 받으셔야 해요. 아시죠?"

당연한 절차라 어렵지 않게 그녀의 요구를 받아들일 수 있었다. 그녀는 곧 의회에 가 보아야 할 시간이라 오늘은 인터뷰가 불가하다고 재차 확인시켜 주었다. 대신 개인 메일 주소를 적어 주었다.

"다른 사람들은 어떻게 됐어요?" 그녀가 물었다. "그 10대 소년은요? 왜 도망간 거래요? 조깅하던 사람은요? 듣기로는 경찰이 그 사람을 찾고 있다던데요?"

"저도 그 둘을 추적 중인데 아직 알아낸 건 없어요." 내가 말했다.

"음, 제가 도울 방법이 있으면 알려 주세요." 그녀가 말했다. "이제는 정말 가 봐야 할 시간이라……." 줄리아가 미팅이 끝났음을 무언으로 알리듯 자리에서 일어섰다. 그녀는 나를 복도 쪽으로 안내하며 농담처럼 사건 목격자들의 모임 같은 걸 만들면 어떻겠냐고 물었다. "미안해요. 날만 어두워지면 시니컬한 유머를 내뱉는 버릇이 있어서요." 그녀가 자신이 한 말을 지워 버리려는 듯 허공에 대고 손을 저었다. "끔찍한 습관이죠. 이런 건 기사에 쓰지 마세요."

"그럼요." 내가 말했다.

나를 배웅하는 그녀에게 시간을 내주어서 고맙다는 인사를 전했다. 나는 자리를 뜨기 전에 그녀를 돌아보며 마지막 질문을 하나 던졌다.

"궁금한 게 있는데요. 그 사건에 대해 어떤 이상한 문자나 메일, 트위터 메시지 같은 거 받은 적 있으세요?"

"일반적인 메시지 말고 다른 거 말하는 건가요?" 그녀는 잠시 말을 멈추고 몇 가지 예를 들었다. "'죽어 버려, 이 나쁜 년!' '네가 죽었어야 하는 건데, 이 공산주의자!' 아니면 '네 목을 잘라서 그 더러운 구멍을 쑤셔 버리겠어!' 뭐, 이런 거요?"

그녀는 고상한 억양과는 어울리지 않는 지독히 상스러운 말을 내뱉었다.

나는 연민 어린 미소를 지어 보이며 줄리아에게 작별 인사를 고했다. 죄책감 그 이상의 감정이 느껴졌다. 내가 받은 대니얼 올리버가 범인이 아니라고 주장하는 트위터 메시지는 그녀가 받은 공격적인 메시지에 비하면 아무것도 아니었다. 게다가 줄리아 존스는 비슷한 수위의 욕설을 매일같이 겪고 있었다. 나한테 온 트윗은 그저 미치광이거나 익명 뒤에 숨은 한심한 겁쟁이의 감정 분출에 지나지 않았다. 세상에는 워낙 괴짜들이 많으니까.

그리고 그런 괴짜 하나가 나를 지켜보고 있었다.

10.
벡스 BEX

젠의 상태가 다시 나빠지면 누가 젠을 도와주지? 내가 도움을 청할 만한 사람이 있나? 나는 젠의 친구들을 한 명 한 명 꼽아 보았다. 사라, 리디아, 데이비드, 베로니카, 로라……. 젠은 친구들 대부분과의 관계가 소원해져 있었다. 칼럼에 친구들 얘기를 쓴 게 화근이었다. 페넬로페도 친구라면 친구였다. 하지만 그녀는 내가 지나치게 의심이 많다고 젠에게 내 흉을 보고도 남을 사람이었다. 로렌스라면 연락할 만하지 않을까? 어쩌면. 결혼 직전까지 갔다가 젠을 차 버린 예전 남자 친구 이름이 뭐였더라? 맞다. 크리스. 아니다. 젠이 칼럼에 썼듯이 크리스는 쓰레기 같은 놈이었다. 듣자 하니 그는 젠을 헌신짝처럼 버리고 스테파니라는 변호사와 결혼했다. 그리고 머스웰 힐에서 그녀와 어린 아들과 아주 행복하게 산단다. 젠은 스테파니가 남편 크리스와 자신이 어떤 식으로든 엮이게 두지 않을 거라고 했었다. 크리스는 물론이고 스테파니 본인도 '젠 헌터의 삶'에 등장하길 원치 않을 터였다.

젠에게는 남아 있는 가족이 없었다. 젠 말로는 부모님이 돌아가신 후 캐슬린이라는 이모 손에서 컸고, 지금은 그녀 역시 세상을 떠나고 없다고 했다. 결론적으로 젠에게는 어려울 때 도와줄 사람이 한 명도 없었다.

당분간은 모든 책임을 내가 한번 져 볼 생각이었다. 나로서는 나쁠 게 없었다. 나는 그녀를 돌보고 가까이 두는 게 좋았다. 젠이 일자리를 잃었을 때도 그녀를 안아 준 건 나였다. 내 아파트로 와서 무슨 일이 있었는지 털어놓던 밤에 내 목덜미를 적시던 그녀의 눈물이 아직까지 생생하게 남아 있었다. 젠은 와인 덕에 충만했던 객기가 사라지자 흐느끼기 시작했다. 죽어 가는 동물의 울음마냥 커다랗고 듣기 싫은 소리였다. 처음에 젠이 털어놓은 얘기들은 전혀 말이 되지 않았다. 오랫동안 운 탓에 두 눈은 붉게 충혈되었고, 목소리도 심하게 갈라졌다.

"나…… 난 그저 그…… 그 사람들이 원하는 걸 주려고 한 것뿐이었는데." 젠이 쉴 새 없이 흐르는 콧물을 닦으며 말했다.

나는 자리에서 일어나 두루마리 휴지를 더 가져왔다. "여기, 휴지." 내가 젠에게 휴지를 건네며 말했다. "무슨 일인지 처음부터 다시 얘기해 봐."

젠이 코를 풀었다. 그녀는 코 푼 휴지를 한쪽에 두는 대신 손에 모아 쥐었다. 그러고는 갈가리 찢어서 발치에 흰색 더미를 만들었다. "사무실에 갔었는데, 금요일엔 원래 사무실에 가곤 했으니까…….” 젠이 다시 울음이 터지려는 것을 억지로 참으며 말했다. “책상에 앉아서 칼럼을 정리하고 혹시 문의 사항이 있으려나 싶어 기다리던 중에 전화가 왔어. 편집장의 비서인 데비였는데 조너선이 보자고 했다는 거야. 편집장한테 가면서 데비한테 인사나 하려고 잠시 멈춰 섰어. 근데 데비가 통화를 하면서 얼굴을 돌려 버리더라고. 물론 지금은 데비가 그때 왜 그랬는지 이해가 돼……. 내 얼굴을 볼 수 없었겠지.”

젠은 말을 멈추고 호흡을 가다듬으려 애썼다.

“천천히 얘기해.” 나는 젠의 손을 꼭 잡으며 말했다.

“사무실에 들어가니 편집장 재니스와 인사 팀장과 조너선이 있었어. 조너선이 가벼운 잡담이나 농담 하나 없이 나한테 앉으라고 하더니 책상에서 종이 한 장을 들어 올렸어. 조너선은 목소리를 가다듬고는 한 독자가 나에 대해 일련의 혐의를 주장하는 편지를 보내왔다고 했어. 당연히 어떤 혐의인지부터 물었지. 그는 정확히 이렇게 말했어. ‘당신이 칼럼에 거짓된 내용을 썼대요. 그것도 당신의 인생에서 아주 중요한 일에 대해서요.’ 토할 것처럼 속이 안 좋았지만 정신을 차려야 했어. 억지로 웃으면서 말도 안 된다고 항변했지만 눈물이 차오르는 건 어쩔 수 없었어.”

“아이고, 무슨 그런 일이 다 있어.” 내가 말했다.

“조너선 얘기는 이래. 어떤 남자 독자가 제보를 했고 칼럼이 불합리한 부분투성이라고 했대. 처음에는 실수일지도 모른다고 생각했지만 확인해 보니 그보다는 어딘가…… 악의적인 면이 있다는 걸 알게 됐대.”

“대체 어디가?” 내가 물었다.

"나도 몰라. 그냥 마음이 너무 안 좋네." 젠이 말했다.

"무슨 소리야. 설마 너……."

"내가 얼마나 힘들었는지 너도 알지? 신문사에서 요구하는 수위도 만만치 않았고, 어떤 내용이 됐든 시시콜콜하게 아주 자세히 써야 했잖아." 젠이 말을 이어 갔다. "난 내 삶에 대한 모든 걸 있는 그대로 독자들에게 밝혀야 했어. 독자들은 내용이 자극적일수록 더 좋아했어. 비참한 결말로 이어지는 데이트나 소개팅 얘기도 했다가, 북부에서의 암울한 유년기 얘기도 했다가, 폭식증 이야기도 했다가. 난 내 자신을 이렇게까지 까발려야 하나 싶어서 얼마나 싫었는지 몰라. 크리스와의 관계, 크리스를 향한 내 사랑, 결혼 얘기가 나오기까지의 황홀한 과정, 그 후 굴욕적으로 차인 것까지. 이렇게까지 하는데도 사람들은 만족이란 걸 모르더라!" 젠이 콧방귀를 꼈다. 코에 콧물 방울이 동그랗게 맺혔다. "신문사에서 자체 조사를 벌였대. 조너선이 내 칼럼 여러 편을 지목하면서 서로 일치하지 않는…… 부분들을 설명해 보라고 다그쳤어."

"예를 들면?"

젠은 삶의 의지를 완전히 잃은 듯했다.

11.
젠 JEN

나는 줄리아의 집에서 나오자마자 휴대폰을 확인했다. 트위터 메시지가 맨 처음 눈에 띄었다.

@젠헌터당신을지켜보고있어 오늘 입은 정장 멋있네.

잠시 후 메시지가 또 도착했다.

@젠헌터당신을지켜보고있어 힐도 잘 어울려. 섹시해.

낯선 이의 시선이 내 뒤를 쫓고 있다는 생각에 압박감이 밀려왔다. 대낮에 이런 부촌에서 무슨 일이 있을까 싶으면서도 불안감은 여전했다. 뒤에서 누군가 쫓아오는 발소리가 들렸다. 심장이 마구 방망이질 쳤다. 나는 걸음을 멈추고 슬쩍 뒤를 돌아보았다. 그러다 그대로 길 위에 얼어붙고 말았다. 누가 가까이 다가오고 있었다.

한 젊고 예쁜 아기 엄마가 딱 보기에도 고가인 듯한 유모차를 끌고 지나가다 멈추어 서서 걱정스러운 눈길로 나를 힐끗 보았다. 나는 겸연쩍게 웃으며 핸드폰 화면으로 시선을 돌렸다.

인생의 지극히 사적인 일들을 글로 옮기는 동안 나는 별난 이들을 적지 않게 만나 왔다. 예전에는 나에게 오는 우편물들이 자동으로 걸러졌었지만, 오프라인에서 온라인으로 소통 매체가 바뀌면서 이는 쉽지 않은 일이 되었다. 나는 모두가 보는 칼럼을 쓰는 일을 하려면 어느 정도의 모욕감은 감당해야 한다는 생각으로 대부분 무시하고 넘어가려 노력했다. 하지만 때로 사람들은 아주 잔인해져서는 아픈 곳만 골라서 찔러 댔다. 폭식증을 앓고 있다는 사실을 칼럼에 썼을 때는 어린 시절에 성폭력을 당한 게 확실하다는 말을 아무렇지 않게 하는 여성 독자도 있었다. 아, 내가 한 번도 아닌 두 번이나 임신 중절 수술을 받았다고 용기를 내 고백했을 때 감당해야 했던 증오의 수준이란 기가 막힐 정도였다.

반면에 정곡을 찌르는 독자들도 있었다. 과연 그들의 말대로 내 손으로 쓰는 칼럼이 내 삶에 부정적인 기여를 하고 있는데도 나만 모르는 걸까? 지극히 사적인 부분들에 대한 글쓰기를 그만두면 지금보다 훨씬 더 행복해질 수 있을까? 나를 오랫동안 지켜본 독자들은 나에게 마음을 나눌 만한 친구가 단 한 명도 없다고 하더라도 전혀 이상할 게 없다고 했다. 벡스와의 친밀한 우정 관계에 대해, 그리고 얼마나 오랫동안 그녀가 나를 도와주었는지에 대해 독자들에게 변명 아닌 변명을 할 수도 있었겠지만, 대학교 때 학보에 벡스에 대해 언급하는 바람에 벡스가 완전히 돌아 버렸던 사건 이후 나는 두 번 다시 그녀에 대한 글을 쓰지 않겠다고 다짐했었다.

벡스에게서 점심을 같이 먹자는 문자가 왔다. 나는 자세한 이유는 언급하지 않고 그냥 안 될 것 같다고만 했다. 혹시라도 벡스 앞에서 줄리아 존스나 다음 인터뷰 대상인 제이미 블랙우드 얘기를 꺼내서 벡스에게 걱정을 끼치고 싶지 않았기 때문이다.

나는 소름 끼치는 트윗을 머릿속에서 지우고 제이미 블랙우드의 집으로 가는 길을 그려 보았다. 어차피 캠던역에서 내려 다른 노선으로 갈아타야 했기에 굳이 노던 라인을 탈 이유가 없었다. 나는 그냥 걷기로 했다. 마침 시간적 여유도 있었다. 운동 삼아 조금씩 걷는 건 건강에도 좋지 않은가. 하이게이트 로드를 건너 고든 하우스 로드로 걸어 내려가다가 가스펠 파크역의 지상 역사를 막 지나려는데, 앞쪽 인도에서 어떤 이의 모습을 발견하고 그 자리에 그만 얼어붙고 말았다. 큰 키에 검은 머리카락, 여전히 잘생긴 로렌스가 서 있었다. 순간 그에게 달려가고픈 마음이 물밀듯 밀려들었다. 지금까지 말하지 못한 모든 얘기를 왈칵 털어놓고 싶었다. 그에게 다정한 메일을 보내 주어서 고맙다고 말하고, 이유야 어찌 되었건 점심 약속을 취소할 수밖에 없었던 데에 대해 사과하고 싶었다.

그에게 다가가서 말을 걸려는 순간 분노로 가득 차 어둡고 잔혹한 눈빛을 쏘던 그의 모습이 떠올랐다. 로렌스는 두 번 다시 나를 보고 싶지 않다고 말했었다. 내가 한 짓을 절대 용서할 수 없다고, 나더러 괴물이라고도 했었다. 결단코 그냥 한 소리가 아니었다. 죄다 진심에서 우러나온 말이었다. 그 무엇도 그 누구도 나를 해치게 놓아두지 않을 거라고 했던 사람이었고, 든든한 팔로 나를 감싸 안고 절대 보내지 않겠다고 속삭이던 남자였는데 말이다. 한때 우리는 누구보다 가까운 사이였다. 그런데 지금은 남 같은, 아니 남보다도 못한 사이가 되었다. 나는 역 출구에 몸을 숨긴 채 그가 사람들 속으로 조금씩 사라져 가는 모습을 지켜보았다.

12.
벡스BEX

젠은 대답이 없었다. 나는 편집장이 말한 '일치하지 않는 부분'이 무슨 뜻인지 재차 물었다.

"하, 술이 좀 들어가야 말을 할 수 있을 것 같아." 그녀가 말했다.

젠은 술이 조금이라도 남은 술병이 있는지 보려고 집 안을 두리번거렸다. 하지만 술이란 술은 이미 다 마셔 버린 뒤였다.

"그만 마셔. 너 이미 마실 만큼 마셨어." 내가 말했다.

"나가서 술 좀 사다 주면 안 될까? 위스키나 진 같은 거도 괜찮을 듯싶은데. 진 좋다. 진 어때? 뒤지면 뭐라도 나오지 않을까?"

"안 돼, 젠. 무슨 일이 있었는지 말해 주기 전까지 난 아무 데도 가지 않을 거야."

젠은 숨을 깊이 들이쉬더니 마른침을 삼켰다. 동시에 괴로운 표정을 지었다. 속에서 역류하는 구토를 억지로 삼키는 것처럼 보였다.

"알았어." 젠이 말했다. "처음에는 별거 아니었어. 좋게 보면 합리적이고 전문가답다고 할 수 있는 정도였지. 그 거짓말은 주위 사람들을 보호하기 위한 장치였으니까. 나 아닌 누구라도 똑같이 했을걸? 사라를 샐리로 바꾸고 리디아를 루시로 바꾸고. 오르가슴에 대한 칼럼 기억해? 그 칼럼은 사라 얘기야. 섹스하고 나면 매번 욕실에서 자위로 마무리해야 했다는 스토리. 대신 이름은 샐리라고 고쳤어. 이 정도면 된 거 아니야?"

나는 무슨 말인지 알겠다고 말하며 더 얘기해 보라고 젠을 다독였다.

"근데 가끔은, 음, 가끔은 말이지. 몇 주 동안 쓸거리가 없는 거야." 젠은 이렇게 말하며 고개를 숙였다. "자기 속내를 다 털어놓는 일을 얼마나 자주 할 수 있겠느냐고. 끔찍했던 최근의 데이트, 친한 친구와의 말다툼, 생리 중의 당황스러운 사고, 별난 성적 판타지 같은 얘기를 매일같이 할 순 없잖아. 그래서 어쩌다가 한번씩, 음, 가끔씩 특이한 소재를 지어내지 않을 수 없었어."

"젠, 지금 무슨 소리를 하는 거야?"

"사람들이 내가 거짓말을 했대!" 젠이 토해 내듯 내뱉었다.

"정말 그랬어?"

"가끔 친구들의 사생활을 보호해야 할 필요가 있는 경우를 제외하고는 절대 그런 적이 없다고 주장했어. 그런데 조너선도 지지 않고 질문을 쏟아 내면서 날 압박했어. '그거 말고도 칼럼에서 거짓말한 거 있지 않아요?' 하더니 어떻게 대답할지 신중하게 생각하라고 말했어. 신문을 읽는 사람들은 저널리즘에 대한 기대 수준이 아주 높은 사람들이란 말도 덧붙였어. 독자와 저널리스트 사이에는 보이지 않는 유대가 존재한대. 여자가 대부분인 수십만 명의 독자들은 나 때문에 그 신문을 구독한다는 말도 했고. 내가 겪은 중요한 에피소드가 거짓으로 판명되면 신문사의 명성에 실로 엄청난 손해를 끼치게 된다면서 나를 다그쳤어. '혹시 지금도 거짓말하는 건 아니죠?'라고 하더라.

꼭 심문당하는 기분이었어. 참을 수가 없었어. 그래서 고개를 저으면서 아니라고, 거짓말한 적 없다고 했어. 그랬더니 조너선이 넌더리가 난다는 듯 시선을 돌려 버리는 거야. 실망스럽다면서, 내 말이 거짓이라는 명백한 증거가 있대. 하지만 그렇게라도 꾸며 내지 않았다면 어떻게 매주 닥쳐 오는 마감 기한에 맞춰서 칼럼을 써 댈 수 있었겠어? 그건 형벌이나 마찬가지였어."

"그래서 무슨 말을 하는 건지 묻잖아. 거짓말을 했다는 거야, 안 했다는 거야? 아니, 대체 무슨 거짓말을 했는데?"

"예전 남자 친구들하고 있었던 일이랑 그들과 나눴던 대화 몇 가지," 젠이 말했다. "신문사에서 무슨 수를 써도 진위를 확인할 수 없는 것들."

"그 정도면 막 엄청 나쁘게 들리진 않는데," 내가 말했다. "뭐가 문제라는 건지 모르겠네. 거짓 논란은 금방 사그라들 거니까 걱정 마."

"아닐걸." 젠이 말했다.

그러고는 말이 없었다.

"그저 널 한번 흔들어 보려고 그러는 거겠지. 월요일쯤이면 마음이 바뀌어 있을 거야. 너도 늘 말했었잖아. 편집장이 엄청 변덕스러운 사람이라고."

"나 잘렸어, 벡스. 모르겠니?" 젠의 목소리는 분노로 가득 차 있었다.

"난 그냥 어떻게 된 일인지 차근차근 따져 보려는 것뿐이야. 그게 다야." 내가 말했다.

젠은 크게 한숨을 쉬더니 토해 내듯 말했다. "실은, 부모님에 대해서 거짓말을 했어!"

"뭐?"

"엄마 아빠 돌아가신 거, 자동차 사고 말이야." 젠은 마치 이 경악스러운 폭로로부터 자신을 보호하려는 듯 눈을 꼭 감으며 말했다. "엄마 아빠는 차 사고로 돌아가신 게 아니야. 사고 따위 없었어."

"무슨 말이야. 네가 그랬잖아. 열네 살 때 부모님의 사고로 네 인생이 엉망진창이 돼 버렸다고."

"우리 엄마랑 아빠는 내가 20대 초반일 때 돌아가셨어. 엄마가 암으로 돌아가시고 나서 얼마 후에 아빠가 심장 마비로 돌아가셨어." 젠이 기계적으로 읊조리듯 말했다.

"하지만 그때는 우리가 서로 알고 지낼 때잖아." 내가 말했다. "어떻게 그런 거짓말을 할 수가 있어?" 나는 기숙사에서 처음 젠과 대화를 나누던 때를 떠올렸다. "그때 네가 했던 말들이 아직도 생생하게 기억나는데. 부모님이 자동차 사고로 돌아가신 얘기를 네 입으로 했었잖아. 말로 표현할 수 없을 정도로 고통스러워 보였던 네 얼굴도 눈에 선하다고. 네가 얼마나 힘들었을지 생각하면서 진심으로 마음 아파했었는데."

"알아. 전적으로 잘못된 행동이지. 용서를 바랄 수 없을 만큼."

"용서를 바랄 수 없을 만큼? 그걸 지금 말이라고 하는 거야? 젠장, 젠, 대체 왜 그랬어?"

"나도 몰라. 그런 얘기를 하면 너의 관심을 끌 수 있을 거라 생각했던 것 같아."

"그래서 어떻게 된 건데? 누가 네 비밀을 알아채기라도 한 거야?"

"그래. 그렇게 계속 질문을 퍼부어 봐. 네가 날 미워한대도 난 할 말이 없는 사람이니까."

"내가 왜 널 미워해." 나는 이렇게 말했지만 그 말이 진심에서 우러나온 것인지는 확신할 수 없었다. "모르겠니? 지금 난 널 이해해 보려고 최대한 노력 중이야."

"어느 독자가 편집부로 편지를 보내왔대. 내가 지어낸 얘기를 몇 가지 적어서. 그 독자는 아주 친절하게도 우리 엄마 아빠의 사망 확인서까지 증거로 첨부했대. 편집장이 전부 확인했고, 결국 거짓말이라는 게 들통난 거야."

"그 독자가 누군데? 혹시 아는 사람이야? 전 남자 친구?"

"몰라. 조너선이 말을 안 해 줘." 젠이 말했다. "그러더니 그 자리에서 바로 책상을 비우라더라. 만에 하나 소란을 피우거나 싸우려고 든다면 모든 걸 폭로해 버리겠다면서. 나더러 거짓말쟁이래."

"젠장."

"내가 하고 싶은 말이네. 젠장." 젠은 이렇게 말하고는 손으로 머리를 감싼 채 또다시 흐느끼기 시작했다.

나는 무슨 말을 해야 할지, 어떻게 그녀를 달래 주어야 할지 알 수 없었다. 아니, 위로가 가능하기는 한 건지조차 알 수 없었다.

13.
젠 JEN

제이미 블랙우드는 고급 인테리어 잡지에서나 볼 수 있을 법한 집에서 살고 있었다. 멀리서 본 4층짜리 저택은 한동네의 다른 집들과 마찬가지로 높고 우아했으며 고급 주택 특유의 절제미가 돋보였다. 앞뜰에는 회양목 울타리가 있었는데 깔끔하게 손질된 상태로 보아 매일 누군가 다듬는 듯했다. 창틀은 고상한 회색으로 칠해져 있었다. 도브 테일? 아니면 찰스턴 그레이? 어떤 색인지 가늠해 보는 것만으로도 자연스럽게 미소가 지어졌다. 어쨌든 내가 자란 곳도 소용돌이무늬 카펫과 따스하고 밝게 빛나는 전기난로가 갖추어진 집이었다.

현관 인터폰의 버튼을 누르는데 순간적으로 겸연쩍고 수치스러워졌다. 흡사 사기꾼이라도 된 듯한 기분이었다. 내가 뭐라고 제이미 블랙우드 같은 사람의 집에 느닷없이 들이닥쳐도 된다는 판단을 내린 걸까? 어쩌면 벡스의 말이 옳을지도 몰랐다. 나는 안에서 사람이 나오기 전에 그냥 돌아가기로 마음먹었다. 그때 버저음과 동시에 문이 열렸다. 나는 심호흡을 한번 하고는 집 안으로 들어갔다.

화려한 색으로 칠해진 벽, 금빛 액자, 대형 거울, 거대하고 푹신한 소파 등 고풍스러운 실내를 예상했던 나는 아무것도 없는 집 내부를 보고 깜짝 놀랐다. 제이미의 집이 아니라 21세기 수도원으로 들어간 것 같았다.

“젠, 잘 지냈어요?” 제이미가 나를 향해 걸어오면서 습관처럼 붕대 감은 손을 내밀었다가 민망해하며 물었다. 단단한 근육질 팔뚝에 옅은 주근깨가 나 있었다. “미안해요. 아직 붕대에 적응이 안 돼서요.”

“치료가 오래 걸린대요? 상처가 심한가요?”

“아닐 거예요. 제가 공연을 해야 하는 피아니스트나 빌어먹을 뇌전문 외과 의사가 아니라 천만다행이죠. 좀 웃긴 얘기긴 한데 금융 쪽 일을 하기 전에 의학을 공부했었어요. 다행히 중퇴했지만.” 그가 웃으며 말했다. “점심은 먹었어요?”

“네.” 나는 점심을 걸렀지만 먹었다고 둘러댔다. 사실 지금 상태로는 어떤 음식이든 잘 먹히지 않을 것 같았다.

“차 마실래요? 커피 줄까요?” 아래층으로 이어지는 콘크리트 계단으로 안내하며 그가 물었다. 넓고 하얀 계단이 끝없이 이어질 것처럼 펼쳐져 있었다. 개인적인 소지품들 역시 보이지 않는 찬장이나 통 안에 정리되어 있었다. 제이미 블랙우드의 성격을 알 수 있는 단서를 찾을 수는 없었지만 최소한의 물건만 두는 것을 좋아한다는 사실만큼은 확실히 알 수 있었다.

"물 한 잔이면 될 것 같아요." 내가 말했다. "세상에, 집이 정말…… 놀라워요. 이 집에서 개 한 마리와 사신다니 믿어지지 않네요."

"왜요?" 그가 웃으며 물었다. "너무 깨끗해서요?"

"네. 치와와처럼 작은 개를 키우시는 것도 아니고."

"맞아요. 프레디는 치와와가 아니죠." 그는 거대한 스테인리스 냉장고로 걸어가 냉장고 문을 열었다. 냉장고 내부가 제단화(祭壇畵)처럼 밝게 빛났다. 제이미는 산 펠레그리노를 한 병 꺼내 두 개의 기다란 유리잔에 부었다.

"지금은 알렉스가 산책 데리고 나갔어요. 리젠트 파크로요." 그가 잔 하나를 건네며 말했다. "그 일 이후로 햄스테드 히스는 쳐다볼 생각도 안 해요."

"저…… 바로 그 얘기가 하고 싶어서 왔는데요." 내가 기회를 놓치지 않고 말을 이어 갔다. "말씀드렸듯이 그 일에 대해 좀 더 긴 기사를 쓸 생각이에요. 우리가 무엇을 목격했는지, 그리고 그것이 우리 모두에게 어떤 영향을 끼쳤는지에 대해서요. 혹시 비슷한 생각을 해 보셨는지 궁금하기도 했고요."

"전에 쓰신 칼럼 다 읽어 봤어요. 말하기 쑥스럽지만, 팬입니다." 그가 미소 띤 얼굴로 말했다.

"아, 진짜요?" 뜻밖의 찬사에 민망함이 불쑥 고개를 들었다.

"그런 이야기들을 쓰는 데에는 대단한 용기가 필요할 것 같던데요." 그가 말했다.

"네. 그렇죠."

"어쨌든 당황스럽게 해 드릴 의도는 아니지만," 그가 붕대 감은 손을 얼굴 앞으로 들어 올리며 말했다. "어마어마한 동성애자들이 헌터 씨를 추종하고 있다는 건 알고 계시죠?"

'나한테 왜 이렇게 친절하지?'

"우리는 헌터 씨의 아픔까지 사랑한답니다." 그가 게이 특유의 과장된 태도로 말했다. "어쨌든지 간에 헌터 씨는 끝내주게 글을 잘 쓰시잖아요. 헌터 씨 때문에 〈뉴스〉지 실물을 다 샀다니까요."

'이 사람 혹시 나한테 바라는 게 있나?'

"근데 최근에는 헌터 씨 칼럼을 못 본 것 같은데요."

순간 은빛 얼음 조각이 심장을 찌르는 듯한 통증이 느껴졌다.

"혹시 휴가 중이신가요?"

정말 별 뜻 없는 질문이었다. 신문사에서는 독자들에게 내가 왜 칼럼을 그만 쓰는지 전혀 언급하지 않았었다. 뭐라고 대답하지? 있는 그대로 말할 수는 없었다. 적당한 단어를 찾아 속으로 몸부림치는 동안 입이 열렸다 닫히기를 반복했다. 제이미가 나를 걱정스러운 얼굴로 응시하는 게 느껴졌다. 내 반응이 그를 당황하게 만든 듯했다.

"미안해요. 아무튼 다시 하던 얘기로 돌아가죠." 그가 말했다. "저도 기꺼이 돕고 싶어요." 그가 물을 한 모금 마신 후 계속했다. "그런데 드리고 싶은 말씀이 있어요."

'그래. 이제 시작이군. 이것 때문에 친절하게 군 거였어.'

단순히 내가 좋아서 친절했던 게 아니라는 건 이미 눈치채고 있었다. 과거에는 상대방의 이런 반응을 착각하는 실수를 저지르기도 했지만 지금은 아니었다.

“그렇군요. 뭔데요?” 내가 물었다.

“저널리스트들이 어떻게 일하는지 잘 압니다. 전 애인 중에도 저널리스트가 있었거든요.” 그가 말했다. “정치 평론가였죠. 아주 다른 분야이긴 하지만, 아무튼 그쪽 일이 어떻게 돌아가는지 말해 준 적이 있어요. 물론 헌터 씨는 그저 헌터 씨 일을 하시는 거겠지만요.”

‘무슨 말을 하려는 거야?’

“몇 년 전에 당시 남자 친구였던 샘이 사망했어요. 약물 과다 복용이었어요. 제가 헌터 씨를 돕든 안 돕든 이 문제가 불거질 수도 있겠다는 우려가 들어서요.” 그는 어떻게 말을 풀어 나가는 게 좋을지 고민하느라 잠시 숨을 골랐다. “기사를 작성할 때 이 부분을 언급하지 않을 수 없을 텐데, 이걸 어떻게 처리해야 할지 고민이 많이 됩니다.”

‘말은 바로 하라고. 날 어떻게 처리해야 할지 고민인 거겠지.’

“제가 드리려는 말씀은, 헌터 씨의 기사 작성을 기꺼이 돕겠습니다만 저에 대해 적당히…… 가려서 쓰겠다는 일종의 약속을 받고 싶군요.”

“아, 알겠어요.” 내가 말했다. “괜찮다면 샘이라는 분과 어떤 일이 있었는지 얘기해 주시면 좋겠네요.”

그는 청바지 주머니에 손을 쑥 집어넣더니 휴대폰을 꺼냈다. “여기 어디에 사진이 있을 텐데…….” 그가 휴대폰 사진첩의 스크롤을 올리며 말했다.

전 남자 친구라는 사람이 현재 남자 친구인 알렉스처럼 젊고 매력적일지 궁금했다.

"여기 있네요." 그가 휴대폰을 건네며 말했다.

사진 속 남자는 20대 초반 정도로 보이는 금발 머리의 스칸디나비아인이었다. 모델이라고 해도 믿을 것 같았다.

"예측 불가능한 사람이었어요." 그가 말했다. "파티를 아주 좋아했고요. 짐작이 가시겠지만. 뭐, 우리 둘 다 마찬가지였죠."

내가 휴대폰을 돌려주자 제이미는 갈망과 슬픔, 그리고 뭔지 모를 죄책감 같은 게 묻어나는 표정으로 사진 속의 금발 머리 남자를 물끄러미 바라보았다. 나는 말없이 기다렸다. 다른 사람의 입을 열게 하는 데 이만한 방법이 없다는 것을 잘 알기 때문이었다.

"평소와 크게 다르지 않은 날이었어요. 미친 듯 일하던 시절이었어요. 정말 죽어라 일만 했어요. 샘은 의대생이었습니다. 황당하죠? 의대생이 약물 과다라니. 그러면 안 된다는 걸 누구보다 잘 알았을 텐데 말입니다. 저도 할 말은 없지만. 아무튼 우리는 클럽에 갔었어요. 복스홀의 아치 아래 새로 생긴 클럽이었어요. 거기서 술도 마시고 각성제, 케타민(마취성 물질로 마약처럼 쓰이기도 한다 - 옮긴이), 코카인 같은 것도 좀 했어요. 그런 다음 그곳에서 만난 두 녀석과 집으로 돌아왔죠. 다들 편하게 쉬는 중이었어요. 샘은 이미 필로폰을 한 상태였고 나머지도 마찬가지였는데, 그날 밤은 좀 과했었나 봐요. 샘이 더 어린 놈 하나랑 눈이 맞아 침실로 들어가는 걸 보고는 전 그냥 잘 자라는 인사만 하고 제 방으로 돌아왔어요. 혼자서요. 다음 날 아침 큰 소리가 나서 잠에서 깼어요. 그 두 녀석은 제정신이 아니었어요. 그때 한 녀석이 갑자기 집 밖으로 뛰쳐나가 버리더라고요. 그게 마지막이었어요. 두 번 다시 보지 못했죠. 심지어 이름도 몰라요. 샘은 움직이지 않았습니다. 전 할 수 있는 모든 걸 시도해 봤어요. 흔들어도 보고, 커피도 먹여 보고, 얼음장처럼 차가운 물도 부어 보고. 하지만 깨어나지 않았어요. 구급차를 불렀고 응급 구조대원들이 도착했지만…… 그들이 할 수 있는 건 아무것도 없었어요…….”

“안타깝게 됐군요. 정말 끔찍했겠어요.” 나는 내 말이 적절치 못하게 느껴졌다.

“사인이 규명된 후 추문 같은 게 좀 돌았어요.” 그가 말했다. “〈스탠더드〉, 〈메트로〉, 〈텔레그래프〉, 〈메일〉 등의 언론에 보도가 됐거든요. 다행히 일에는 별 지장이 없었어요. 아시다시피 전 개인 헤지 펀드 운영사라서요. 그렇다 하더라도 끔찍한 상황임은 틀림없었죠.”

“당연히 그랬겠죠.”

“말씀드렸듯이 전 정말 도움이 되고 싶어요. 그렇지만 과거 일이 다시금 불거지는 건 원치 않아요. 저도 저이지만 알렉스를 위해서라도요. 사실 알렉스는 예전 일을 다 잊어버리라며 곁에서 절 설득했어요. 덕분에 전 완전히 새 사람이 됐죠. 그래서 개도 키우게 된 거고요. 전 알렉스와 결혼 생각까지 하고 있어요.”

“아, 축하해요.”

“뭐 어떻게 될진 두고 봐야겠죠.” 제이미가 희미하게 웃으며 말했다. “샘의 죽음을…… 언급하지 않을 수 없다 해도 샘 때문에 이 사건이 묻히는 건 원치 않습니다. 신은 아실 거예요. 이 사건은 그 자체만으로도 이미 충분히 끔찍하다는 것을요.”

“맞아요.” 내가 말했다. 팔러먼트 힐 필즈에서 발생한 사건은 우리 목격자들을 하나로 묶었다. 제이미 블랙우드, 줄리아 존스, 의사인 아예샤 아메드, 그리고 이름을 알 수 없는 10대 청소년 중 누구도 설명할 수 없는 방식으로 말이다. 다만 제이미에 대한 내 감정은 다른 사람들에 대한 것과는 조금 차이가 있었다. 우습지만 지금 나는 그를 보호해 주고 싶은 심정이었다. "신문사에서 어떻게 다룰지 확신할 수 없지만 친구분의 죽음이나 사망 원인, 또는 그날 밤 일어난 일에 대해 발설하지 않겠다고 약속드릴게요. 저한테 중요한 건 밸런타인데이에 햄스테드 히스에서 일어난 사건이니까요."

"고마워요, 젠. 그렇게 말씀해 주시니 큰 힘이 되네요." 그가 말했다. 그런데 그가 어리둥절한 표정과 함께 별안간 낯빛을 흐리며 덧붙였다. "제 생각에 그날 거기서 일어났던 일은 더할 나위 없이 명백해요. 헌터 씨도 봤고, 저도 봤고. 거기 있던 우리 모두 지독한 상황을 똑같이 목격했잖아요."

"그렇죠." 내가 대답했다.

"근데 어딘가 확신이 서지 않는 것 같아 보이시네요."

"제가 어리석은 탓이겠죠. 별일 아니에요."

"왜요? 뭐가 더 있나요?"

"제가 모르는 사람한테서 트위터 메시지를 받았는데……. 아, 아니에요. 신경 쓰지 마세요. 터무니없는 얘기라 말하기도 민망하네요."

"뭔데요? 무슨 메시지였는데요?"

"그냥…… 대니얼 올리버가 빅토리아 다 실바를 죽인 게 아니라고요."

제이미는 한층 당황하고 혼란스러운 듯했다. "하지만 그건 말이 안 되잖아요!" 어느새 그는 나를 자신을 인터뷰하는 저널리스트가 아닌 편한 친구로서 대하고 있었다.

그러나 방심은 금물이기에 가방에서 녹음기부터 꺼냈다.

"제 생각도 그래요. 어쨌든 녹음해도 괜찮으시다면 시작해도 될까요?"

"그럼요. 괜찮습니다." 그는 흔쾌히 내 요청에 응했다. "조금이라도 의심스러운 점이 있다면 언제든 알렉스가 찍은 사진을 보셔도 돼요. 찍지 않았으면 더 좋았겠지만, 한 컷 한 컷 다 찍혔더라고요. 알렉스는 프레디를 찍어 주려고 한 건데. 경치 같은 거랑요. 근데 그 대신에 모든 장면이……. 그게 어떻게 된 일이냐면 사건이 벌어졌을 때 알렉스가 모르고 계속 촬영 버튼을 누르고 있었나 봐요. 삭제할까도 생각해 봤지만 언젠가는 경찰한테 보여 줘야 할 것 같아서 그냥 뒀습니다."

왜 진작 사진을 제출하지 않았는지 궁금했지만 나는 아무 말도 하지 않았다. 대신 이렇게 물었다. "그러니까, 알렉스가…… 현장 사진을 갖고 계시다는 말씀이시죠?"

"네. 몇 십 장은 되는 것 같아요. 또 짧은 동영상도 있어요. 원하시면 언제든 보여 드릴 수 있어요. 비위만 강하시다면요. 알렉스는 곧 들어올 거예요."

제이미는 그날 이른 오후 히스에서 자신이 겪은 일에 대해 낱낱이 들려주었다. 청명했던 날씨와 대기를 채우고 있던 이른 봄기운도 기억하고 있었다. 그는 샘을 보낸 후 알렉스와 새로운 관계를 시작하기로 약속하면서 다시 행복해졌다고 말했다. 샘이 죽고 나서 오랫동안 우울증에 시달렸는데 알렉스를 만나고 드디어 여생을 함께할 사람을 찾았다고 생각했다고도 했다. 그는 히스에서 알렉스와 개를 쓰다듬던 순간을 떠올렸다. 부드러운 털이 피부에 와 닿던 느낌, 자신의 손가락에 스치던 알렉스의 손가락, 얼굴을 간질이던 햇살, 셀카를 찍을 때 지었던 바보 같은 표정.

그는 주위의 다른 사람들을 거의 의식하지 않고 있었다. 어렴풋이 근처의 한 젊은 남녀가 샴페인 한 병을 즐기고 있다는 정도만 인지했을 뿐 다른 사람들에 대해서는 별로 신경 쓰지 않았다. 그 다른 사람들이란 헤드폰을 끼고 벤치에 앉아 있던 젊은 여자, 운동 중이던 중년 여자, 10대 청소년, 그리고 나였다. 만일 우리가 한순간에 모두 엮이게 되리라는 사실을 미리 알았더라면 그는 아마 더 관심 있게 보았을 터다. 하지만 우리는 모두 그의 시선 언저리에 있었다. 그는 알렉스와 그날의 다음 일정을 의논 중이었다. 그런데 그때 고성이 들려왔다. 고개를 돌려 보니 젊은 남녀가 다투고 있는 모습이 눈에 들어왔다. 다른 날도 아닌 밸런타인데이에 왜들 저러나 싶었지만 많이 놀라지는 않았다. 과거에 자신도 불행한 밸런타인데이를 보낸 적이 있었으니까. 지난 기억을 떠올리던 그때 뭔가 깨지는 소리가 들렸다. 유리 조각들이 햇살에 반짝였다. 여자와 함께 있던 남자가 깨져서 날카로워진 샴페인 병을 휘두르며 자리에서 일어나고 있었다.

이후에 벌어진 사건의 정황이 제이미의 입을 통해 흘러나왔다. 여자의 비명, 대니얼이 빅토리아의 입에 깨진 병을 내리치던 장면, 마침 현장을 지나가던 조깅하는 남자에게 도움을 요청했던 일, 그리고 대니얼의 공격을 막아 보려고 끼어들던 순간과 상황이 다 끝난 줄 알고 안도했다가 다시 시작되면서 끔찍했던 순간, 빅토리아의 목에서 쏟아져 나오던 피, 피의 쇳내와 뒤섞여 나던 토사물의 시큼한 냄새, 가해자에 대한 분노, 남자가 스스로 목을 긋자 밀려들던 안도감.

말을 마쳤을 때 제이미의 눈에 눈물이 고였다.

"그 남자의 이름은 입에 담고 싶지도 않아요. 하지만 젊은 여자, 그 불쌍한 젊은 여자는……." 그가 말했다. "우리는…… 할 수 있는 게 없었어요. 누구라도 마찬가지였겠죠. 그녀에게서 생명이 빠져나가는 동안 우린 그저 옆에 서 있는 것 외엔 달리 할 수 있는 게 없었잖아요. 그나저나 이유가 뭐였을까요? 이 질문이 머릿속을 떠나지 않습니다. 그날 이후로 줄곧 그래요. 답은 신만이 알 거예요. 저도 사람이라 질투란 걸 해 본 적이 있어요. 다들 똑같겠죠. 질투에 눈이 멀어 나쁜 짓을 저지르고 싶은 마음도 들고요. 하지만 심각하게는 아니고요. 무슨 말인지 아시죠? 아니, 속으로 상상은 할 수 있을지언정 누가 실제로 사람을 죽입니까? 이해할 수 없어요. 앞으로도 절대 이해 못할 거고요."

내가 뭐라고 대꾸하려는 순간 위층에서 문이 열리는 소리와 함께 개가 이리저리 움직이며 짖는 소리가 들려왔다.

"알렉스랑 프레디인가 봐요!" 제이미가 자리에서 일어나며 말했다. "알렉스, 나 아래층에 있어. 젠도 와 있어." 그러고는 목소리를 낮추어 말했다. "알렉스가 좀 딱딱하게 굴더라도 신경 쓰지 말아요. 당신하고 만나는 걸 결사반대했었거든요. 하지만 오히려 나은 선택일 수도 있다고 알렉스를 달랬어요. 만일……."

순간 경주마처럼 매끈하고 우아한 바이마라너 한 마리가 달려와 제이미의 품속으로 뛰어들었다.

"산책 잘 다녀왔어? 아빠 보니까 좋아?" 제이미는 똑똑한 아기를 대하듯 개에게 말을 걸었다. 그러다 내 눈을 흘깃 보고는 사과의 말을 전했다. "아이고, 손님 앞에서 죄송해요. 프레디는 저희한테 자식 같은 존재라."

"무슨 그런 말씀을요. 전혀 아닙니다." 내가 말했다. 잊고 지냈던 상실감이 여전히 사라지지 않고 남아 있었다. 눈앞에서 펼쳐지는 사람과 동물 사이의 끈끈한 유대의 현장을 지켜보고 있자니 타는 듯한 고통이 밀려왔다. "저도, 헨리라고…… 제 전부였던 고양이가 있었거든요." 입에 올릴 때마다 늘 웃음이 나는 이름이었다. 고양이한테 붙이기엔 터무니없는 이름이었으니까. 더군다나 헨리는 암컷이었다. "헨리에타라고 해야 맞겠지만요." 내가 덧붙였다.

"아, 그러고 보니 칼럼에서 고양이 얘기를 봤던 것 같은데," 그가 물었다. "잃어버리신 거예요?"

팬이라던 그의 말은 거짓이 아니었다. "기억력이 좋으시네요." 내가 말했다.

"남자 친구와 외국으로 나갈 생각이라고 하신 것도 기억나요. 어디로 가실 예정이었나요? 스위스?" 그가 물었다. "그 무렵에 헨리가 여우한테 공격받은 걸 알게 됐다고 했었잖아요. 맙소사, 정말 끔찍하네요. 결국 외국행도 포기하셨고."

그가 내 표정을 본 건지 과하게 호기심을 보인 점에 대해 또다시 사과의 말을 하기 시작했다. "이런, 미안합니다. 사생활에 대해 캐물으려는 의도는 아니었어요. 취재하러 오신 분한테." 그가 말했다.

"괜찮아요." 내가 대답했다. "그…… 사람하고는 잘 안됐어요." 나는 자세히 밝히고 싶지 않았다. 다행히 알렉스가 계단을 내려오는 소리가 들려왔다.

“알렉스, 젠 알지? 그…….”

“그럼요. 당연히 알죠.” 그가 대꾸했다. 큰 키에 검은 머리를 한 청년이 손을 내밀며 정중하게 미소를 지었다. 그렇지만 냉기가 감도는 회색 눈동자에서 그의 진심을 읽을 수 있었다. 그는 내가 이곳에 있는 게 마땅치 않아 보였다.

“어쨌든 두 분의 시간을 더 뺏으면 안 될 것 같네요.” 내가 말했다. “저, 일어나기 전에 하나만 더 요청드릴게요. 제이미 말로는 그날 사진을 많이 찍으셨다고 하던데요.”

“그랬죠. 안 그랬으면 더 좋았겠지만.” 알렉스가 말했다.

“젠에게 그 사진들이 유용할지도 모른다는 생각이 들어서 알려줬어. 자료로 쓸 수도 있을 거고.” 제이미가 말했다. “젠이 그 사건에 관한 기사를 쓰고 있다고 말했었잖아.”

“그랬나?” 알렉스가 훅 끼치는 악취라도 맡은 듯 코를 찡그리며 되물었다.

“나중에 봐도 괜찮아요. 아무 때나 메일로 보내 주셔도 되고요.” 내가 말했다.

제이미는 청년의 목에 팔을 두르고 그의 어깨를 살짝 쥐었다. 그의 손길에 알렉스가 긴장을 풀고 미소를 지었다.

“보셔도 돼요. 전 상관없어요.” 그가 주머니에서 아이폰을 꺼내 잠금을 해제하며 말했다. 그리고 사진이 있는 페이지를 찾아 엄지손가락으로 이리저리 화면을 이동했다. “여기 있네요. 여기서부터예요. 스카이라인 사진이요.”

“고맙습니다.” 나는 아이폰을 받아들며 말했다.

알렉스의 사진들은 나를 그날 오후로 데려갔다.

사진 속에는 드넓은 도시의 풍경이 담겨 있었다. 저 멀리 눈부신 고층 건물들과 세인트폴 대성당이 보였다. 절반쯤 완공된 더 샤드(잉글랜드 런던에서 가장 높은 전망대가 있는 마천루 - 옮긴이)가 하늘 높이 솟아 있었다. 제이미와 알렉스, 프레디의 사진도 있었다. 모든 것이 달라지기 직전, 다들 한껏 즐거운 표정이었다. 동쪽으로 이어지는 길에서 연못을 바라보며 찍은 사진도 있었다. 줄리아 존스도 눈에 띄었다. 조깅하는 남자도 보였으나 검정 후드 티를 입고 있어서 얼굴이 잘 보이지 않았다. 10대 소년의 옷소매도 찍혀 있었다. 아예샤 아메드의 것이 분명한 다리 일부도 볼 수 있었다. 나는 스크롤을 올리며 사진들을 훑어보았다. 사진마다 그날 있었던 사건의 공포가 그대로 담겨 있었다. 대니얼 올리버가 험악한 표정으로 노려보는 사진도 있었다. 눈에 분노가 가득했고, 손에는 깨진 샴페인 병이 들려 있었다. 잔뜩 공포에 질린 빅토리아 다 실바도 있었다. 소리를 지르느라 바짝 긴장된 목 근육까지 세세하게 찍혔다. 솟구치는 피와 깨진 유리병에 베인 얼굴도 찍혔고, 땅바닥, 풀, 벤치 모서리 등이 흐릿하게 찍힌 사진들도 있었다. 끔찍한 사건으로 이성을 잃은 알렉스가 휴대폰을 제어하지 못하면서 마구잡이로 사진이 찍힌 모양이었다.

"어쩌다 동영상 모드로 바뀌었나 봐요." 알렉스가 말했다. "사진 상태가 별로라 좀 그렇네요."

"아니요. 전혀요." 나는 동영상에 시선을 빼앗긴 채 건성으로 대답했다.

떨리는 마음으로 재생 버튼을 눌렀다. 그리고 그날의 악몽을 재현하는 화면을 들여다보았다.

거칠어진 숨소리와 함께 멀리서 비명 소리가 들렸다. 휴대폰이 스스로 공포에 질려 떠는 것처럼 영상이 움찔거렸다. 줄리아 존스는 실신하기 일보 직전이었다. 헤드폰을 끼고서 아무것도 모른 채 더없이 행복한 표정으로 앉아 있는 아예샤의 얼굴도 보였다. 나, 아니 최소한 나처럼 보이는 사람도 있었다. 눈에는 공포가 가득했다. 그리고 같은 시간에 알렉스가 있는 쪽으로 난 길을 따라 조깅하던 남자의 모습도 찍혀 있었다. 그가 고개를 돌리자 검정 후드 티의 모자가 살짝 뒤로 젖혀졌다. 카메라의 초점이 맞지 않아 잠시 흐릿해졌던 영상이 다시 선명해지면서 믿을 수 없는 장면이 눈앞에 펼쳐졌다. 나는 화면을 제대로 보기 위해 눈을 깜빡였다.

낯익은 얼굴이었다. 내가 사랑했던 사람의 얼굴.

그 남자는 바로 로렌스였다.

14.
벡스 BEX

젠이 허둥거리며 전화를 걸어 왔다.

"그, 그 사람이었어. 세상에, 맙소사, 벡스, 그 사람이었다고!" 젠은 말을 제대로 잇지 못했다.

"진정부터 하고, 뭐가 문젠지 차근차근 말해 봐."

"그 사람이 거기 있었어. 그날, 히스에." 젠이 말했다.

"그 사람이 누군데? 갑자기 누구 얘기하는 거야?"

"로렌스 말이야. 로렌스가 바로 그 조깅하던 남자였어."

"뭐?"

"방금 영상으로 확인했어. 알렉스라고 제이미 남자 친구 있잖아. 그 사람이 아이폰으로 찍은 동영상이 있었어."

"뭐야, 난 네가 다 덮기로 한 줄 알았는데."

"알아. 미안." 젠이 말했다. "근데 이 사건엔 석연치 않은 구석이 있어."

"무섭게 왜 그래, 젠." 내가 말했다. "정신 차리고 무슨 일인지 처음부터 다시 말해 봐."

젠이 숨을 깊이 들이쉬는 소리가 들렸다. "미친 소리로 들린다는 거 알아. 근데 로렌스가 거기서 뭘 하고 있었던 거지?" 젠이 물었다. "그리고 왜 우리를 도와주지 않은 걸까?"

"그러니까 네 말은, 로렌스가 살인 사건이 있던 날 히스에 있었다는 거야?"

"응. 검정 후드 티를 입고 있었어. 달리면서 내 옆을 스쳐 지나갔다고……. 사건이 벌어지고 있던 그때 말이야."

"근데 그 사람이 로렌스가 맞긴 해?"

"아, 그렇다니까. 내 눈으로 똑똑히 봤어." 젠이 말했다. "알렉스가 나한테 영상을 보내 줬어. 벡스, 이게 다 무슨 일인지 모르겠다."

"분명히 논리적으로 설명할 수 있는 이유가 있을 거야." 내가 말했다. "로렌스는 달려서 10분이면 히스까지 올 수 있는 거리에 살잖아? 그러니 가장 가까운 팔러먼트 힐 필즈로 조깅을 하러 나가지 않을까?"

"그럴 수도 있지. 근데 사건을 다 목격했으면서도 왜 그냥 가 버렸냐고."

"그건 나도 모르지. 어쩌면 상황을 제대로 못 본 거 아닐까? 아니면……."

"그리고 왜 경찰한테 본인의 신분을 밝히지 않은 걸까? 내가 쓴 기사도 다 봤을 거 아냐. 거기 보면 그날 범죄 현장에서 목격된 검정 후드 티 입은 남자를 경찰이 찾고 있다고 명시해 놨는데."

"겁나서? 모르겠다, 젠." 내가 말했다. "그나저나, 지금 어디야?"

"프림로즈 힐. 제이미 블랙우드네 집 앞."

"우리 집으로 올래? 와서 자세한 얘기 좀 더 해 줘."

휴대폰 너머에서 아무 소리도 들려오지 않았다.

"젠, 여보세요?"

"응. 듣고 있어. 누굴 본 것 같아서…… 누가 날 감시하는 것 같은 기분이야. 혹시 트위터의 그 이상한 사람이면 어떡하지?"

"젠, 뭐가 보이는 거야? 누군데?"

젠의 숨소리가 거칠어졌다. 여러 번 젠을 불러 보았지만 그녀는 아무 말이 없었다.

"아니다. 괜찮아." 마침내 젠이 대답했다. "없어. 착각했나 봐."

"누가 널 감시한 건 아니지?"

"아닌 것 같아. 잘 모르겠어." 젠이 말했다. "근데 왠지 불안해." 젠은 울기 시작했다. "뭔가 잘못됐어. 벡스, 나 너무 무서워."

젠은 또다시 무너지고 있었다.

"어딘지 말해 봐. 내가 데리러 갈게." 내가 말했다.

젠이 주소를 불렀다. "택시 불러서 바로 갈게." 그리고 그녀를 안심시키기 위해 최대한 침착하게 말했다. "걱정하지 마. 15분이면 도착할 거야. 늦어도 20분이면 가."

나는 우버에 제이미의 집 주소를 입력하고 택시를 기다리는 동안 젠에게 무슨 말을 해 주어야 할지 고민했다. 이전에 젠을 어떻게 대했었는지 상기하며 머릿속으로 몇 가지 말을 연습했다.

지금까지의 일들이 흐릿한 일련의 이미지들로 스쳐 지나갔다. 모든 고통스러운 기억이 머릿속을 떠다녔다. 자신의 처지를 털어놓은 후 산산이 부서졌던 젠. 펑펑 쏟아지는 눈물로 화장이 빰을 타고 흘러 얼굴이 무너져 내리는 것 같았던 젠. 폭음 때문에 인사불성이 되어 카펫에 토사물을 한바탕 쏟아 놓고는 바로 옆 소파에서 잠들었던 젠. 젠은 그야말로 엉망진창 바보, 멍청이였다. 하지만 내 가장 친한 친구이기도 했다.

젠과 로렌스는 완벽한 커플처럼 보였다. 우리가 그를 처음 만났던 순간이 기억났다. 우리는 소호에 있는 프렌치 하우스에 있었다. 겨울이었고, 금요일 밤이었다. 프렌치 하우스는 사람들로 가득했다. 젠과 나는 이미 여러 잔의 와인을 마신 후였다. 내가 바에서 받아 온 술잔을 젠에게 건네기 위해 사람들 사이로 팔을 뻗었을 때 누군가 내 어깨를 밀쳤다. 그 충격으로 몸이 앞으로 쏠린 나는 균형을 잡기 위해 잔을 들지 않은 손으로 옆에 있던 한 여자의 팔을 붙잡아야 했다. 그럼에도 어떻게 해 볼 새도 없이 잔에 든 내용물이 날아가 젠과 옆에 서 있던 남자의 얼굴에 끼얹어지고 말았다.

"이게 뭐야, 벡스!" 젠이 만화 속 주인공처럼 눈을 깜박거리며 소리쳤다.

"그러게요. 이게 뭐예요, 벡스?" 까만 머리의 남자가 화이트 와인이 뚝뚝 떨어지는 얼굴로 똑같이 물었다.

두 사람은 서로를 마주 보며 웃었다. 남자는 재킷에서 깨끗한 손수건을 꺼냈고, 젠은 요즘 세상에 무슨 남자가 손수건을 들고 다니냐며 농을 던졌다. 그렇게 시작된 대화는 밤새도록 끝나지 않았다. 남자의 이름은 로렌스로 터프넬 파크에 사는 건축가였다. 마흔 중반의 이혼남이고 아이는 없었다.

"게이는 아니죠?" 젠이 물었다.

"네. 왜요?" 그가 되물었다.

"그냥 너무 멋있어서요. 잘생기고, 재미있고, 또……." 젠이 대답했다.

"그러니까 그쪽은 이성애자는 멋지거나 잘생기거나 재미있지 않다고 생각한다?" 그가 다시 물었다.

두 사람의 시시껄렁한 썸은 늦은 시간까지 쉬지 않고 계속되었다. 로렌스는 나를 그의 친구에게 소개해 주었다. 살집 있는 체형에 안경을 쓴 피터라는 동료 건축가였다. 피터와 나는 초면인 상대방에게 최소한의 예의를 갖추어 대했을 뿐 우리 가운데 남녀 간의 불꽃 같은 건 튀지 않았다. 대신 그와 나는 젠과 로렌스 사이에서 사방으로 불꽃이 튀는 모습을 옆에서 지켜보았다. 나는 누군가 젠에게 이런 관심을 보이는 게 내심 기뻤다. 크리스한테 차인 지 겨우 몇 달밖에 지나지 않은 시점이었고, 젠은 그 일로 심한 정신적 타격을 받은 상태였다. '젠 헌터의 삶'을 쓰는 데에 많은 소재를 얻을 수는 있었지만. 젠은 이 중요한 날을 맞이하기 전 몇 주 동안 크리스에게 차인 비참함을 수백 수천 개의 단어로 표현했었다. 사랑은 무가치하며, 자신의 낮은 자존감이 장애물이었고, 자신을 매력적으로 생각하는 남자는 두 번 다시 나타나지 않으리라는 등의 스토리였다.

마지막 주문을 하기 전 젠과 함께 화장실에 갔다.

"젠, 너 그런 모습 보니까 너무 좋다." 내가 말했다. "그 남자 정말 괜찮아 보여."

"그렇지?" 젠이 말했다. 기쁨으로 얼굴이 환했다.

"그 사람한테 네가 무슨 일을 하는지 말했어?" 내가 물었다.

"응. 내가 저널리스트인 거 알아. 상관없대."

"하지만 어떤 종류의 저널리즘인지에 대해서도 말했어? 네가 네 삶의 모든 걸 칼럼으로 쓰고 있다는 사실 말이야."

"아니. 그건 아직. 연락처는 교환했지만 그런 얘기까지 하긴 좀 이르지 않아? 우린 그저 즐기는 것뿐이라고."

밤이 저물어 갈 무렵 피터를 제외한 나머지는 술에 완전히 취해 버렸다. 피터는 일찌감치 자리를 떴다. 젠은 런던 남부에 있는 자신의 아파트까지 택시를 타고 가고, 로렌스와 나는 켄티시 타운과 터프넬 파크까지 같이 택시를 타고 가기로 했다. 캠던 하이 스트리트로 진입하는데 운전사가 자전거를 피하려고 방향을 틀면서 로렌스의 왼 허벅지가 내 다리에 살짝 닿았다. 로렌스는 미안하다고 하면서도 다리를 떼지 않았다. 짜릿했다. 그가 내 쪽으로 몸을 돌려 어깨에 손을 얹었다. 그의 입술이 볼에 닿는 느낌이 들었다. 무슨 말이라도 해야 할 것 같아 입을 여는 순간 그의 혀가 입안으로 그대로 미끄러져 들어왔다.

택시가 내 아파트 앞에 도착했을 때 로렌스는 내가 너무나 아름답다고 귀에다 속삭이며 오늘 밤을 이대로 끝내고 싶은지 물었다. 나는 그의 집으로 가서 한잔 더 하자고 했다. 물러설 수 있는 또 한 번의 기회였다. 젠의 이름 같은 간단한 단어 하나, 내가 하룻밤 불장난보다 젠과의 우정을 더 중요하게 생각한다는 사실을 일깨워 줄 말 한마디면 충분히 거기서 멈출 수 있을 터였다. 하지만 나는 그렇게 하지 않았다. 로렌스가 기사에게 택시비를 냈고, 우리는 그의 집 안으로 뛰어 들어가 서로를 마음껏 탐닉했다. 복도를 지나며 서로의 옷을 벗기다가 하마터면 계단에서 일을 치를 뻔했으나 간신히 참고 침실까지 갔다. 지금까지 젠에 대해 가지고 있던 미안함이 머리에서 사라지고 술과 욕정에 완전히 넘어간 상태가 되었다. 마침내 하나가 되는 순간 작은 폭발이라도 일어난 듯 충격적인 여파가 몸 한가운데를 뚫고 들어왔다.

동이 트기 시작하자 톱밥이라도 문 듯 타오르는 갈증에 입이 말라 왔다. 나는 가물가물한 의식을 가까스로 수습해 잠시 로렌스를 찬찬히 살펴보았다. 그는 아직 잠들어 있었다. 지금까지 여러 명을 사귀어 보았고 그중에는 내가 홀딱 반했던 사람들도 있었지만 이런 남자는 처음이었다. 이 사람이 내가 지금껏 기다려 온 바로 그 남자일까? 과거의 남자들을 놓고도 스스로에게 이런 질문을 해 보았지만 여러 이유로 확신은 못했었다. 하지만 로렌스라면? 평생은 아니더라도 남은 인생의 상당한 기간을 로렌스와 함께한다면? 어쩌면 가능할지도 몰랐다. 그는 누가 보아도 잘생겼고 몸도 좋았다. 딸린 조건도, 성가신 짐도 없었다. 게다가 멋진 집도 있었다. 그가 깨어나면 끝내주게 한번 더 해 줄 생각이었다.

자리에서 일어나 욕실로 가서 입 주변을 치약으로 문지르는 동안 젠에게 뭐라고 해야 할지 잠시 고민했다. 분명 젠은 이해해 줄 것이었다. 젠은 늘 내가 행복하길 바랐으니까. 두 사람이 서로 마음에 들어 한 건 명백한 사실이지만 그저 술 한잔 같이 마셨을 뿐이다. 둘은 아무 일도 없었다. 점심을 먹자는 핑계로 젠을 불러내다 설명할 생각이었다. 택시 안에서 우리가 어떻게 입을 맞추었고, 또 어쩌다 일이 이렇게 되었는지를 말이다. 아마 젠은 이 모든 과정을 재미있게 들어 주리라. 남자 친구가 될 뻔한 남자를 코앞에서 빼어간 친구라니! 어쩌면 이를 소재로 칼럼을 쓸 수도 있지 않을까. 그 칼럼은 젠이 내 실명을 칼럼에 쓰지 않은 기간만큼이나 길이도 길겠지. 이 일은 앞으로 향후 몇 년간 웃으며 회자될 것이었다. 젠은 내 결혼식에서 신부 들러리 축사를 하며 재미있는 에피소드로 이 일을 소개할지도 모른다. 나는 걷잡을 수 없는 상상의 나래를 펼치고 있었다.

조용히 침대로 돌아가 로렌스를 살짝 밀어 보았다. 옆에 누워 있는 그에게서 단단한 것이 느껴졌다. 내가 다리를 벌리고 올라앉자 그가 신음 소리를 냈다. 이번에는 빨랐다. 우리 둘 다 몇 분 만에 절정에 이르렀다. 내가 그를 껴안으려고 팔을 뻗었다. 그런데 그가 침대에서 일어나며 출근 준비를 해야 한다고 말했다. 나는 그의 흰색 가운을 걸치고 주방으로 내려갔다. 커피를 내리면서 욱신거리는 두통을 가라앉혀 줄 파라세타몰을 찾아 서랍을 뒤졌지만 진통제는 눈에 띄지 않았다. 나는 커피 두 잔을 만들어 꼭대기 층으로 가지고 올라갔다. 로렌스가 옷을 입고 있었다.

“고마워.” 그가 나에게서 잔 하나를 받아들며 말했다. 그는 내 눈을 똑바로 쳐다보지 못했다. 혹시 같이 잔 여자를 똑바로 쳐다보기 쑥스러워서 그러나? 아직도 그런 남자가 있다고? 뭐, 그럴 수도 있지. 이 사람은 재킷 주머니에 손수건을 가지고 다니는 타입이니까.

“정말 좋았어.” 나는 그를 안심시킬 수 있기를 바라며 한마디 건넸다.

“그래.” 그가 대답했다. “저, 어젯밤은 정말 좋았어. 정말이야. 그리고 난 네가 사랑스러운 여자라고 생각해. 하지만……,” 그의 목소리가 점점 잦아들었다. 그는 적당한 말을 고르느라 애쓰고 있었다. “내 생각에는 여기까지 하는 게 좋겠어. 무슨 말인지 알지?”

“근데 난 당신이…….”

“나 이런 말 잘 못하는 사람인데, 정말 좋았었다고 말해 주고 싶어. 그리고 당신도 그랬길 바라고. 원래는 한두 잔 정도만 마시는데 어젯밤에는 진짜, 진짜 너무 많이 마신 것 같아. 감당 못할 정도로. 택시 안에서 당신한테 키스하지 말았어야 했어. 내 잘못이야.”

“당신은 잘못한 거 없어, 로렌스. 전혀. 그때 나도 진짜 흥분됐었어.”

“그래? 내가 도를 넘은 게 아니라니 다행이다. 난 당신이 아주 매력적인 여자라고 생각해. 단지…….”

그가 말을 이어 가는 동안 나 혼자 열심히 상상한 꿈같은 삶이 무너져 내렸다. ‘우리’라는 건 없었다. 그는 ‘그 남자’가 아니었다. 오히려 잠깐 불장난을 즐기고 떠나가 버리는 수많은 남자 중 하나에 불과할 뿐이었다.

“난 우리 사이에 뭔가 있다고 생각했어, 로렌스.” 내가 말했다. “우리가 계속 볼 수 있을지도 모른다고 생각했는데.”

“뭔가 특별한 게 있기는 했지. 아주 특별했어. 근데 난 지금 당장 그런 관계를 시작할 준비가 돼 있지 않아.”

‘너한테 문제가 있다는 게 아니라 내가 문제라서 그래, 같은 말은 제발 하지 마. 제발 하지 말라고.’

그가 기어코 그 말을 내뱉는다면 커피 잔을 그에게 던져 버리거나 더 심한 짓을 저지를지도 몰랐다. 물론 그는 멈추지 않았고, 결국 그 말을 해 버리고 말았다. 영어로 할 수 있는 최고로 끔찍하고 지독한 말이었다.

로렌스의 말은 끝나지 않고 이어졌다. 그러나 나는 귀를 닫고 옷을 입기 시작했다. 내가 지금 어떤 기분인지 로렌스에게 말하지 않았다. 대신 방을 나서면서 그를 돌아보며 다 이해한다고 말했다. 우린 둘 다 성인이고 나는 내 몫을 감당할 수 있다고 말이다.

"저, 부탁 하나만 들어줄 수 있어?" 내가 물었다. "어제 일은 우리끼리만 아는 걸로 하는 게 좋을 것 같지 않아? 젠이 이 일을 알게 되는 건 정말 싫어. 너한테 꽤 빠져 있는 것 같더라."

"그래?" 충혈된 눈을 빛내며 그가 물었다. "걱정하지 마. 말 안 해."

2주 후 나는 로렌스에게 연락이 와서 같이 한잔했다며 신이 난 젠의 전화를 받았다. 젠은 자신과 로렌스가 급속도로 친해졌다고 말했다. 그날 저녁이 끝나 갈 무렵 두 사람은 택시를 타고 로렌스의 집으로 갔으며, 그와의 섹스는 최근 몇 년 동안 해 본 것 중 최고였다고 했다. 나는 둘의 관계가 거기서 끝날 것이라고, 로렌스는 전에 나한테도 그랬듯이 자신은 누구를 오래 사귀는 사람이 아니라는 말을 젠한테도 할 거라고 확신했다. 하지만 두 사람은 만남을 지속했다. 심지어 젠이 어떤 칼럼을 쓰는지에 대해 말하며 칼럼의 성격상 새로운 사람을 만난 얘기를 써야 할 수도 있다고 밝힌 후에도 둘의 관계는 달라지지 않았다(로렌스는 젠이 쓴 칼럼을 읽은 적이 없다고 고백했다). 이름을 가명으로 쓸 거니까 신분이 밝혀질 염려는 없다고 그를 안심시켰으며 그는 전혀 상관없어했다고, 젠은 말했다. 젠은 막 싹트기 시작한 관계를 시시콜콜하게 나와 독자들에게 업데이트해 주었다. 두 사람은 완벽하게 어울리는 커플이었다. 내가 아무리 노력한대도 젠에게 그보다 더 나은 남자를 골라 줄 수는 없을 것 같았다.

로렌스와의 잠자리는 한결같이 만족스럽다고, 젠은 말했다. 로렌스는 젠을 웃게 했고, 그의 집은 늘 깔끔하고 잘 정돈되어 있었다. 바닥에 젖은 수건이 굴러다니는 일도 없었고 침대 위에 더러운 양말이 뒹굴지도 않았다. 젠은 로렌스의 직업을 아주 마음에 들어 했고, 로렌스는 젠의 별난 유머 감각과 종잡을 수 없는 성격을 귀여워하는 것 같았다. 젠이 지금까지 만난 여자들과 다르다는 사실도 한몫했다. 만난 지 6개월이 다 되어 갈 즈음 로렌스, 아니 칼럼 속의 제임스는 젠에게 지금 사는 임대 아파트에서 나와 터프넬 파크에 있는 자신의 큰 집에서 동거하자고 했다.

그리고 둘은 그곳에서 행복하게 살았다. 그…… 끔찍한 밤이 오기 전까지.

목적지에 도착했다는 택시 기사의 목소리에 나는 다시 현실로 돌아왔다. 나는 기사에게 인사를 하고 차에서 내린 다음 젠을 찾아 두리번거렸다. 거리를 이리저리 왔다 갔다 하며 젠이 불러 준 주소가 맞는지 다시 한번 확인했지만 젠은 흔적도 없었다. 전화를 걸어도 곧바로 음성 메시지로 넘어갔다.

젠은 그곳에 없었다.

15.
젠 JEN

여전히 누가 지켜보고 있다는 느낌에 고개를 홱 돌렸지만 아무도 없었다. 주변 건물 하나의 창문을 찬찬히 훑어보았다. 열린 덧창 틈으로 은빛의 누군가, 아니 뭔가 휙 사라졌다. 거기 서서 나를 지켜보고 있었던 걸까?

제이미의 집으로 돌아가는 게 좋을지도 모른다는 생각도 안 해본 건 아니었다. 하지만 알렉스는 내가 얼쩡거리면 싫어할 게 뻔했다. 두 사람이 나를 저널리스트가 아닌 정신 나간 사람이라고 생각할 가능성도 있었다. 휴대폰을 들여다보았다. 그렇다고 마냥 벡스가 오기를 기다리며 길가에 서 있고 싶지도 않았다. 나는 걷기 시작했다. 속도를 높이자 이마와 겨드랑이에 땀이 나기 시작했다. 아직 2월인데 왜 이리 따뜻한 거야? 나는 다닥다닥 붙어 있는 카나리아 빛 노랑, 연파랑, 연분홍 집들을 지나치며 길을 따라 걸어 내려갔다.

아까 본 영상이 머릿속을 떠나지 않았다. 검정 후드 티 남자가 로렌스라니. 그 사람은 그날 히스에서 뭘 하고 있었던 걸까? 설마 거기까지 날 쫓아온 건가? 그럼 왜 멈추지 않은 거지? 왜 앞으로 나서서 경찰에 신원을 밝히지 않았지? 숨기는 게 있었나? 오늘 아침 가스펠 오크에서는 뭘 하고 있었던 걸까? 나는 '@젠헌터당신을지켜보고있어'가 보내온 메시지를 떠올렸다. 갑자기 속이 울렁거려 걸음을 멈추어야 했다. 나는 주차된 차를 짚고 서서 겨우 몸을 가누었다. 절대 로렌스일 리 없었다. 말이 되지 않았다.

다시 찬찬히 생각해 보았다. 달리 이 문제를 해결할 방법은 없지 않을까? 현명하지 못한 생각일 수도 있다는 건 알고 있었다. 하지만 다른 방법을 찾을 수 없었다. 나는 숨을 몇 번 크게 들이마셨다. 고개를 들어 보니 실비아 플라스의 이름이 적힌 잉글리시 헤리티지의 푸른 명판[3]을 단 보라색 집 앞이었다. 이곳은 실비아 플라스가 스스로 목숨을 끊은 집이 아니라—그 집은 모퉁이 너머 피츠로이 로드에 있다—그녀가 1960년과 1961년 사이에 테드 휴스와 살던 곳이었다.

나는 10대 때와 젊은 시절 내내 실비아 플라스에 완전히 미쳐 있었다. 그녀의 시에서는 열정적인 분출이 느껴졌고, 그런 그녀의 고백적인 글쓰기 방식은 아무리 보아도 질리지 않았다. 비록 분야는 달라도 사생활을 드러내는 글을 쓰게 된 데에는 분명 그녀의 글이

3 잉글리시 헤리티지는 영국의 문화유산 보호 단체로 유명 인사나 역사적 인물이 살았던 건물에 파란색 명판인 '블루 플라크'를 설치한다. 현재 런던에만 약 950개의 명판이 있다.

결정적인 계기가 되어 주었을 터다. 실비아 플라스가 스스로 목숨을 끊음으로써 비극적으로 생을 마감하긴 했지만, 실비아와 휴스가 함께했던 시간만큼은 아주 맹렬한 속도로 흘러갔을 것이다. 두 사람의 특별했던 첫 만남만 해도 그랬다. 휴스는 실비아에게 격렬하게 키스하며 그녀의 은 귀걸이를 낚아채 바닥에 던졌고, 실비아는 피가 날 정도로 휴스의 뺨을 세차게 후려쳤다고 했다.

혹시 우리가 다툰 날 밤, 그때 일어났던 일의 원인에 이 장면이 어느 정도의 지분이 있지는 않을까? 나는 그날의 기억을 머릿속에서 애써 지우며 걸음을 옮겼다. 생각만으로도 너무나 괴로웠다. 로렌스는 두 번 다시 나를 보고 싶지 않다고 말했고, 나 역시도 서로를 위해 그게 최선일 것 같다며 동의했다. 하지만 최근 들어 우리 문제가 나아지고 있다는 확신이 들었다. 우호적인 메일과 다정한 문자가 오갔고, 결정적으로 한번 만나기로 약속까지 했다. 그런데 지금 나는 조깅하던 남자가 로렌스였으며, 그가 사건 당일 현장에 있었다는 사실을 알게 되었다. 모든 게 순식간에 달라져 버렸다. 그를 어떻게 믿을 수 있겠는가. 무슨 일이 벌어지고 있는 건지 반드시 알아내야 했다. 나에게는 알 권리가 있었다. 게다가 나는 이야기의 단서를 쫓는 저널리스트니까.

좀 더 빠르게 걷기 시작했다. 모퉁이를 돌아 리젠트 파크 로드로 접어들다가 축축한 썩은 낙엽 더미 위에서 발이 미끄러지고 말았다. 다행히 넘어지기 직전에 겨우 균형을 잡았다. 나는 구두를 벗고 가방에 있던 운동화로 갈아신었다. 그때 393번 버스가 지나가는 게 보였다. 나는 버스로 내달려 가까스로 차에 올랐다. 버스를 타고 가면서 로렌스에게 무슨 말을 할지 생각했다. 시작부터 어처

구니없게 느껴질 만한 말만 떠올랐다.

'당신이었어. 당신이었던 거 다 알아. 그날 조깅하면서 지나갔잖아.

당신이 그 베일에 싸인 남자인 거 알고 있어. 왜 아무 말도 하지 않았어?

거기서 뭐 하고 있던 거야? 팔러먼트 힐 필즈에서 뭐 했냐고.

당신이 '@젠헌터당신을지켜보고있어' 맞지?

그동안 날 감시했던 거야?

나한테 원하는 게 뭐야?

설마 지금도 날 사랑해?'

나는 몇 차례 크게 심호흡을 했다. 별로 좋은 생각은 아니라는 확신이 들었지만 진실을 파헤쳐 보기로 결심했다.

나는 휴대폰을 꺼냈다. 벡스에게서 부재중 전화가 여러 통 와 있었다. 무슨 일이냐고 묻는 문자도 있었다. 젠장. 벡스는 프림로즈 힐에 도착했고, 내가 그 자리를 떠 버렸다는 사실을 알게 된 모양이었다. 나는 내가 뭘 하려는지 벡스에게 말할 수 없었다. 그녀는 몹시 화를 낼 게 뻔했다. 나는 벡스에게 답장을 보냈다. 미안하다고, 길에서 또 공황 발작이 왔었다고, 지금은 괜찮다고, 페넬로페의 집이고 나중에 전화하겠다고 말이다. 나는 터프넬 파크역 앞에 있는 정류장에서 내렸다. 그리고 그물처럼 나 있는 길을 통과해 로렌스의 집으로 향했다. 그 사람이 집에 있으려나? 보자마자 눈앞에서 문을 쾅 닫아 버리는 건 아닐까? 끊임없이 떠오르는 의혹들을 떨쳐 내며 마침내 그의 집 앞에 와 섰다. 벨을 눌렀다. 아무 응답이 없었다. 다시 한번 벨을 누르고 손가락을 그대로 버튼 위에 둔 채 귀를 기울이는데 꼭대기 층에서 걸어 내려오는 소리가 들렸다.

"네. 나가요." 큰 소리로 대답하는 로렌스의 목소리가 들렸다.

나는 그를 대면할 마음의 준비를 했다. 모든 것이 엉망이 되어 버린 그 끔찍한 주말 이후로 그를 만난 적이 없었다. 보기만 해도 좋아서 대책 없이 굴지 않도록 마음을 단단히 먹을 필요가 있었다. 강한 모습을 보여야 했다. 문이 열렸다. 로렌스가 고개를 숙여 나를 보았다. 얼굴이 엉망이었다. 잠을 잘 못 잔 듯 눈이 퀭했다. 혹시 나 때문에 가슴 아파서? 내가 그렇게 그리웠나?

"젠, 여기서 뭐 해?"

"뭐 좀 물어볼 게 있어서 왔어."

"다음 주에 만나기로 했잖아."

"그때까지 기다릴 수 없었어. 히스에서 일어난 사건에 관해 말한 거에 대해 묻고 싶은 게 있어."

"무슨 말? 당신이 그런 일을 당해서 마음이 안 좋다고 한 거? 괜찮아?"

그는 내 얼굴을 살펴보더니 내가 좀 힘들어 보였는지 이렇게 말했다. "잠깐 들어오는 게 좋겠다."

집 안으로 들어서다 그의 팔뚝에 살짝 손이 닿았다. 그가 흠칫 물러섰다. 이곳에서 보낸 마지막 밤의 기억을 머리에서 지운 지 오래였지만, 집에 온 듯한 그리움이 참기 힘들 정도로 북받쳐 올랐다. 집 안에는 익숙한 밀랍 냄새가 감돌았다. 원목 바닥에는 루비 레드, 오커 옐로, 사파이어 블루의 사각 스테인드글라스로 만들어진 현관문을 통과한 색색의 빛이 평행사변형 모양으로 드리워져 있었다. 그는 나를 널찍한 주방으로 안내했다. 내 전용 잔이며 컵이 눈에 들어왔다. 인테리어 전문점 힐스에서 구입해 선물한 큼지막한 샐러드 볼도 보였다. 그가 내 크리스마스 선물로 사 준 거대한 비트라 유리 화병은 먼지를 뒤집어쓴 채 선반에 그대로 있었다. 화병에는 아무것도 꽂혀 있지 않았다. 이 집을 떠날 당시 나는 그에게서나, 그의 집에서나 원하는 게 없었다.

우리가 함께 보낸, 대부분 행복했던 시간에 대한 기억들이 물밀듯 밀려들었다. 나는 무너지지 않기 위해 안간힘을 써야 했다.

“뭘 물어보고 싶은데?” 그가 말했다. “미안. 바보 같은 질문이었네. 그동안 어떻게 지냈어?”

“그럭저럭. 참, 연락해 줘서 고마워.” 내가 말했다. “나한테 큰 힘이 됐어.”

그가 힘들게 말을 이었다. “그런 일을 겪다니, 얼마나…… 힘들었겠어.”

나는 속에서 화가 치밀어 오르는 것을 느끼며 잠시 가만히 있었다. 입술을 하도 깨물어서 피 맛이 나는 것 같았다.

“내가 유일한 목격자도 아닌걸, 뭐.” 내가 말했다.

“그렇다며? 당신 칼럼에서 봤어. 하원 의원, 이름이 뭐였지? 아무튼 그 사람도 있었고. 사건에 개입한 남자도 정말 대단하더라. 그 사람은 좀 어떻대?”

“손을 좀 다쳤어. 하지만 다른 사람이 좀만 도와줬더라면 상황이 완전히 달라졌겠지.”

그는 내 시선을 피하고 있었다. 그가 등을 돌려 조리대로 향하며 물었다. “커피 줄까?”

“아니. 괜찮아. 그냥 좀 이해가 안 가는 일이 하나 있어서. 그러니까…… 그날 그 사건이 벌어지고 있을 때 말이야."

"그날, 뭐?" 그가 커피 머신에 에스프레소 컵을 놓으며 물었다.

"그날 거기에 조깅하던 남자가 하나 있었거든. 근데 제이미가 그렇게 도와 달라고 외쳤는데도 그냥 가 버렸어."

로렌스는 커피를 내리는 데 정신이 팔린 척하며 아무 말도 하지 않았다.

"그 사람이 도와줬다면 제이미가 대니얼 올리버를 제압할 수 있었을 텐데." 내가 말했다. "그럼 빅토리아 다 실바도 살 수 있었을지 모르고."

커피 머신에서 나오는 소음이 주방을 가득 채웠다.

"대체 어떤 사람이길래 그런 현장을 목격하고도 도움을 주지 않은 걸까?"

로렌스는 커피가 마지막 한 방울까지 다 떨어지기를 기다렸다.

"그 남자 완전 비겁한 겁쟁이 아냐? 그러지 않고서야 어떻게 그래." 내가 계속했다. "심지어 여자인 나조차 대니얼에게 맞서려고 했는데. 대니얼이 깨진 샴페인 병을 들고 있던 상황임에도 불구하고 말이야. 병을 사방에 휘두르면서 가까이 오는 누구든 찔러 버리겠다고 위협했는데도. 그거 알아? 나 빅토리아를 끌어내려다가 배도 차였어. 당시에는 몰랐는데 자칫하면 죽을 뻔했을 수도 있어."

마침내 로렌스가 몸을 돌려 나를 바라보았다. 핏기가 가신 얼굴이었다.

"내가 죽든 말든 관심이 없구나." 나는 아랑곳하지 않고 말을 이어 갔다. "하긴 내 면전에 대고 비슷한 말을 하긴 했었지."

"젠, 그런 얘기할 거면 그만 가 줘." 그가 말했다. 지극히 이성적이고 차분한 목소리였다. 게다가 내가 질색하던 아주 거만한 말투였다.

"그런 식으로 말하지 마, 로렌스." 내가 쏘아붙였다.

"하, 당신이 겪은 일도 있고 해서 최대한 호의적으로 대해 주려고 했는데. 이렇게 나오니 뭘 어떻게 해야 할지 모르겠다."

"그 사람 당신인 거 다 알아. 동영상에서 봤어."

"무슨 소리야." 그가 컵을 입가로 가져가 커피를 한 모금 마셨다.

"치료를 받아도 효과가 없나 보네. 그래도……."

"닥쳐. 감히 나한테 그런 말 꺼내지 마."

"뭐? 당신 문제를 내 탓으로 돌리는 거야?"

"이건 내 문제가 아니야!" 내가 소리를 질렀다. "당신 문제지! 당신이 한 짓, 아니 하지 않은 짓이 문제라고. 당신은 목요일에 히스에 있었어. 사건이 벌어졌을 때 그 조망 지점을 지나갔잖아. 제이미가 당신한테 도와 달라고 했고. 근데 당신은 우리를 그냥 지나가 버렸어. 우리를 내버려 두고, 그 불쌍한 여자를 죽게 내버려 두고."

"더 이상 못 들어 주겠다." 로렌스가 잔을 조리대에 쾅 내려놓으며 말했다. "그만해. 누구를 불러야 하니? 당신 주치의? 상담사? 벡스?"

이런 식으로 내쫓기는 건 사양이었다. "그날 제이미의 남자 친구 알렉스가 사진을 찍고 있었어." 내가 말했다. "어쩌다 저절로 동영상 모드로 바뀌는 바람에 의도치 않게 동영상이 하나 찍혔고. 많이 흔들려서 화질은 별로지만 분명 당신 얼굴이었어. 나한테는 거짓말을 할 수 있을지 몰라도 카메라까지 속이진 못하겠지."

"젠, 난 당신이 뭘 봤다는 건지 모르겠어. 난 그날 직장에 있었어. 동료하고…….”

“그걸 의심하는 게 아니야.” 내가 말했다. 나는 늘 그가 조에게 반한 게 틀림없다고 생각했다. 조는 그의 직장 동료로 하이힐을 즐겨 신는 관능적인 여자였다. 나는 로렌스가 새로운 사람을 만나기 시작했다는 사실을 알고 있었다. 그리고 그 상대가 아마도 조가 아닐까 짐작했었다. “당신도 잘 알겠지. 카메라는 거짓말을 하지 않는다는 걸.”

“빌어먹을, 어이가 없네.” 그가 휴대폰을 꺼내며 중얼거렸다.

“누구한테 전화하려고?” 나도 내 휴대폰을 찾아 주머니에 손을 밀어 넣으며 물었다.

“당신을 도와줄 수 있을 만한 누구든.” 그가 말했다. “당신 하나도 안 괜찮네. 그냥 내가 아직 당신한테 마음 쓰고 있다는 것만 알아 둬. 아직도 당신을 걱정하고 있다고. 지금 당신이랑 얘기하는 사람도 나잖아, 젠. 난 당신 문제에 대해 모르는 게 없어. 이런 상태가 되면 어떻게 해야 하는지 당신 스스로도 잘 알 거 아니야.”

나는 떨리는 손가락으로 와츠앱을 열고 알렉스가 보내 준 메시지를 찾았다. “전화하기 전에 이거부터 한번 보는 게 좋을걸.”

“그게 뭔데?”

“알렉스가 범죄 현장에서 찍은 동영상.”

“하, 됐어.” 그가 휴대폰을 밀쳐 내며 말했다.

나는 그의 휴대폰을 낚아채 화면을 들여다보았다. 그는 벡스에게 전화를 하려던 참이었다.

“뭐 하는 짓이야, 젠?”

“당신이 이 동영상을 꼭 봤으면 좋겠어. 당신 휴대폰은 동영상 다

보고 나서 돌려줄게."

"맙소사, 꼭 이렇게까지 해야겠어?"

"아무 말 말고 보기나 해. 얘기는 그다음에 해도 충분하니까." 내가 말했다.

나는 파일을 열고 재생 버튼을 눌렀다. 그리고 그의 얼굴 앞에 휴대폰을 들이댔다. 로렌스는 휴대폰 화면을 피하기 위해 눈을 깜빡이다가 비명 소리가 주방에 울려 퍼지자 움찔했다. 그가 고개를 돌리려 했지만 나는 동영상을 끝까지 보라고 다그쳤다. 나는 눈빛이 굳는다거나 얼굴이 상기되는 등 그가 죄책감을 느끼고 있음을 역력히 보여 주는 징후가 나타나길 기다렸다.

"그래. 할 말 있으면 어디 한번 해 보시지?" 내가 물었다.

"무슨 할 말." 그가 말했다.

"거기서 뭐 했어? 그날 거기 있었다고 나한테 왜 말 안 했냐고. 그리고 왜 그냥 가 버렸어?"

"젠, 당신이 스트레스를 얼마나 많이 받는지 알아. 그런 사건을 목격한다는 건 당연히 끔찍한 일이지." 그가 휴대폰을 돌려주며 말했다. "조깅하던 남자를 왜 나라고 생각하는지 알겠어. 좀 닮은 데가 있긴 하네. 그렇지만 장담하건대 그 사람 절대 나 아니야."

목구멍이 막혀 왔다. 공황 발작이 시작되는 듯한 익숙한 느낌이 내 몸을 엄습하고 있었다.

"어떻게 내 앞에서 그런 말을 할 수가 있어?" 내가 격앙된 목소리로 말했다. "당신 맞잖아. 당신 그날 거기에 있었잖아."

"동영상 다 보면 휴대폰 돌려준다고 하지 않았었나." 그가 손을 내밀었다.

나는 그의 휴대폰을 손바닥에 던지듯 내려놓았다. 그는 곧바로 벡스에게 전화를 걸었다.

"뭐 하는 거야?"

"당신을 도와줄 만한 사람한테 연락하는 거야." 그가 말했다. "벡스, 아니면 누구든. 당신도 그날 같은 일을 또 겪고 싶진 않겠지."

그날 밤의 기억이 떠오르면서 수치심이 밀려왔다. 물건을 던지고 욕설을 내뱉던 내 모습이 내가 아닌 낯선 사람처럼 느껴졌다. 사람인지, 물건인지를 물어뜯었던 일도 어렴풋이 생각났다. 어떤 이의 손이 어깨를 누르고, 뭔가 입속으로 거칠게 밀고 들어왔던 기억도 떠올랐다.

"좋아. 벡스한테 전화해. 분명 벡스도 이 동영상을 보면 나랑 똑같은 말을 할 거야. 지난주에 히스에서 조깅하던 남자는 바로 당신이었다고."

로렌스는 전화를 걸고 벡스의 응답을 기다렸다. 나는 벡스의 목소리가 들리기를 바라며 귀를 기울였지만 무슨 말을 하는지 알아들을 수 없었다.

"같은 생각이라니 다행이다." 그가 말했다. "나도 걱정돼. 그래. 좀 이따 봐."

그가 전화를 끊었다. 그러고는 병이 깊어 안락사를 시켜야 할 개를 쳐다보듯 나를 보았다. "벡스가 곧 올 거야." 그가 말했다. "사실 이쪽으로 오는 중이었대. 왜냐하면……."

나는 무슨 말을 하려고 했지만 그가 갑자기 큰소리를 내는 바람에 묻히고 말았다.

"벡스도 당신을 걱정하고 있었대, 젠. 모르겠어?" 그가 말했다.

"프림로즈 힐에서 기다리고 있겠다고 해서 가 보니까 없어졌다더라? 그래서 벡스가 당신이 나를 찾아갔을지도 모른다고 생각했대. 다행히 여기서 5분 거리에 있대."

"근처라고?"

"그래. 지금 세인트 조지 애비뉴래."

"잘됐네." 내가 말했다. 나는 로렌스가 손대지 못하도록 휴대폰을 꼭 움켜쥐었다. "벡스가 모든 걸 정리해 줄 거야. 일단 동영상을 보기만 하면 진실을 알게 될 테니까. 두고 봐, 로렌스."

우리는 침묵에 잠겼다. 로렌스는 한숨을 쉬며 나에게서 등을 돌렸다. 나는 다시 동영상을 재생했다. 동영상이 끝나면 다시 틀었다. 그의 어깨가 긴장한 것이 보였다. 그는 손으로 조리대 가장자리를 꽉 움켜잡고 있었다.

"제발, 젠, 그것 좀 그만 틀어!" 그가 고개를 홱 돌리며 소리쳤다. 분노로 얼굴이 일그러져 있었다. 그가 화를 내며 외쳤다. "나 아니라고! 백번 양보해서 그게 나였으면 좋겠다고 생각하는 거까진 이해해. 이유는 당신만 알겠지만. 근데 슬픈 게 뭔지 알아? 그전까지 난 당신과 다시 잘 지낼 수도 있지 않을까 생각했었어. 황당하지?"

순간 이 집에 온 게 미친 듯이 후회되었다. 지난 몇 분을 내 인생에서 지워 버리고 싶은 심정이었다. 나는 왜 늘 모든 걸 엉망으로 만들어 버리는 걸까?

"지금도 우리는……."

"하, 장난해? 우리 사이에 조금이라도 여지가 있다고 생각하는 거야? 내 집까지 와서 나한테 이 따위 혐의를 씌워 놓고?"

"이런 식으로 얘기를 꺼내지 말았어야 한다는 거 알아. 하지만 난 그저 해명을 듣고 싶었을 뿐이야."

"잘 들어. 그 남자…… 조깅하던 남자, 나 아니야!" 로렌스가 어떤 자세를 취하면서 나를 향해 걸어오며 소리쳤다. 그가 하려던 행동이 무엇이었는지는 알 수 없었다. 내 휴대폰을 빼앗으려던 것일 수도 있고, 나에게 위협을 가하려던 것일 수도 있었다. 그가 돌진해 왔을 때 목이 조이는 듯 꽉 메이고 속이 울렁거렸다. 로렌스는 뭘 하려던 걸까? 그때 초인종이 울렸다. 그가 잠시 멈칫하더니 한 걸음 뒤로 물러섰다.

"벡스일 거야." 그가 말했다. 그는 나에게 경고의 눈빛을 던지고 나서 문을 열러 나갔다.

속삭이는 소리에 이어 뛰는 소리가 들려왔다.

"젠, 맙소사, 괜찮아?" 벡스가 급히 복도를 지나오며 내 이름을 불렀다.

"미안해. 여기 온다고 얘기했어야 했는데. 근데……."

"말 안 해도 돼." 벡스가 말했다. "네가 안전하면 됐어." 벡스가 로렌스를 보며 물었다. "무슨 일이야?"

나는 내 휴대폰을 내밀었다. "이거 봐. 나한테 증거가 있어." 내가 말했다. 나는 재생 버튼을 누른 다음 벡스에게 휴대폰을 건넸다.

벡스는 마지못해 그 끔찍한 동영상을 보았다. 그날 벡스가 약속 시간에만 맞추어 왔다면 그녀 역시 목격했을 장면들이었다. 벡스가 동영상을 다시 재생했다. 이번에는 로렌스의 얼굴을 잘 보기 위해 화면을 더 가까이 들여다보았다. 세 번째에는 눈을 가늘게 뜨고 영상 속의 남자와 자기 앞에 서 있는 남자를 비교해서 보았다.

"어떻게 생각해?" 내가 물었다. "맞지?"

벡스는 내 손을 잡고 안쓰러운 표정으로 미소를 지어 보였다. "네가 왜 그 남자를 로렌스라고 생각했는지는 알겠어. 근데……."

"아무 말도 하지 마, 벡스. 그 남자가 로렌스라는 거 너도 알잖아."

나는 벡스의 손에서 휴대폰을 낚아챘다. 그러고는 또다시 재생 버튼을 눌렀다. "봐!" 나는 이렇게 말한 후 조깅하는 남자가 카메라를 향해 고개를 돌리면서 모자가 흘러내리는 순간을 기다렸다. "여기 보라고." 나는 동영상을 멈추고 손가락으로 화면을 찌르듯 가리키며 말했다. "로렌스 맞잖아!"

"로렌스랑 많이 닮긴 닮았네." 벡스가 부드럽게 말했다. "근데 로렌스는 아닌 것 같아. 젠, 정말 미안한데, 아니야."

16.
벡스 BEX

나는 길 잃은 아이를 달래듯 젠의 손을 꼭 잡고 로렌스의 집에서 데리고 나왔다. 동영상 속 조깅하는 남자가 로렌스가 아닌 것 같다고 말했을 때 나는 젠이 금방이라도 정신을 잃을지 모른다고 생각했다. 젠은 쓰러지진 않았지만 일종의 쇼크 상태에 빠졌다. 우리는 별다른 소란을 피우지 않고 그길로 로렌스의 집을 빠져나왔다. 로렌스는 추후에 젠의 상태를 알려 달라고 조심스럽게 부탁했다. 그는 둘의 관계는 이미 끝났을지언정 여전히 젠이 잘 지내는지 마음이 쓰인다고도 말했다. 내 입장에서는 젠을 옆에서 주의 깊게 살펴보고 로렌스에게 알려 주는 게 큰일이 아니므로 기꺼이 그리하겠다고 했다. 나는 젠이 칼럼을 쓰지 못하게 된 사유에 대해서도 입을 열었다. 그녀가 칼럼에서 부모님의 죽음에 대해 거짓말을 꾸며

냈다는 얘기였다. 그는 꽤 충격을 받은 모양인지 젠의 상태가 자신이 아는 것보다 훨씬 심각한 것 같다고 대꾸했다. 로렌스는 대놓고 말하지 않았지만 더 이상 젠과 함께하지 않는다는 데에 안도하는 게 분명했다.

젠은 로렌스와의 관계가 틀어진 후에도 내가 여전히 로렌스와 친하게 지내는 것에 대해 신경 쓰지 않는 듯했다. 오히려 나를 통해 그의 인생에 무슨 일이 있는지 최신 정보를 알 수 있다는 걸 다행스러워하는 것 같았다. 로렌스와 내가 하룻밤을 같이 보낸 사이라는 사실은 밝히지 않는 편이 나았다. 나는 로렌스를 멀리하고 싶지 않았다. 언젠가 젠이 우리 둘만 남겨 두고 자리를 비웠을 때 나는 그에게 어떤 악감정도 없으니 걱정 말라고 말해 줌으로써 그를 안심시켰다. 우리 둘은 그저 취한 상태에서 밤을 즐긴 것뿐이고, 그 일 때문에 서로가 젠과의 관계를 망칠 필요는 없다고 말이다. 솔직히 내가 남자라도 나보다는 젠하고 데이트를 하고 싶을 거라고 했더니 로렌스는 웃음을 터트리며 혹시 남아 있었을지 모를 걱정까지 깡그리 사라졌다고 말했다. 이후 우리는 친구 비슷한 사이가 되었다. 젠과 로렌스가 헤어진 후에도 나는 때때로 그를 만나서 술이나 커피를 마셨고, 그는 출장이나 여행을 가느라 집을 비울 때면 나한테 집을 좀 보아달라고 부탁하곤 했다. 나는 가끔씩 젠이 그 집에서 로렌스와 함께 살 때의 행복한 시간들을 떠올리곤 했다. 그때의 젠은 걱정 하나 없이 편안해 보였고, 집 안에는 그녀의 목소리가 익숙한 멜로디처럼 울려 퍼졌었다.

지금 우리는 같은 집 밖의 포장도로에 서 있었다. 젠은 말이 없었다. 내 아파트까지는 도보로 겨우 10분 거리였지만 현재 젠의 상태로는 도저히 걸어서 집까지 갈 수 있을 것 같지 않았다. 젠은 헝겊 인형처럼 힘이 하나도 없었다. 나는 우버를 호출했다. 택시 기사가 틀어 놓은 라디오에서 갑자기 시네이드 오코너의 '나씽 컴페어 투유(Nothing Compares 2 U, 그 무엇도 당신과 비교할 수 없어요 - 옮긴이)'가 흘러나왔다. 노래 가사 때문에 마음이 심란했다. 다만 지금은 과거나 떠올리고 있을 타이밍이 아니었다. 머릿속에서 애써 기억을 밀어내며 기사에게 라디오 좀 꺼 달라고 쏘아붙이듯 말했다. 우리는 집 앞에 도착할 때까지 말없이 앉아 있었다. 나는 공동 현관문을 열고 들어가서 쭉 이어진 공유 계단을 지나 꼭대기 층까지 젠을 데리고 올라갔다. 그러고 나서 젠을 안락의자에 앉힌 다음 그녀의 발치에 꿇어앉아 그녀의 손을 잡았다. 젠은 제대로 멘털이 털렸는지 핼쑥한 얼굴로 멍하니 앉아 있었다.

"젠, 네 말이 맞아." 내가 속삭였다. "그 사람, 로렌스 맞아. 로렌스가 바로 그 조깅하던 남자였어."

젠의 눈에 다시 생기가 차오르기 시작했다. "뭐?"

"로렌스 앞에서는 아무 말도 하고 싶지 않았어. 혹시라도……." 내가 말했다. "로렌스가 너무 화가 나 있길래. 괜히 화를 돋워서 긁어 부스럼 만들고 싶지 않았어."

"로렌스가 날…… 다치게 할까 봐?"

"그 사람이 무슨 짓을 할진 알 수 없지."

"하지만 내…… 내 말 믿는 거지?" 젠은 기적을 확인받기라도 하듯 말했다.

"당연히 믿지." 내가 말했다.

"잠깐이었지만 난 내가 다시 미쳐 가나 보다 생각했어." 젠은 이렇게 말하고 웃어 보려 했지만 웃음 대신 눈물이 얼굴 위로 흘러내렸다.

"울지 마." 내가 말했다. 나는 휴지를 건네주고 그녀가 울음을 그치길 기다렸다.

"이제 어떡해?"

"경찰에 신고하는 게 좋을 것 같아." 내가 말했다.

"경찰?" 젠은 경찰이라는 단어가 자신을 해치기라도 한다는 듯 조심스럽게 발음했다. "하지만 그러면 나와 로렌스 사이에 있었던 일을 다 밝혀야 할 수도 있지 않을까? 그러면 그들이 내가 신문사에서 잘린 사실을 알게 될 거고……." 젠의 목소리가 갈라졌다. 그녀는 말을 잇지 못했다.

나는 겁먹은 소녀처럼 불쌍하기 그지없는 젠을 바라보며 말했다. "걱정하지 마. 우리가 해결할 수 있을 거야." 내가 말했다.

"네 말이 맞아. 어떻게든 경찰에 알리긴 해야 할 거야." 젠은 자신에게 닥칠 고통은 애초에 체념한 듯했다. "로렌스는 거기서 뭘 했던 걸까? 내 말은, 조깅 말고."

"모르지." 내가 대꾸했다. "어쩌면 완벽한 핑곗거리가 있을 수도 있고."

"어떤 거?"

"거기서 그냥 뛰고 있었을 뿐이다, 무슨 일이 일어났는지 보긴 했지만 범죄 현장에서 그냥 도망치고 싶었다, 뭐 그런 거?"

"로렌스가 날 쫓아왔을 가능성은?" 젠이 물었다. 로렌스가 그랬기를 바라듯 그녀의 목소리에서 희망이 감지되었다. 젠이 여전히 로렌스를 사랑하는 건 슬픈 일이었다. 내가 보기에 그는 이미 마음이 떴다.

"그랬을 수도 있고." 내가 대답했다.

우리 사이에 다시 침묵이 내려앉았다. 나는 젠에게 차를 한 잔 만들어 주기 위해 주방으로 자리를 옮겼다. 주전자의 물이 끓어오르기를 기다리는 동안 앞으로 어떻게 해야 할지 고민하지 않을 수 없었다. 어쩌면 다른 길이 있을지도 몰랐다.

17.
젠 JEN

벡스가 없었다면 어쩔 뻔했는지. 나에 대한 벡스의 믿음을 의심한 내 자신이 나조차도 도저히 믿기지 않았다. 하지만 로렌스의 집 주방에서 그 수수께끼 같은 남자가 로렌스가 아닌 것 같다는 말을 들었을 때 나는 정말로 눈이 뒤집히는 줄 알았다. 마치 살바도르 달리의 초현실주의 그림 속에 갇힌 것처럼 모든 게 녹아내리는 듯한 기이한 기분이었다.

머릿속에서 로렌스의 주방 풍경이 다시금 펼쳐졌다. 때는 여름이었다. 이중문이 정원을 향해 열려 있고, 집 안으로 따뜻한 산들바람이 불어 들어왔다. 로렌스는 오토렝기(이스라엘 출신의 영국 스타 셰프 – 옮긴이)의 레시피를 참고해 만든 음식으로 식탁을 차렸고, 초와 로제 와인도 준비했다. 로맨틱한 저녁 식사가 그야말로 완벽하게 세팅이 되어 있었던 것이다. 하지만 나에게 있어 그날 저녁은 로맨틱함과는 거리가 멀었다. 그날은 토요일이자 내가 실직한 다음 날이었다. 벡스에게는 모든 걸 털어놓았지만 로렌스에게는 아직 아무 말도 하지 않았었다.

"와서 앉아." 내가 주방으로 들어서자 로렌스가 말했다. "저녁 거의 다 됐어. 와인 준비했는데. 근데 당신은 숙취 때문에 술은 쳐다보기도 싫을 수 있겠네."

"아니. 기운 차리는 데에 술이 꼭 필요할 수도 있지." 나는 커다란 잔에 와인을 따르고 나서 그를 향해 마음에 없는 미소를 지어 보이며 응수했다. "점심 식사는 어땠어?"

로렌스는 친구들, 즉 크리스, 피터, 조이와 같이 간 트룰로(잉글랜드 런던에 자리한 유명 고급 이탈리아 레스토랑 - 옮긴이)의 음식이 얼마나 맛있었는지, 그리고 바우하우스 관련 전시회가 얼마나 좋았는지 들려주었다. 로렌스는 사무실을 개업해서 나가면 친구들이 자신을 무척이나 보고 싶어 할 것이라고 말했다. 하지만 바젤은 고작해야 런던에서 비행기로 1시간 정도였으므로 마음만 먹으면 언제든 오갈 수 있었다. 로렌스는 일단은 적당한 에어비엔비에서 지내다가 나중에 나와 함께 아파트를 알아보러 다닐 생각에 한껏 들떠 있었다.

나는 그의 말을 듣는 둥 마는 둥 하고 있었다. 로렌스에게 내가 직장을 잃은 것에 대해, 내가 저지른 일에 대해 어떻게 말해 주어야 좋을지 내적 갈등 중이었다. 결국 벡스에게는 어렵사리 모든 걸 고백했지만, 로렌스 앞에서는 도저히 입이 떨어지지 않았다. 로렌스가 진실을 알게 되면 나를 어떻게 생각할까?

"어제 얼마나 마신 거야?" 로렌스가 감성돔 한 조각을 포크로 찍어 입에 넣으며 물었다.

"엄청나게." 나는 이렇게 대답하며 로제 와인을 한 모금 마셨다.

"술 좀 줄이면 좋을 텐데." 그가 말했다. "사실 우리 둘 다 한동안은 금주하면 어떨까 생각 중이었어. 당신 생각은 어때?"

로렌스는 운동광이었다. 그렇기에 와인 한두 잔 정도만 마실 뿐 과음이란 걸 하는 법이 없었다. 아침 일찍 일어나서 운동하러 가거나 저녁마다 히스에서 달리곤 했으며, 무슨 일이 있어도 그 일정만큼은 반드시 지켰다. 와인을 한 병 따면 그는 한 잔만 마시고 나머지는 내 차지였다. 따라서 지금 로렌스가 한 말은 자신이 아니라 내가 당분간 술을 끊을 필요가 있다는 의미였다. 애주에 관해서라면 '젠 헌터의 삶'에서도 이미 밝힌 바가 있었다. 평상시 같았으면 우리가 지금 나누는 얼마간의 대화가 완벽한 칼럼 소재가 되었겠지만 나에게 더는 쓸 칼럼이 없었다.

"당장 스위스에 갔으면 좋겠다. 그래야 당신이 나한테 신경을 덜 쓰지." 내가 말했다.

로렌스는 대답 없이 그저 접시만 비울 뿐이었다. 나는 저녁을 많이 먹지 않았다. 생선 속을 채우고 있다가 비어져 나온 파프리카 향잣과 밥이 마치 늦게까지 손님을 받아 주는 동네 술집 앞 길바닥 여기저기에 튀어 있던 '그것'처럼 보였다. 나는 로제 와인이 든 병을 가져다 내 잔에 몽땅 붓고 한번에 다 마셔 버렸다. 그러고는 층계 밑 저장고로 갔다.

"뭐 해?" 달그락거리는 소리에 그가 물었다.

"괜찮은 레드 와인 한 병 따려고." 내가 말했다. "치즈 사 놓은 거 있다고 했지?"

그는 묵묵부답이었다. 그저 닐스 야드 데어리(영국의 유명 치즈 전문점 - 옮긴이)에서 산 치즈와 차콜 비스킷(소화가 잘 되도록 활성탄을 섞은 비스킷 - 옮긴이)을 원목 접시에 올려 줄 뿐이었다. 내가 그의 잔에 와인을 따르려 하자 그가 손으로 잔을 막았다. 대체 뭐에 홀렸는지 모르겠다. 점잖은 체하는 그의 표정이 신경에 거슬렸던 것 같기도 했다. 어쨌든 거기서 멈추었어야 했지만 나는 계속 술을 부었다. 붉은 액체가 그의 손등을 타고 옆으로 흘러내려 호두나무 식탁을 적셨다. 그 식탁은 영국 디자이너 매슈 힐튼 거였다.

"뭐 하는 거야?" 그가 손을 치우며 소리쳤다. 그러더니 황급히 행주를 가져와 손을 닦았다. 로렌스는 내가 실수를 했다고 생각한 모양이었다. 하지만 나는 그가 돌아섰을 때에도 계속해서 와인을 부었다. 와인은 값비싼 원목 식탁에 붉은 웅덩이를 만든 걸로도 모자라 바닥까지 뚝뚝 흘러내리고 있었다.

"젠, 당신 미쳤어?"

그가 손을 뻗어 나를 제지했다. 하지만 나는 억지로 그를 밀쳐 내고 마지막 와인 한 방울까지 모조리 쏟아부었다.

"왜 이래?" 그가 소리를 질렀다. "빌어먹을, 이게 무슨 짓이야?"

"내가 진심으로 스위스에 가고 싶어 하는지 생각해 본 적 있어?" 나는 새로운 생활에 대한 기대감을 칼럼에 열정적으로 내비치긴 했지만 시간이 지날수록 우리의 계획에 회의가 들기 시작했었다.

"그 얘기라면 이미 끝난 거 아니었나?" 그가 행주로 와인을 훔치며 말했다. "당신 칼럼 소재로 쓰기에도 좋겠다고 말했었잖아. 분위기 전환도 되고, 새로운 문화에 관해 쓸 수도 있을 거고, 뭐 그랬던 걸로 기억하는데."

그는 내가 트로피라도 되는 양 들고 있는 빈 와인 병과 나를 번갈아 바라보며 방금 무슨 일이 일어난 건지 이해해 보려 애썼다.

"그렇다고 치자. 바젤로 가는 게 싫다고 쳐. 그건 그거고, 이건 뭔데?" 그가 들통에 대고 와인을 잔뜩 머금은 행주를 짜내며 말했다. 이제는 그의 손까지 붉은색으로 물들어 가고 있었다. "말해 봐. 당신은 자기 고백적 칼럼의 여왕이 될 예정이었잖아. '못하는 말'도 하나 없고. '어떤 저널리스트도 감히 가 보지 못한' 그런 경지에 이르겠다며. 그리고 거기 좀 앉아. 당신이 너무 취해서 대화가 안 되잖아."

로렌스는 태평하고 온화한 사람이었다. 하지만 그조차도 도저히 참지 못하는 한계가 있었다. 그리고 지금 그는 바로 그 한계에 도달해 있었다. 내가 그의 발작 버튼을 누른 것이었다.

"당신의 기분에 대해 얘기하고 싶은가 본데, 그렇다면 당신은 한 순간이라도 내 기분에 대해 생각해 본 적 있어?" 그가 말을 이어 갔다. "우리가 나눈 대화가 고스란히 칼럼에 실린 것을 볼 때마다 내가 어떤 기분이었는지 알아? 생각해 본 적 있냐고!"

나는 그와 눈을 마주치지 못하고 와인 잔을 향해 손을 뻗었다.

"아마 아닐걸. 왜냐하면 당신은 지극히 본인한테만 관심 있고, 늘 자기 인생을 팔 궁리만 하고 있으니까. 그 싸구려 칼럼을 위해서라면 언제든 신뢰를 저버릴 준비가 돼 있으니까." 그는 이런 기회만 노리고 있었다는 듯 속사포처럼 말을 뱉어 냈다. "그러니까 주변에 친구가 하나도 없지. 한 가지 알려 줘? 이런 식으로 살면 결국엔 곁에 아무도 남아 있지 않을 거야."

나는 마침내 기운을 차리고 입을 열었다. "무슨 뜻이야?"

"무슨 뜻인지 몰라서 물어?" 그가 되물었다. "굳이 설명까지 해 줘야 돼?"

"당신 얘기를 칼럼에 쓰는 거 상관 안 한다며."

"그랬었지. 처음에는." 그가 말했다. "사실 처음엔 으쓱하기도 했어. 근데 나중엔 좀 당황스럽더라."

"내가 당신 이름을 그대로 갖다 쓴 것도 아니잖아."

"내 친구들도, 동료들도 제임스가 나라는 거 다 알아." 그가 말했다. "그게 아니라면 왜 내가 굳이 주제넘게 바젤에 사무실을 내려고 하겠어?"

구역질이 났다.

"난 영국에서 웃음거리가 돼 버렸다고." 그가 계속했다. "완전히 우스운 사람 된 거지. 이게 다 당신이랑 그 빌어먹을 바보 같은 칼럼 덕이야. 당신의 진짜 모습을 독자들에게 알려 준다는 그 칼럼. 만약 '젠 헌터의 삶'이 이런 거라면 난 사양하겠어. 뭐, 당신은 썩 괜찮은 모양이지만."

"로렌스, 그런 식으로 말하지 마. 당신 진심 아닌 거 알아."

"뭘 그렇게 말하지 말라는 거야? 4천 파운드짜리 식탁을 엉망으로 만든 건 내가 아니라 당신인데."

"아, 돈이 문제구나? 당신은 당신보다 내가 쥐꼬리만큼이나마 더 번다는 사실을 받아들일 수가 없는 거야." 나는 여전히 내 유일한 수입원이 사라져 버렸다는 사실을 그에게 털어놓을 수 없었다.

"미치겠네. 당신 지금 무슨 말을 하는지 알기는 해?" 그가 말했다.

로렌스의 말을 마지막으로 우리는 둘 다 입을 닫아 버렸다. 로렌스는 내가 어질러 놓은 주방을 치웠고 그러는 사이 우리를 둘러싼 공기가 분노로 불쾌하게 달구어졌다. 와인을 다 닦아 낸 그는 식탁의 얼룩을 제거하려고 했다. 그때 그 흔한 주름 하나 없는 그의 흰 셔츠 위로 붉은 액체가 튀었다.

"젠장!" 그가 소리를 질렀다. 그는 행주를 식탁에 내던지고 나를 매섭게 노려보았다. 눈에는 화가 가득했다. "이 일에 관해서 칼럼에 쓸 생각은 언감생심 꿈도 꾸지 마. 감히 그러기만 해 봐." 그는 내가 칼럼에서 묘사했던 것들에 대해 쏟아 내기 시작했다. "그때 이탈리안 레스토랑에서 웨이터한테 꼬리 쳤다고 말다툼한 내용도 그래. 날 무슨 구석기 시대 사람처럼 그려 놓은 걸 읽는데 기분이 아주 끝내주더라? 내가 어머니한테 느끼는 감정에 관해 쓴 글, 그리고 아버지를 떠난 것에 대해 절대 어머니를 용서하지 못한다는 글도 아주 고마워 죽겠다. 아무리 부모님 두 분 다 돌아가신 시점이었다 해도 두 여동생한테는 설명할 게 많았는데 그런 식으로 모두에게 까발려졌더라. 근데 제일 마음에 드는 건 내 성기를 아주 자세히도 묘사한 칼럼이야. 그 어느 칼럼보다 탁월했어. 최고였지. 내 친구들도 그 칼럼을 으뜸으로 꼽을 정도야. 정말이지, 얼마나 현실적이고 획기적인 내용이었는지." 그의 말투에는 빈정거림이 잔뜩 묻어 있었다. "넌 네 자신이 뿌듯해 죽겠지?"

그의 마지막 말에 나는 자제력을 잃고 말았다.

18.
벡스 BEX

젠은 내가 로렌스와의 문제를 어떻게 처리할지 말해 주자 눈을 반짝이며 물었다.

"정말 그렇게 해 줄 거야?"

"그럼." 내가 대답했다. "아무리 그래도 로렌스가 난 안 건드릴 거야. 그러니까 내가 추잡한 비밀을 다 알고 있다고 하면 돼. 괴상한 메시지 보낸 일도 폭로하겠다고 할 거고. 수수께끼의 조깅남이 본인이라는 사실도 누가 제보하기 전에 자진해서 경찰에 찾아가 밝히라고 할게. 그건 그렇고 알렉스가 찍었다는 동영상 나한테도 보내 줄 수 있어? 쓸 데가 있을 것 같아서."

"응. 바로 보내 줄게." 젠이 휴대폰을 꺼내며 말했다.

잠시 후 익숙한 와츠앱 메시지 알림음이 들렸다.

"어쨌든 네 칼럼에는 로렌스의 실명이 나오지 않으니까 경찰은 너희 둘의 관계를 눈치채지 못할 거야. 로렌스가 너랑 있었던 일이나 네가 칼럼을 못 쓰게 된 이유에 대해 입도 뻥긋 못하게 할 테니까. 내 말을 안 들으면 지옥이 어떤지 보게 될걸."

젠이 감탄해 마지않는 눈빛으로 나를 쳐다보았다. "내가 널 배신하는 일은 절대 없을 거야."

"그래. 절대 그러지 마." 나는 그녀를 향해 검지를 까딱거리며 대꾸했다.

대화가 끝나자 분위기가 한층 밝아졌다. 우리는 갑자기 웃음을 터트렸다. 젠은 다시 한번 나 없는 삶은 상상도 할 수 없다고 말했다. 내가 전 세계를 돌아다니느라 떠나 있었던 시기를 제외하면 젠과 나는 항상 함께였다. 우리는 대학 시절 처음 마주쳤던 날 어땠었는지, 그리고 세월이 흘러 우리가 얼마나 변했는지에 대해 다시금 이야기를 나누었다. 젠은 앞으로 20년 동안 우리에게 어떤 일이 일어날지 궁금해했다.

"아마 독신으로 늙어서 같은 양로원에 들어가 살고 있겠지." 젠이 말했다. "정말 그럴 것 같아. 모든 게 처음 시작됐던 그때처럼 바로 옆 방에 붙어 지내지 않을까. 재밌을 것 같지 않아?"

"더 끔찍한 결말도 가능할걸." 내가 말했다.

젠은 다시 로렌스 얘기를 꺼냈다. 그리고 창밖으로 켄티시 타운의 지붕 너머 터프넬 파크가 있는 북쪽을 가만히 응시했다.

"미친 소리처럼 들릴 거 알지만…… 로렌스랑 나 말이야. 너무 늦은 걸까?"

"장난해?" 내가 말했다. "상황이 이 지경이 됐는데?"

"말도 안 되지. 알아. 근데 내 말 좀 끝까지 들어 봐."

내가 받은 충격이 얼굴에 그대로 드러났는지 젠이 덧붙였다. "그런 눈으로 보지 마. 내가 왜 그런 생각을 하는지 다 설명할게."

나는 한숨을 쉬며 팔짱을 끼었다. "하, 그래. 어디 들어나 보자." 내가 말했다. "무슨 근거로 로렌스랑 네가 다시 잘될 수 있다고 생각하는지 모르겠지만 일단 들어 줄게."

젠이 숨을 깊이 들이마신 후 입을 열었다. "그날 로렌스가 히스에서 조깅하고 있었다는 가정하에 그의 입장이 한번 돼 봐."

"알았다고." 나는 내키지 않지만 젠이 하는 말을 일단 들어 보기로 했다.

"대니얼이 빅토리아를 공격하기 시작했을 때 로렌스는 내가 거기 서 있는 걸 본 거야. 아마 어쩔 줄 몰랐겠지. 그래서 도망친 게 아닐까? 앞에 나서서 경찰한테 신분을 드러낼 수 없으니까. 그랬다간 날 미행한 것처럼 보일 수도 있으니까."

"그럴지도 모르지. 그럼 이상한 메시지는 왜 보낸 건데?"

"트위터 메시지들은 로렌스가 보낸 게 아닐 수도 있지." 젠이 말했다.

"그럼 누가 보낸 건데?"

"나도 모르지. 하지만……."

"네가 그 사건을 목격한 직후부터 메시지들이 오기 시작했는데 우연치고 너무 이상하다고 생각 안 해? 더군다나 넌 범죄 현장에서 도망친 남자가 전 남자 친구라고 주장하고 있잖아."

"그건 그래. 그럼 트윗들도 로렌스가 보낸 거라고 치자. 근데 그걸 나한테 보낸 이유가 날 위협하려는 게 아니라…… 내 관심을 끌기 위해서였다면?"

"젠, 너 무슨 말을 하는 거야?"

"아니다. 그냥 못 들은 걸로 해. 되는 대로 떠들어 본 거야."

"아니. 나한테 얘기 안 한 거 있지? 말해 봐."

젠은 꿈꾸는 듯한 눈빛으로 창밖을 응시했다. "만일…… 로렌스가 아직도 나한테 감정이 남아 있다면?"

"하, 젠, 설마 진심은 아니지? 아까 그 사람 집에 있을 때 그 사람이 얼마나 화가 났는지 너도 봤잖아. 솔직히 내가 도착해서 보니까 널 한 대 치고 싶은 걸 겨우 참는 것 같더라."

"하지만 누구에게 화가 나면서도 동시에 그 사람을 사랑할 수도 있는 거 아냐?"

극단적인 조치가 필요했다. "있잖아," 나는 잠시 가만히 있다가 말했다. "내가 아는 사람 중에서 네가 제일 쓰레기야."

19.

젠 JEN

로렌스가 나와 다시 시작하고 싶어 할지도 모른다는 생각을 하다니 나조차도 내 자신이 이해되지 않았다. 이 말도 안 되는 착각을 입 밖으로 내뱉는 순간 나는 내가 얼마나 정신 나간 가정을 했는지 뼈저리게 깨달았다.

벡스는 농담조로 말하긴 했지만, 사실 내가 쓰레기라는 건 내 스스로가 더 잘 알고 있었다. 남자들이 나와 그 어떤 미래도 꿈꾸고 싶어 하지 않는 건 어찌 보면 당연했다. 크리스만 해도 그랬다. 결혼까지 할 것처럼 굴다가 나를 매몰차게 차 버렸다. 그 후로 나는 스스로를 구제 불능이라 여기고 새로운 사람을 만날 생각을 접었다. 그래서 로렌스가 눈앞에 나타난 초기에는 우리 관계에서 발전 가능성을 찾지 못했었다. 그런데 로렌스를 만나다 보니 이 사람이라면 평생을 같이할 수 있을지 모르겠다는 희망이 생기기 시작했다. 내가 그의 소중한 식탁과 그의 손등에 와인을 붓는 기행을 저지른 걸 계기로 나를 다시는 보고 싶지 않다고 그가 말했을 때만 해도 내 행동이 잘못되었다는 걸 인정하기 싫었다. 하지만 심리 치료사는 잘못을 인정하는 것이야말로 관계 회복의 첫걸음이라고 말해 주었다.

그날 밤 일이 자꾸만 떠올랐다. 나는 식탁에 와인을 부었고, 비수같이 꽂히는 로렌스의 일장 연설을 잠자코 들었다. 그는 분노에 휩싸여, 내 칼럼이 자신을 얼마나 당황스러운 상황에 빠트렸으며 자신이 어떤 심정으로 런던에서 벗어나 스위스 바젤에 사무실을 열려는 것인지 토해 내듯 말했다. 그는 거기서 멈추지 않고 나의 '획기적인' 저널리즘을 있는 대로 비꼬며 나를 쥐뿔도 없으면서 자기애에 빠진 미친 사람 취급했다.

머릿속에서 근육이나 힘줄이 끊어지듯 뭔가 툭 끊기는 느낌이 들었다. 심리 치료사는 내가 그런 짓을 한 건 어쩌면 로렌스에게 진실을 털어놓을 수 없을지도 모른다는 불안감 때문일 수 있다고 말했다.

아무짝에도 쓸모없는 패배자에다 주제 파악도 못하는 인간이라며 비난하는 목소리가 머릿속을 가득 채웠다. 결국 모든 게 이 순간을 위한 전주곡이었다는 생각이 들었다. 로렌스가 한 말은 내가 이미 다 알고 있던 내용이었다. 〈뉴스〉의 편집장 재니스한테서도 결이 비슷한 말을 들었기 때문이다. 나는 졸지에 망신스럽고 무가치하고 하찮기 짝이 없는 인간이 되어 있었다.

로렌스는 끊임없이 무슨 말을 하고 있었지만 나는 그의 말을 한

마디도 알아들을 수 없었다. 마치 바깥세상을 향한 귀가 닫힌 느낌이었다. 엄마 얼굴이 떠올랐다. 엄마는 임종이 가까워 있었다. 암 투병 중이던 엄마는 해골 같은 몰골을 하고 있었다. 엄마가 간신히 입을 떼어 말했다. 지금까지 많은 일이 있었지만 여전히 나를 사랑한다고 했다. 그때 또 다른 기억이 떠올랐다. 아니, 이건 기억이 아니었다. 자동차 핸들에 머리를 심하게 부딪힌 엄마와 두개골이 갈라진 채 조수석에 앉아 있는 아빠의 모습이었다.

"아니야. 다 거짓말이야." 내가 말했다.

"뭐가? 당신 '작품'이 자랑스럽지 않다는 얘긴가?" 로렌스가 물었다. "듣던 중 반가운 소리네. 이제야 주제 파악이 좀 되시나 보지?"

"죄송해요, 엄마. 거짓말할 생각은 아니었어요." 내가 말했다.

로렌스는 아무 말도 하지 않았다. 뭔가 단단히 잘못되었다는 사실을 눈치챘기 때문이리라. 단순히 술에 취해 심한 말을 쏟아 내는 것 이상의 훨씬 심각한 상황이 눈앞에서 펼쳐지고 있었다.

"이런, 젠, 당신은 지금 정상이 아니야. 도움이 필요하다고." 그가 말했다.

나를 달래려고 뻗은 로렌스의 손을 있는 힘껏 쳐 냈다. 그는 늘 그랬듯 벡스에게 전화해서 와 달라고 부탁했을 것이다.

"다 내 잘못이야." 내가 소리쳤다. "내가 다 망쳤다고. 확 죽어 버리고 싶어."

"무슨 일이야?" 그가 물었다. "무슨 일 있었어?"

"아무 일도 없었어. 그래서 문제야." 나는 식탁 위에 있던 와인 잔이며 치즈 접시, 칼, 무화과 처트니(설탕과 향신료 등을 넣어 만드는 걸

쭉한 소스로 차게 식힌 고기나 치즈에 곁들여 먹는다 - 옮긴이)가 든 병 할 것 없이 몽땅 바닥으로 밀쳐 버리기 시작했다.

로렌스는 나를 팔로 안아 제지하려 안간힘을 썼다. 그러다 순간적으로 등 뒤에서 내 목을 왼팔로 감싸 안았다. 나는 덫에 걸린 동물이 된 듯한 더러운 기분에 그의 팔을 그대로 꽉 물어 버렸다. 그가 내 머리를 밀어내려고 발버둥 쳤지만 내 이는 그의 살에 박힌 채 꿈쩍도 하지 않았다.

그가 소리를 지르며 내 얼굴 여기저기를 마구 때렸다. 하지만 내 이는 여전히 그의 팔에서 떨어지기를 거부했다. 누가 내 입을 억지로 비틀어서 벌리는가 싶더니 부드러운 무엇을 입안으로 밀어 넣는 게 느껴졌다. 나는 숨이 막힐 정도로 그것을 꽉 깨물었다.

뭔가 깨물고 있다는 감각이 나를 끔찍한 현실로 되돌려 놓았다. 내가 무슨 짓을 한 거지?

"맙소사!" 나는 속삭이듯 내뱉었다. 입안에서 피 맛이 맴돌아 구역질이 나려고 했다. 나는 차라리 로렌스가 나를 때려 주길 바랐다. 나는 살 자격이 없었다. "그냥 죽여." 내가 말했다. "제발 날 고통에서 구해 줘."

20.
벡스 BEX

젠에게 내가 아는 사람 중에 가장 쓰레기 같다고 한 말에는 어느 정도 진심이 담겨 있었다. 그래도 내 속마음을 눈치채지 못하고 젠이 웃어넘겨서 다행이었다. 나는 젠을 다루는 법을 잘 알고 있었다. 젠은 그날 밤의 이야기, 즉 로렌스와 헤어지게 된 날 밤 얘기를 꺼냈다. 그날 로렌스는 나에게 전화를 해서 다급한 목소리로 빨리 와 달라고 했다. 그러면서 젠이 말 그대로 미쳤다고 했다.

나는 잠옷 위에 집히는 대로 아무 옷이나 대충 걸치고 레이디 마거릿 로드를 달려 로렌스의 집으로 향했다(그날 밤은 꽤 더웠으므로 겉옷을 입을 필요가 없었다). 나는 젠의 상태가 심히 걱정스러웠다. 이제 와서 하는 말이지만, 로렌스에게 신문사에서 잘린 얘기를 어떻게 전할지도 걱정되었다. 그는 잔뜩 겁먹은 목소리였고, 나는 부디 젠이 본인은 물론 로렌스도 해하지 않았기를 바랐다.

나는 가쁜 숨을 몰아쉬며 로렌스의 집에 도착하자마자 초인종을 누르고 손가락을 떼지 않은 상태 그대로 문이 열리기를 기다렸다. 눈앞에 선 로렌스의 꼴이 말이 아니었다. 그의 흰 셔츠는 피로 물들어 있었고, 그는 마른행주로 팔을 누르고 있었다.

"이게 다 무슨 일이야?" 내가 물었다.

"젠이 그랬어. 상태가 좀 안 좋은 것 같아."

"젠이 뭘 어떻게 했는데?" 내가 재차 물었다.

로렌스는 대답하지 않고 나를 주방으로 데려갔다. 깨진 유리잔과 접시 조각들이 바닥에 어지럽게 흩어져 있었다. 식탁에는 큼지막한 붉은색 얼룩이 져 있었다. 젠은 주방 한구석에 웅크리고 있었다. 입에 손수건을 꽉 문 채 머리를 쥐어짜기라도 하듯 손으로 세게 누르고 있었다.

"젠?" 나는 조용히 젠을 불렀다.

나는 가만히 젠에게 다가가 입에 문 손수건을 빼내고 뒤로 물러섰다. 젠은 마법에 걸려 물속에 갇혀 있다가 막 풀려난 사람처럼 몇 차례 깊은 숨을 내쉬었다. 젠이 무슨 일이 벌어졌는지 깨닫기까지는 시간이 좀 걸렸다. 나를 알아본 젠이 야생 동물마냥 울부짖기 시작했다.

"세상에, 젠, 이제 괜찮아." 내가 말했다. 나는 젠 옆에 같이 웅크리고 앉아 조심스럽게 그녀를 안아 주었다.

"벡스, 조심해." 로렌스가 팔에서 행주를 떼며 말했다. "진정시키려다가 이렇게 된 거거든."

"뭐?"

로렌스는 그날 무슨 일이 있었는지, 그리고 어쩌다 언쟁 끝에 팔을 물리게 되었는지 대략적으로 들려주었다.

"그래서 왜 칼럼을 못 쓰게 됐는지 젠이 사실대로 말해 줬어?"

로렌스는 무슨 소리인지 몰라 어리둥절한 듯했다.

"젠 잘렸어. 어제." 내가 덧붙였다.

"젠장," 그가 중얼거렸다. "나쁜 새끼들, 그딴 식으로 사람을 자르다니."

나는 로렌스에게 진실을 알려 주는 건 내 몫이 아니라는 판단을 내렸다. 그래서 당분간은 아무 말 않기로 했다. 나는 젠을 일으켜 세웠다.

21.
젠 JEN

“그러니까 정리하면,” 페넬로페가 말했다. “히스에서 조깅하던 그 수수께끼 같은 남자가 로렌스였다는 거지? 네 전 남자 친구?”

나는 그렇다고 대답했다. 그리고 동영상을 한번 더 보여 주었다. 페넬로페는 전혀 놀라지 않았다. 세상에 못해 본 것, 못 본 것이 없는 여자였다. 그녀는 끔찍한 폭력도 목격한 적이 있었고 인간이 어떻게 타인을 다치게 하고 피해를 입히고 고통을 주는지, 그것도 얼마나 지극히 이상주의적인 이유로 그러는지를 지척에서 지켜본 경험이 있는 사람이었다.

“이상한 트윗을 보내는 사람도 아마 그 사람인 거 같고?” 그녀가 물었다.

나는 내 가설을 개략적으로 설명했다. 그러나 페넬로페는 한 치의 망설임 없이 반대 의견을 내놓았다.

"로렌스 같은 남자가 그런 일을 저지를 것 같진 않아." 그녀가 말했다. "그동안 너한테 들은 얘기로 미루어 보건대 로렌스는 직설적인 타입이 분명하거든. 네 생각대로 너한테 아직 감정이 남아 있다면 한번 더 기회를 달라고 직설적으로 말했을 거 같은데?"

"어쩌면요." 내가 말했다. "그 사건만 아니었다면 만나서 같이 점심을 먹을 예정이었거든요." 나는 그 끔찍했던 밤에 일어났던 일과 내가 그의 팔뚝을 물어뜯은 이야기는 하지 않았다. 페넬로페에게 굳이 그런 이야기까지 꺼내서 나에 대한 불신을 심어 줄 필요는 없었다. 어떤 남자가 그런 미친 짓거리를 저지른 여자와 관계를 이어 나가고 싶겠는가.

페넬로페는 옛 애인들에 대한 추억담을 쏟아 내기 시작했다. 그중에는 유명한 종군 기자도 있었다. 페넬로페는 애까지 있는 유부남이었던 그 남자를 베트남에서 만났다. 그는 페넬로페를 위해 아내와 자식들을 버리려던 시점에 총에 맞아 사망했다. 페넬로페는 그 충격적인 상처에서 결단코 회복할 수 없으리라 생각했지만, 어느 날 런던의 노팅힐에서 열린 파티에서 잘생긴 출판인을 만났고 6개월 후 그 사람과 결혼했다. 둘은 두 명의 아이를 낳았고 햄스테드에 있는 이 집도 샀다. 당시만 해도 이 동네는 형편없는 부유층 대신 자유분방한 예술가들로 가득 차 있었다. 동네가 이렇게 된 데는 은행가들의 책임이 크다고 그녀는 말했다.

"그나저나 가해자 대니얼 올리버 뒤에 어떤 배후가 있는지 알아낸 것 좀 있어?"

"별다른 건 없어요." 내가 말했다.

"대니얼 올리버나 빅토리아 다 실바의 가족을 만나 보는 게 좋지 않을까?"

"네?"

"답이 나와 주길 마냥 기다리기만 해서는 문제를 풀 수 없어."

"그래서…… 절 도와주시겠다는 말씀이세요?"

"난 네 혼자서도 충분히 사건의 진상을 파헤칠 수 있다고 믿어. 하지만 여자들이 조금만 힘을 보태면 해결 못할 게 없는 것 또한 사실이잖아." 페넬로페는 사건을 해결할 수 있을지도 모른다는 기대감에 눈을 깜빡이며 말했다. "너한테 벡스라는 아주 친한 친구가 있긴 하지만 걘 저널리스트로서의 경험이 전무하잖아. 그러니 걔가 진실을 파헤칠 때의 짜릿함에 대해 뭘 알겠느냔 말이지."

페넬로페는 자신이 과거에 백지 수표책이나 현금이 가득 든 여행 가방 하나만 들고 전 세계를 돌아다니며 겪었던 모험에 대해 풀어놓았다.

"요즘 저널리스트들은 참 안됐어. 정말." 그녀가 말했다. "책상 앞에 묶여서는 법과 독자들의 취향에서 벗어나질 못하잖아. 그러니까 최근 신문 기사들이 죄다 지루하기 짝이 없는 거야."

"그러면 제가 뭘 어떻게 해야 할까요?" 내가 물었다. "가족들을 만나는 건 시기상조 아닐까요?"

"그럴 수도 있겠네." 페넬로페는 거대한 속눈썹을 퍼덕거리며 대답했다. "하지만 구하지 않으면 찾을 수도 없는 법. 내 첫 번째 원칙은 늘 이거였어. '질문은 언제나 해 볼 만한 가치가 있다.'"

페넬로페에게서는 배울 점이 많았다. 그녀는 그녀만의 개성이 있었다. '내 사전에 안 된다는 말은 없다'라는 식의 태도가 바로 그것이었다. 연줄은 말할 것도 없고 경험도 풍부했다. 그녀가 수상한 사설탐정이나 부패한 경찰과 일면식이 있다고 해도 놀랍지 않았다. 다만 그녀가 불법적인 수단을 동원하지 않는지는 주의해서 지켜보아야 할 문제였다. 언론 중재 위원회에 출두하는 것으로 저널리스트 인생에 종지부를 찍고 싶지는 않았다. 그랬다간 내 모든 과거가 만천하에 드러날 수도 있었다.

"너무 걱정하지 마." 페넬로페가 내 팔을 툭 치며 말했다. "뭐 때문에 걱정하는 건지 잘 알아."

"정말요?" 내가 초조하게 물었다.

"일을 더 진행하기 전에 알았으면 하는 게 있어. 이건 여전히 네 얘기라는 거." 그녀가 말했다. "너한테서 이 일을 훔칠 생각은 없어. 이런 큰 건이 저절로 굴러들어 오는 건 매일 있는 일이 아니라는 사실만 알아 둬. 운 좋으면 이번 건으로 큰돈을 벌 수도 있을 거고. 난 그 과정에서 수익금을 나눠 가질 생각이 추호도 없어." 페넬로페가 손을 들어 올렸다. "언쟁하려는 게 아니야. 잘리고 난 다음부터 일이 잘 안 풀리고 있다는 거 잘 알아. 이런, 젠, 내 말에 조금 놀랐구나. 표정을 보니 그렇네. 내 말이 다소 냉소적으로 들릴 수도 있을 거야. 돈 버는 데에만 혈안이 됐다고 생각하겠지. 하지만 이런 말에 조금 익숙해질 필요도 있어."

"아니요. 오히려 기운이 나는데요." 내가 말했다. "지금껏 제 이야기를 쓰는 데에 너무 열중했다는 생각이 드네요. 개인적인 고백 같은 것들 말이에요. 때문에 원래 갖고 있던 저널리스트로서의 열정을 잊고 살았나 봐요. 조언과 도움을 주신다면 감사히 받을게요." 나는 지난 목요일 이후 일어난 일들을 곱씹어 보았다. "이번 사건에 더 큰 배후가 숨겨져 있을지도 모른다고 생각하시는 거죠?"

"확실히 그래 보여." 페넬로페가 대답했다. "특히 대니얼이 자기 여자 친구를 죽이지 않았을지도 모른다는 부분 말이야. 모든 증거와 진술이 정확히 그 반대를 가리키고 있잖아. 그날 카이트 힐에서 네가 직접 목격한 장면만 하더라도 그 말과 일치하지 않잖아. 네가 받은 트위터 메시지는 아무리 생각해도 너무 이상해. 물론 익명의 괴짜 짓일 수도 있고. 그렇지만 조금이라도 더 파헤쳐 보기 전에는 절대 알 수가 없겠지? 그것 때문에 더욱 구미가 당기는 거고. 안 그래?"

나는 '구미가 당긴다'와 같은 말이 지금 상황에 어울리는지 확신이 서지 않았다. 그래서 이렇게만 말했다. "네. 그런 것 같아요. 그럼 뭐부터 해야 할까요?"

22.

벡스 BEX

젠에게 물어뜯겼을 당시 로렌스는 경찰을 부르고 싶지 않다고 말했다. 대신 그는 아치웨이에 자리한 위팅턴 병원으로 가서 응급실 직원에게 떠돌이 개에게 물렸다고 했다. 로렌스는 봉합 수술을 받고 파상풍 주사까지 맞은 후 새벽 3시가 되어서야 집에 돌아올 수 있었다.

나는 젠을 내 아파트로 데려왔다. 젠은 양심의 가책으로 괴로워하고 있었고 여전히 공황 상태였다. 하지만 의사를 부르면 정신 병원에서 입원 치료를 받으라는 진단을 받을지도 몰랐다. 그래서 나는 직접 그녀를 돌보기로 했다. 나만큼은 다치게 하지 않으리라는 확신이 있기도 했다. 내 침대에서 편히 쉬도록 해 주었고, 수면제도 두어 알 먹였으며, 이미 벌어진 일에 대해서는 생각하지 말라고 다

독여 주었다. 그리고 푹 자고 일어나면 모든 일이 다 괜찮아져 있을 거라고, 나 자신도 확신할 수 없는 말을 해 주었다. 나는 젠이 잠드는 모습을 지켜보며 그녀의 손을 잡은 채로 중얼거렸다. "널 어쩌면 좋니, 젠 헌터."

다음 날 아침, 울부짖는 소리에 잠에서 깼다. 거실에서 방으로 뛰어 들어가 보니 젠이 침대에서 일어나 앉아 손으로 머리를 감싸 쥐고 있었다. 간밤에 자신이 저지른 일이 기억난 게 분명했다. 젠의 모습은 엉망이었다. 눈밑에 다크서클이 짙게 드리웠고, 얼굴은 퉁퉁 붓고 푸석했다.

"제발 악몽을 꾼 거라고 말해 줘." 젠이 울부짖었다.

"젠……." 나는 젠의 옆으로 가 앉았다.

"젠장, 어떻게 된 거야? 기억이 조금 나긴 하는데 흐릿해서 잘 모르겠어."

나는 조용히, 그리고 가능한 한 눈치껏 세심하게 로렌스에게서 들은 말과 내가 목격한 것을 말해 주었다.

"젠장, 내가 정말…… 그랬다고?"

"아무래도 네가 감당하기엔 너무 버거웠나 봐. 네 일도 그렇고 또……."

"아니, 마약을 한 것도 아니고 그런 짓을 하다니." 이 와중에 젠은 농담을 하고 있었다. "제기랄, 정말 슬픈 게 뭔지 알아? 내가 아직도 칼럼을 기고 중이었다면 이번 일은 그야말로 대박 고백이 될 거라는 사실이야."

"아주 대단한 칼럼 하나가 탄생했겠지." 나는 이렇게 말하며 미소 지었다.

젠은 잠시 아무 말이 없더니 곧 다른 생각이 떠오른 듯했다. "기억이 잘 안 나네. 혹시 나…… 로렌스한테 일 얘기했어? 내가 왜…… 칼럼을 못 쓰게 됐는지 같은 얘기."

"아니. 로렌스가 아는 건 신문사에서 널 잘랐다는 게 전부야. 예산 삭감이 그 이유라고 짐작하고 있고." 내가 말했다. "나도 그것 말고 딴 얘기는 안 했어."

"다행이다." 젠이 말했다. "거짓말쟁이보다는 차라리 식인종 소리를 듣는 게 낫지." 젠이 태연한 척하며 말했다. 그 말에 우리는 참지 못하고 웃음을 터트렸다.

"근데 솔직히 난 네가 도움이 필요하다고 생각해." 내가 말했다.

"설마 날 어디로 보낼 건 아니지? 그렇지?" 젠이 어린아이처럼 다그쳤다.

"그럼. 아무 데도 안 보내." 내가 말했다.

"약속?"

"그래. 약속."

눈물이 젠의 뺨을 타고 흘러내렸다. 젠은 세상에서 가장 좋은 친구가 되어 주어서 고맙다고 말했다. 그 말을 들으면서 나는 젠의 손을 꼭 쥐었다.

이후 몇 주 동안 나는 젠의 곁을 떠나지 않았다. 직장 상사에게는 가족상을 당했다고 둘러대 유급 휴가를 받았다. 나는 젠을 지역 보건의에게 데려가 그녀가 상담 치료를 받는 동안 기다려 주었고, 처방받은 약을 잘 먹는지 옆에서 지켜보았으며, 끼니를 챙겨 주고 운동을 충분히 하는지 확인했다. 젠이 가장 좋아하는 운동은 히스를 산책하는 것이었다. 술도 아주 많이 줄였는데, 나는 무엇보다 이 부분에 깊은 감명을 받았다. 젠은 필사적으로 로렌스와 재회하고 싶어 했다. 자초지종을 설명이라도 해 보겠다는 심산이었다. 하지만 나는 그러지 않는 게 좋겠다고 조언했다. 백번 양보해서 카드나 꽃은 보내도 괜찮다고 했다. 그럼에도 로렌스에게서 아무런 소식이 없자 젠은 마음의 상처를 받았다. 나는 로렌스에게도 시간이 필요할 거라는 말로 젠을 위로했다.

가을이 되면서 젠의 상태는 진전을 보였다. 새해가 되었을 때는 아주 다른 사람 같아졌다. 2월이 되면서는 완전히 달라져서 특유의 낙천적이고 진취적인 감각을 되찾았다. 젠은 예전의 삶을 되찾고 싶어 했다. 그녀는 내 아파트를 벗어나 페넬로페의 집으로 거처를 옮겼다. 젠의 앞날은 밝아 보였다. 하지만 젠은 상태가 나아지면서 로렌스와 다시 연락을 하기 시작했다. 팔러먼트 힐 필즈에서 벌어진 끔찍한 사건을 목격한 것도 그 즈음의 일이었고, 이때부터 모든 게 달라지고 말았다.

23.

젠 JEN

나는 무슨 말을 해야 할지 고민하며 비숍스 애비뉴에 자리한 다 실바 부부의 거대한 저택 앞에 서 있었다. 살인-자살 사건이 있은 지 정확히 일주일이 된 날이었다. 이들의 집을 보니 덜컥 겁이 났다. 웅장한 크기며 두 개의 작은 탑, 은은한 벽돌 때문에 에드워드 7세 시대 건축처럼 보였지만 실제로는 지어진 지 5년 정도밖에 되지 않았다. 건물은 높다란 보안 문 뒤에 자리하고 있었고, 감시용 비디오 출입 시스템이 갖추어져 있었으며, 다른 특징들 또한 부동산 중개인이 '비용에 구애받지 않고' 지은 집이라고 소개할 만한 것이었다. 그 안에 딸의 죽음을 애도하는, 슬픔에 잠긴 부부가 살고 있었다.

페넬로페는 다 실바 부부에게 메일을 보내 보라며 나를 설득했다. 우리는 선거인 명부에서 메일 주소를 찾아냈고, 나는 그들에게 사건의 목격자 가운데 하나라며 메일을 썼다. 내가 저널리스트라는 사실을 솔직하게 밝히고 지금까지 내가 쓴 기사의 링크도 첨부했다. 더불어 인터뷰를 원하는 건 아니라는 점도 강조했다. 그보다는 사건 현장에 있었던 사람으로서 도움이 되고 싶고, 경찰이 답해줄 수 없는 내용들에 대해 얼마든지 물어보아도 좋다고도 했다. 나는 하루 만에 회신을 받았다. 페드로 다 실바가 메일을 보내온 것이었다. 우리는 그의 집에서 만나기로 약속했다.

자신 있게 메일부터 보냈지만 여전히 걱정이 컸고 흡사 사기꾼이 된 기분이었다. 저널리스트로서라기보다는 관심 많은 한 사람의 시민으로서 이곳에 와 있는 거라고 스스로 되뇌는 수밖에 없었다. 대니얼 올리버가 빅토리아 다 실바를 죽인 진범이 아니라는 메시지는 조사해 볼 필요가 있었다. 그 메시지를 머릿속에서 지워 버리기 위해서라도 그래야만 했다. 그래서 나는 페넬로페라면 이런 상황에서 어떻게 했을지 생각하며 크게 심호흡을 하고 인터폰의 버튼을 눌렀다. 카메라가 지켜보는 느낌이 들었다. 카메라의 렌즈는 과연 무엇을 보고 있는 것일까? 값비싼 남색 폴 스미스 울 정장을 입은 맵시 좋고 그리 못나지 않은 금발 여자? 나는 적극적으로 자산을 투자한 적이 없었다. 대신 수년간 내가 벌어들인 수입을 좋은 옷을 사는 데에 썼다. 외양적으로는 내가 꽤 괜찮아 보이리라. 카메라는 겉으로 보이지 않는 것, 즉 내 안에 자리한 정신적 상처와 철저히 숨겨 둔 고통까지 포착할 수는 없을 터였다.

잠시 후 버저음이 울리며 문이 열렸다. 나는 자갈길을 가로질러 입에서 물을 뿜어내는 호화로운 돌고래 분수를 지나 현관으로 걸어갔다. 슬픈 눈을 한 노파가 문을 열고 기다리고 있었다. 그녀는 이 집의 살림을 맡아 돌보는 사람이라고 자신을 소개했다. 그런 다음 대리석과 금으로 이루어진 복도로 나를 안내했다. 그녀는 다 실바 부부가 거실에 있다며, 정교한 계단을 지나 로마 시대 별장을 연상시키는 모자이크 바닥의 중정을 통과해 정리가 잘된 드넓은 후원이 내려다보이는 방으로 나를 데려갔다. 다 실바 씨가 앉아 있던 흰색 가죽 소파에서 일어났다. 다 실바 부인은 그대로 앉아 있었다. 공간 구석구석에 거대한 샹들리에의 빛이 깃들여져 있음에도 방 안에는 왠지 모를 어두운 기운이 감돌았다. 이곳에는 슬픔이 그늘을 드리우고 있었고, 아무리 애를 써도 인공적인 빛으로는 그 그늘을 사라지게 할 수 없을 것 같았다.

"헌터 씨, 만나서 정말 반가워요." 다 실바 씨가 손을 내밀며 말했다. 그는 자신의 말투가 다소 밝게 느껴졌는지 걱정스러운 눈길로 자신의 부인을 빠르게 흘낏 쳐다보고는 좀 더 진지한 투로 말했다. "방문해 줘서 고맙습니다." 그는 체구가 자그마하고 머리가 벗어졌으며 세심하게 손질된 수염을 기르고 있었다. "앉으시죠."

나는 다 실바 부인과 마주 앉아 동정 어린 미소를 지어 보였다. 하지만 부인은 자신의 무릎만 내려다보았다. 그녀의 공허한 얼굴은 딸을 앗아간 그 사건 때문이리라.

"만나 주셔서 감사합니다. 이렇게 찾아봬도 괜찮을지 걱정 많이 했거든요. 하지만 전……."

"잘 왔어요, 헌터 씨." 다 실바 씨가 말했다.

나는 그에게 편하게 젠이라고 부르라고 말했다. 그는 알겠다는 의미로 고개를 숙여 보였다. 그러고는 버저를 눌러 가사 도우미에게 차를 준비시켰다.

"본격적인 얘기를 나누기 전에, 전 우리의 대화가 언론이나 인터넷, 아니면 다른 매체에 그대로 게재되거나 편집돼 실리는 일이 없을 거라는 확답을 받고 싶어요." 그가 말했다. 그의 말투에 성공한 사업가의 전형성이 묻어났다. 그는 부탁이 아니라 지시를 하고 있었다.

"그럼요. 물론이죠." 나는 세심하게 단어를 골라 대답했다. "메일에서 대략적으로 말씀드렸듯이 전 저널리스트이고 그…… 사건에 관해 기사를 쓰기는 했지만, 어떤 말씀을 하시든 그것을 제가 쓰고 있는 기사에 사용할 생각은 추호도 없습니다."

그가 다시 고개를 끄덕였다. "아실지 모르겠지만, 우리 비키…… 아니 빅토리아는 인테리어 디자인을 하기 전에 저널리스트 공부를 할까도 생각했었답니다." 그가 말을 이었다. "실은 헌터 씨 팬이었어요. 그렇지, 아나?"

다 실바 부인은 대답하지 않았다. 그저 자신의 손만 응시할 뿐이었다.

"미안해요. 유감스럽게도 제 아내는…… 그 일로 심한 충격을 받았어요. 그럴 만하죠." 그가 말했다. "비키는 남부러울 게 없는 아이였어요. 세상에 못할 일이 없었어요."

"과감하고 용감한 친구였나 봐요." 내가 말했다. "게다가 제 글을 좋아했다니 기쁘네요. 제 일은 말씀하셨던 진정한 저널리즘은 아니지만요."

"어째서요?"

"전 자전적인 칼럼을 썼거든요. 제 삶에 대한 아주 가볍고 자기 고백적인 글들이었어요. 세상을 변화시키는 것과는 거리가 멀었죠."

"아, 그런데 과거 시제로 말씀하시네요. 왜인가요?"

"그게, 상황이 좀 바뀌었어요."

그 집과 다 실바 씨가 이끄는 사업(그는 꽤 잘나가는 레스토랑 체인, 식료품 수입업체, 부동산업체를 운영하고 있었다)에 대해 한담을 조금 더 나눈 후, 다 실바 씨는 밸런타인데이에 내가 목격한 내용에 관해 물었다. 나는 최선을 다해 그날 본 것들을 알려 주었다. 너무 생생하거나 폭력적인 내용은 생략했다. 다 실바 씨나 부인을 자극하는 일은 절대로 하고 싶지 않았다. 다 실바 씨는 경찰이 얼마나 빨리 출동했는지 궁금해했다. 나는 아주 오랜 시간이 걸린 느낌이었지만 실제로는 최초 신고 이후 몇 분 걸리지 않았다고 대답했다. 그는 빅토리아를 살리기 위해 할 수 있는 모든 걸 했는지도 물었다. 나는 그렇다고 하며 그를 안심시켰다. 다행스럽게도 그는 자신의 딸이 당시 고통스럽게 죽어 갔는지에 대해서는 묻지 않았다. 만일 그 질문을 받았다면 나는 아무 대답도 할 수 없었을 것이다.

"여기, 차 드세요. 목 마르실 텐데." 가사 도우미가 쟁반을 들고 돌아오자 그가 말했다. "아나, 당신도 좀 들어."

가사 도우미가 잔에 차를 따라 주었다. 다 실바 부인 옆에는 손도 대지 않은 듯한 찻잔이 놓여 있었다.

"현장에서 직접 목격했다니 정말 힘드셨을 것 같네요." 다 실바 씨가 말을 건넸다. "경찰 말로는 그때 말리려고…… 하셨다더군요. 힘닿는 데까지 애써 주셔서 정말 감사합니다. 헌터 씨와 그 남자분, 그분 성함이 뭐라고 하셨죠?"

"제이미 블랙우드 씨요." 내가 말했다.

"맞다, 제이미 블랙우드. 그분도 정말 용감하셨더군요. 하지만 당시 현장에 있었던 다른 남자들은 어떻게 된 겁니까? 경찰 말로는 조깅하던 남자가 하나 있었다고 하던데 자리를 떠 버렸다고 하고, 10대 청소년 한 명도 도망갔다고요? 누구였습니까? 혹시 아시나요?"

나는 다 실바 씨에게 거짓말을 하고 싶지 않았다. 하지만 로렌스에 대해 내가 아는 바를 말할 수는 없었다. "경찰이 지금 찾는 중인 것 같아요." 나는 불편한 마음으로 이렇게 대답했다.

"겁쟁이들," 그가 낮은 목소리로 내뱉었다. "그 사람들도 합세했다면 모든 게…… 완전히 달라졌을 겁니다. 그렇게 생각하지 않으세요?"

나는 그의 말에 전적으로 동의했다. 내가 질문을 하나 던지려던 찰나 다 실바 씨가 빅토리아에 관해 얘기하기 시작했다. 어릴 때는 어땠는지, 얼마나 영리했는지, 얼마나 재능이 넘쳤는지. 그리고 훌륭한 플루트 연주자였으며 멋진 예술가였다는 말도 했다. 런던 시립 여학교(잉글랜드의 명문 사립 학교 중 하나 - 옮긴이)와 더럼 대학을 다녔고 친구도 많았다고 했다.

"그러면 대니얼은, 어떻게……."

다 실바 씨가 손을 들어 내 말을 막았다. "이 집에서 그 이름은 듣고 싶지 않군요." 그가 말했다. "미안합니다. 근데 그 이름만 들어도 너무 고통스러워서요. 물론 그건 아나도 마찬가지고요."

"이해합니다." 나는 다 실바 부인을 바라보며 대답했다. 그녀는 일종의 약물이나 진정제를 처방받고 있는 게 틀림없었다. 그녀는 내가 상상조차 할 수 없는 고통을 감내하고 있을 터였다. 본능에 따르자면 시간을 할애해 준 것에 대해 다 실바 부부에게 감사를 전하고 자리에서 일어나 작별 인사를 해야 했지만 이대로 돌아가면 페넬로페가 뭐라고 할지 걱정이 되었다. 그녀는 더 강해져야 한다고 나에게 말했었다. 나는 나 자신은 물론 나 자신의 의견도 잊어버려야 했다. 아무리 괴로워도 이야기의 심부(心府)를 파헤쳐야 했다.

페넬로페는 이야기의 뿌리에 수수께끼가 자리하고 있다고 했다. 그 수수께끼의 대상은 살해 동기가 무엇이었는가 하는 '이유'만이 아니었다. 경찰의 주장대로 정말 질투심 때문이었을까? 아니면 다른 이유가 있어서였을까? 또 다른 수수께끼의 대상은 '누구'였다. 말 그대로 과연 이 범죄의 책임은 누구에게 있는 것일까? 빅토리아 다 실바를 죽인 사람이 대니얼 올리버가 아니라는 말은 근거 있는 주장일까? 이 혐의가 그저 그런 낭설에 불과하다면 누가 왜 비난의 초점이 대니얼로부터 비껴가게 하려는 걸까?

하지만 다 실바 부부와 테이블을 사이에 두고 마주 앉은 지금의 내 관심사는 이 다음에 뭘 해야 하는가였다. 자식 잃은 슬픔에 빠진 부모에게 무슨 말을 해야 하나?

"어떤 심정이실지 상상이 안 가요." 내가 말했다. "똑같다고 할 수는 없겠지만, 저도 열네 살에 부모님을 모두 잃었거든요. 자동차 사고로요."

말을 뱉자마자 나는 곧바로 다시 삼키고 싶어졌다. 벡스가 떠올랐다. 아마 불같이 화를 내겠지. 그리고 내 심리 치료사는 실망스러운 표정을 지을 것이었다. 나는 불쌍한 엄마 아빠를 떠올렸다. 그만 자리에서 일어나는 게 현명할 것 같았다.

"가지 마세요. 조금만 더 계시면 안 되겠습니까?" 다 실바 씨가 나를 붙잡았다.

나는 얼굴이 달아오르는 느낌이 들었지만 그의 말대로 했다.

"정말 끔찍했겠군요. 어린 나이에 부모님을 잃다니요." 그는 이렇게 말하며 아내를 돌아보았다. "상상이 가, 아나?" 하지만 다 실바 부인은 여전히 반응이 없었다. 그가 다시 내 쪽을 보았다. "만물에는 자연의 질서라는 게 있어서 일반적으로 부모가 자식을 먼저 묻을 거라고는 생각하지 않죠. 그런 사건으로 자식을 잃을 거라는 생각은 더더욱 안 하고요. 다른 누구도 아닌 사랑하는 사람한테 그런 몹쓸 짓을 당했으니."

나는 목을 가다듬고 조심스럽게 물었다. "혹시 빅토리아가 그 사람이랑 결혼…… 하려고 했었나요?"

"그럴 생각이었던 걸로 압니다." 한결 누그러진 말투로 그가 대답했다. "나는 그 청년의 에너지가 좋았어요. 열정적인 모습도. 하지만 아나는 딱히 마음에 들어 하지 않았어요. 너무 잘생겼다는 이유였어요. 아나는 여자가 너무 잘생긴 남자랑 결혼하면 안 된다고 버릇처럼 말하곤 했죠. 결국에는 배신당한다면서요. 그리고, 그게, 그자는……," 다 실바 씨는 여전히 대니얼의 이름을 말하길 꺼렸다. "의심의 여지 없이 아주 잘생겼더군요. 빅토리아는 그 사람한테 푹 빠졌었죠."

"두 사람이 어떻게 만난 지 아세요?" 내가 물었다.

"잘 몰라요. 카로라는 친구의 소개로 만났을 겁니다. 맞지, 아나?"

그의 아내는 무슨 말인가를 하려는 듯했지만 힘에 부친 듯했다.

"생각났네요. 카로 엘리엇." 그가 말을 이었다. "사랑스러운 아이였어요. 빅토리아의 대학 친구였는데, 홍보 쪽 일을 한다고 들은 것 같아요."

나는 나중에 그녀에 대해서도 알아보기로 마음먹었다.

"그 아이도 이번에 일어난…… 일 때문에 엄청난 충격을 받았습니다." 그가 말했다. "울면서 전화가 왔었어요." 그의 목소리가 차츰 잦아들었다. 그러고는 광활한 정원을 가만히 응시했다. "비키는 늘 여기 후원에서 결혼하고 싶다고 말하곤 했습니다. 이제는 불가능한 일이지만요. 그렇지, 아나? 아니지. 비키를 위한 경야(經夜, 죽은 사람을 장사 지내기 전 가족이나 친지들이 관 옆에서 밤을 새워 지키는 일 - 옮긴이)가 아직 남아 있군."

다 실바 씨의 까만 눈동자에서 눈물이 흘러내렸다. 그는 주머니에서 손수건을 꺼냈다.

"죄송해요. 제가 오늘 큰 결례를 범한 것 같네요." 내가 말했다.

"전혀 그렇지 않았습니다." 그가 대답했다. "꼭 다시 방문해 주세요."

나는 그에게 감사하다고 말하고 자리에서 일어나며 다 실바 부인에게 작별 인사를 고했다. 다 실바 씨가 거실을 가로질러 나를 배웅해 주었다. 우리가 중앙 홀로 나가려는데 어디선가 작은 목소리가 들려왔다. 나는 뒤를 돌아보았다. 다 실바 부인이었다. 그녀의 자세는 변한 것이 없었고 시선 또한 여전히 정면에 고정되어 있었다.

"비키는 아기를 낳을 예정이었어요." 그녀가 말했다. 목이 메어 말하기가 힘든 듯했다. "임신 중이었어요. 그때…… 사고당했을 때요."

24.
벡스 BEX

그는 젠을 지켜보고 있었다. 젠은 켄우드 하우스 앞에 자리한 벤치에 앉아 있었다. 그는 휴대폰을 보는 척하며 젠 뒤에 서 있었다. 확신할 수는 없었지만 그 남자가 누군지 알 것 같았다. 살인 현장에서 도망쳤던 10대 소년이었다.

초반에는 그의 존재를 눈치채지 못했다. 그가 관광객들, 아이들을 동반한 젊은 엄마들, 햄스테드에 거주하는 전형적인 은퇴자들 무리에 섞여 있었기 때문이다. 그러다 움직이지 않고 있어서 눈에 띈 것이었다. 그는 아무것도 하지 않고 그냥 그곳에 서 있었다. 그리고 젠을 계속 훑어보고 있었다. 처음에는 빠르게 은밀히 흘깃거리기만 하다가 점점 더 오랫동안 집요하게 바라보았다. 처음에 나는 그에게 다가가 정면으로 부딪쳐 볼 생각도 했지만 좀 더 지켜보기로 했다. 그를 주시하던 나는 내가 유리한 위치를 선점했다는 사실을 깨달았다. 그를 찬찬히 살펴볼 기회가 생겼던 것이다.

나는 그를 향해 걸었다. 하지만 혹시 나를 알아볼 수도 있었으므로 눈에 띄지 않도록 주의했다. 그는 내내 젠의 뒤를 밟은 모양이었다. 나는 나무 뒤에 몸을 숨겼다. 그리고 그의 일거수일투족을 지켜보았다. 그는 베이지색 치노 팬츠에 파란 옥스퍼드 셔츠와 트위드 재킷을 입고 있었으며, 요즘 유행하는 스니커즈 대신 갈색 브로그 슈즈를 신고 있었다. 그가 평소에도 이런 차림인지, 아니면 일부러 변장한 것인지는 알 수 없었다.

젠이 벤치에서 일어나 길을 따라 걷기 시작했다. 소년이 적당한 거리를 두고 뒤를 따랐다. 나 역시 그림자처럼 몰래 그의 뒤를 쫓았다. 지금 무슨 일이 일어나고 있는지 젠에게 문자나 전화를 할까 잠시 망설였지만 그녀가 어떤 반응을 보일지 몰라 그만두었다. 겁에 질려 어쩔 줄 모르거나 소란을 일으킬 수도 있었기 때문이다.

나는 소년이 뒤돌아보지 않기를 바라며 걸음을 재촉했다. 미행이 계속되려면 젠도 뒤를 돌아보면 안 되었다. 우리는 길에서 벗어나 군중으로부터 떨어져 나와 길게 줄지어 늘어선 나무에 가려진 오솔길로 접어들었다. 체감상 온도가 낮아진 듯했다. 새들도 날아가 버리고 이 그늘진 곳에 우리 셋만 남겨진 탓에 낯선 고요함이 느껴졌다. 내 눈에 보이는 사람이 젠과 그 소년뿐이라는 것은 다른 사람들도 우리를 볼 수 없다는 사실을 의미했다. 여자 둘이 히스 중심부에서 멀리 떨어져 있었고, 그중에서도 특히 저항할 힘이 없는 한 여자가 낯선 남자에게 쫓기고 있었다. 나는 지난 몇 주 동안 신문과 텔레비전을 통해 본 이미지들, 즉 행인들이 칼에 찔려 죽는 사례가 급속도로 늘고 있다는 뉴스 이미지들을 떠올리지 않으려 애썼다. 동시에 젠을 지킬 준비도 해야 했다.

'만에 하나 칼이라도 갖고 있으면 어떡하지?'

앞으로 걸어가다가 길 위에 장애물이 느껴졌다. 발이 울퉁불퉁 뒤틀린 나무뿌리에 걸렸고 그 사실을 알아챘을 때는 이미 늦어 버렸다. 나는 손쓸 새도 없이 넘어지고 말았다. 돌이 많은 땅에 손바닥이 부딪치면서 고통이 느껴졌지만 꾹 참았다. 그러고는 눈을 꽉 감았다. 그렇게 하면 아무도 나를 보지 못하리라는 순진하고 유치한 믿음에서였다. 나는 그 10대 소년이 눈앞에 서 있을지도 모른다고 생각하며 눈을 뜨고 위를 올려다보았다. 다행히 그는 보이지 않았다. 목을 빼고 사방을 기웃거렸지만 젠의 흔적은 찾을 수 없었다. 몸을 일으켰다. 얼얼한 손바닥에서 작은 돌과 나뭇가지들을 대강 털어 내고 냅다 뛰기 시작했다.

25.
젠 JEN

누군가 내 뒤를 쫓아오는 소리가 들렸다. 걱정할 것 없다고, 그저 과민증이 재발한 것뿐이라고 되뇌었다. 개와 산책하는 사람일 수도 있고, 아장아장 걷는 아기와 엄마일 수도 있었다. 하지만 뒤를 돌았을 때 그가 보였다. 팔러먼트 힐 필즈에서 보았을 때와 전혀 다른 차림새였지만 나는 그를 알아보았다. 사건 현장에서 도망친 소년이었다.

처음에는 당장 여길 벗어나야 한다는 생각뿐이었다. 나는 걸음을 재촉했다. 그리고 나무가 우거진 곳에서 벗어나 좀 더 트인 공간으로 이어져 있을 것 같은 길을 택했다. 굳이 뒤를 보지 않아도 그가 쫓아오고 있다는 사실을 알 수 있었다. 나한테 원하는 게 뭐지? 저 사람이 왜 여기 있는 거야? 나를 어떻게 찾은 거지? 길은 넓게 트인

녹지 쪽으로 향하는 대신 더욱 깊숙한 숲으로 나를 이끌었다. 잔가지가 꺾이는 소리, 썩어 가는 낙엽들이 이리저리 뒹구는 소리가 들렸다. 나는 숨을 깊이 들이마신 후 천천히 돌아섰다.

한 나무 옆에 소년이 서 있었다. 그가 나를 향해 걸어오기 시작했다. 혹시 다른 사람이 없는지 주위를 둘러보았지만 아무도 없었다. 크게 비명이라도 질러 보자며 입을 여는 찰나 그가 손으로 내 입을 막았다.

"저, 잠깐만요. 드릴 말씀이 있어서요." 소년이 말했다.

목이 막혀 오는 것 같은 느낌에 가까스로 두어 마디 내뱉을 수 있었다. "무슨 말?"

"지난주에…… 있었던 일에 대해서요." 그가 말했다. "그놈이랑 여자 친구 얘기요. 신문에서 당신이 쓴 기사 봤어요."

"날 어떻게 찾았니?"

"사건이 일어났던 자리에서 봤었어요. 그래서 당신이 사는 데까지 따라갔었어요." 그가 말했다. 그는 나를 미행한 사실에 대해 민망해하고 있었다. "어떻게 찾아야 할지 몰라서요."

문득 트위터 메시지가 생각났다. "이름이 뭐니?"

그가 살짝 주저하는 듯싶더니 대답했다. "스티븐이요. 스티븐 워커."

그가 한 발 앞으로 다가왔다. 순간 나는 한 발 뒤로 물러서서 나무에 몸을 기댔다.

"당신을 다치게 하거나 문제를 일으킬 생각은 전혀 없어요." 소년이 말했다.

"네 말이 진짜인지 아닌지 내가 어떻게 알아? 네가 믿을 만한 사람인지는 또 어떻게 알고?"

대답이 없는 것을 보니 그는 내 질문으로 인해 혼란스러운 듯했다. 내가 세 번째 질문을 던졌다.

"숨기는 거라도 있는 거야?"

"아닌데요. 왜 그런 말을 하세요?" 그가 방어적으로 대답했다.

"경찰이 도착했을 때 네가 현장에서 도망친 이유가 궁금해서."

그가 짧게 깎은 부드러운 머리를 손으로 훑으며 말했다. "그냥 좀 놀랐나 봐요." 그가 말을 이었다. "잘 모르시겠지만 흑인 아이들은 경찰이랑 부딪쳐서 좋을 일이 없거든요. 칼이 개입됐을 때는 특히나."

그때까지 소년이 칼을 소지하고 있을지도 모른다는 생각은 하지 않았지만 소년의 말을 듣고 나니 불시에 공포가 몰려왔다. 하지만 내가 그동안 찾고 있던 사람이 눈앞에 서 있었다. 게다가 나는 그에게 물어볼 말도 있었다.

"저기요, 해코지하려고 따라온 거 아니라고요. 얘기 좀 하고 싶었을 뿐이에요." 소년이 다시 한번 강조했다.

그는 절박한 눈으로 나를 향해 걸어오기 시작했다.

"전 잘못한 게 없어요. 제 말 좀 믿어 주세요." 그가 말했다.

"내가 언제 네가 뭘 잘못했다고 했니?" 내가 물었다.

그는 걸음을 멈추지 않았다. 어느새 그는 몇 발자국 정도의 거리 앞에 서 있었다. 짐작하건대 그 소년은 폭력적인 타입은 아닌 듯했다. 굳이 유형을 따지자면 예민한 편인 것 같았다. 그 또래 남학생답지 않게 여린 느낌이라 할까.

그날의 기억이 떠오르는지 소년의 눈빛이 바뀌었다. 역겹다는 듯한 얼굴이었다. "히스에 올라가지 말았어야 했어요." 그가 말했다. "사건이 벌어지는 것도 목격하지 말았어야 했고요. 그냥 학교에나 갈걸 그랬어요. 참, 전 윌리엄 엘리스에 다녀요. 체스 클럽 회원이라서 매주 목요일 점심시간에 모임이 있는데요. 그날은 좀…… 힘든 아침을 보내서……."

"목격자들 중 그 누구도 현장을 보고 싶었던 사람은 없을 거야." 내가 말했다. "기억나는 거 있음 말해 봐."

"그날 언덕 끝까지 걸어 올라갔었어요. 스트레스를 받으면 그러거든요. 왜 있잖아요, 감당할 수 없는 기분. 전 그럴 때 도시를 내려다보는 게 좋아요. 장담할 순 없지만 언젠가 뭐라도 성취할 수 있을 것 같고. 내 인생이 아주 쓸모없는 건 아니라는 다행스러운 마음도 들고."

나는 멈추지 말고 계속하라는 뜻으로 미소를 지어 보였다.

"저기, 전 엄마랑 살아요. 엄마가 좀 아파요. 마음이요. 아빠가 떠나고 그렇게 됐어요. 어쨌든 그날 아침에 엄마가 아주 심하게 난동을 부리셨어요. 마음에도 없는 말들을 쏟아 내면서 주방에 있던 냄비들도 때려 부술 듯 집어 던지고. 엄마가 진심에서 우러나서 그런 행동을 하는 게 아니라는 거 알아요. 종종 약 먹는 걸 잊으셔서 그래요. 아까도 말했듯 그날은 체스 클럽에 가야 했지만 오전 내내 엄마한테 힘든 문자를 받았어요. 엄마가 걱정됐어요. 집에 가서 엄마가 괜찮은지 확인해야 했지만 용기가 나지 않았어요. 그래서 바람이나 좀 쐬면서 머리를 식히려고 거기에 올라갔던 거예요."

그는 나를 살피며 잠시 생각에 잠겼다. 그리고 말했다. "이 내용 기사로 쓸 거 아니죠?"

"글쎄, 난 저널리스트거든. 기사를 쓰는 게 내 일이고." 내 대답은 팩트라기보다 희망에 가까웠다.

"그래도 제가 한 얘기를 기사로 쓰진 않을 거죠?" 그의 목소리에서 슬슬 위협의 기미가 느껴지기 시작했다. "우리 엄마 얘기 쓰지 마세요."

"걱정하지 마, 스티븐." 내가 말했다. "네가 괜찮다고 하기 전에는 아무것도 안 써. 네 어머니에 관한 얘기는 더더욱."

"믿어도 되죠?"

불과 몇 분 전에 내가 그에게 했던 질문을 그가 나에게 하고 있었다. 일련의 상황들이 너무 이상했다. 나는 여전히 뭐라고 답해야 할지 몰랐다. 어쨌든 그는 나를 지켜보았고 쫓아왔다는 사실을 인정한 셈이었다. 괴상한 메시지들을 보낸 사람이 이 소년이 아니라는 것을 어떻게 알 수 있을까?

"그래. 믿어도 돼." 내가 말했다. "어디 가서 뭐라도 마실래?"

스티븐은 그제서야 고개를 끄덕이며 웃었다. 우리가 숲이 우거진 구역을 벗어나려던 순간 누군가 뛰어오면서 내 이름을 부르는 소리가 들렸다.

"젠? 젠, 너 거기 있어?"

벡스의 목소리였다. 벡스가 여기서 뭐 하는 거지? 잠시 후 벡스가 나를 향해 전력으로 뛰어오는 모습이 보였다. 얼굴은 붉게 달아오르고 눈에는 공포와 노기가 가득했다.

"당장 거기서 떨어지지 못해!" 벡스가 소리를 질렀다.

스티븐은 어쩔 줄 몰라 했다. 당황한 데다 겁까지 집어먹은 듯했다. 스티븐은 상황 파악을 하려는 듯 벡스와 나를 번갈아 보았다. "네?"

"내 친구 건드리기만 해 봐!" 벡스가 소리쳤다. "당장 거기서 떨어져!"

"괜찮아, 벡스. 앤 스티븐이야. 또 다른 목격자. 날 도와주려고 그러는 거야." 내가 외쳤다.

하지만 이미 너무 늦은 후였다. 스티븐은 화가 나 자신을 향해 맹렬히 뛰어오는 여자를 보고는 놀란 사슴처럼 재빨리 달아나 버렸다. 나는 그를 불러 세워 어떻게 된 일인지 설명하려 했지만 소용없었다.

"하, 젠, 너 괜찮아?" 벡스가 물었다.

"내가 여기 있는지 어떻게 알았어?"

"이런 일이 생길 줄 알았어." 벡스가 말했다. "내가 근처에 있었기에 망정이지. 어디 다친 데 없고?"

"응. 전혀. 스티븐은 나한테 중요한 얘기를 해 주려던 참이었어. 그날 일어난 일에 대해서 말이야."

"스티븐이 쫓아온 거 맞아?"

"그래. 하지만 위험한 애는 아니야."

"네가 그걸 어떻게 알아? 왜 네 뒤를 밟은 거래?"

"근데 말이야. 내 뒤를 쫓아온 사람이 스티븐만은 아닌 것 같은데." 순간 나는 휙 손을 올려 입을 틀어막았다. 할 수만 있다면 튀어나온 말을 다시 입안으로 집어삼키고 싶었다.

벡스의 얼굴에 놀라움과 괴로움이 차례로 스쳐 지나갔다. 나한테서 뺨이라도 얻어맞은 듯 상처받은 표정이었다. "미안. 이제부터는 컴컴한 숲속에서 널 쫓는 사람한테 네가 갈가리 찢겨도 내

버려 둘게."

"벡스, 그런 뜻으로 한 말이 아니야. 정말이야."

벡스의 눈빛이 냉담했다. 벡스는 심술을 부리거나 화를 내는 법이 없었다. 적어도 나한테는 그랬다. 그래서 그녀의 이런 모습은 나를 두렵게 했다.

"젠, 이제부턴 네 몸은 네가 챙겨."

"무슨 뜻이야?"

"말 그대로야. 난 널 보호해 주려고 그런 건데 네가 지나치게 확대 해석하는 것 같아서."

"아니야. 난 그저 사건을 목격한 이후로 내가 분별력이 없어져서……."

"내가 네 뒤를 돌봐 준 게 한두 번이니?" 벡스가 말했다. "곤경에서 구해 준 게 몇 번째냐고?"

"알아. 그리고 정말 고맙게 생각해. 진심으로."

"네가 직장에서 잘리고 로렌스하고 잘 안 됐을 때도 내가 어떻게 했는데……."

"맞아. 넌 정말 날 살뜰하게 챙겨 줬어. 누구나 꿈꾸는 아주 좋은 친구의 모습으로."

나는 벡스를 향해 손을 뻗었다. 하지만 벡스는 한 발짝 물러났다.

벡스는 냉정하고 차가웠다. 혹시 내면에 불이 있다면 그게 꺼져 버린 느낌이었다. 나는 숨이 막힐 것만 같았다.

"친구가 필요하다면 네가 제일 좋아하는 새로운 친구랑 시간을 보내는 게 좋겠다. 도움이 필요하면 페넬로페한테나 가서 도와 달라고 해. 어쨌든, 행운을 빌어."

어떻게 이런 일이 일어날 수 있는지 믿을 수가 없었다. 벡스는 나에게서 등을 돌리고 걷기 시작했다. 그러다 갑자기 뒤를 돌아 활짝 웃으면서 '놀랐지!'라고 말해 주길 기다렸지만 그런 일은 일어나지 않았다. 벡스는 계속 걸어갈 뿐이었다. 나무들을 지나 숲을 빠져나가 햇살 아래로. 나는 어둠 속에 홀로 남겨졌다.

26.

벡스 BEX

히스를 가로질러 나오면서 젠 스스로 앞일을 헤쳐 나가게 두는 건 그녀에게 큰 교훈을 줄 거라고 되뇌었다. 때로는 상대방을 위해 잔인하게 굴어야 할 때도 있다고 했던가? 어쨌거나 젠이 자초한 일이었다. 그저 보호해 주려고 최선을 다하고 있었을 뿐인 나를 스토커로 치부하다니 배은망덕한 년. 내가 나타나 주지 않았다면 외진 숲길에서 무슨 일이 일어났을지 누가 알겠는가. 젠은 그 남자애, 이름이 뭐라더라? 스티븐이라고 했나? 아무튼 걔가 자신을 해치지 않을 거라 굳게 믿고 있었지만 장담할 순 없지 않은가. 젠을 혼자 두고 온 것은 아주 위험한 상황은 아니었던 때문이기도 했다. 스티븐도 이미 도망치고 난 후였고 말이다. 젠은 어떤 식으로든 가르침을 받을 필요가 있었다.

홀로 걸으면서 어쩌면 지금이 나만의 삶을 살아가야 할 때일지도 모른다는 사실을 깨달았다. 곧 일터인 캠던 구청으로 복귀도 해야 했다. 나에게는 젠과 아무 상관없는 친구들과 관심거리가 있었다. 하지만 계획을 세우기 시작하자마자 극심한 슬픔과 죄책감이 밀려왔다. 너무 가깝게 지낸 탓에 우리는 자매나 마찬가지인 사이가 되어 있었다. 그리고 친자매들이 그렇듯 가끔 언쟁이나 다소 심각한 갈등을 겪어도 서로에게 다시 돌아오곤 했다.

나는 휴대폰을 꺼내 혹시 젠에게서 문자나 다른 메시지가 오지 않았는지 확인해 보았다. 아무것도 없었다. 나는 절대 먼저 전화하지 않겠다고 다짐했다. 진땀 좀 흘려 보라지. 그러면 나와 내가 해준 모든 것에 감사하는 법을 배우게 될 것이었다.

나는 히스에서의 장면을 머릿속으로 되새김질하느라 켄티시 타운까지 어떤 길로 왔는지조차 인식하지 못했다. 아파트에 도착해서는 여느 때와 다름없이 하던 대로 하려고 노력했다. 씻고, 메일을 확인하고, 치워야 할 것들을 정리했다. 하지만 젠에 대한 생각을 떨칠 수가 없었다. 젠은 유령처럼 저 멀리 아른거리지만 가 닿을 수 없는 신기루처럼 끊임없이 머릿속을 맴돌았다. 산책을 나섰다. 하지만 그곳에도 젠이 있었다. 옆을 지나는 낯선 이들에게서 순간순간 젠이 느껴졌다. 모퉁이를 돌 때도 나타났고, 길바닥에도 있었으며, 창문에서도 지나가는 버스에서도 흘깃거리는 그녀의 시선이 느껴졌다. 활기 없는 잿빛 세상에서 그녀의 것과 같은 금발 머리는 일종의 빛나는 표지처럼 내 시선을 끌었다.

밤이면 수면제 한두 알을 입에 물고 화이트 와인으로 씻어 내렸다. 하지만 그 차가운 금빛 액체를 삼킬 때조차 젠이 떠올랐다. 밤

잠을 설쳤다. 꿈은 온통 왜곡된 젠의 이미지들로 가득했다. 히스에서 길을 잃고 절망에 빠진 젠은 옷이 다 찢기고 팔은 가시덤불에 긁혀 상처투성이였다. 젠은 내 이름을 부르고 있었다. 나 없이는 살 수 없다고 말하고 있었다. 젠이 연못으로 걸어 내려와 물속을 들여다보자 물에 비친 모습이 그녀를 손짓해 불렀다. 젠은 그대로 걸어가 깊고 탁한 물속으로 사라졌다. 그러다 별안간 대학 시절의 젠으로 바뀌었다. 복도에서 처음 만났던 날의 모습이었다. 어린 그녀는 어쩔 줄 몰라 하며 자신을 보호해 줄 사람을 간절히 찾고 있었다. 몰골이 끔찍했다. 여드름투성이 얼굴에 쭉 뻗은 머리카락은 떡이 져 있었으며 숨을 쉴 때마다 고약한 입 냄새가 났다. 그녀가 말했다. 도와줘. 네가 필요해.

젠은 자신이 얼마나 고통스러운지 토로하기 시작했다. 차 사고로 인한 부모님의 비극적인 죽음에 관한 얘기였다. 젠이 부모님과 함께 차에 타고 있는 모습이 보였다. 하지만 운전석에 앉아 있는 사람은 젠이었다. 젠은 가속 페달을 밟으며 웃고 있었다. 제정신이 아닌 것 같았다. 젠의 부모님이 속도를 낮추라고 소리를 질렀다. 하지만 젠은 속도를 올리며 외진 시골길을 달리면서 정신 이상자처럼 웃어 젖혔다. 눈에는 광기가 어려 있었다. 그녀는 부모가 죽기를 바랐다. 차가 커브를 도는 순간 젠이 운전대에서 손을 뗐다. 그들이 탄 차가 나무와 충돌했다. 그녀의 부모님이 차 앞 유리에 처박혔다. 그들은 깨진 유리에 피부가 갈기갈기 찢겼고 충돌 시의 충격으로 말미암아 고개가 뒤로 꺾이다 못해 거의 잘려 나가 있었다. 하지만 젠은 멀쩡한 모습으로 침착하게 득의양양한 미소를 띤 채 그대로 앉아 있었다. 나는 사고가 아니라는 걸 깨달았다. 모두 젠이 계획한 것이었다. 그녀는 부모님이 죽기를 원한 것이었다.

나는 땀을 흘리며 잠에서 깨어났다. 일어나 욕실로 가서 불을 켠 다음 얼굴에 차가운 물을 끼얹었다. 거울 속의 내 모습을 들여다보았다. 머리가 갈색이 아닌 금발이었다. 코 모양도 똑같지 않았고 뺨의 윤곽도 달랐다. 눈도 내 눈이 아니었다. 순간 내 얼굴이 아닌 젠이 나를 쏘아보고 있는 게 보였다. 두려움에 숨이 턱 막혔다. 이럴 순 없었다. 그때 목구멍에서 나는 소리에 잠에서 깨어났다. 나는 여전히 침대에 누워 있었고, 여전히 땀으로 축축하게 젖어 있었으며, 여전히 젠의 꿈을 꾸고 있었다.

27.
젠 JEN

페넬로페의 집에 도착했을 즈음에는 더 이상 울지 않았다. 그저 스스로에게 화가 날 뿐이었다. 벡스는 내 인생에서 유일하게 변함없이 좋은 존재였다. 그런 사람을 내 손으로 밀어내다니. 벡스 없는 미래를 떠올려 보았다. 모든 것이 암울하게 느껴졌다. 어떻게 해야 벡스의 마음을 돌릴 수 있을까? 그 말은 진심이 아니었음을 어떻게 알릴까? 나중에 전화로라도 반드시 사과해야 했다. 수중에 돈은 없지만 좋은 호텔에 가서 식사나 스파를 즐기면 어떻겠느냐고 조심스럽게 물어볼까 싶었다.

현관문에 열쇠를 넣고 돌리자마자 페넬로페의 목소리가 들렸다.

"젠, 너니?" 페넬로페가 불렀다.

"네." 내가 대답했다.

나는 내가 페넬로페와 친하게 지내는 것에 대해 벡스가 일종의 질투를 한다고 생각했다. 나는 페넬로페의 전문적인 식견을 높이 샀다. 그녀의 거침없는 성격과 화수분 같은 이야깃거리도 부러워했다. 그녀는 지금껏 훌륭한 삶을 살아왔다. 그녀와 함께 있으면 웃을 수 있었다. 무엇보다 그녀는 나에게 영감을 주었다. 하지만 그건 피상적인 친분일 뿐 벡스와의 깊은 우정에는 비할 바가 못 되었다. 다음에 벡스를 만나면 이 얘기를 꼭 해 줄 생각이었다. 그리고 더 깊은 얘기를 나누어 볼 생각이었다.

나는 주방으로 들어갔다. 페넬로페는 긴 원목 식탁에 앉아 BBC 라디오 4를 들으며 신문을 읽고 있었다. 나를 보자 그녀는 고개를 들고 물었다. "자, 어떻게 됐는지 얘기 좀 들어보자. 처음부터 하나도 빼놓지 말고 다 털어놔 봐. 다 실바 부부의 집에 들어가서 나올 때까지 있었던 일 전부. 아무리 사소한 거라도 빼먹으면 안 돼."

차를 한 잔 마시며 나는 모든 걸 털어놓았다. 빅토리아 다 실바가 임신 중이었다는 얘기를 전하자 그녀는 생일을 맞은 어린아이처럼 손뼉을 치며 눈을 반짝였다. 뉴스에 대한 본능은 여전했다. 불미스럽든 비극적이든 개의치 않았다. 누가 말했더라? 작가들은 가슴에 얼음 조각을 하나씩 품고 있다고. 나는 스티븐 워커와 만난 얘기까지 해 주었다. 단, 벡스와 언쟁을 벌인 것에 대해서는 한마디도 꺼내지 않았다.

"와, 대단한데?" 페넬로페가 속눈썹을 펄럭거리며 말했다. "엄청난 진전이야. 빅토리아가 임신 중이었다는 점이 이번 일의 핵심일 수 있어. 그 남자애가 아는 걸 말하기 전에 도망친 건 아쉽네. 아무래도 좀 겁이 났나 보지?"

"네. 아마 그랬을 거예요." 나는 거짓말을 했다.

"하지만 걱정할 것 없어. 어느 학교에 다니는지 아니까 교문 밖에서 기다리면 돼. 등교만 한다면 말이지. 그나저나 어린애가 집안 문제를 처리하느라 정신없겠네. 그리고 빅토리아의 친한 친구에 대해서도 단서를 찾아봐야 해. 그 친구 이름이 뭐랬지?"

"카로 엘리엇이요." 내가 대답했다.

"줄리아 존스나 젊은 의사한테서는 연락 온 거 없어?"

"네. 아직." 내가 말했다. "다시 연락해 봐야죠."

"그래. 그래야지." 페넬로페가 말했다. 질문이 또 있는지 하던 일을 멈추고 나를 보았다. 눈빛이 타오르는 듯했다. "젠, 괜찮은 거 맞지?"

"무슨 뜻이에요?" 나는 고개를 돌려 표정을 감추며 물었다.

"그냥 네가 숨기는 게 있는 것 같아서."

"다 말씀드렸어요." 내가 말했다. 벡스와 있었던 일을 얘기하면 눈물이 날까 봐 두려웠다. "차 잘 마셨어요." 내가 일어서며 말했다. "메일 보낼 게 있어서 먼저 제 방으로 가 볼게요."

페넬로페가 목소리를 가다듬으며 의자에서 일어났다. 그리고 나에게 할 얘기가 있다고 말했다. 그녀의 목소리 톤이 어딘지 모르게 특별했다. 비싼 사립 여학교 교장에게서 느껴질 법한 말투였다. 갑자기 공포가 밀려왔다.

"네. 뭔데요?"

"자동차 불빛에 놀란 토끼처럼 굴기는." 그녀가 말했다. "심각한 얘기는 아니고. 그냥 네가 나가 있는 동안 혼자 조사 좀 해 봤지."

"뭐 알아낸 거라도 있으세요? 흥미로운 게 좀 있던가요?"

"아마도?" 그녀가 모호하게 대답했다. "나이 들어 좋은 점 중 하나는 아무도 나 같은 늙은 여자를 신경 쓰지 않는다는 거야. 투명 인간이 되는 거지. 아, 넌 아직 젊고 매력적이라 잘 모르겠구나."

내 나이도 숫자상으로는 중년이라는 말을 하려 했지만 페넬로페가 손을 들어 저지했다. 말을 끊지 말라는 신호였다.

"아직 젊고 매력적인 너로서는 이해 못할 거야." 페넬로페가 말을 이었다. "왜인지 알아? 내가 네 나이였을 때 흠…… 해 줄 만한 얘기가 좀 있겠네." 페넬로페는 혼자 웃었다. 과거의 모험 중 재미있었던 일화가 생각난 게 틀림없었다. "하지만 주제에서 벗어나면 안 되지. 요점은 늙은이가 되면 사람들 모르게 슬쩍 지나갈 수 있다는 거야."

나는 페넬로페가 무슨 말을 하려는 것인지 불안해지기 시작했다. "페넬로페, 무슨 말씀하시는 거예요? 설마 저 몰래 무슨 일을 한 건 아니……."

"전에도 말했잖아. 그렇게 기다리기만 해서는 아무것도 알아내지 못한다고." 페넬로페가 퉁명스럽게 대꾸했다. "넌 그걸 더 키워야 해. 뭐더라? 미국 사람들이 잘 쓰는 그 유감스러운 단어 있잖아. 그래. 투지."

나는 웃으며 그녀가 계속 말하게 두었다.

"나를 판단하려고 하지 마. 어쨌든 그 살인자 대니얼 올리버에 대한 정보를 더 알아내야 하는 시점이 아닌가 해서," 페넬로페가 말했다. "그래서 그 남자의 어머니 집을 찾아갔지."

"하, 제발 사실이 아니라고 해 주세요."

"그 남자 어머니를 만나러 갔다니까. 그게 뭐 잘못됐어?"

나는 애써 감정을 억누르며 말했다. "왜 그러셨어요."

"왜?"

"전 제 방식대로 하고 싶었단 말이에요. 아주 섬세하게 그리고……."

"섬세함 하면 바로 나지." 페넬로페가 끼어들었다.

"저도 알죠. 하지만……."

"그럼 뭐가 문젠데?"

나는 뭐라 말해야 할지 몰라서 한숨만 내쉬었다. 페넬로페를 끌어들인 게 후회스러웠다.

"그 남자 어머니가 뭐라고 말했는지도 듣고 싶지 않겠네?"

페넬로페는 미리 따 놓은 레드 와인 병을 들어 잔을 채웠다. 그리고 심술궂은 표정을 지으며 잔을 건넸다. 페넬로페한테는 오랫동안 화를 내는 게 불가능했다. 나는 화난 얼굴을 유지하려고 했지만 입이 먼저 풀어져 히죽 웃고 말았다. 내가 와인을 한 모금 마시는 동안 페넬로페는 자신을 위해 또 한 잔을 채웠다.

"나 아직 감 안 잃었거든? 정말이야." 페넬로페가 말했다. "잡지사 두어 곳에서 집 밖에 진을 치고 있더라고. 딱 봐도 알겠던데? 젊은 남자들이 싸구려 차 안에 더 싸구려같이 보이는 옷을 입고 앉아 있으면 뻔한 거 아니겠어? 그들은 취재 대상을 감시하느라 눈을 떼지 않았지만 놓친 게 하나 있었어. 늙은 여자였지. 날 알아볼 것 같지는 않았지만 비상한 노력으로 살짝 변장을 시도해 봤거든. 두꺼운 안경을 끼고 안 어울리는 모자를 쓰고. 화장도 전혀 안 하고. 알다시피 원래 내 모습은 정반대잖아."

틀린 말은 아니었다. 개성 넘치는 분홍 립스틱과 반듯하게 펴 바른 파운데이션, 화려한 속눈썹을 갖추지 않은 페넬로페는 한번도 본 적이 없었다.

“화장을 안 했더니 어찌나 기분이 끔찍하던지. 집에 들어오자마자 결국 화장부터 했지 뭐니.” 그녀가 말했다. “그건 그렇고, 내가 무슨 얘기를 하고 있었지? 아, 맞다. 다리까지 절뚝거리면서 걸었거든. 최선을 다해 늙은이 흉내를 내려고. 그거 알아? 사실 나 젊었을 때 왕립 연극 학교 오디션 본 적 있는 거? 하마터면 무대에 설 뻔했다고. 만일 그게…….”

“페넬로페, 무슨 일이 있었는지만 들려주세요!”

“알았어. 지금 말하려고 했어.” 내가 조바심을 내비치자 페넬로페가 폭소를 터트리며 말했다.

“절뚝거리면서 길을 가다가 57번 집으로 갔지. 올리버 부인의 주소를 미리 알아 놨거든. 어지러워서 기절할 듯한 시늉을 좀 했더니 여드름투성이 녀석 하나가, 〈미러〉지에서 나온 기자 같았는데, 그런 날 보더니 차에서 뛰어내리더군. 물을 좀 마셔 보겠냐고 묻길래 꽤 급한 척 화장실을 쓰고 싶다고 했지. 그 표정을 봤어야 하는데! 내가 그냥 길에서 쌀까 봐 어쩔 줄 몰라 하지 뭐야.”

“페넬로페!” 내가 소리쳤다.

“충격받은 척하지 마.”

“척하는 거 아니고, 정말 충격받았어요. 그런 말을 했다는 것 때문이 아니라 남의 집에 들어가려고 그런 계략을 썼다는 사실 때문에요.”

“과거에 했던 고난도 연기에 비하면 별거 아니야. 레비슨 보고서[4]라는 헛소리 때문에 모든 게 엉망이 되기 전의 일이지. 나중에 내

4 신문 기자들의 불법 행위가 발단이 되어 2011년 출범한 레비슨 위원회는 영국 유력 타블로이드지의 폐간과 관계자의 법적 처벌을 골자로 하는 보고서를 발표했다.

가 의족이랑 금발 머리 가발을 썼던 시절의 얘기도 따로 해 줄게."

"어련하셨겠어요. 하지만 일단은 오늘 있었던 일부터 얘기해 주세요."

"아무튼 〈미러〉지에서 나온 사람이 날 그 집 진입로까지 부축해 주더니 57번 집 초인종을 누르더군. 올리버 부인은 그가 인터뷰를 청한다고 생각했어. 하지만 길에서 우연히 만난 노파가 거의 쓰러질 듯한 상황이며 화장실이 급하다고 설명하자 곧바로 날 집 안으로 안내하더구나. 도움이 필요한 사람을 내친다는 건 꿈에도 생각해 본 적 없을 듯한, 지극히 선량한 노동 계층 여성이더라고."

"왜 온 건지 사실대로 얘기하셨어요?"

내 질문에 페넬로페는 깜짝 놀란 듯했다. "당연히 안 했지! 넌 날 뭘로 보는 거니? 내가 초짜인 줄 알아?"

그녀가 한 일이 불법일 수도 있다고 말하려는데 페넬로페가 올리버 부인을 만난 일에 대해 들려주기 시작했다.

"세상에 그렇게 친절한 사람이 또 있을까." 페넬로페가 말했다. "그분은 날 화장실 앞까지 데려다줬어. 내가 손을 씻고 밖으로 나오면서 고맙다고, 생명의 은인이라고 말했어. 그리고 동네 묘지에 있는 딸의 무덤에 가는 길이라고 했어."

"뭐라고 했다고요?"

"딸의 묘지를 청소하러 가는 길이었는데 갑자기 몸이 안 좋아졌다고, 아직도 슬픔이 생생하다고 했지. 그렇게 말하면 공감대가 형성되지 않을까 싶어서."

"그렇게 말하면 안 돼요."

"했는데? 그렇게 말해서 너한테 즐겁게 전해 주고 있잖아."

"하지만 페넬로페, 옛날에 했던 말과 행동은, 그러니까 요즘 시대엔 그런 식으로 하면 안 된다고요."

"그럴지도 모르지. 그저 그런 보통 기자로 만족하겠다면 말이야. 하지만 난 수준이 좀 다르거든."

그녀의 뻔뻔함에 숨이 막혔다.

"운 좋게도 그 계략이 먹혔지." 페넬로페가 계속했다. "부인이 차 한잔하고 가지 않겠느냐고 하기에 그러자고 했지. 차를 마시는데 아들이 연루된 사건에 관한 얘기를 꺼내더군. 물론 '살인'이라든지 '자살' 같은 말은 절대 하지 않았지만. 올리버 부인, 아니 캐런이 그러는데 대니얼이 직장에서 압박을 많이 받고 있었대. 도심에서 보수 좋은 괜찮은 직장에 다녔대. 캐런이 그걸 무척 자랑스러워하더라고. 누나 티나와는 달리 잘나갔다면서. 티나는 호주에서 종업원으로 일한대. 모녀가 서로 연락하고 사는 것 같지는 않았어.

캐런은 햄스테드에서 댄이 저지른 사건에 관한 얘기가 나오니까 울기 시작했어. 아직 받아들이려고 애쓰는 중이라면서 이해할 수 없다고 하더구나. 따로 질문조차 할 필요가 없었어. 그냥 캐런이 속마음을 쏟아 내는 동안 듣고만 있었어. 대니얼은 10대였을 때 문제가 좀 있었대. 나이 많은 여자한테 혼이 나갔었다는 거야. 하지만 비키를 만나면서 정신을 차렸다고 생각했대. 과거 문제는 다 잊었다고 말이지.

올리버 부인 말로 비키는 아주 사랑스러운 아이였대. 처음 봤을 때는 그랬대. 아무튼 댄이 비키를 사귀고 나서부터 화가 많아졌대. 사소한 일에도 발끈했다는 거야. 그래서 뭔가 잘못돼 가고 있다는 걸 엄마의 직감으로 알았대. 대니얼은 점점 감정 기복이 심해지고 우울해졌대. 술도 많이 마시고. 캐런은 혹시 코카인 때문에 그런 건 아닌지 의심하고 있었어. 도심에서 일하는 사람들이 일도 열심히 하고 놀기도 열심히 논다더니, 그래서 그런가 싶었대. 어느 날 댄 혼자 집에 왔길래 대뜸 행복하냐고 물어봤대. 평소에는 열심히 사는 직장인 연기를 잘하니까 말도 못 꺼냈대. 너도 그런 유의 사람들 어떤지 알지? 하지만 그날은 얼굴이 일그러지더니 완전히 무너져 내리더라는 거야. 그래서 어릴 때처럼 팔로 안고 달래 줬대. 이제는 그렇게 해 줄 수가 없게 됐다면서 슬퍼하더라."

페넬로페는 잠시 말을 멈추고 와인을 한 모금 마셨다.

"캐런은 무엇으로도 아들의 행동을 변명할 수 없다고 말했어. 아들이 한 짓을 생각할 때마다 화가 난다면서. 빅토리아한테 한 짓은 말할 것도 없고 스스로 목숨을 끊은 게 그렇게 화가 난대. 지금 생각하니까 둘은 절대 함께하지 말았어야 했다고, 생긴 대로 살았어야 했다고, 자기 수준에 맞지 않는 꿈은 꾸지 말았어야 했다고 하더구나. 하지만 문제는 대니얼이 너무 잘생겼다는 거지. 콧대 높은 상류층 아가씨들이 대니얼을 엄청 좋아한 모양이야. 그때 내가 처음이자 마지막으로 질문을 하나 던졌지. 댄이 어머니를 보러 집에 온 날 왜 그렇게 화가 났었느냐고 말이야. 부인 말로는, 댄은 비키가 다른 남자를 만난다고 생각하는 것 같았대. 그러면서 만일 비키가 바람을 피우는 게 사실로 드러난다면 비키를 죽여 버리겠다고 했다는 거야. 하지만 올리버 부인은 대니얼이 홧김에 한 말이지 정말로 그런 일을 벌일 줄은 꿈에도 몰랐대. 상상도 못했다고 하더라."

28.
벡스 BEX

나는 죄책감의 늪에서 허우적거리다 잠에서 깼다. 휴대폰을 보니 새벽 6시 15분이었다. 전화를 하거나 문자를 보내기에는 너무 이른 시간이었다. 나는 그대로 누워 젠을 떠올렸다. 와츠앱을 열고 웃긴 이모티콘을 섞어 메시지를 한두 줄 적다가 바로 삭제해 버렸다. 젠의 입장이 어떨지 생각해 보았다. 이유 없이 두려운 와중에 이상한 트위터 메시지까지 받는다면 나 역시 신경이 예민해졌을 터다. 마구 악다구니까지 썼을지도 모른다. 젠이 나를 스토커로 몰아갔을 때 머릿속에서 분노가 왈칵 치밀어 올랐지만 나는 지금 그녀를 용서할 준비가 되어 있었다. 오늘은 어떻게든 상황을 개선시키리라 다짐했다.

자리에서 일어나 운동화를 신고 물 한 병을 들고서 집을 나섰다.

달리기는 재충전에 도움이 되었다. 달린 지 몇 분이 채 지나지 않아 나는 거리를 벗어나 이른 아침의 시원한 공기를 들이마시고 있었다.

나는 히스 방향으로 길게 돌아가는 길을 택했다. 철로 위에 난 다리를 건너 다트머스 파크 지역을 통과하는 길이었다. 달리면서 줄리아 존스의 집을 지났다. 안쪽 창문 중 하나에서 따뜻한 빛이 흘러나오고 있었다. 뛰는 동안 에너지가 소진되는 느낌과 피가 머리로 쏠리는 느낌, 그리고 숨을 들이쉬고 내쉴 때 나는 소리가 좋았다. 팔러먼트 힐 필즈에 이르러 조망 지점으로 이어지는 오솔길로 방향을 틀었다. 경찰이 설치한 출입 통제선은 여전히 그 자리에 남아 이곳에서 끔찍한 일이 일어났었음을 알리고 있었다.

나는 잠시 멈추어 서서 숨을 고르며 경치를 감상했다. 도시는 낮게 깔린 구름에 덮여 있었다. 유리로 된 거대한 고층 건물 위로 햇빛이 은은하게 비쳤다. 나는 히스를 가로질러 연못들이 모여 있는 곳을 향해 다시 달리기 시작했다. 연못에 다다라 수면에 비친, 시시각각 변하는 하늘의 모습에 넋이 빠진 채 물가를 한 바퀴 돌았다. 그때 남자들만 수영할 수 있게 해 놓은 연못 입구를 지나다가 저 멀리 낯익은 모습의 한 사람을 발견했다. 로렌스였다. 그는 내가 있는 쪽으로 오고 있었다. 나는 잠시 제자리를 돌면서 눈에 덜 띄는 방향으로 몸을 돌려 천천히 그를 피해 다시 뛰기 시작했다. 그와 곧장 마주칠 것 같아서 왼쪽으로 몸을 돌려 계속 제자리 뛰기를 했다. 만일 내가 있는 쪽으로 온다면 눈에 띄지 않도록 방향을 바꿀 생각이었다. 나를 지나쳐 앞으로 뛰어가는 그가 보였다. 몇몇 행인이 더 지나간 후 적당한 간격을 유지하며 그를 따라가기 시작했다.

나는 로렌스에 대해 젠과 나눈 최근의 대화를 떠올렸다. 그가 젠에게 얼마나 큰 상처를 주었는지 기억이 났다. 젠이 엉망이 되었던 그 밤에 주방에 펼쳐져 있던 끔찍한 광경이 떠올랐다. 둘이 어떻게 연인이 될 수 있었는지 알다가도 모를 일이었다. 두 사람은 너무나 달랐기 때문이다.

로렌스가 자신의 손목을 힐끗 보았다. 손목에 차고 있는 스마트워치를 보는 것 같았다. 그러더니 갑자기 전력 질주를 하기 시작했다. 나도 그를 따라 속도를 높였다. 호흡이 가빠졌다. 뛰는 동안 나는 그에게 일어날 수도 있는 일들에 대해 생각하기 시작했다. 문득 일련의 이미지들이 떠올랐다. 달려오는 열차 앞으로 밀쳐져 몸이 만신창이가 된 그의 모습, 머리를 강타당해 피를 흥건하게 흘리고 있는 그의 모습이 스쳐갔다. 오늘처럼 이른 아침에 히스를 가로질러 달리는 모습도 상상했다. 히스에는 그런 일들이 충분히 일어날 법한 으슥한 곳이 많았다. 그가 오늘처럼 귀에 무선 이어폰을 깊숙이 꽂은 채 우거진 숲길을 지나간다. 뒤에서 여자가 쫓아오는 것을 눈치채지 못한다. 여자는 칼을 들고 있다. 그녀가 칼을 그의 목 깊숙이 찔러 넣어 경동맥을 끊는다. 피가 솟구치며 그가 땅바닥에 쓰러진다. 구원의 손길을 찾아 입을 열지만 아무도 그의 목소리를 들을 수 없다. 그는 외롭고 고통스럽게 죽어 간다.

무슨 일이 일어나든 한 가지는 확신할 수 있었다. 그것은 바로 그가 고통스러워하리라는 것이었다.

29.
젠 JEN

간밤에 잠을 이루지 못했다. 지금은 일러도 너무 이른 아침이었다. 나는 휴대폰을 들고 있었다. 눈앞에 있는 〈메일 온라인〉의 기사를 믿을 수가 없었다. 숨이 제대로 쉬어지지 않았다. 글자들이 목을 조르기라도 하는 것 같았다.

밸런타인데이 살인 사건 피해자, 임신 중이었던 것으로 밝혀져

나는 착오가 있었거나 다른 사건의 피해자를 말하는 것일지도 모른다는 일말의 희망을 품고 기사를 다시금 찬찬히 들여다보았다. 하지만 간추린 뉴스 아래쪽에 빅토리아의 사진이 있었다. 순간 토할 것처럼 속이 메스꺼워졌다.

- 얼마 전 남자 친구 대니얼 올리버에게 살해된 사업가이자 대부호인 페드로 다 실바의 딸 빅토리아 다 실바가 임신 중이었던 것으로 밝혀졌다.
- 이 미모의 26세 여성은 밸런타인데이인 2월 14일 런던 북부 팔러먼트 힐 필즈의 조망 명소에서 칼에 찔려 잔혹하게 살해당했다.
- 도심의 물류업자인 28세 올리버는 이후 스스로 목숨을 끊었다.

조사 팀과 가까운 한 제보자에 의하면, '대니얼은 그날 빅토리아뿐만 아니라 배 속의 아이까지 살해했다'. 익명을 요구한 제보자는 빅토리아의 정확한 임신 기간은 모르며 빅토리아의 가족이나 친구들이 임신 사실을 알고 있었는지도 확실치 않다고 했다. 하지만 이것이 살해 동기일 수 있다는 가능성을 제시했다. "대니얼이 왜 그런 잔인하고 끔찍한 짓을 저질렀는지 모르겠어요. 아무리 생각해도 말이 안 돼요. 하지만 배 속의 아이가 대니얼의 아이가 아닐 수 있다는 얘기가 있긴 해요." 제보자의 말이다. "대니얼이 이 사실을 알고 확 돌아 버린 걸 수도 있어요. 물론 이유를 막론하고 대니얼이 한 짓은 변명의 여지가 없죠. 빅토리아는 한 줄기 빛 같은 아이였어요. 얼마나 사랑스러웠는데요."
광역 수사대는 빅토리아 다 실바의 임신 여부에 대해 긍정도 부정도 하지 않고 있다. 경찰은 적절한 시기에 조사가 이루어질 예정이라고 본 지를 통해 밝혔다. 비숍스 애비뉴에 거주 중인 다 실바 부부는 이 문제에 대한 언급을 거부했다.

젠장. 나는 두어 차례 깊이 숨을 들이마시고는 혐오감에 휴대폰을 내동댕이쳤다.

"페넬로페!" 나는 방문을 열며 소리쳤다.

"응, 젠. 왜?" 주방에서 페넬로페가 대답하는 소리가 들렸다. "나 아래층에 있어."

나는 계단을 쿵쾅거리며 뛰어 내려갔다. 뱀처럼 둘러진 난간에 손도 대지 않고 뛰어 내려가다 보니 자칫하면 계단에서 구를 수도 있겠다는 생각이 들었다. 한 발만 헛디뎠다가는 단단한 대리석 계단 아래로 곤두박질칠 수도 있는 노릇이었다.

"보통은 이렇게 이른 시간에 깨어 있지 않지만 오늘은 할 일이……."

"대체 무슨 장난을 치시려는 거예요?" 나는 신경질적으로 그녀의 말을 끊었다.

페넬로페는 아침 식사로 먹고 있던 훈제 연어 토스트에서 시선을 돌려 나를 올려다보았다. "무슨 소리야?"

"당신이 그런 거 다 알아요."

"나? 내가 뭘 했는데? 무슨 일인진 모르지만 어디 말이나 한번 들어 보자."

페넬로페의 놀란 눈빛을 보니 더욱 화가 치밀어 올랐다.

"〈메일 온라인〉에 제보했잖아요. 아니에요?" 내가 따져 물었다.

"무슨 소린지 통 모르겠네." 페넬로페는 다시 식사를 시작하며 말했다.

"빅토리아가 임신 중이었다는 거 말이에요. 당신 말고 다른 누가 그런 얘기를 할 수 있겠어요?"

"나도 그저 다른 이들 중 하나일 뿐인데?" 페넬로페가 시선을 피하며 말했다. "빅토리아 친구 아냐? 전에 말한, 그 홍보 일 한다던, 이름이 뭐였지? 캐롤라인이라고 했나?"

"카로요. 카로 엘리엇." 내가 말했다. "친군데 설마 그렇게 저급한 짓을 저질렀을까요? 그리고 제가 빅토리아의 임신 사실에 대해 알려 준 사람은 당신뿐이라고요."

"맙소사, 젠," 페넬로페가 나이프를 접시에 내려놓으며 말했다. "몇 가지만 짚고 넘어가자." 그녀는 의자에 앉은 채 나를 향해 자세를 바꾸어 앉았다. 그녀의 눈빛이 타오르는 듯했다. "첫째, 난 거짓말쟁이가 아니야. 솔직하게 묻는 친구한테는 솔직하게 대답해 주는 사람이거든. 둘째, 〈메일 온라인〉에 제보한다는 건 꿈에도 생각한 적 없어. 혹여 제보를 한다 해도 해당 언론사의 최고 편집진한테 하지 디지털 부서의 말단 나부랭이한테 안 해. 셋째, 난 이게 네 기사라는 걸 누구보다 잘 아는 사람이야. 일전에도 말했듯이 난 도움이 되면 됐지 훼방을 놓진 않아."

"그럼 저한테 말도 없이 올리버 부인을 만나러 간 건 뭐예요? 그건 훼방 놓은 게 아니고 뭐죠?"

"오, 이러지 마, 젠. 덕분에 너도 중요한 정보를 건졌잖아."

얼굴이 뜨겁게 달아올랐다. "그건 그렇지만 어쨌든 절 속였잖아요."

"네 생각이 그렇다면 널 도와줄 하등의 이유가 없겠네." 페넬로페가 말했다. "네 방식대로 처리해. 한심하고 미적지근하게."

"그 일은 진심으로 고맙게 생각하고 있어요." 내가 조금 누그러져서는 대꾸했다.

"근데 너 뭐 있지?" 페넬로페가 낮은 소리로 중얼거리듯 말했다.

"네? 뭐라고 하셨어요?"

"아, 아무것도 아니야." 페넬로페는 토스트를 한입 베어 물고는 와작와작 씹었다. 그 소리에 머리가 맥박 뛰듯 울려 댔다.

"혹시…… 할 얘기…… 있으면……," 목소리가 갈라졌다. 단어들이 뚝뚝 끊어져서 나왔다. "꼭 해 주셨으면 좋겠어요."

"그래. 정곡을 찌르는 말이 고픈 거라면 이 말부터 해 줄게." 하얀색 냅킨으로 입술을 훔치며 페넬로페가 말했다. 그녀가 분홍색 립스틱 자국이 찍힌 냅킨을 다시 무릎 위에 올려놓았다. "넌 말을 아주 잘해. 좋은 이야기도 많이 들려주고. 하지만 내 생각에는, 그, 뭐라더라? 고백적 칼럼니스트? 아무튼 네가 그 일을 하면서 저널리스트로서의 본능이 좀 망가진 것 같아. 내가 현역에 있던 시절의 기자들은 다른 사람의 삶의 내밀한 측면에 관해 쓴다는 건 꿈도 꾸지 않았어. 만일 그랬다면 저널리즘으로 분류되기보다는 공중화장실 문짝에 누군가 휘갈긴 낙서랑 마찬가지 취급을 받았을 거야."

나는 충격으로 아무 반응도 할 수 없었다. 그랬다. 그녀는 내가 쓰는 칼럼을 사실상 그런 식으로 생각했던 것이다.

"그러니까 이 특집 기사는 그만 포기하라는 게 내가 해 주고 싶은 충고야. 넌 이런 이야기를 제대로 기사화하는 데 필요한 자질을 갖추지 못했어." 페넬로페가 덧붙였다. "지금 보니 네 친구 벡스가 옳았다. 벡스가 널 그렇게 걱정한 것도 당연해. 넌 이 일을 할 준비가 안 됐어. 어쩌면 앞으로도 어려울 것 같다."

벡스의 이름이 언급되자 울고 싶어졌다. 벡스에게 전화해 사과하고 싶었다. 벡스의 목소리가 듣고 싶었다. 와인이나 한잔 같이할 수 있다면 얼마나 좋을까. 청바지 주머니에 휴대폰이 있는지 더듬어 보다가 휴대폰을 위층에 두고 온 게 생각났다. 페넬로페는 말을 멈추지 않았다. 강해져야 할 필요에 대해서, 객관성을 갖추어야 할 필요에 대해서, 그리고 거리를 두어야 할 필요에 대해서. 더 이상 참고 듣고 있을 수 없었다. 창피하게 페넬로페 앞에서 훌쩍이는 모습을 보이고 싶지 않기도 했다. 나는 입을 굳게 닫은 채 등을 돌려 현관으로 향했다.

30.
벡스 BEX

나는 멀어져 가는 로렌스를 내버려두었다. 나를 못 본 게 분명하다는 확신이 들었다. 나는 감쪽같이 숨는 데 능했다. 어릴 때부터 그랬다.

숨을 수밖에 없었던 건 집에서부터였다. 아빠는 집에 돌아오면 무턱대고 시비를 걸었다. 엄마는 항상 술에 절어 있었다. 아빠는 엄마가 악의 없이 하는 말도 꼬아 들었다. 그리고 잔소리나 타박을 했다는 이유로 엄마에게 비난을 퍼부었다. 두 사람의 목소리가 높아지면 곧이어 아빠가 엄마의 얼굴에 주먹질을 하는 소리가 들려오곤 했다. 쫙 하며 찢어지는 듯한 소리가 아직도 귀에 생생하게 남아 있었다. 엄마의 토사물이 주방의 리놀륨 바닥재 위에 뿌려지며 나는 소리였다. 엄마의 치아 두 개가 개수대 안으로 떨어지면서 달그

락거리던 소리도 여태 기억하고 있었다. 한번은 아빠를 말려 보기도 했다. 복도로 뛰어가 엄마한테서 아빠를 떼어 놓으려고 안간힘을 썼다. 하지만 아빠는 거세게 나를 밀쳤고, 나는 계단으로 굴러떨어져 한쪽 얼굴에 타박상을 입었다.

그날 이후 눈에 띄지 않게 방에 들어가는 법을 배웠다. 그리고 유령처럼 가만히 서서 사람들을 지켜보는 법도 터득했다. 이 기술은 시간이 흐르면서 아주 유용한 것이 되었다. 직장에서도 그랬고, 젠을 보호하고 그녀가 안전한지 확인하기 위해 뒤를 쫓을 때도 마찬가지였다.

젠. 나는 젠의 이름을 가만히 불러 보았다. 계속 화를 내고 있을 수는 없었다. 전화를 하려다 문득 시계를 보았다. 아직 너무 이른 시간이었다. 젠을 깨우고 싶지 않았다. 대신 문자를 보냈다. 곧바로 답장이 오기를 바라며 휴대폰만 뚫어져라 쳐다보았지만 답이 오지 않았다.

나는 고개를 들었다가 어렴풋이 알 것 같은 이의 뒷모습을 발견했다. 걸음을 재촉했다. 맞았다. 어제 젠을 따라왔던 그 10대 소년이 분명했다. 이름이 뭐였더라? 스티븐. 나는 그가 뒤돌아볼 것 같을 때마다 제자리에서 뛰면서 간격을 두고 그의 뒤를 밟았다. 이렇게 이른 아침에 여기서 뭘 하는 거지? 나는 그를 믿을 수 없었다. 어제 그가 젠을 바라보던 모습이 영 마음에 들지 않았기 때문이다. 그리고 왜 젠을 뒤쫓고 있었는지, 왜 그림자처럼 따라다니고 있었는지도 의문이었다. 젠은 나더러 자신을 스토킹했다고 비난했지만 나는 그저 그녀를 보호하기 위해 한 일이었다. 그 소년은 왜 도망친 걸까? 분명 숨기는 게 있어서일 거라고 나는 확신했다.

문득 지금 무슨 일이 일어나고 있는 것인지 깨달았다. 나는 걸음을 멈추었다. 어쩌면 이렇게 멍청할 수가 있지? 스티븐은 햄스테드 쪽으로 가고 있었다. 젠이 있는 곳이었다.

31.
젠 JEN

페넬로페가 한 말이 아직도 믿어지지 않았다. 나쁜 사람. 너무 화가 나서 재킷이나 코트를 입고 나오는 것도 잊어버리는 바람에 얼어 죽을 지경이었다. 하지만 위험을 감수하면서까지 다시 안으로 들어가고 싶지는 않았다. 페넬로페에게 내가 무슨 짓을 할지 몰랐다. 어쩌면 집을 옮겨야 할 수도 있겠다는 생각이 들었다. 그런데 어디로 간단 말인가. 친구들을 하나씩 떠올려 보았다. 내 멍청한 칼럼 때문에 관계가 안 좋아진 이들이 대부분이었다. 남은 친구는 벡스밖에 없었다.

가능한 한 빨리 걸음을 재촉했다. 체온을 유지하기 위해서이기도 했고, 속에서 불타오르는 뜨거운 분노와 좌절 덩어리를 떨쳐 버리기 위해서이기도 했다. 주변이 전혀 눈에 들어오지 않았다. 몇 분

후 나는 히스에 와 있었다. 켄티시 타운에 있는 벡스의 아파트에 들를까 하는 생각도 했지만, 내가 한 말 때문에 벡스는 아직 화가 나 있을 게 분명했다. 나는 주머니에 손을 넣어 휴대폰을 찾아보았다. 하지만 곧 휴대폰을 방에 두고 왔다는 사실이 떠올랐다. 젠장. 그냥 깜짝 놀라게 해 줄까? 내가 꽃, 초콜릿, 와인 같은 선물을 들고 문 앞에 들이닥친다면 어쩔 수 없어서라도 용서해 주지 않을까?

나는 히스를 가로질러 복잡한 망처럼 뻗은 오솔길을 걷기 시작했다. 무수한 생각이 머리를 어지럽혔다. 내 인생은 온통 엉망진창이었다. 한때 나는 내가 무척이나 성공적인 인생을 살고 있다고 생각했다. 모든 걸 다 가진 느낌이었다. 디자이너 옷이 가득한 끝내주는 옷장에, 잘생기고 똑똑한 남자 친구들이 끊이지 않았는데 그 중에서 로렌스가 으뜸이었다. 나는 영향력도 갖고 있었다. 수백만 명의 독자들이 내가 쓴 글을 읽었다. 그렇지만 죄다 허울에 지나지 않았다. 호화로운 옷은 내 안에 숨어 있는 괴물을 감추어 주었을 뿐이었고, 남자 친구들은 모두 나를 떠나갔다. 결국 로렌스도 나를 증오하며 떠났다. 이름도 진짜가 아니었다. 단독 날인 증서로 개명한 것이었다. 칼럼은 또 어떤가. 별 의미 없이 남의 불행을 보며 느끼는 쾌감만을 독자들에게 선사했을 뿐이었다. 그들이 아무리 형편없는 삶을 살고 있더라도 젠 헌터의 삶만큼 돌아 버릴 정도는 아니었을 테니 말이다.

심리 치료 덕택에 나는 내가 내 삶을 글로 쓰는 데 중독되어 있다는 사실을 알게 되었다. 뿐만 아니라 나는 더 자극적인 기사를 내기 위해 문제 상황을 찾아내는 것에도 중독되어 있었다. 게다가 칼럼을 쓰지 못하게 된 이 상황을 새로운 재기의 기회로 삼아야 한다는 걸 알면서도 여전히 그 퇴진 과정을 힘들어했다. "술이나 약을 끊는 것과 마찬가지라고 생각하세요." 심리 치료사는 이렇게 말했었다. "끊는 과정이 쉽지는 않겠지만 결국에는 더 행복해질 거예요."

말은 쉬웠다.

나는 빅토리아 다 실바와 대니얼 올리버의 이야기를 쫓는 것이 도움이 되리라고 생각했다. 우선 나 자신에게 신경을 덜 쓰게 될 가능성이 컸다. 또 이 사건을 계기로 저널리스트로서의 경력을 다시 살릴 수 있을지도 모른다고 생각했다. 하지만 페넬로페의 말을 듣고 나니 내 능력에 대한 확신이 사라졌다. 어쩌면 이쯤에서 그만두는 편이 나을 것도 같았다. 그럼 나는 어떻게 해야 하는 걸까? 어떻게 생계를 유지할까?

미래의 내 모습이 그려졌다. 그리 늙지는 않은, 어쩌면 40대 후반의 나는 런던 외곽 지역의 임대 아파트에서 너저분하게 살고 있다. 그 많던 디자이너 옷들은 다 팔아 치웠고 후줄근한 회색 운동복 차림이다. 화장기 없는 얼굴은 창백하고 아파 보인다. 실업 수당에 의지하며 약물 치료를 받고 있다. 치명적인 두 조건을 모두 갖춘 상태인 것이다. 삶의 목적도 없고, 직업도 친구도 없다. 벡스마저 나를 버렸다. 방구석에는 누렇게 변한 종이 뭉치가 쌓여 있다. 내가 쓴 칼럼들이다. 나는 그것들을 읽고 또 읽는다. 도피 행위이자 자신에게 가하는 형벌이다. 이걸 계속하는 게 무슨 의미가 있나? 모든 걸 끝낼 때를 대비해 약을 비축 중이다. 송장이 된 내가 보인다. 얼룩진 싸구려 매트리스에 누워 몇 주가 지나도록 누구의 눈에도 띄지 않고 있다가 결국 이웃들이 냄새가 난다며 불평하기 시작한다.

머리 위에서 들려오는 새소리에 번쩍 정신이 들었다. 나는 봉분

위에 서 있었다. 고대의 매장지라고 들은 적이 있는 언덕이었다. 보아디케아(이케니족을 이끌고 고대 로마의 폭압에 저항한 고대 브리튼의 전설적 여왕 - 옮긴이)의 무덤이라는 말도 있고, 옛날에 전투가 벌어졌던 곳이라는 말도 있었다. 오늘날에는 인적이 드물어 주위를 둘러싼 나무들만이 바람에게 알 수 없는 메시지를 속삭이는 곳이었다. 나는 벤치 하나에 자리를 잡고 앉아 잠시 눈을 감았다. 간밤에 잠을 좀 더 잤더라면 좋았을 텐데. 졸음이 밀려오면서 의식이 가물가물해짐을 느낄 수 있었다. 어렴풋이 뒤쪽 덤불에서 바스락거리는 소리가 들렸다. 새 아니면 들쥐이려니 했다. 그러다 정적이 찾아왔다. 들리는 건 바람 소리뿐이었다. 다시 아까 그 소리가 들려왔다. 이번에는 발소리 비슷했다. 나는 눈을 떴다. 얼핏 가면 쓴 사람을 본 것 같았다. 이른바 점거 운동 같은 시위에서 많이들 쓰는 가이 포크스 가면이었다. 일은 순식간에 벌어졌다. 비명을 지르려고 입을 벌리는데 뭔가 머리를 강타했다. 딱 하는 소리와 함께 나는 바닥으로 쓰러지고 말았다.

32.

벡스 BEX

“어떡해, 젠!” 내가 비명을 질렀다. “젠, 일어나 봐!”

젠을 옮겨야 할지 말아야 할지 확신이 서지 않았다. 일단 몸을 숙여 젠이 숨을 쉬는지부터 확인했다. 코에서 가느다랗게 호흡이 느껴졌다. 다행히 죽진 않았다. 젠의 부드러운 금발 머리를 손가락으로 훑고 나서 빼 보니 온통 피투성이였다. 주위를 둘러보았지만 아무도 없었다.

“젠, 오, 이런, 일어나. 제발.” 나는 또다시 부르짖었다. 그러고는 젠의 어깨를 부드럽게 받쳐 들며 말했다. “전부 다 미안해. 나한테 네가 얼마나 중요한지 알잖아.”

젠의 눈꺼풀이 떨리기 시작했다. 젠이 낮은 신음을 토해 냈다. 나는 정신을 차리려 애쓰는 젠을 지켜보았다. 젠은 손을 머리로 가져갔다가 통증이 느껴지는지 인상을 썼다. 마치 아픈데 왜 아픈지 모르는 아기 같았다.

"무슨 일이야? 누가 너한테 이런 짓을 한 거야?"

젠은 말을 제대로 하지 못했다. 일어나 앉아 보려고 했지만 잘 안 되는 모양이었다.

"경찰 부를까?" 내가 물었지만 젠은 대답하지 않았다.

젠이 풀밭에 대고 구역질을 해서 손을 잡아 주었다. 다시 한번 인기척이 있는지 주위를 둘러보았지만, 보이는 거라고는 멀리서 유모차를 끄는 아기 엄마 두어 명과 개를 산책시키는 노인 한 명뿐이었다. 구역질이 끝나기를 기다렸다가 젠에게 내 물병의 물을 마시게 했다. 그러고는 벤치에 앉히고 머리의 상처를 확인했다. 아주 깊지는 않았지만 큰 혹이 생길 수 있었다. 뇌진탕도 우려되었다.

"검사를 받아 보는 게 좋겠어." 내가 말했다.

"상태가 안 좋아?" 젠이 약한 목소리로 물었다.

"잘 모르겠어. 어쨌든 피가 나잖아." 내가 말했다. "뭐 기억나는 거 없어?"

젠은 자신에게 일어난 일을 떠올리느라 눈을 깜빡였다. "여기 앉아 있었어. 눈을 감고 있었던 기억이 나. 너무 피곤했거든. 그런데 그때 그 웃긴 플라스틱 가면 있지. 왜, 사람들이 시위할 때 쓰는 가이 포크스 가면 말이야. 그걸 쓴 사람이 보였어."

"진짜?" 내가 말했다.

"그다음엔 기억이 안 나. 아마도 그 가면 쓴 사람이 내 머리를 내리친 것 같아."

"누구였는지 전혀 모르겠어? 다른 건 못 봤어? 어떤 옷을 입고 있었어? 키는 얼마나 되고?"

"모르겠어. 미안해." 젠이 실망시켜 미안하다는 듯한 표정으로 말했다.

"뭐가 미안해." 나는 할 말을 전할 좋은 방법을 찾느라 망설이며 대답했다. "불안하게 할 생각은 없는데, 네가 꼭 알아야 할 게 있어."

"뭔데?" 통증이 또 한차례 느껴지는지 눈을 가늘게 뜨며 젠이 물었다.

"아침 일찍 조깅하러 나왔다가 우연히 어제 본 그 애가 네 뒤를 따라가는 걸 봤어. 그 애 이름이 뭐였더라? 맞아. 스티븐."

"스티븐이 여기 왔었다고? 히스에?"

"응. 다트머스 파크 쪽에서 햄스테드 방향으로 걸어가는 걸 봤어. 네가 가고 있던 방향으로."

"그럼 걔가 날 공격하는 것도 봤어?"

"아니. 갑자기 뛰기 시작하더라고. 누가 자기를 쫓아온다고 생각해서 그런 건지는 잘 모르겠고. 내가 달리기는 꽤 하지만 10대 소년에 비할 바는 아니라서."

"이해가 안 돼. 스티븐이 왜 날 해치려고 하겠어?"

"나도 모르지. 근데 그게 다가 아니야." 나는 이 말을 한 후 소식을 전할 마음의 준비를 하며 젠의 손을 잡았다. "그전에 히스에서 본 사람이 또 있어."

"누구?" 젠이 속삭이듯 물었다. 답을 알고 싶지 않아 하는 듯한 목소리였다.

"로렌스."

33.
젠 JEN

로렌스라는 이름을 듣자 머릿속이 복잡해졌다. 알렉스가 현장을 촬영한 동영상을 본 순간이 떠올랐다.

"그럴 리 없어." 내가 말했다. 나는 방금 들은 것을 털어 내기라도 하려는 듯 고개를 절레절레했다. 로렌스가 나를 해칠 리 없다고, 더더군다나 이런 짓은 절대 하지 않을 거라고 되뇌었다. "우연이겠지."

"그럴 수도 있고." 벡스가 말했다.

"로렌스는 절대 아니야." 내가 말했다. "로렌스가 나한테 이런 짓을 할 리 없어."

"하지만 만약에……."

벡스가 말을 꺼내려다 말았다.

"만약에, 뭐?" 내가 물었다.

"아니다. 너무 터무니없는 소리라서." 벡스가 말했다. "혹시 말이야. 로렌스가 이 모든 일의 배후라면?"

"왜 그렇게 생각하는데?"

"아니다. 내가 한 말 그냥 잊어버려." 벡스가 말했다.

"하, 진짜, 벡스, 그냥 말해!" 내가 소리쳤다.

벡스가 조금 놀란 것 같았다. 나는 다소 누그러진 말투로 다시 물었다. 그러나 벡스는 대답 대신 휴대폰을 꺼내 경찰을 불러야겠다고 말했다. 벡스의 손가락이 휴대폰 화면 위에서 멈칫했다. 벡스가 999번을 누르려는 순간 내가 휴대폰을 낚아챘다.

"안 돼. 로렌스는 절대 아니야." 내가 말했다.

"무슨 뜻이야?"

"만에 하나 로렌스 짓이라면 내가 그 사람한테 한 게 있으니까 그런 걸 수도 있지."

"그래서?"

"몰라. 그냥 힘들어." 내가 말했다. "이런 일 저런 일 다 끄집어내지 않아도 이미 충분히 참담한 심정이라고."

"설마 진심으로 하는 말은 아니지?" 벡스가 믿기지 않는다는 듯 황당해하며 물었다. "누가 네 머리를 쳐서 죽이려고 했어, 젠. 모르겠니? 그리고 로렌스가 그런 게 아니라면? 스티븐이 그랬다고? 아니면 생판 남이 그랬다는 거야? 너랑 일면식도 없는 사람이?"

나는 고개를 숙인 채 아무 말도 하지 않았다.

"젠, 나한테 혹시 숨기는 거 있어?" 벡스가 물었다.

나는 아주 빠르게 말을 내뱉기 시작했다. "오늘 아침에 〈메일 온

라인〉에 실린 기사 봤어?"

"아니. 내가 그걸 왜 봐야 되는데? 난 그딴 쓰레기 안 봐."

"빅토리아 다 실바가 임신 중이었다는 기사가 떴었어."

"어머, 그 불쌍한 여자가? 근데 그게 너랑 무슨 상관인데?"

"다 실바 부부를 만나러 갔었거든. 나오는데 다 실바 부인이 딸의 임신 얘기를 해 줬어. 난 페넬로페한테 그 얘기를 했고. 아, 말하지 말걸. 그것 때문에 오늘 아침에 페넬로페랑 심하게 싸웠어. 페넬로페한테 정보를 흘린 거 아니냐고 막 따졌거든. 페넬로페는 아니라고는 했는데. 하지만 벡스, 너도 그 자리에 있었어야 했어. 페넬로페가 나한테 엄청나게 심한 말을 했거든. 어쩜 그런 잔인한 말을 입 밖에 낼 수 있는지."

"난 페넬로페가 늘 별로였어. 너도 이미 눈치챘겠지만." 벡스가 말했다.

공격당한 부위에서 통증이 느껴졌지만 미소가 지어졌다. "어제 일은 미안해, 벡스. 내가 잘 몰라서 그런……."

"쉿," 벡스가 내 손을 꼭 잡으며 말을 끊었다. "난 다 잊었어. 중요한 건 우리가 친구라는 사실이지. 영원한 친구."

"고마워." 내가 말했다. 눈에 눈물이 그렁그렁 차올랐다. 나는 기침을 하면서 목을 가다듬은 후 앞서 했던 생각들을 다시 떠올려 보려 애썼다. "난 이런 짓을 한 사람이 스티븐이나 로렌스가 아니라 내가 다 실바 부부를 배신했다고 생각하는 사람이 아닐까 싶어. 그게 누구든 내가 비난할 입장은 못 되지. 어쨌든 나는 칼럼으로 이름이 알려져 있고, 빅토리아의 임신 사실을 절대 누설하지 않겠다고 약속했으니까."

"그들이 사람을 시켜서 너한테 이런 짓을 했다고? 근데 이렇게 빨리 일을 계획하고 처리하는 게 가능한가?"

"기사가 올라간 건 몇 시간 전일 거야. 전날 밤부터 기사가 떠 있었던 거 같아. 다 실바 부부는 정말 좋은 사람들 같았는데. 세상일은 참 알 수가 없네."

"의심되면 경찰에 신고해야지." 벡스가 지시하듯 말했다.

"그럴 만한 확신까진 없고." 내가 대답했다.

벡스의 차가운 시선이 느껴졌다. "충격이 크다는 거 알아." 벡스가 말했다. "그리고 네가 제정신이 아니라는 생각은 들지만, 왜 경찰을 끌어들이기 싫어하는지 백번 양보해서 이해할 것도 같고. 하지만 만일 로렌스…… 아니, 그 사람이 다시 너를 해치려고 한다면? 다음에 더 강하게 공격하면 그땐 어떻게 될 것 같니? 젠, 내 말 들어. 경찰에 알려야 해. 지금 당장. 알겠어?"

벡스가 옳다는 건 나도 알고 있었다.

"범죄 현장 감식반 사람들이 DNA 같은 걸 네 두피에서 찾아낼 수 있을지도 몰라."

벡스의 말은 나를 미소 짓게 했다.

"네 옆에 계속 있어 줄게. 진짜로. 그리고 경찰에 신고하고 나서 페넬로페네 집에 가서 짐 싸자."

나는 이의를 제기하려 했지만 벡스가 입도 뻥긋 못하게 소리를 질렀다.

"걱정하지 마. 그 마녀 같은 여자가 성가시게 굴면 내가 처리할 테니까." 벡스가 말했다. "모든 상황이 잠잠해질 때까지 우리 집에서 나랑 지내면 돼."

나는 너무나 기뻐서 눈이 번쩍 떠지는 기분이었다. 벡스에게서 그 어느 때보다 큰 선물을 받은 것 같았다.

"진짜?" 내가 물었다.

"진짜. 자, 빨리 경찰서에 가자."

켄티시 타운 경찰서에서 나는 공격당했던 일에 대해 진술했다. 그러고 나서 위팅턴 병원으로 이송되었다. 차 뒷좌석에서 여경에게 여러 가지 질문을 받았다. 나는 가면을 쓴 남자에 대해 말했다. 누구든 나를 공격할 만한 사람이 있느냐고 묻기에 나는 고개를 저었다. 경찰은 내가 빅토리아 다 실바 살인 사건의 목격자라는 사실을 알고 있는 것 같았다. 그래서 나는 아무래도 그 사건과 연관이 있는 듯하다고 말했다. 다만 그 사건은 이미 종결된 살인-자살 사건이었다. 범인은 빅토리아를 살해한 후 자살했다. 나는 내가 이 사건에 관해 간략한 기사를 썼다는 사실을 경찰에 알렸지만, 이후 알아낸 정보에 대해서는 언급하지 않았다. 로렌스에 대해서도 마찬가지였다. 나 혼자 조사를 더 진행할 필요가 있었으므로 수사의 방향이 스티븐 워커나 다 실바 가족으로 향하게 하고 싶지 않았기 때문이다. 경찰은 개인 안전에 대해 조언을 해 주고 내가 병원 진료를 받는 동안 기다려 주었다.

젊은 의사가 통증과 상처 부위를 치료해 주었다. 나는 진찰대 가장자리를 꽉 움켜잡았다. 의사의 처치를 받으면서 눈을 감은 채 내가 받은 공격을 돌이켜 보았다. 나는 벤치에 앉아 있었고 등 뒤에서 알 수 없는 소리가 들렸었다. 눈을 떴더니 모자와 가면을 쓴 남자가 있었다. 그는 머리카락이나 피부가 전혀 드러나지 않도록 목에 스카프를 두르고 손에는 장갑을 끼고 있었다. 키가 어느 정도였더라? 흘끗 본 게 전부라 알 수가 없었다. 누구라도 가능했다. 어쩌면 다 실바 씨가 고용한 폭력배일 수도 있었다. 하지만 벡스 말로는 스티븐과 로렌스도 근처에 있었다고 했다.

이제 그만 로렌스를 놓아주어야 했다. 로렌스만 생각하면 미쳐버릴 것 같았다. 그가 더 이상 나에게 아무 감정도 없다는 걸 인정해야 했다. 아니, 더 정확히 말하자면 그가 나에게 품고 있는 감정은 사랑과는 거리가 멀어도 한참 먼 것이었다. 혹시라도 어떤 감정이 남아 있다면 그건 아마도 증오에 가까울 터였다. 착각은 자유라더니 어처구니없게도 나는 우리가 다시 잘될 수 있을 거라고 믿었었다. 얼마나 한심한 생각이었는지 이제야 깨달았다. 사건 당일 히스에 있었던 이유에 대해 로렌스와 어떤 식으로든 얘기를 나누어 보았는지 벡스에게 물었어야 했다. 아마도 벡스는 얘기를 꺼냈을 것이다. 그리고 오늘 벌어진 공격이 로렌스의 대답이리라. 하, 멋지네. 그날 히스에서 알렉스가 촬영한 동영상을 떠올려 보았다. 베일에 싸인 남자는 로렌스가 틀림없었다. 그런데 나를 공격한 이유가 뭘까? 내가 자신에게 저지른 짓에 대한 복수 같은 건가? 아니면 일종의 경고? 사건에 개입하지 말라는 메시지? 내 추적을 따돌리기 위해서? 그건 그렇고 빅토리아 다 실바와 대니얼 올리버, 그리고 로렌스가 무슨 관계가 있단 말인가? 나는 로렌스가 두 사람의 이름을 거론하는 걸 들은 적이 없었다. 다만 문자, 메일, 집에서의 짧은 만남을 제외하면 그 끔찍했던 밤 이후 우리는 대면한 적이 없긴 했다.

생각이 많아지자 현기증이 나고 속이 메스꺼웠다.

"진통제 더 드릴까요?" 의사가 물었다.

나는 아무 말도 하지 않았다. 벡스가 그날 히스에서 했던 말을 떠올려 보았다. 벡스는 모든 것의 배후가 로렌스일 수도 있다고 했다. 내가 알기로 빅토리아 다 실바는 당시 바람을 피우고 있었다.

빅토리아가 만나던 상대가 설마 로렌스?

34.
벡스BEX

나는 페넬로페와 맞서기로 단단히 마음을 먹었다. 하지만 실망스럽게도 페넬로페는 집에 없었다. 젠은 그녀가 확실히 집에 없는지 확인하기 위해 그녀의 이름을 부르며 대리석 계단을 올라갔다. 2층에도 없다며 젠이 아래층을 향해 소리쳤다. 어디에 갔고 언제 돌아오겠다는 메모도 없었다. 젠은 안심한 얼굴이었지만 나는 열불이 났다. 속 시원하게 몇 마디 할 좋은 기회를 놓쳤기 때문이다.

젠이 2층에서 짐을 챙기는 동안 집 안을 둘러보았다. 한 사람이 이 큰 공간을 어떻게 다 사용하는지 예전부터 궁금했었다. 페넬로페는 집을 잡동사니로 채우고 있었다. 금색 액자에 담긴 그림들이 눈에 띄게 많았고 선반마다 책이 가득했다. 고풍스러운 꽃병, 촛대, 안경으로 채워진 진열장도 있었다. 찬장에는 도자기 그릇이 꽉 채워져 있었고, 책상에는 엽서며 서진 따위가 어지럽게 놓여 있었다. 노트북이 있길래 천천히 열어 보았다. 비밀번호 입력 창이 떴다. 페넬로페의 이름을 대문자로 쓴 'PENELOPE'를 입력했다가 다시 대문자와 소문자를 조합한 'Penelope'로 바꾸어 입력해 보았다. 결국 소문자로만 된 'penelope'까지 입력해 본 후 세 번 만에 두 손을 들어야 했다. 노트북 옆에는 마구 휘갈긴 낙서로 가득한 A4 크기의 패드가 놓여 있었다. 빅토리아 다 실바와 대니얼 올리버라는 이름 두 개가 눈에 들어왔다. 그 외에 사건과 관련된 내용들이 적혀 있었다. 속기로 기록되어 알아볼 수 없는 메모들과 신문도 몇 부 보였다.

유리와 철제로 이루어져 조각 작품처럼 화려한 주류 진열장으로 가 보니 누구나 알 만한 증류주와 독주가 수두룩했다. 나는 묵직한 크리스털 잔을 두 개 꺼내 값비싼 코냑을 넉넉히 부었다. 젠이 가방을 들고 내려올 시간에 맞추어서 술을 준비해 두려던 참이었다. 젠의 탈출을 축하하며 건배할 생각이었다.

병원에서 이곳으로 차를 운전해 오는 동안 젠은 페넬로페가 언쟁 중에 무슨 말을 했는지 들려주었다. 일부는 맞는 말이긴 했다. 나 역시 페넬로페와 마찬가지로 젠이 살인-자살 사건을 조사할 만한 정신 상태가 아니라는 데 동의했다. 하지만 나머지 말들은 잔인한 독설에 지나지 않았다. 젠이 쓴 칼럼의 본질이 무의미하다든지, 공중화장실 문짝에 붙어 있을 법한 글이라든지, 하는 따위의 말들 말이다. 굳이 그렇게까지 말해야 했을까?

아무래도 그 늙은 마녀는 몸조심 좀 하는 게 좋을 것 같았다.

35.
젠 JEN

벡스는 자신의 아파트로 돌아온 내가 편안한지부터 확인했다. 그러고 나서 사랑스러운 담요와 쿠션을 한 무더기 꺼내와 소파에 앉은 나를 감싸 주었다. 우유 거품을 얹은 핫초코도 서둘러 준비했다. 벡스는 내가 좋아하는 것들을 잘 알고 있었다.

"너 때문에 이러다 응석받이 되겠다." 나는 벡스가 건네주는 핫초코를 받으며 말했다.

"무슨 소리. 그런 큰일을 당해 놓고선. 있잖아, 그날 너 혼자 두고 냉정하게 돌아서서 미안."

나는 소파를 가볍게 두드렸다. 벡스가 말 잘 듣는 강아지처럼 옆으로 와 앉았다.

"멍!" 벡스가 개 짖는 소리를 내는 바람에 웃음이 났다.

벡스는 오늘같이 머리를 다치는 사고는 절대 있어선 안 되지만 이 일을 계기로 내가 다시 자신의 곁으로 돌아와 예전 모습을 되찾아 가는 것 같아서 보기 좋다고 했다. "의사가 괜찮을 거래?" 벡스가 물었다.

"응." 내가 대답했다. "뇌진탕 증상도 없고 당분간 조심하면 된대." 나는 벡스의 얼굴을 자세히 들여다보았다. "그나저나 넌 어때?"

"나? 너도 알다시피 내 상태야 늘 좋지!" 이렇게 말하는 벡스의 말투에는 어쩐지 불안정하고 억지스러운 데가 있었다. 벡스는 핫초코를 한 모금 마셨다.

"정말?"

"그럼. 지금 걱정할 사람은 너야. 좀 쉬어. 당장은 아무 생각하지마. 히스에서 목격한 끔찍한 장면들도 잊도록 노력해 보고."

"바로 그게 문젠데?" 내가 말했다. "도저히 잊히지 않아." 나는 자세를 바꾸어 벡스를 똑바로 바라보았다. "사건에 더 파고들자마자 공격을 당했다는 사실이 너무 이상하지 않아? 우연이라고 하기엔 좀 그렇잖아. 오늘 일이 의미하는 건 딱 하나야. 바로 내가 진실에 가까워지고 있다는 거라고."

일부러 그런 건 아니었겠지만 벡스는 웃음을 참지 못하고 킥킥댔다. "미안해, 젠. 근데 네가 제삼자가 돼서 네 말을 들어 봐야 해. 방금 네 말이 어떻게 들렸느냐 하면…… 아오, 몰라. 그냥 이상해."

"터무니없는 소리 같다는 건 알아. 하지만 다른 이유가 없잖아?" 나는 핫초코 잔을 내려놓으며 말을 이어 갔다. "난 밸런타인데이에 팔러먼트 힐 필즈에서 끔찍한 살인 사건을 목격했어. 게다가 목격자 중에서 현장에 있다가 도망친 사람이 전 남자 친구라는 사실이 밝혀졌고. 설상가상으로 '@젠헌터당신을지켜보고있어'라는 이름의 계정에서 소름 끼치는 메시지가 오기 시작했어. 그뿐이니? 빅토리아 다 실바를 죽인 건 대니얼 올리버가 아니라는 메시지의 사실 여부를 확인하려고 해당 사건을 조사하기 시작하고, 빅토리아가 바람을 피웠고 임신까지 했던 상태라는 사실을 알게 되자마자 가면을 쓴 정체불명의 남자로부터 피습까지 당했다고."

"맞아. 그렇게 생각하면 모든 게 석연치 않긴 해. 하지만 나한테 진실은 하나야. 내가 널 걱정한다는 거. 난 네가 다치는 걸 보고 싶지 않아. 그 괴상망측한 메시지 혹시 또 왔어?"

"아니. 한동안 안 왔어. 그게 마지막이었나 봐." 내가 대답했다.

"그러면 좋겠는데. 우리 집 오니까 안심되지?"

"그럼. 당연하지."

"우리 집에서 얼마든지 지내도 돼. 페넬로페의 저택처럼 멋진 집은 아니지만. 유감스럽게도 테니스장만큼 넓은 정원도 없네. 그래도 내 집이다 생각하고 편하게 지냈으면 좋겠다."

"고마워, 벡스. 전부 다." 내가 말했다. "너 없이 내가 뭘 할 수 있겠니." 나는 잠시 숨을 고르고는 다시 말을 이었다. "근데 로렌스에 관해 뭐 좀 물어봐도 돼?"

"아, 그럼. 그 나쁜 놈. 뭐가 알고 싶은데?"

"오해하지 말았으면 좋겠어. 그냥 네가 로렌스한테 뭐라고 얘기했는지 궁금해서."

"너 건드리지 말라고 했지. 그랬다간 뼈도 못 추릴 거라고 했어."

"말 나온 김에 솔직히 얘기할게. 로렌스한테 네가 뭐라고 말했고 로렌스는 뭐라고 대답했는지 전부 얘기해 주면 좋겠어. 나를 공격한 사람이 로렌스일지도 모르니까 하나부터 열까지 다 알아야 할 거 같아서."

"알았어. 그전에 핫초코 한잔 더 마실래?" 벡스가 자리에서 일어나며 물었다.

나는 고개를 저었다.

"아니면 더 센 거?" 벡스가 물었다.

"아니. 지금은 괜찮아. 그래서, 그다음에 어떻게 됐는데?"

"로렌스네 집으로 찾아갔지. 로렌스는 당연히 조깅하던 남자는 본인이 아니라고 잡아뗐어." 벡스는 다시 내 옆으로 와 앉으며 말했다. "아주 지독하게도 거짓말을 하더라고. 내가 굽히지 않고 네가 보내 준 동영상을 계속 들이밀었더니 결국엔 인정하더라. 증거가 눈앞에 있으니 별수 없었겠지. 하지만 트위터 메시지는 자기가 보낸 게 아니래. 가짜 계정을 만든 적도 없대. 로렌스가 직접 경찰서에 가서 밸런타인데이 때 히스에 있었다고 진술할 거래. 그러면서 무서워서 도망친 거뿐이니 딱히 숨길 것도 없대."

"넌 그 말을 믿어?" 내가 물었다.

"거짓말을 밥 먹듯 하는 그 입에서 나오는 말들을 믿어도 될진 잘 모르겠어." 벡스가 말했다.

"그런데 왜 처음부터 말 안 했대? 그날 히스에 있었다는 사실 말이야."

"경찰 조사에 연루되기 싫어서 그런 거래. 뭐, 본인 평판이나 업무에 좋을 게 없을 것 같았다는 헛소리를 지껄이더라고."

"혹시 빅토리아 다 실바랑 아는 사이였는지 물어봤어?"

"아니. 물어볼걸 그랬나?"

나는 내가 의심하는 바를 벡스에게 털어놓았다. 로렌스가 빅토리아의 바람 상대였을지도 모르며, 그 불쌍한 여자가 임신한 아이가 로렌스의 아이였을 수도 있다는 얘기였다.

"뭐? 그러니까 대니얼이 자기 여자 친구가 바람 피우다 임신까지 했다는 사실을 알았다는 거야? 그래서 그날 히스에서 대니얼이 로렌스를 빅토리아의 애인이라고 생각했다는 거야?"

"충분히 가능성 있는 얘기지." 내가 말했다. "어쩌면 팔러먼트 힐 필즈에서 로렌스를 본 게 결정타였을 수도 있어. 대니얼은 로렌스가 자신을 조롱하고 있다고 생각했겠지. 그래서 최악의 복수를 하게 된 거야. 빅토리아와 배 속의 아이까지 죽여 버린 거지. 이 시나리오대로라면 로렌스가 그날 히스에 있었다는 사실을 부인했던 이유가 설명이 돼."

"떡하니 동영상이 있긴 하지만, 혹시 다른 증거는 없어? 로렌스가 빅토리아의 연인이라거나 빅토리아를 임신시킨 게 로렌스라는 증거."

"아직 없어." 내가 대답했다. "하지만 찾아내고 말 거야."

36.
벡스 BEX

젠에게 도와주겠다고 말했다. 단, 젠이 원할 경우에만. 혼자서 잘 해낼 수 있는지 자꾸만 걱정하는 건 외려 젠의 의욕을 꺾을 수도 있었다. 한 가지 확실한 것은, 젠은 무슨 일이 있어도 사건 조사를 계속해 나가리라는 사실이었다. 사건에서 손 떼라고 아무리 사람들이 말려도, 아니 오히려 말리기 때문에 끝까지 파헤치겠다는 의지가 젠의 눈빛에 드러나 있었다.

"그런 말 있잖아. 피할 수 없으면 즐겨라." 내가 장난하듯 말했다.

젠이 나를 감싸 안았다.

"진정하세요, 아가씨." 내 말에 우리 둘 다 웃음을 터트렸다.

젠이 갑자기 벌떡 일어나 가방을 가져왔다. 그러더니 종이 뭉치, 공책 두 권, 휴대폰을 꺼내고는 브리핑을 하듯 사건 과정을 빠르게 설명하기 시작했다. 빅토리아 다 실바, 대니얼 올리버, 샴페인 병, 칼로 찌른 것, 피, 바람, 비밀 임신, 스토킹 같은 단어들이 마구 쏟아져 나왔다. '@젠헌터당신을지켜보고있어' 계정, 목격자, 줄리아 존스, 제이미 블랙우드, 아예샤 아메드, 스티븐 워커, 팔러먼트 힐 필즈, 의문의 조깅남, 휴대폰 동영상, 히스에서 당한 공격, 가면 쓴 남자 얘기도 나왔다. 무엇보다 로렌스, 로렌스, 로렌스라는 이름이 끝없이 이어졌다.

"천천히 말해." 나는 젠을 진정시켰다. "사건을 제대로 조사하려면 정확하고 논리적인 방법으로 접근해야 돼."

젠은 자신이 아는 모든 것을 나에게 말해 주었고 취재차 만난 사람들의 얘기도 전부 다 들려주었다. 나 또한 내 나름대로 기록을 해 가면서 사건의 과정을 재구성해 보았다. 그러면 머릿속에 깔끔하게 정리가 될 것 같았다. 중요한 일이니만큼 제대로 해야 할 것 같기도 했다.

"네 말은 대니얼 올리버가 여자 친구와 배 속의 아기를 살해한 건 부정할 수 없는 사실인데, 다만 제삼자가 개입돼 있는 것 같다는 거지? 내가 맞게 이해했나?" 내가 물었다. "간단히 말해서, 모든 과정을 조종하는 배후가 있다고 생각하는 거잖아."

"응. 바로 그거야." 젠이 대꾸했다. 젠의 눈이 생기로 반짝였다. "우리가 알아내야 할 건 과연 그게 누구냐는 거고."

"근데 젠, 혹시…… 위험하진 않을까?" 내가 갈라진 목소리로 물었다. "너나 우리가 위험에 처할지 모르는 일에는 안 나섰으면 싶네. 네가 당한 일을 생각해 봐."

"알아. 나도 그런 생각을 안 해 본 게 아니야." 젠이 말했다. 그녀는 무의식적으로 머리에 손을 올렸다. "근데 그럼에도 불구하고 말이야. 내가 뭐라도 하고 있는 것 같아서 난 좋거든. 물론 한발 물러서서 가끔씩 들어오는 프리랜서 일이나 하면서 근근이 살아가는 실패한 삶으로 돌아갈 수도 있겠지. 그것도 아니면 저널리즘 자체를 완전히 포기해 버리고 쉬운 길을 택할 수도 있고. 하지만 모든 증거가 이 작업을 계속해야 한다고 말하고 있어. 난 사실이 아닌 걸 사실인 양 쓰다가 칼럼니스트 자리에서 잘렸어. 심지어 누가 시킨 것도 아니고 순전히 내 선택으로. 그러니 내가 퇴출된 이유를 업계 사람들이 모른다는 것만으로도 감지덕지해야지 뭘 더 바라겠니?"

젠은 말이 없어졌다. 젠의 눈에 눈물이 차올랐다.

"있잖아, 히스에서 공격당하기 전에 말이야. 다 끝내 버리고 싶다고 생각했었어."

"맙소사, 젠……." 나는 젠의 이름을 부르며 그녀에게 손을 뻗었다.

그러나 젠은 내 손을 거부하고 뺨 위로 흐르는 눈물을 닦으며 말을 이었다. "걱정하지 마. 진짜로 그럴…… 생각은 아니었으니까. 하지만 그리 머지않은 미래의 내 모습이 그려졌어. 정부 보조금에 의지해 외롭게 살면서 매일 술이나 마시고 정신병으로 구제 불능이 되어 버린, 그냥…… 죽을 날만 기다리는, 아무 쓸모없는 사람이 된 모습. 제일 견디기 힘든 건 죽는 게 아니었어. 내가 죽어도 아무도 모른다는 거지."

"그런 말 좀 하지 마. 너한테는 내가 있잖아." 나는 젠의 손을 잡으며 말했다. "네가 떠나면 난 어떡해?"

"고마워. 널 스토커라고 몰아세우고, 바보같이. 네가 히스에서 그렇게 가고 나서 다신 널 못 볼 줄 알았어."

"그러니까 쓸데없는 짓 하지 마." 내가 농담조로 위협하는 척하며 말했다. "이제 말해 봐. 내가 뭘 어떻게 해 주면 돼?"

37.
젠 JEN

전화가 올 줄 알고 있었다. 다 실바 씨였다. 나는 전화를 받아 귀에 가져다 대면서 한바탕 욕을 들을 각오를 했다. 그러나 그는 욕 대신 조용하고 슬픔 가득한 목소리로 더듬더듬 말했다.

"우리는…… 당신을 믿었기 때문에 얘기한 겁니다." 그가 말했다.

"정말, 정말 미안합니다, 다 실바 씨. 하지만 제가 그런 게 아니라는 걸 믿어 주셨으면 합니다."

그는 내 말을 듣지 못한 듯 계속했다. "제 아내는, 아내는 당신을 믿었어요. 당신 인상이 좋다고, 우리를 배신하지 않을 거라고 말입니다. 그런데 지금 신문마다 온통……."

그의 목소리가 잦아들었다. 호화로운 고급 주택의 웅장한 복도에서서 울고 있을 그의 모습이 그려졌다.

"믿기 힘드시겠지만, 기사 내용을 유출한 건 결단코 제가 아니에요."

"그쪽 말을 제가 어떻게 믿습니까? 당신은 저널리스트잖아요. 처음부터 당신 같은 기자를 믿은 내가 바보였어요."

"제가 무슨 말을 해도 받아들이기 힘드시리라는 것 잘 압니다. 지금으로서는 제가 그런 게 아니라는 말씀밖에 드릴 수가 없어요."

수화기 너머로 침묵이 이어졌다. 그가 훌쩍이는 소리가 들려왔다.

"당신이 그런 게 아니라면…… 대체 누가 그랬다는 겁니까? 당신 말고 누가 그 사실을 안다는 거죠?"

나는 페넬로페가 떠올라 얼굴이 붉어졌다. "말씀하셨던 그 친구는 어떤가요? 카로라고 했나요? 카로 엘리엇?"

"카로는 그런 식으로 우리를 배신할 아이가 아니에요." 그가 말했다. "다른 거 다 떠나서, 당신과 당신의 동료들이 우리 가족의 존엄성을 완전히 망가트렸어요. 안녕히 계세요. 앞으로 하시는 일들이 다 잘되길 바랍니다, 헌터 씨. 본인이 하는 일에 꼭 만족하시길 바랄게요."

"다 실바 씨……."

전화가 끊어졌다. 그의 마지막 말은 개운치 않은 뒷맛을 남겼다. 로렌스와 싸우고 헤어진 그 밤에 로렌스가 한 말이 떠올랐다. "넌 네 자신이 뿌듯해 죽겠지?"

다 실바 씨에게 다시 전화를 걸어서 절대 그들의 신뢰를 저버리지 않았다고 변명하고 싶은 마음이 굴뚝같았지만 그런다고 뭐가 달라질까? 나는 책임을 져야 했다. 어쨌든 빅토리아의 임신 사실을 페넬로페에게 알린 건 나였으니까. 페넬로페에게 다시금 분노가 치밀어 올랐다. 어떻게 그런 짓을 할 수 있지? 하지만 나는 그녀가 어떤 사람인지 잘 알면서도 그녀에게 모든 걸 말했다는 내 잘못 또한 인정해야 했다. 페넬로페는 새로운 뉴스거리를 찾고 그 뒤를 캐는 데서 짜릿함을 느끼며 살아온 사람이었다. 그런 사람을 믿다니 내가 바보였다. 나는 쪽지나 새 주소를 남기지 않고 그 집을 떠났다. 두 번 다시 그녀를 만날 일이 없기를 바랐다.

나는 인터넷에서 카로 엘리엇의 정보를 찾아 메일을 보냈다. 히스에서 벌어진 사건의 목격자인데, 사건과 관련해 대화를 나누고 싶다는 내용이었다. 저널리스트라는 언급은 하지 않았다. 내가 연락해 올지도 모른다는 얘기를 다 실바 씨가 전하지 않았기만을 바랄 뿐이었다.

나는 주방으로 가서 차를 한 잔 만들었다. 벡스는 먹을 것과 나중에 마실 술을 사러 나갔다. 벡스의 아파트는 아주 작았고 페넬로페네 집에 있는 화려한 가구나 아름다운 장식 같은 것은 없었지만 이곳에 있으면 훨씬 마음이 편했다. 비록 집은 좁을지라도 긴장을 풀고 쉴 수 있었다. 페넬로페의 집에서는 한번도 느끼지 못했던 편안함이었다. 나는 두어 번 숨을 깊이 들이마셨다. 벡스는 자기 집을 영원한 내 집처럼 여기고 언제든 원하는 만큼 머물러도 좋다고 친절하게 말해 주었지만, 나에게는 스스로 미래를 구축해 나가야 한다는 숙제가 여전히 남아 있었다.

차를 한 모금 마시며 창밖으로 켄티시 타운의 지붕들을 내다보면서 막연한 목적의식을 통감했다. 신원 미상의 사람에게서 갑작스럽게 공격을 당하고 다 실바 씨한테서는 불편한 전화를 받았을지언정 나는 내 인생에서 뭐라도 해야 했다. 일단은 빅토리아 다 실바와 대니얼 올리버 사이에 무슨 일이 있었는지 밝혀내는 게 첫 단계일 터였다.

할 수 있어.

벡스의 지지를 받고 있으니 페넬로페에게 의지할 필요는 없어졌다. 나에게는 나를 믿어 주는 사람이 있었다. 가장 오래된 친구이자 내가 아는 한 나를 절대 실망시키지 않을 사람.

나는 찻잔을 들고 노트북 앞으로 가 줄리아 존스에게 다시 메일을 보냈다. 수련의로 일하고 있다는 아예샤 아메드에게도 연락을 달라는 메일을 보냈다. 그러고는 인터넷에서 스티븐 워커를 검색하기 시작했다. 나는 끊임없이 솟아나는 아드레날린 덕분에 기분이 들떠서 빠르고 효율적으로 일을 진행했다. 그때 메일 도착 알림이 울렸다. 카로 엘리엇이 보낸 메일이었다. 나는 재빨리 메일을 클릭하고 내용을 훑어보았다. '미안, 죄송, 불가능' 같은 단어들부터 찾아보았다. 다행히 그녀는 그런 말 대신 정말 끔찍한 경험이었겠다, 충격이 심했겠다는 위로의 말을 해 주었다. 만나자는 나의 제안도 선뜻 받아들였다. 날짜와 시간만 정해 주면 자리에 나오겠다고 했다.

38.
벡스 BEX

나는 젠에게 그림자가 되어 주겠다고, 절대 시선을 떼지 않겠다고 약속했다. 내가 곁에 있는 한 젠은 두려워할 필요가 없었다. 그리고 약속대로 나는 내셔널 갤러리에 있는 카페에서 젠의 옆 테이블에 앉았다. 나는 테이블에 휴대폰을 올려놓고 책을 읽는 척했다. 눈에 띄지 않으려고 고개를 숙이고 있으면서도 한마디도 놓치지 않기 위해 귀를 기울였다.

카로 엘리엇은 런던에서 흔히 볼 수 있는, 키 크고 다리 길고 금발 머리에 매혹적인 여자였다. 그녀를 외모로만 평가해야 한다면 생각이 짧고 가벼워 보인다고 했을 것이다. 하지만 그녀의 말을 들어 보니 그런 것과는 한참 거리가 먼 사람임을 느낄 수 있었다. 그녀는 젠에게 어떻게 지내는지 묻는 것으로 말문을 열었다. 그러면서 사건 자체에 대해서는 듣고 싶지 않아 했다. 뉴스에서 젠이 쓴 기사를 읽었다며 그거면 충분하다고 말했다. 그녀는 생전 빅토리아에 관한 얘기를 간절히 나누고 싶어 했다. 빅토리아가 세상에 남기고 간 좋은 것들을 모조리 떠올리고 싶어 했다. 빅토리아가 얼마나 아름다웠고, 지적이었고, 생기가 넘쳤고, 그리고 얼마나 사랑에 충실했는지에 대해서 말이다. 자신이 한 말을 젠이 가져다 기사로 쓴다고 해도 개의치 않는 듯했다. 그녀는 젠의 칼럼에 대해 익히 알고 있었을 뿐만 아니라 젠의 팬이었다.

"한동안 칼럼을 못 본 것 같은데, 잠깐 쉬시는 거예요?" 카로가 물었다.

"잘렸어요. 예산 삭감 때문에요." 젠이 자신의 노트북을 내려다보며 대답했다.

나는 젠의 기술에 감탄하지 않을 수 없었다. 젠은 부드럽게 카로에게 대화의 주도권을 넘겨 주었고, 공감하는 자세로 주의 깊게 경청했으며, 꼭 필요한 경우에만 입을 열되 요점만 간단하게 짧은 질문으로 마무리했다. 계속 눈을 맞추려 노력했고, 이상한 말까지 하나도 놓치지 않고 받아 적었다. 그렇지만 결국에는 어떤 대화가 오가게 될지 나는 잘 알고 있었고 그 타이밍이 오기만을 기다렸다.

빅토리아와 카로가 처음 대학에서 만났을 때의 얘기를 듣다 보니 젠과 내가 처음 만났을 때가 생각났다.

"그럼 비키는 대니얼……을 만나면서 행복했나요?" 젠이 물었다.

카로는 곧바로 대답하지 않았다. 나는 그녀를 돌아보았다. 카로는 망설이는 눈빛이었다. 카로가 내 쪽을 힐끗 보았다. 나는 다시 몸을 웅크려 눈에 띄지 않는 카페 손님 1로 돌아갔다.

"행복했겠죠?" 결국 젠이 먼저 입을 열었다. "두 사람은 결혼 얘기까지 오가는 사이였다면서요."

카로는 몸을 앞으로 기울이며 목소리를 낮추었다. 나는 그녀의 말을 들으려고 귀를 쫑긋 세워야 했다.

"약속해 주세요……. 제가 하는 말 아무 데도 쓰지 않겠다고요." 그녀가 말했다.

젠은 고개를 끄덕였다. "물론이에요." 젠이 말했다. "기록으로 남기지 않을게요."

"확실하죠?"

"네. 보세요. 아무것도 기록하지 않고 있잖아요."

카로는 믿어도 될지 고민하느라 젠을 가만히 응시하다 말했다. "〈메일 온라인〉에 실린 끔찍한 기사 보셨어요? 사실 비키는 댄과 헤어질 생각이었어요."

"아, 그렇군요." 젠이 말했다. "근데 진심으로요? 대니얼과 진짜로 헤어지려고 했어요?"

"네. 다른 사람을 만났거든요. 다만 새로 만나는 사람이 자신을 어떻게 생각할지 전적으로 확신하진 못했어요. 자기를 진지하게 만나는 건지 잘 모르겠다고 했거든요."

카로가 눈물을 글썽였다. 그녀는 급히 핸드백에서 휴지를 꺼냈다. "비키가 없다는 게 아직도 실감이 안 나요." 그녀가 눈가를 가볍게 찍어 누르며 말했다. "돌아올 수 없다는 것도요. 그 나쁜 놈은 비키한테 왜 그랬을까요? 진작에 차 버렸어야 했는데."

"두 사람을 소개해 준 걸 후회해요?"

"네? 무슨 말씀이시죠?"

"댄과 빅토리아 말이에요. 두 사람을 소개한 게 당신 아닌가요?"

"아니요. 저 아니에요. 사실은 누구 소개로 만났는지 몰라요."

"그렇군요……. 당신은 빅토리아가 댄과 헤어졌으면 했던 거예요?"

"네. 나쁜 놈이었거든요. 비키를 때리는 걸 본 건 아니었지만. 행여라도 그랬다면 경찰에 신고했을 거예요. 하지만…… 만일 그놈이 제가 신고한 사실을 알게 되면 어떻게 나올지 무섭긴 했죠. 〈메일 온라인〉의 기사가 맞아요. 비키는 임신 2개월이었어요. 확실하지는 않지만 댄의 아이는 아닌 것 같다고 했어요."

"어째서요?"

"모르겠어요. 두 사람이 얼마나…… 자주 사랑을 나눴는지는."

"그렇군요."

"제 생각인데 왠지 댄이 비키의 임신 사실을 안 것 같아요. 비키가 저희 집에 와서 지내거나 부모님 집으로 들어갔더라면 좋았을 텐데. 아, 세상에 비키만큼 사랑스럽고 다정한 애는 없었어요. 혹시라도 비키를 문란한…… 여자로 생각하지 않으셨으면 좋겠어요. 뭐, 그렇게 생각하신다 해도 어쩔 수 없지만, 비키는 아무 남자랑 원 나이트 스탠드를 즐기는 헤픈 여자가 아니었다고요."

"혹시 그 남자를 만난 적이 있나요?" 젠이 물었다. "비키의 새 남자 친구요."

"아니요. 근데 비키가 그 남자 얘기를 정말 많이 했어요. 키 크고, 자신보다 나이는 좀 있지만 잘생겼다고요."

"그 사람 직업이 뭔지 알아요?"

또 한번 말이 잠시 끊겼다. 하지만 무슨 대답이 나올지 나는 알고 있었다.

"건축가라고 했던 것 같네요."

나는 눈을 감았다. 젠의 얼굴을 볼 수가 없었다. 가슴이 무너져도 겉으로는 애써 아무렇지 않은 표정을 짓고 있으리란 것을 굳이 보지 않아도 알 수 있었다.

"혹시 빅토리아가…… 그 사람 이름도 말했어요?" 젠이 겨우 알아들을 수 있을 만큼 낮은 소리로 물었다.

"네. 잠시만요." 카로가 말했다. 그녀가 뭐라고 대답할지 짐작이 갔다.

"성은 모르겠고, 이름이…… 루크…… 아니다. 로렌스, 로렌스라고 했어요. 철자에 'w' 말고 'u'가 들어간다고 비키가 말한 게 기억나네요. 비키는 진정으로 사랑하는 사람을 만났다는 말도 했어요. 하지만 말씀드렸다시피 그 남자도 자신을 그만큼 사랑하는지는 잘 모르겠다고 했죠."

"혹시 그 사람…… 사진 본 적 있어요?"

"그럼요. 비키가 보여 줬었어요."

젠은 휴대폰을 꺼내 떨리는 손가락으로 화면을 넘겼다.

39.
젠 JEN

필요한 증거는 다 모은 듯했다. 내 안에서 모든 것이 마비된 듯 죽어 가는 느낌이었다. 카로를 안심시키기 위해 애써 미소를 지어 보였지만 유감스럽게도 노려보는 표정이 되고 말았다.

"괜찮으세요?" 카로가 물었다.

"네. 네. 괜찮아요." 나는 가까스로 대답했다.

옆 테이블에 앉은 벡스를 건너다보니 고개를 숙이고 휴대폰을 만지고 있었다. 하지만 카로가 방금 나에게 한 말을 그녀도 틀림없이 들었을 것이다. 본능적으로 벌떡 일어나 벡스에게 건너가 그녀의 품에서 위로의 말을 듣고 싶었지만 현실은 냉혹했다. 나는 카로의 맞은편에 앉아 방금 전 무너져 내린 내 세상을 모르는 척해야 했다.

물론 로렌스가 누굴 만나든 그 결정권이 나에게는 없었다. 우리는 한번 보기로 했지만 지난여름에 이미 헤어진 사이였다. 그럼에도 나는 여전히 질투를 느꼈다. 그것도 죽은 여자에게. 잠깐이었지만 나는 대니얼이 두 사람의 관계를 알게 되었을 때 어떤 기분이었을지 이해할 수 있었다. 나는 칼을 쥐고 로렌스의 목에 깊숙이 찔러 넣는 내 모습을 상상했다. 하지만 거기까지였다. 내가 지금 무슨 생각을 하는 거지? 두 사람의 관계를 알고 나니 불안해져서 그런가. 인지 기능에 문제가 생긴 것 같았다. 이럴 때는 조심해야 한다는 것을 잘 알고 있었다. 탄산수를 한 모금 마신 후 현실 감각이 무뎌질 때 하라고 심리 치료사가 알려 준 방법을 떠올렸다. '현재의 순간에 집중'하는 것이었다.

그런데 별안간 어떤 생각이 떠올라 소름이 끼쳤다. "그…… 로렌스……라는 남자는 빅토리아와 얼마나 만났어요?" 내가 물었다.

"잘 모르겠어요." 카로가 대답했다. "저, 죄송하지만 이 얘기는 그만하는 게 좋을 것 같네요. 말씀드렸다시피 비키의 긍정적인 면을 집중 조명해 주셨으면 좋겠어요. 지금까지 제가 한 말은 절대 언론에 노출되지 않는 거 확실하죠?"

"걱정하지 마세요. 약속할게요." 내가 말했다.

카로는 빅토리아의 새 남자 친구 사진이 왜 내 휴대폰에 있는지 궁금해했다. 나는 그와 친구 사이라고 대답해 주었다. 그리고 삶에서 마주치는 낯선 우연의 일치에 대해 진부한 얘기를 늘어놓으며 애써 웃어 보였다.

"그럼 전 이만 가 봐야겠어요." 카로가 말했다. 내 행동이 이상한 걸 감지했는지 불안해진 모양이었다.

커피값은 내가 내겠다고 말했다. 그 정도는 할 수 있었다. 카로가 자리에서 일어나 휴대폰을 확인하고는 작별 인사를 건넸다. 나는 그녀가 카페를 가로질러 걸어 나가는 모습을 지켜보며 기다리고 또 기다렸다. 그리고 그녀의 모습이 모퉁이 뒤로 사라지자마자 눈물을 터뜨렸다. 눈물이 끝도 없이 쏟아졌다. 벡스가 급히 내 옆으로 옮겨 와 앉았다.

말이 나오지 않았다. 하지만 굳이 말할 필요가 없었다. 벡스는 모든 얘기를 다 들었다고 했다.

"아, 젠," 벡스가 내 어깨를 감싸며 말했다. "너무 개떡 같다. 하지만 이제라도 그놈의 실체를 알았으니 됐어." 나는 숨을 깊이 들이마신 후 겨우 말을 내뱉었다. "하지만 내가 아직 모르는 게 있어. 두 사람은 얼마나 만난 걸까?"

"너 혹시…… 두 사람이 사귄 시기가 너랑……?"

말이 나오지 않았다. 생각만 해도 속이 뒤집혔다. 로렌스가 나를 만나는 동안 부정한 짓을 저질렀다는 생각은 하고 싶지 않았다. 물론 로렌스와 내가 헤어지고 나서 둘이 만났다고 해도 나 말고 다른 사람을 만난 것 자체가 나에겐 충분히 나쁜 짓이었지만. 로렌스가 이것 말고도 다른 많은 것에 관해 거짓말을 했을 수도 있겠다는 생각이 들었다. 이번 사건이 벌어진 직후 로렌스가 나에게 보내온 메일을 떠올렸다. 아주 배려심 넘치고 친절한 메일이었다. 하지만 로렌스는 빅토리아와 자신이 서로 사귀는 사이, 또는 사귀었던 사이라는 사실은 고사하고 빅토리아와 아는 사이라는 기미조차 드러내지 않았었다. 그가 또 뭘 숨기고 있는 걸까? 로렌스는 그날 카이트 힐 정상에 있었다. 자신의 새 여자 친구가 공격당하리라는 사실을 알고 있었던 게 틀림없었다. 그런데도 그는 현장에서 도망쳤다. 그녀가 잔인하게 살해되도록 내버려 두었다. 겁이 나서였을까, 아니면 더 사악한 이유가 있어서였을까? 여러 이미지와 생각, 과거에 나누었던 대화들이 머릿속에서 소용돌이쳤다. 맥이 빠졌다.

"집에 가자." 벡스는 이렇게 말하며 지갑을 꺼내 두 테이블분의 음료 값을 올려 두었다.

벡스는 나를 데리고 카페를 나와 우버를 호출했다. 다행히도 채링 크로스 로드와 토트넘 코트 로드의 교통이 아주 혼잡하지는 않아서 30분 안에 벡스의 집으로 돌아갈 수 있었다. 벡스는 산송장이나 다름없는 상태가 된 나를 소파로 데려갔다.

"그 일은 생각하지 마." 벡스가 쿠션을 두드려 푹신하게 만들어 주면서 말했다. "로렌스가 비키를 만난 건 분명 너와 사귀고 있었을 때가 아닐 거야."

"그건 모르지." 내가 중얼거렸다. "어쩌면 그래서 그때……." 나는 말을 하다 말고 로렌스가 나를 배신했다는 증거를 찾아 기억을 뒤지기 시작했다.

어느 주말엔가 베를린에서 열리는 회의에 참석한다고 말했던 기억이 났다. 거기에 갔다는 사실은 알고 있었다. 그가 갔던 식당과 바의 영수증을 보았으니까. 하지만 비키가 함께 갔다면? 늦게까지 일한다고 했던 수없이 많은 저녁들도 있었다. 다만 그의 일이 얼마나 압박이 심한지 잘 알고 있었기에 전혀 불만을 표현하지 않았었다.

나는 나 자신의 행동에 대해서도 궁금해지기 시작했다. 로렌스가 다른 사람을 만나고 있을지도 모른다는 막연하고 불분명한 느낌, 부지불식간에 떠오르는 그런 생각들 때문에 그날 저녁에 그토록 끔찍한 행동을 보인 건 아니었을까? 나는 심리 치료를 받아 본 적이 있어서 스스로에게 영향을 미치는 보이지 않는 요인들을 파악하는 방법을 알았다. 지극히 굴욕적인 상황에서 겪은 실직 외에 다른 유의 공포스러운 거절을 또 경험했었나? 로렌스에게 버림받는 거? 그것 때문에 그 사람의 주방을 엉망으로 만들고 팔을 물었나?

로렌스와 나는 이미 너무 늦어 버렸다. 로렌스를 되찾을 수 있는 길은 없었다. 여태 관계 회복에 대한 환상을 품다니 나 같은 바보, 멍청이가 또 있을까 싶었다. 하지만 모든 게 늦은 건 아닐 수도 있었다. 아직 하나 남은 게 있었다. 그것은 바로 복수였다.

40.

벡스 BEX

젠이 걱정되었다. 집으로 돌아온 후로 "그건 모르지."라는 말 외에 단 한마디도 하지 않았다. 젠은 자신과 헤어지기 전에 로렌스가 비키를 만나고 있었을 거라는 생각에 사로잡혀 있었다.

나는 주방으로 들어가 앞으로 어떻게 해야 할지 생각해 보았다. 이럴 때 젠은 아무에게도 쓸모가 없었다. 특히 자기 자신에게 그랬다. 하지만 젠은 지금까지 잘해 오고 있었다. 사건 조사는 실제로 젠에게 일종의 목적의식을 심어 주는 역할을 했다. 젠의 에너지를 한번 더 모아 주어야 했다. 나는 브랜디를 두 잔 따라서 젠에게 가져다주었다.

"이거 받아." 내가 말했다. "충격을 다스리는 데 도움이 될 거야."

젠이 손을 내밀었다. 하지만 죽은 생선처럼 활력이 하나도 없었다. 생기가 없기는 눈도 마찬가지였다.

"한 모금 쭉 들이켜 봐." 나는 젠에게 술을 권했다. 그러나 젠은 잔을 옆에 있는 탁자에 그냥 내려놓았다.

"왜 그러는데!" 나는 소리를 빽 질렀다. 나도 모르게 인형을 다루듯 거칠게 젠의 어깨를 움켜잡고 억지로 일으켜 세웠다. 그러고는 뺨을 후려쳤다. 내 손바닥이 젠의 뺨에 닿으면서 찢어지는 듯한 소리가 났다. 젠의 눈이 휘둥그레졌다. 마치 깊은 잠에서 깨어난 듯했다. 젠이 손을 들어 올려 발갛게 된 뺨을 어루만졌다. 무슨 일이 일어난 건지 믿을 수 없다는 얼굴이었다.

"뭐야……?" 젠이 물었다.

"제발 정신 차려, 젠." 내가 말했다.

노련한 정신 건강 전문의라면 젠을 이런 식으로 다루지 않을 것이었다. 그러나 더는 참을 수가 없었다. 젠이 주저앉아 자기 연민에 빠져 허우적거리는 대신 뭐라도 하게 만들어야 했다.

젠이 울기 시작했다. 나는 흐느끼는 젠을 내버려 두었다. 어쨌든 젠은 이제 '뭐'라도 느끼고 반응을 보이고 있었다. 나는 젠에게 휴지를 몇 장 건네주었다. 몇 분이 지나자 젠의 흐느낌이 멈추었다. 젠은 놀란 표정으로 브랜디 잔을 바라보았다. '이걸 누가 여기에 가져다 놨지?'라는 표정이었다. 젠이 브랜디를 단숨에 들이켰다. 그녀의 얼굴에 서서히 생기가 돌면서 눈이 반짝거리고 뺨이 홍조를 띠기 시작했다. 내가 때려서 그런 건 아니었다. 젠은 활기를 되찾고 주위를 둘러보았다.

"미안해, 젠. 널 위해서 어쩔 수 없이 그런 거야." 내가 말했다. "이런 식으로 굴복하면 로렌스한테 지는 거야. 삶의 목표가 필요하다고 네가 말했었지? 네 증오심을 외부로 돌려. 그걸 이용하라고. 분노와 좌절의 감정은 얼마든지 다른 데로 돌릴 수 있어. 네가 이런 식으로 지쳐 쓰러지게 두고 보지만은 않을 거야. 로렌스가 널 배신하고 비키랑 잤다고 쳐. 그래서 그게 뭐 어떻다는 거야?" 내 말에 젠이 움찔했다. "로렌스는 쫄보잖아. 자기 여자 친구가 죽는데도 그냥 도망쳤다고. 얼마나 지질한 놈인지 알겠지? 그런 놈이랑 정말 다시 잘해 보고 싶은 건 아니리라 믿는다."

젠이 나를 보며 희미하게 웃었다. 어쩐지 냉담함이 느껴지는 미소였다. 흡사 쥐를 포착한 고양이 같았다. 젠이 다시 나에게로 돌아오고 있었다.

"이제야 내가 아는 젠 헌터답내." 내가 말했다.

41.
젠 JEN

심리 치료사인 애나벨에게 내가 생각하고 느끼는 모든 걸 얘기하고 싶지 않았지만, 빅토리아 다 실바의 죽음과 대니얼 올리버의 자살 현장을 목격했을 때의 느낌은 그대로 털어놓았다. 나는 끔찍한 사건의 전말을 모조리 알려 주었다. 내가 본 게 맞다면 애나벨은 상당한 충격과 경각심을 느끼는 게 분명했다. 젊은 남자가 여자 친구를 죽이고 자살한 사건 때문만이 아니라 그 사건이 나에게 미친 영향 때문인 듯했다.

"이 일이 당신에게 안 좋은 영향을 미칠까 봐 걱정되네요." 애나벨이 말했다. "불쾌한 기억을 촉발할 수 있어서요. 그렇게 되면 과거의 트라우마가 되살아날 수도 있고요."

나는 아무 말도 하지 않았다. 아치웨이와 하이게이트 사이에 자리한 어느 에드워드 시대 양식의 건물 뒤편, 단조롭고 특별할 것 없는 상담실에 무거운 침묵이 감돌았다. 아이러니하게도 나는 이 침묵이 편안하게 느껴져서 그것이 수의처럼 나를 감싸도록 내버려 두었다.

일전에 애나벨은 내 증상을 과잉 공유 욕구라고 부른다며 그 근원에 관해 들려준 적이 있었다. 그녀는 나로 하여금 스스로를 주체와 객체로 나누는 방법을 시도해 보기를 권했다. 애나벨의 입에서 나온 전문 용어를 빌리자면, 내가 거짓 자아, 즉 객체로서의 자아를 만들어 냈단다. 그리고 내 모든 감정과 느낌, 이를테면 두려움, 욕구 같은 것들을 그 거짓 자아를 통해 드러낸단다. 지난 수년간 내가 '헌터'라는 가짜 이름을 지어 주고 내 고백적 저널리즘의 기반으로 삼은 게 바로 이 객체로서의 자아라고 했다. 이 자아는 굶주린 개처럼 끊임없이 먹이를 요구했고 만족을 몰랐다. 독자들의 흥미도 마찬가지였다. 나는 인생의 사소한 것까지 다 드러내는 데에 점점 중독되었다. 끊임없이 뭔가 고백해야 독자들의 관심을 계속 끌 수 있고, 그 내용이 자극적이고 극단적일수록 효과적이라는 사실을 알았기 때문이다.

애나벨은 내가 독자와 맺는 관계는 전형적인 상호 의존 유형에 속한다고 했다. 그녀의 말에 따르면, 내 칼럼을 탐독하는 익명의 독자들은 내가 역기능적 생활을 지속하는 데에 조력자 역할을 담당했다. 따라서 내가 내 경험을 소설화하기에 이른 것은 조금도 놀라운 일이 아니었다. 이는 학대를 주고받는 과정에서 자연스럽게 나타나는 결과라고 했다. 다만 거짓말로 인해 칼럼을 더는 쓸 수 없게 되면서 해로운 상황에서 벗어나게 되는 긍정적인 결과도 있었다며 애나벨은 나를 안심시켰다. 그러면서 비록 직장을 잃었지만 아직 살아 있으니 다행이지 않냐고 했다. 만일 그런 식으로 계속 나 자신에 관한 이야기를 써 나갈 경우 술에 대한 의존이 커진다든지(그녀는 내 음주량이 이미 매우 위험한 수준이라고 했다), 약물을 복용한다든지, 편집증이나 조현병을 앓는다든지, 심지어 자해나 자살을 시도한다든지, 하는 또 다른 형태의 문제로 이어졌을 가능성이 있다고도 했다.

"칼럼이 중단되면서 젠 헌터라는 거짓 자아가 효과적으로 제거된 셈이에요." 애나벨이 말했다. "허구적인 자신을 강조함으로써 무의식적으로 스스로를 보호한 거죠. 감사하게 생각해야 해요. 덕분에 해방됐으니까요. 이제부터는 제니퍼 헤스먼달프라는 진짜 이름으로 돌아가는 것도 한번 고려해 봐요."

내 원래 이름이 가진, 길고 복잡하고 발음도 힘든 불쾌하고 세련되지 못한 소리가 귀에 거슬렸다. 그 이름은 내가 그토록 도망치고자 했던 것들을 상기시켰다.

우린 둘 다 아무 말이 없었다. 혹시 더 하고 싶은 얘기가 있는지 애나벨이 물었다. 나는 애나벨에게 아무 말도 하지 않기로 마음먹었다. 로렌스에 대해서, 이번 사건에서 그가 맡은 역할에 대해서, 그리고 그가 사건 현장에 있었던 사실과 그것을 일관되게 부인하는 이유에 대해서 언급하지 않았다. 하지만 벡스와 페넬로페와 벌인 언쟁에 관해서는 털어놓았다. 애나벨은 처음에는 공명판(共鳴板) 역할을 하기로 작정한 듯 내가 말하는 대로 그냥 내버려 두었다. 하지만 나는 그녀의 눈빛을 느낄 수 있었다. 그리고 갈수록 호기심이 높아지는 것을 감지할 수 있었다.

결국 애나벨은 물을 한 모금 마신 후 물었다. "그래서 그…… 사건에 관한 기사를 쓰겠다고요?"

"아, 네." 내가 대답했다. "이미 기사를 한번 쓰긴 했는데 자세한 후속 기사를 내도 괜찮을 것 같아서요. 지금까지 타성에 젖어 있던 생활에서 벗어나는 계기가 될 수도 있을 것 같고요."

"그래서 그 사건에 관한 기사를 또 쓰겠다는 거예요?"

"네. 어쩌면 책을 낼 수도 있고요." 내가 대답했다. '@젠헌터당신을지켜보고있어'라는 계정에서 보내온 이상한 메시지 얘기와 사건에 제삼자가 개입되어 있을지도 모른다는 말도 했다. "당신은 이 사건을 단순히 대니얼 올리버가 자신의 여자 친구를 살해한 사건이 아니라고 본다는 거네요. 살해될 당시 빅토리아 다 실바가 임신중이었는데 아이 아버지가 다른 남자일 수도 있다는 거고요." 이번에도 나는 로렌스에 대해서는 한마디도 하지 않았다.

"다른 목격자들도 만나 보고 혹시 새로운 단서……가 더 있는지 알아볼 생각이에요."

"근데 그게 과연 현명한 일일까요?" 그녀가 물었다. "젠, 아주 진지하게 판단해야 해요. 알다시피 그동안 상태가 좋지 않았잖아요. 살해 후 자살까지 일어난 사건을 목격한 것만으로 충분히 괴롭고도 남는다고요. 그리고 이걸 기사로 쓴다는 건 완전히 새로운 문제예요. 객관적인 시각을 갖출 필요도 있어 보이고요. 설사 그런 시각을 갖췄다 하더라도 젠의 정신 건강에 심각한 악영향을 미치지 않으리라 장담할 수 없어요." 애나벨은 잠시 말을 멈추었다. "제가 보통은 뭘 하라 마라 하지 않는데, 이 경우에는 그만두는 게 좋겠다는 말씀을 드리지 않을 수 없네요. 그것도 당장이요."

그러면 이 빌어먹을 상담 치료비를 어떻게 감당하라는 건지 그녀에게 묻고 싶었지만 이렇게 바꾸어 말했다. "그럼 제가 뭘 어떻게 하길 바라시는데요? 전 생활비를 벌어야 한다고요."

"다른 직업 생각해 본 적 없어요? 저널리즘과 관계없는 직업이요. 저널리즘, 특히 출판 저널리즘은 사양길에 접어들었다고 말씀하셨잖아요. 미래가 없다고요."

"전 다른 직업과는 맞지 않아요." 내가 말했다. "달리 무슨 일을 해야 할지 모르겠어요."

"좋은 대학 나오셨잖아요. 경험도 많고. 매력적이고. 사람들하고도 잘 지내고요. 재교육을 받으면 다른……."

"다른 거 뭐요?" 생각보다 날카롭게 말이 튀어나왔다. "죄송해요. 그런 생각을 안 해 본 건 아닌데 자연스럽게 떠오르는 게 없었어요. 해결책이 생각나지 않아요." 나는 미래의 끔찍한 내 모습을 상상한 얘기를 했다. 낯선 도시에서 친구도 없이 홀로 보조금이나 받으며 살다가 아무도 모르는 죽음을 맞이한 채 더러운 매트리스 위에 부풀어 오른 시신으로 누워 있는 모습이었다. 말을 마치자 눈물이 비 오듯 쏟아져 내렸다.

"당신이 품고 있는 모든 두려움을 강력하게 상징하고 있네요." 애나벨이 휴지를 건네며 부드럽게 말했다. "하지만 그냥 상상일 뿐이에요. 현실이 아니에요. 현실이 되지도 않을 거고요. 그게 본인의 미래라고 생각할 하등의 이유가 없다니까요. 젠, 당신은 강한 사람이에요. 살아남은 사람이기도 하고요. 또 앞으로도 잘 살아남을 거예요. 이 사건을 추적 보도하는 일을 그만두기만 한다면요. 우리 거짓 자아에 관해 얘기했었죠? 젠이 그 일에서 손 떼지 않으면 가짜 정체성이 또다시 고개를 들 수 있다는 게 제 생각이에요."

애나벨이 굳이 입에 올리진 않았지만 나는 그녀가 무슨 생각을 하는지 알 수 있었다. 그건 바로 '자칫하다간 진짜로 미칠 수 있다'는 것이었다.

42.

벡스 BEX

나는 페넬로페를 신뢰하지 않았다. 그녀를 직접 대면하기 전부터 쭉 이어져 온 불신이었다. 그녀는 저널리즘이 역사의 초안이라며 헛소리를 지껄여 댔다. 나에게 있어서 그녀는 그저 타인의 비극을 먹고사는 기생충에 불과했다.

젠과 그녀의 관계가 틀어져서 내심 기분이 좋았다. 하지만 그 늙은 마녀가 아직도 내 친구 젠에게 어느 정도 영향력을 휘두르는 것 같아 신경이 쓰였다. 조심해서 나쁠 건 없었다. 내가 지금 햄스테드에 있는 그녀의 집 앞에서 그녀가 나오길 기다리며 서 있는 이유도 바로 그 때문이었다. 다행스러운 건 그 집에 굳이 몰래 들어가지 않아도 된다는 사실이었다. 젠이 짐을 챙겨 나올 때 가지고 나온 열쇠가 내 손안에 있었다. 젠의 가방에서 찾아낸 것이었다.

페넬로페를 기다린 지 30분 정도가 지났음에도 여기 서 있는 게 전혀 신경 쓰이지 않았다. 인적 드문 거리에 그녀의 집과 같은 방향에 서 있어서 페넬로페는 창밖으로 나를 볼 수 없을 터였다. 이따금 지나가는 행인이 있어도 나는 그저 40대 초반의 평범한 여자일 뿐이었다. 위협적으로 보일 만한 구석은 단 하나도 없었다.

마침내 정오가 막 지나자 자동차 한 대가 바깥에 멈추어 섰다. 나는 키 큰 주목 나무 울타리 뒤로 물러서서 운전기사가 전화를 거는 모습을 지켜보았다. 차가 도착했음을 알리는 모양이었다. 몇 분 후 노트북 가방을 든 페넬로페가 현관에 모습을 드러냈다. 오늘 그녀는 검은색 정장에 하이힐 차림이었다. 페넬로페는 문을 잠근 후 불안한 걸음걸이로 좁은 길을 지나 차가 있는 곳으로 왔다. 어디로 갈지 짧은 대화가 오갔다. "네. 맞아요. 펠멜에 있는 왕립 자동차 클럽으로 가 주세요." 그녀가 말했다. 그녀는 점심 만찬의 귀빈이었다. 기사가 유명인이냐고 묻자 페넬로페는 소름 끼치는 웃음소리를 냈다. 문이 닫히고 페넬로페가 안전벨트를 매는 모습이 보였다. 잠시 후 두 사람을 태운 차가 그 자리를 떠났다.

나는 몇 분 더 기다렸다가 주머니에서 열쇠를 꺼내 들고 페넬로페의 집으로 걸어갔다. 누가 보고 있지는 않은지 확인은 하지 않았다. 그랬다가는 오히려 의심을 살 수 있었다. 나는 한 천 번은 해본 일인 양 다소 권태로운 몸짓으로 현관문을 열었다. 그러고는 안으로 들어갔다.

집 안에 페넬로페의 향수 냄새가 남아 있었다. 장미, 재스민, 바닐라, 샌들우드 향이었다. 샤넬 넘버 5인가? 주방으로 갔다. 식탁에 신문 더미와 지저분한 커피 잔이 놓여 있었다. 잔 가장자리에 페넬로페의 분홍 립스틱이 묻어 있었다.

처음 온 게 아닌데도 이 집의 드넓은 공간은 여전히 놀라웠다. 게다가 이 큰 공간이 오직 한 사람을 위한 거라니. 무료 식품 은행인 푸드 뱅크에서 만난 사람들과 그들이 사는 아주 작은 방이 떠올랐다. 그 작은 방에서는 그들뿐만 아니라 아이들도 함께 지냈다. 페넬로페는 오늘날 영국에서 옳지 못한 것으로 받아들여지는 모든 요소, 즉 부, 특권, 권리, 좁은 시야, 편협성, 자기만 아는 이기주의의 상징이었다. 그녀를 향한 분노와 증오가 마음 깊은 곳에서 부글부글 끓어올랐다. 나는 그 감정을 다시 삼켜 버리는 대신 겉으로 터뜨렸다. "꺼져 버려, 페넬로페." 내가 말했다. "꺼지라고. 당신이나 당신이 상징하는 것들 전부 다."

나는 석조 계단을 올라 젠이 머물던 방으로 갔다. 침대에 앉아 젠의 베개를 만져 보았다. 젠의 것임이 분명한, 긴 금발 머리카락 하나가 눈에 띄었다. 지금쯤 젠은 상담 치료 중일 것이었다. 카이트힐에서 목격한 살인-자살 사건으로 인해 받은 충격에 관해 얘기하고 있을 게 틀림없었다. 돌아오면 아마 조금은 기운이 없을 터였다. 나는 어떻게든 젠의 기분을 북돋아 줄 생각이었다. 그러나 페넬로페의 집을 깜짝 방문한 얘기는 절대 하지 않을 작정이었다.

나는 계단을 통해 저택의 꼭대기 층에 있는 페넬로페의 커다란 서재로 갔다. 바닥에는 마를 두껍게 짜서 만든 매트가 깔려 있었고, 정원이 내려다보이는 창가에는 거대한 마호가니 책상이 놓여 있었다. 서재에는 책장이 가득했다. 한구석에는 문서 보관함이 있었다. 나는 그것을 열고 서류철을 뒤지기 시작했다. 은행 입출금 명세서, 보험 증서, 오래된 담보 대출 관련 서류들이 들어 있었다. 독자, 팬,

예전 동료들에게서 받은 편지와 전 세계 곳곳에 사는 친구들이 보내온 엽서도 있었다. 하지만 아무리 샅샅이 뒤져도 살인-자살 사건이나 젠과 관련된 서류는 찾을 수 없었다. 어쩌면 페넬로페가 자신의 노트북 가방에 챙겨 다니는지도 모르는 일이었다.

나는 책상 쪽으로 갔다. 보수당 당원증을 갱신하라는 편지 외에는 종이라고 할 만한 게 한 장도 보이지 않았다. 그때 뭔가 선명하게 눈에 들어왔다. 커다란 직사각형 압지(잉크로 쓴 글씨가 번지지 않도록 위에서 눌러 잉크를 흡수하는 용도의 종이 - 옮긴이) 패드였다. 놋쇠로 가장자리를 댄 고풍스러운 물건이었다. 한쪽 구석에 뭐가 찍혀 있었다. 글씨가 반전되어 있었다. 거울을 찾아 방 안을 두리번거렸지만 눈에 띄지 않았다. 나는 압지 패드를 들고 페넬로페의 침실로 갔다. 온통 분홍색의 환상, 아니 어쩌면 악몽이라 해도 좋을 광경이 펼쳐졌다. 자신의 립스틱 색상에서 인테리어 디자인의 영감을 받은 듯했다. 나는 페넬로페의 화장대로 가서 세 폭짜리 거울에 비친 내 모습을 바라보았다. 압지를 들어 거울에 비추어 보았다. 만년필로 급히 쓴 구불구불한 글씨의 반전 이미지가 생명을 되찾았다. '벡스의 풀 네임 : 레베카 쇼'.

그리고 그 뒤에 물음표가 붙어 있었다.

43.

젠 JEN

머릿속이 로렌스와 그의 행적에 관한 생각으로 가득한 상태에서도 나는 계속 취재를 계획하고 실행에 옮겼다. 벡스는 내가 런던 이곳저곳을 다니는 동안 기꺼이 동행해 주었고 줄리아 존스를 다시 만나러 갔을 때도 참을성 있게 기다려 주었다. 줄리아 존스는 아주 친절했지만 새로운 정보는 별로 없었다. 놀랍게도 줄리아는 우리가 만난 이른 금요일 저녁에 내가 와인을 한 잔 마시는 동안 화이트 와인 두 병을 해치웠다.

줄리아는 핏발 선 눈으로 브렉시트로 인한 스트레스와 의회에서의 길고 복잡한 EU 탈퇴 법안 처리 과정에 대한 심경을 토로했다. 그녀의 비유에 의하면 브렉시트는 나라를 내부에서부터 좀먹는 암 같은 존재이자 결국 곪아 터져 정치적 통일체인 국가를 파괴할 종

양 덩어리였다. 만남이 끝나 갈 즈음 줄리아는 술에 취해 불분명한 발음으로 자신의 죽은 아들 해리 이야기를 했다. 지금까지 공개적으로 아들 이야기를 한 적이 없고 다행히도 언론에서 아들의 죽음을 기사화하지도 않았다며, 지금 자신이 하는 말을 비밀로 해 줄 수 있는지 물었다. 그녀는 늦은 밤이면 서재에 틀어박혀 아들의 오래된 사진들을 본다고 고백했다. 가끔은 아들이 죽고 없다는 사실이 믿기지 않을 때도 있다고 했다. 몇 주 후면 아들의 생일이라며 그날이 오는 게 늘 두렵다고도 했다. 그녀는 아들이 살아 있었다면 어떤 삶이 어떻게 펼쳐졌을지 상상해 본다고 했다. 워낙 어릴 때부터 약자를 찾아 도움을 주었으니 자선 단체 활동이나 아프리카, 남미 등지에서 개발 관련 일을 하고 있을지 모른다고 했다. 늘 아이를 갖기를 바랐다면서 지금쯤이면 결혼해 가정도 꾸렸을 거라고 했다. 줄리아는 눈물을 닦으며 감상에 빠진 자신의 모습에 대해 사과했다. 나는 괜찮다고, 이해한다고 말해 주었다.

"참 이상하죠. 히스에서 그 사건을 목격한 다음부터…… 그때부터 이상하게 슬픈 마음이 더 커졌어요." 그녀는 자리에서 일어나 나를 문으로 안내하며 말했다. "설명할 순 없지만 제가 본 광경이 왠지 절 과거로 끌어당기는 것 같아요. 이런, 또 제 얘기만 늘어놓고 있네요!" 줄리아가 애써 미소 지으며 흐르는 눈물을 닦아 냈다. "제 문제가 아니라 그 불쌍한 여자분 가족부터 걱정해야 하는데."

나는 내 고민에 대해서도 말하고 싶은 충동을 느꼈으나 줄리아의 딸 루이자가 계단을 걸어 내려와 주방으로 오고 있어서 적절한 타이밍을 놓쳐 버렸다.

"루이자, 칼럼 쓰시는 젠 헌터 씨 기억하지? 인사드려." 줄리아는 이렇게 말하며 팔을 뻗어 딸에게 이쪽으로 오라고 손짓했다. 그러다 중심을 잃고 비틀거렸다. "에고, 넘어질 뻔했네."

"엄마, 대체 얼마나 마신 거야?" 루이자가 물었다.

"두어 잔밖에 안 마셨어."

"죄송해요." 루이자가 나를 향해 소리 없이 입 모양만으로 말하고는 제 엄마에게 속삭이듯 신랄한 말을 쏘아붙였다.

"저는 이만 가 보는 게 좋겠어요." 내가 말했다. "혼자 나갈 수 있으니 신경 쓰지 마세요."

알코올 의존증의 징후를 눈앞에서 보는 일은 결코 유쾌하지 않았다. 하지만 술과 지속적인 싸움을 벌이고 있는 한 사람으로서 줄리아 존스의 심정이 십분 이해되었다.

집을 나와 계단을 내려오는데 뒤에서 현관문이 열리는 소리가 들려왔다. 루이자였다.

"아, 정말 죄송해요." 루이자가 다시 한번 사과했다.

"괜찮아요. 우리 목격자들 다 힘든 시간을 보내고 있어요. 히스 사건 이후로요. 이게 어머니 나름의 극복 방식이려니 하고 이해해 주세요."

"저, 저널리스트라고 들었는데, 이런 얘기는 쓰지 않으실 거죠? 우리…… 엄마 문제 같은 거요. 그렇죠?"

맙소사, 나를 그런 부류의 저널리스트라고 여겼다니. "걱정하지 않아도 돼요. 약속할게요." 공허하고 무의미한 대답이었다. 나는 다 실바 부부에게 했던 약속을 돌이켜보았다. 비록 비키의 임신과 연관된 이야기를 누설한 사람이 나는 아니었지만 여전히 죄책감이 들었다. "의원님한테는 분명 힘든 일일 거예요. 직업적인 압박감도 있고 의회에서 진행되는 일들도 있는데, 거기다 이런 일까지 겹쳤으니."

"충격이 크셨나 봐요." 루이자가 말했다. "헌터 씨도 그렇고, 다른 목격자분들은 어떠신지 궁금하네요."

어디서부터 운을 떼어야 할지 몰랐다. "흥미로운 질문이네요. 근데 아마 사람마다 받는 영향은 천차만별일 거예요."

"저희 엄마는요. 겉으로는 기 센 중년 여자처럼 보이잖아요. 아마 아실 테지만 필요하면 총리마저 호되게 꾸짖을 수 있는 그런 분이신데요. 겉이 저렇게 돌처럼 단단하고 무정해 보여도 속마음은 글쎄요…… 아주 약하고 불안정해요. 아무튼 이해해 주셔서 고맙습니다. 어떤 식으로든 엄마를 더 힘들게 만드는 상황이 생기지 않았으면 하는 바람이에요." 루이자는 미소를 지으며 작별 인사를 건넸다.

벡스를 만나러 가면서 나는 사건을 목격한 이들이 받았을 영향에 관해 루이자와 짧게 나누었던 대화를 곰곰이 되짚어 보았다. 그러고는 내가 쓰고자 하는 기사의 초점을 여기에 맞추는 게 좋겠다는 확신이 들었다. 나는 잊지 않기 위해 휴대폰을 꺼내 간단히 메모했다. 그때 아예샤 아메드에게서 메일이 왔다. 빅토리아 다 실바와 대니얼 올리버의 생명을 구하기 위해 안간힘을 썼던 이 수련의는 마침 다음 날이 비번이라 나를 만날 수 있을 것 같다는 답을 주었다. 다만 자신의 이름이나 자신의 입에서 나온 그 어떤 진술도 기사로 내지 않는다는 조건을 내걸었다. 그녀는 자신이 근무하는 병원에서 눈 밖에 나는 것을 원하지 않았다.

우리는 테이트 모던 미술관 앞에서 만나기로 했다. 이번에도 나는 어김없이 벡스와 함께였다. 벡스는 군중 속에 섞여 있었다.

벤치에 앉아 있는 아예샤가 보였다. 자그마하고 쓸쓸한 모습의 그녀는 수많은 관광객과 아이를 동반한 런던의 중산층들에 둘러싸여 있었다. 다소 겁먹은 듯한 얼굴로 근처에서 어떤 소리가 나거나 갑작스러운 움직임이 있을 때마다 질겁하며 움찔했다. 그녀는 나를 보자 수줍게 웃었다. 나는 그녀 옆으로 가 앉았다.

"나와 줘서 고마워요." 내가 말했다.

"다시…… 벤치에 앉을 수 있을까…… 벤치에 앉아서 그날 일을 떠올리지 않을 수 있을까, 궁금했어요." 그녀가 고급 소재로 된 바지 위에 작은 손을 초조하게 비벼 대며 말했다.

그녀는 무슨 일로 자신을 보자고 한 건지 물었다. 그러면서 자신은 할 말이 없다고 했다. 자신의 이름도 쓰면 안 된다고 재차 확인했다. 나는 그저 범죄의 동기와 배경을 이해하고 싶은 것뿐이라고 대답했다. 아예샤는 자신이 그날 무척 피곤했으며 밤새 잠을 이루지 못했다고 했다. 눈을 감고 있지 않았더라면, 혹은 헤드폰을 끼고 있지 않았더라면 더 빨리 사건에 개입할 수 있었을 거라고, 그랬으면 빅토리아의 생명을 구할 수 있었을지도 모른다고도 했다. 나는 할 수 있는 일은 다 한 거라고 그녀에게 말해 주었다. 그녀가 보여 준 용기와 공공심은 칭찬받아야 마땅했다. 나는 휴대폰을 꺼내 알렉스가 보내 준 동영상을 재생했다.

"이 남자 혹시 알아보겠어요? 조깅하던 사람인데요."

그녀는 고개를 저었다.

"이 사람도 그때 히스에 있었거든요." 내가 말했다. "사건이 벌어졌을 당시 현장을 지나갔으면서도 그냥 가 버렸어요. 사람들이 간절히 도움을 요청하고 있었는데도요. 이 사람이 도와줬다면 결과는 크게 달라졌을 거예요."

아예샤는 놀란 토끼 눈을 하고 나를 보았다.

"그날 이 남자 못 본 거 확실해요?"

"네. 근데 이게 왜……. 중요한 건가요?"

"어쩌면요." 내가 말했다. "그럼 스티븐 워커라는 이름은요? 혹시 떠오르는 거 없나요?"

"아니요." 그녀가 대답했다. "누군데요?"

"그날 거기 있었던 10대 소년이에요. 경찰이 오고 있을 때 도망쳤어요."

"그렇군요." 그녀가 마른침을 삼키며 대답했다. 잠시 말이 없던 그녀는 슬픔이 가득한 목소리로 말을 이어 갔다. "빅토리아가 임신 중이었다는 기사를 봤어요. 배 속 아기도 그날 사망했다죠."

"네. 그랬겠죠." 내가 대답했다. "대니얼이 아기 아빠의 정체를 의심했다는 소리도 들리더군요."

"그래요." 아예샤가 망연히 대답했다. 하지만 눈에는 힘이 들어가 있었다. 뭔가 알고 있으면서도 애써 감추고 있는 느낌이었다.

"그날 보고 들은 걸 다시 얘기해 주시겠어요?"

생각만 해도 넌더리가 나는 것 같아 보였지만 친절하고 예의 바른 그녀는 자신이 목격한 것을 차근차근 자세히 얘기해 주었다. 전에 이미 다 들은 얘기가 대부분이었지만, 처음과 일치하지 않는 내용이나 다른 사람의 얘기와 다른 부분, 작고 세세하지만 중요할 수도 있는 내용은 없는지 유심히 들었다. 안타깝게도 줄리아 존스 때와 마찬가지로 새로 알게 된 건 없었다. 이미 들은 얘기를 거듭 짚고 넘어가는 일에서 무엇을 얻을 수 있을지는 나도 잘 몰랐다. 하지만 도움이 될 만한 것이 분명히 있으리라는 본능적인 느낌이 들었다. 시간을 내주어 고맙다고 말하고 막 작별 인사를 고하려다가 나는 빅토리아와 대니얼이 둘 다 쓰러져 있던 순간, 두 사람의 생명이 사그라들던 그 순간에 대해 얘기해 달라고 부탁했다.

아예샤는 나를 미친 여자 보듯 쳐다보았다. 나는 애써 측은한 미소를 지으며 대답을 재촉했다. 이러는 나 자신이 싫었다. 이런 행동은 아예샤에게 심리적 고통을 줄 것이었다. 자칫하면 조사 자체를 그만두어야 할 수도 있었다. 어쩌면 애나벨의 말을 따르는 게 옳을지도 몰랐다. 결과적으로 끔찍한 사건을 목격한 애꿎은 이들만 언짢게 만드는 꼴이었기 때문이다. 나는 아예샤에게 그냥 잊으라고, 내 질문을 다 무시하라고 말해야겠다는 생각이 들었다. 그런데 그때 아예샤가 입을 열었다.

"두 사람 모두 경동맥을 베였어요. 목 옆으로 지나가는 경동맥이요. 뇌에 피를 공급하는 혈관이죠. 그곳이 손상되면 어마어마한 양의 출혈을 피할 수 없어요. 칼이 지나간 곳이 경동맥이 아니라 기도였다면 생존 가능성은 훨씬 컸을 거예요. 피가 폐로 흘러들어 자신의 피에 질식해 죽을 수도 있는, 대단히 심각한 피해 가능성이 여전히 있기는 하지만요. 그래도 구조대원들이 제시간에 도착해 주기만 한다면 최소한 생명은 살릴 수 있었을 거라고요. 근데 경동맥이 끊어지면 뇌로 가는 혈류가 중단되기 때문에 1분이 채 되기도 전에 의식을 잃고 즉시 심장 마비가 와요. 그리고…… 사망에 이르게 되는 거죠."

나는 아예샤의 극도로 객관적인 설명에 살짝 당황했다. "그럼 빅토리아와 대니얼 모두 그런 식으로 사망에 이른 건가요?"

"네. 그런 것 같아요." 그녀가 대답했다. "분명한 건 검시관의 판단에 달려 있겠지만, 제 생각엔 그래요."

"사인 규명 조사 위원회에서 증언해 주실 건가요?"

아예샤는 고개를 끄덕였지만 생각만으로도 고통스러운지 얼굴을 찡그렸다.

"제 생각에는 그곳에 있었던 목격자 모두가 소집될 것 같아요. 그날 일어난 일에 대해 증언하기 위해서요."

로렌스에 대해 어떻게 해야 할지 다시 고민이 되었다. 만일 동영상을 가지고 경찰서에 간다면 그는 어쩔 수 없이 모습을 드러내야 할 터였다. 그날 히스에서 뭘 하고 있었는지, 그리고 왜 도망쳤는지 공식적으로 설명해야 할 터였다. 목격자 중 한 사람, 즉 나와 한때 연인이었다는 사실을 자백하는 경우 불가피하게 받게 될 공개 조사를 내가 견뎌 낼 수 있을지 의문이었다. 또 우리의 관계가 틀어진 이유에 대해 그가 어떤 말을 할지도 알 수 없었다. 아마도 벡스의 말이 옳은 듯했다. 그는 우리가 직접 처리하는 게 나았다.

"알아 두시는 편이 좋을 거예요. 조사 때 관련 얘기를 할 예정이니까요." 아예샤가 말했다.

"아, 미안해요. 그냥…… 그날에 대해서 생각 좀 하고 있었어요." 나는 거짓말로 둘러댔다. "뭐라고 말씀하셨죠?"

"그냥 지금 얘기하는 게 좋겠네요. 대니얼이 죽어 가면서 저에게 속삭인 말이 있었어요."

누군가 나에게 아드레날린 주사를 놓는 것 같았다. 심장 박동이 빨라지고 눈이 커지는 게 느껴졌다.

"말한다고 해서 무슨 차이가 있을지, 또 말하는 게 무슨 의미가 있을지 솔직히 잘 모르겠어요." 아예샤가 계속했다. "두 사람의 생명을 구하기 위해 제가 할 수 있는 건 다 했으니까요. 아무튼 대니얼 곁에 무릎을 꿇고 앉았을 때 그가 할 말이 있는 것 같았어요. 그를 향해 몸을 기울이는데…… 그에게 시간이 얼마 남지 않았다는 걸 알 수 있었어요. 전 대니얼에게 하고 싶은 말이 있냐고 물었어요. 그는 고개를 끄덕여 보려고 했지만 움직이지 못했어요. 나는 몸을 더 기울여 짓누르다시피 하며 귀를 그의 입에 가져다 댔어요. 기다려도 아무 말도 들리지 않기에 전 그 사람이 죽은 줄 알았어요. 근데 그때 아주 작고 약한 목소리로 그가 말했어요. 뭐라고 말했냐면……."

아예샤가 조용해졌다.

"아예샤, 대니얼이 뭐라고 말했어요?"

"그가 한 말은, '저기…… 저 남자'였어요."

"혹시 이름도 말했어요?"

아예샤는 고개를 저었다. "아니요. 말 못했어요. 그 개자식이 죽어 버렸으니까요."

44.
벡스 BEX

나는 젠과 테이트 모던 미술관 1층에 위치한 카페에 앉아 있었다. 줄지어 선 자작나무 사이로 강 건너 사각형의 삭막한 건축물에 갇힌 세인트폴 대성당의 돔이 보였다. 한 바리스타가 테이트 브리튼 미술관 영내에 자리한, 2차 세계 대전 때 지어진 반원형 오두막에서 핸드 로스팅 방법을 큰 소리로 읊어 대고 있었다. 옆 테이블에서는 여자 하나가 브렉시트로 런던의 부동산 시장이 완전히 엉망이 되었다는 얘기를 친구에게 하고 있었다. 그녀는 올해 안에 건물을 팔길 원했지만 체념하고 대신에 자신의 건물 뒤편에 유리로 된 작은 건물을 하나 지을 거라고 했다. 나는 젠의 말에 귀를 기울이는 척하면서 이런저런 얘기를 다 주워듣고 있었다. 젠은 아예샤가 자신에게 한 말을 시시콜콜 나한테 전하는 중이었다.

나는 웬만하면 젠을 지지하고 응원해 주려고 애썼지만 가끔은 시늉만 할 때도 있었다. 나로서는 그 사건의 세부 사항을 자꾸 듣는 게 거북했다. 따라서 내 정신을 온전하게 지키기 위해서라도 가끔은 귀를 닫고 멍하니 듣는 척하고 있어야 했다. 나는 휴대폰을 꺼내 확인했다.

젠이 짜증이 묻어나는 목소리로 "미안. 내 얘기 그만 듣고 싶구나?"라고 말하는 걸 보니 내가 제대로 주의를 기울이지 않고 있다는 사실을 그녀에게 들킨 모양이었다.

"옆 테이블에 앉은 끔찍한 여자 말이야. 목소리가 너무 커." 내가 말했다. "네 말이 잘 들릴 만한 곳으로 자리를 옮기는 게 어떨까?"

"좋은 생각이다." 젠이 대답했다. 막 자리에서 일어나려는데 젠의 휴대폰이 울렸다. 주머니에서 전화기를 꺼내 손가락으로 홈 버튼을 누르던 젠의 얼굴이 놀라 굳어졌다.

"왜 그래?" 내가 물었다.

"또 그 사람이야." 젠이 대답했다. 젠은 카페 안을 둘러보며 사냥감이라도 된 양 필사적으로 사람들을 훑었다.

"뭐?"

"방금 또 메시지가 왔어. 이거 봐."

젠은 나에게 휴대폰을 건네면서 계속 주위를 두리번거렸다. 메시지는 '@젠헌터당신을지켜보고있어'로부터 온 것이었다.

파란 블라우스 예쁘네. 섹시해.

나는 젠이 무슨 옷을 입고 있는지 알고 있었다. 그럼에도 젠의 파란 블라우스로 자연스럽게 시선이 갔다. 그 블라우스는 자라에서 구입한 것이었다. 그러고 보니 블라우스를 살 때도 우리는 같이 있었다. 잠시 후 메시지가 또 도착했다.

그 의사가 뭐래?

“메시지가 또 왔어.” 나는 젠에게 휴대폰을 건네며 말했다.

“젠장, 그 사람 여기 있나 봐.”

“난 그 사람이 더 이상 이런 메시지 안 보내는 줄 알았어.”

젠은 대답 대신 급히 카페 밖으로 뛰쳐나갔고 그 바람에 하마터면 커피가 엎질러질 뻔했다. 젠은 건물 앞 주변을 뛰어다니며 자작나무 사이를 누비면서 벤치에 앉아 있는 사람들의 얼굴을 하나하나 살피기 시작했다. 그러다 뒷모습이 로렌스처럼 보이는 한 남자에게 다가가서는 손을 뻗어 어깨를 쳤다. 남자가 화들짝 놀라 뒤를 돌아보았다.

“죄송합니다.” 젠이 손을 맞잡고 뒷걸음질하며 중얼거렸다. “여기 어딘가 분명 있어. 날 지켜보고 있다고.”

“그만 가자.” 나는 젠의 팔을 잡아끌며 말했다.

“싫어!” 젠이 나를 밀치며 외쳤다. “그 빌어먹을 자식을 찾아내서 제발 나 좀 가만 내버려 두라고 말할 거야.”

젠이 강둑을 따라 국립 극장 방향으로 관광객 무리를 헤치며 전력 질주하기 시작했다. 나는 젠과 부딪친 사람들에게 대신 사과하며 그녀의 뒤를 따랐다.

“도와줘, 벡스. 그 사람 같이 찾자.” 젠이 숨을 헐떡이며 말했다.

"분명히 근처에 있어."

"없어." 내가 말했다. "한자리에서 기다려 보자. 그러면 혹시……."

젠은 내 말을 듣지도 않고 다시 뛰기 시작했다. 방향을 바꾸어 강둑을 따라 달리다가 흔들리는 다리로 올라갔다. 다리는 보수 공사가 한창이었고 보행자들을 제한하는 표지 때문에 통행로가 좁아져 있었다. 양방향 모두 한 줄로 걷고 있는 와중에 젠이 줄을 무시하고 급히 뛰어다니다가 아기띠를 한 여자와 세게 부딪치고 말았다.

"죄송해요. 정말 죄송합니다." 나는 군중을 헤치고 나아가면서 소리쳤다. 불특정 다수를 향한 사과를 거듭하며 젠을 쫓아갔다.

마침내 젠이 있는 곳에 다다른 나는 그녀를 붙잡아 세웠다. "젠, 내 말 좀 들어 봐." 내가 말했다. "메시지를 보낸 사람이 누구든 이제 가고 없을 거야. 진정해. 심호흡 좀 하고. 너 때문에 저 뒤에 어떤 아기 엄마가 넘어질 뻔했어."

"그딴 거 신경 안 써. 그 사람을 찾아야 해."

그때 젠의 휴대폰이 다시 울렸다. 새로운 메시지였다.

뭐 그렇게까지 열을 올리고 그래. 당신답지 않게.

젠은 고개를 좌우로 홱홱 돌리며 다리 위를 오가는 사람들의 얼굴을 살폈다. 그러다 세인트폴 대성당 쪽 강변을 향해 달리기 시작했다. 그녀는 사우스 뱅크 방향으로 비틀거리며 달리다 다른 행인과 또 부딪치고 말았다. 이번에는 지팡이를 짚고 걷는 할머니였다.

나는 친구를 대신해 다시 한번 사과했다. "제발 멈춰!" 나는 젠을 움직이지 못하게 붙잡기 위해 필사적으로 어깨를 움켜잡으며 말했다. 진심으로 뺨을 또 때려야 할지도 모르겠다는 생각까지 들었다.

"젠, 내 말 좀 들어 봐. 그 사람이 정말 여기 있다면 같이 찾아보자. 내가 도와줄게. 정말이야. 하지만 일단 정신부터 좀 차려. 그 사람이 원하는 건 네가 무너져 내리는 거야. 모르겠어? 그 사람은 네가 이러는 걸 즐기고 있다고."

젠이 무슨 생각을 하는지 알 수 없었다. 하지만 내 말이 어느 정도 먹힌 것 같았다. 젠이 카나리 워프의 고층 건물들이 내려다보이는 동쪽 난간에 기대섰다. 그러고는 두어 번 거친 숨을 몰아쉬었다. 정신없이 좌우를 돌아보던 고갯짓도 멈추었다.

"그래. 그거야." 내가 말했다. "심호흡 좀 더 해 봐."

젠의 눈에서 긴장이 조금씩 풀리기 시작했다. 나는 젠의 떨리는 손을 꼭 쥐었다.

"너를 혼란스럽게 만들었다는 걸 알면 그 사람이 얼마나 만족스러워하겠어. 그런 만족감을 주지 마." 내가 젠에게 말했다. "그놈 페이스에 말리지 않고 네 방식대로 되갚아 줄 수 있는 방법이 분명히 있을 거야."

젠이 눈을 반짝이며 나를 돌아보았다. 내 말에 젠의 마음이 움직인 듯했다. 젠의 휴대폰이 다시 울렸다. 젠이 전화기를 나한테 내밀었다.

많이 흥분한 것 같은데. 정신이 나간 건가.

잠시 후 새 메시지가 또 도착했다.

그런 식으로 구니까 아무한테도 사랑받지 못하지. 넌 사람들을 쫓아 버리는 데 선수야.

이제 젠은 사냥감이 아니라 사냥꾼 같은 표정을 짓고 있었다. 나는 헌터라는 젠의 성을 떠올려 보았다. 그전에는 젠을 포식자 위치에 놓고 생각해 본 적이 한번도 없었다. 사실 오랫동안 젠은 희생자 역할을 해 왔었다. 하지만 지금의 젠은 다분히 위험한 존재처럼 보였다.

45.
젠 JEN

우리는 로렌스의 집 앞에 서 있었다. 오후 4시였지만 날은 이미 어두워져 있었다. 테이트 모던 근처와 다리 위에서 소란을 벌인 끝에 벡스는 가까스로 나를 진정시켰다. 하지만 완전히는 아니었다. 시선을 돌릴 때마다 나를 노리는 로렌스의 얼굴이 보이는 듯했다. 그가 '거기'에 있을 것만 같아 사람들 틈에서 그를 찾았다. 나는 앞으로 달렸다. 그의 냄새를 맡고 그에게 손을 뻗어 만질 수 있을 것 같은 느낌이 들었다. 하지만 마주치는 건 낯선 이의 경악하는 얼굴뿐이었다. 그럴 때마다 기절할 듯하기도 하고 마음이 욱신거리는 듯하기도 했다.

벡스는 템스강을 가로질러 세인트폴 대성당 쪽으로 나를 데리고 가서는 물을 사 주고 성당 계단에 앉혔다. 그러고는 심호흡해라, 도와주겠다, 무슨 일이 있어도 옆에 있어 주겠다는 등의 말을 반복했다. 나는 로렌스가 어떻게 그리도 잔인할 수 있는지 놀라워하며 그동안 받은 메시지들을 조각조각 끄집어냈다. 로렌스는 무슨 생각으로 이러는 걸까? 나를 미치게 만들려고 작정한 걸까? 자신의 아내나 여자 친구를 심리적으로 조종하려는 남자가 등장하는 스릴러물을 수도 없이 읽고 또 보았다. 설마 내가 그런 소설이나 영화의 등장인물은 아닐 거라고, 절대 그럴 리 없다고 되뇌었다.

"로렌스는 무슨 꿍꿍이가 있는 걸까?" 내가 말했다.

벡스가 조용히 있다가 입을 열었다. "근데 로렌스인 건 확실해? 그러니까 내 말은……."

"무슨 말이 하고 싶은 거야?" 내가 끼어들었다. "당연히 로렌스지. 그 사람 아니면 누구겠어?"

"알았어. 알았다고. 근데 일단 들어 봐." 벡스가 말했다.

"지금 농담해?" 나는 반발의 의미로 자리에서 벌떡 일어났다. 그럴 마음이 아니면서 금방이라도 자리를 박차고 나갈 것처럼 굴었다.

"앉아서 내 설명 좀 들어." 벡스가 내 손을 잡고 나를 다시 자리에 앉혔다. "이 모든 일의 배후에 로렌스가 있는 것처럼 느껴진다는 거 알아. 하지만 우리에겐 증거 같은 게 필요하다고 너도 말했었잖아."

"어떤 증거?"

"로렌스와 이 일이 관련 있다는 증거. 전화나 그 사람 집에 남아 있을 만한 그런 증거 말이야."

"그걸 어떻게 찾아? 그 사람 집에 찾아가서 휴대폰 좀 보여 달라고 할 수도 없는 노릇인데. 아직도 몰라? 난 로렌스의 기피 대상 1호나 마찬가지라고."

벡스의 눈이 짓궂게 반짝였다. 뭔가 문제 될 만한 일을 벌일 조짐이 보였다. 벡스는 주머니에 손을 넣더니 열쇠를 하나 꺼냈다.

"아직 말 안 했는데, 나한테…… 이게 있거든. 로렌스네 집 열쇠." 벡스가 작은 트로피라도 되는 것처럼 열쇠를 들어 보였다.

"벡스, 그거 어디서 났어?"

"가끔은 물건을 안 돌려줄 때도 있다는 것까지만 얘기할게."

"내가 이사 나오고 나서 그 사람이 잠금장치를 바꾼 줄 알았어."

"그랬지……. 하지만 새 열쇠를 어렵사리 손에 넣었지."

"어떻게?"

"언젠가 로렌스가 출장을 떠나면서 나한테 집을 좀 봐 달라고 했었거든. 혹시나 쓸모가 있을지도 몰라서 여분의 열쇠 하나를 챙겨 뒀지."

"그럼 이제 우리가 뭘 해야 하는데?"

"그 집에 가서 둘러봐야지. 널 괴롭힌 게 로렌스가 맞는지 확인할 겸."

"경찰에 신고하는 게 낫지 않을까?" 내가 물었다.

"어쩌면. 하지만 그런다고 뭐가 해결되는데? 기껏해야 로렌스한테 경고하는 게 다일걸? 그러고 나면 로렌스는 다시 마음껏 거리를 확보하고 자유롭게 멀리서 너를 염탐하겠지. 얼마나 더 심한 짓을 할지 넌 전혀 알 수 없을 테고."

나는 벡스를 가만히 바라보았다. 그녀는 내 의심스러운 표정을 눈치챈 것 같았다.

"그런 얼굴 할 것 없어. 너한테 해가 되는 일은 없을 거야. 내가 같이 있을 거니까."

"약속하는 거다?"

"물론이지. 내가 어떻게 널 혼자 로렌스의 집에 들여보내겠어? 아무튼 그 집을 뒤지다 보면 경찰에 제출할 만한 증거를 발견할 수 있을지도 몰라."

여러 가지 의문이 떠올랐다. 발견하더라도 그 증거는 인정받지 못하리라는 생각이 들었다. 하지만 벡스는 빈집털이와는 다를 거라고 말했다. 한때 내가 그 집에 살았었으므로 설사 이웃을 마주치더라도 예전에 쓰던 노트북이나 90년대 CD를 모아 놓은 상자 같은 자질구레한 물건을 챙기러 왔다고 둘러대면 된다는 것이었다.

우리는 로렌스의 집 앞에 서서 혹시나 있을지 모를 인기척을 무작정 기다렸다. 심장이 마구 뛰었다. 입에서 톱밥 씹는 맛이 났다. 우리가 여기 온 지 거의 40분이 지나고 있었다. 날이 어두워졌는데도 불구하고 불이 켜진 집은 하나도 없었다. 벡스는 로렌스가 집에 없는 게 분명하니 들어가도 괜찮을 것 같다고 속삭였다. 나는 다급하게 이 계획을 별로라고 생각하는 이유에 대해 설명하기 시작했다. 하지만 벡스는 아랑곳하지 않고 앞서서 앞뜰로 걸어 들어갔다. 그러고는 따라올지 말지 묻는 얼굴로 나를 돌아보았다. 어쩌면 벡스가 옳았다. 확실히 알아낼 방법은 이것뿐이었다.

나는 그날 누가, 어디서, 언제, 무엇을 했는지 다시 떠올려보았다. 칼을 소지한 걸로 보아 대니얼은 계획이 있었던 게 분명했다. 로렌스를 알아본 듯한 제스처로 말미암아 그가 누군지 또한 이미 알고 있었다. 하지만 로렌스는 왜 거기 있었을까? 그렇지. 조깅을 워낙 좋아하는 데다 팔러먼트 힐 필즈는 그가 원래 자주 가던 곳이었지. 하지만 퇴근하고 나서 저녁에 가는 경우가 더 많았다. 혹시 빅토리아를 뒤따라간 거였을까? 대니얼과 빅토리아의 관계를 질투해서? 로렌스가 빅토리아의 임신 사실을 알고 있었을까? 어쩌면 이런 의문의 답이 집 안에 있을지도 몰랐다. 나는 심호흡을 한 후 벡스를 따라 현관문으로 다가갔다.

벡스는 만일의 경우를 대비해 초인종을 눌렀다. 대답이 없자 문을 열고 안으로 들어갔다. 나는 과거로 돌아간 듯한 기시감에 잠시 망설였다. 어쩐지 의식이 분리되는 기분이었다. 상담 치료사가 알려 준 해리의 징후임을 알 수 있었다. 나는 정신을 차려 보려 애썼다.

"문을 닫는 게 좋겠어." 벡스가 말했다.

나는 눈을 깜빡거리며 벡스의 말대로 했다.

"시간이 별로 없을지도 몰라. 네가 나보다 이 집에 대해 더 잘 아니까 어디부터 가야 할지 네가 알려 줘."

나는 잠시 고민했다. "위층에 있는 그 사람 서재부터 시작하는 게 좋을 것 같아. 거기 컴퓨터가 있거든."

"좋아." 벡스가 말했다.

계단을 올라가면서 나는 집 안에 감도는 밀랍 냄새를 들이마셨다. 이곳에서 로렌스와 밤을 보낸 후 처음 아침을 맞이했을 때의 내 모습이 눈에 선했다. 그때 나는 행복으로 반짝반짝했었다. 피부에서는 빛이 났다. 모든 것이 더 선명하고, 더 밝고, 더 뚜렷하게 보였었다. 나는 주방으로 가서 위층에 있는 로렌스를 위해 커피를 준비하려고 했지만 작동법을 몰랐다. 5분 정도 씨름한 끝에 그냥 인스턴트커피를 찾아보아야겠다고 노선을 바꾸던 찰나 로렌스가 주방으로 내려왔다. 그는 커피 기계의 상태와 내가 처한 상황을 보고는 웃음을 터뜨렸다. 그는 나를 다시 침대로 데려갔다.

지금은 다 끝난 일이었다. 그토록 깊은 사랑의 감정이 어떻게 이렇게 일종의 허기처럼 한순간에 사라질 수 있을까?

나는 벡스를 로렌스의 서재로 데려갔다. 벡스는 내가 맥북의 전원을 켜는 동안 서류함을 살피기 시작했다. 예상대로 노트북에는 비밀번호가 설정되어 있었다. 나는 우리가 같이 살 때 로렌스가 사용했던 비밀번호를 넣어 보았다. '바우하우스'와 로렌스가 태어난 해인 1972를 조합한 번호였다. 화면의 아이콘이 거부의 의미로 작게 고개를 흔들었다. 나는 바우하우스의 B를 소문자 'b'로 바꾸어 넣어 보았다. 이번에도 틀렸다. 연도를 먼저 넣고 단어를 뒤에 붙여 보았다. 하지만 이번에도 열리지 않았다. 그럴듯한 단어들을 차례로 시도해 보았다. 그의 어머니 이름과 첫 애완견 이름인 렉스 휘슬러(유명한 화가 이름)에 이어 무엇보다 슬픈 이름인 내 이름도 넣어 보았다. 다 아니었다.

"어떻게 돼 가?" 벡스가 물었다.

"안 돼." 내가 대답했다. "넌? 뭐 찾은 거 있어?"

"다 일이랑 관련된 것뿐이야." 벡스가 대답했다. "서류 정리 상태 하나는 칭찬해 줘야겠네. 완전 질서 정연해."

"로렌스가 그런 면이 좀 있지. 늘 그랬어. 그것 때문에 미쳐 버릴 것 같기도 했지만."

내가 그의 설계도 하나에 와인 잔을 올려놓았다가 심한 언쟁이 벌어진 적도 있었다. 나는 그의 물건들을 조심히 다루어야 한다는 걸 잘 알아서 얼룩을 남기지 않는 데 신경을 썼다면, 로렌스는 얼룩이 묻을지도 모른다는 가능성까지 염두에 두었다. 우리의 대화는 점점 말다툼으로 발전하기 시작했다. 그는 내가 칠칠치 못하다며 비난했고, 나는 지나치게 꼼꼼한 그의 정리벽을 비꼬았다. 그러다 결국 서로에게 소리를 지르는 상황까지 이르렀다. 그는 이 일을 칼럼에 쓰지 말라고 경고했지만, 나는 보란 듯이 한 줄 한 줄 자세하게 까발렸다. 로렌스는 내 칼럼을 읽지 않았다. 다만 다음 날 저녁 식사 중에 힐난하는 말을 한 것으로 보아 아마도 직장의 누구로부터 전해 들은 모양이었다. 나는 언쟁이 반복되는 걸 원하지 않았기에 그냥 못 들은 척했었다.

"침실로 가 볼까?" 벡스가 제안했다.

우리가 그토록 많은 시간을 함께 보냈던 공간에 걸어 들어갈 생각에 속이 울렁거렸다.

"침실을 꼭 봐야겠어? 거긴 그냥……." 내가 말끝을 흐렸다.

"내가 앞장설게." 벡스가 말했다. "근데 너도 같이 가. 난 잘 모르잖아……. 다른 사람한테 보이고 싶지 않은 물건을 어디에 두는지 말이야."

"알다시피 그 사람은 사적인 물건이 많지 않아." 문득 어떤 생각이 떠올라 집이 완전히 새로운 시각으로 보이기 시작했다. 나는 속삭이듯 목소리를 낮추며 말했다. "벡스, 혹시 여기 빅토리아의 물건 같은 게 있을까?"

"오, 맞네. 그렇겠지!" 벡스가 말했다. "그럴 수밖에 없잖아. 도움이 될 만한 물건이 있을지도 몰라. 넌 욕실을 살펴봐. 침실은 내가 확인할게."

벡스가 침대 옆 서랍장의 서랍 하나를 여는 소리가 들렸다. 거기서 뭘 발견할지 생각만 해도 두려워진 나는 서둘러 욕실로 걸음을 옮겼다. 집 뒤편에 자리한 욕실은 널찍하고 멋있었다. 중앙에는 거대한 독립형 욕조가 자리하고 있었다.

한편으로는 이 집에서 빅토리아의 흔적이 발견되지 않기를 바랐다. 오래된 피임약 상자, 속옷, 립스틱 같은 물건을 우연히라도 발견한다면 토해 버릴지도 몰랐다. 숨이 잘 쉬어지지 않았다. 그만 방에서 나가고 싶었다. 그러고는 그길로 계단을 통해 밖으로 뛰쳐나가고 싶었다. 욕실 거울에 비친 내 모습이 언뜻 눈에 들어왔다. 이마의 보라색 멍과 누런 타박상 자국이 흉해 보였다. 금발 머리는 볼품없이 뻗쳐 있었고 눈밑에는 다크서클이 진하게 져 있었다. 로렌스가 나를 사랑하지 않는 건 당연했다. 어쩌면 한번도 날 사랑한 적이 없는지도 몰랐다. 모든 걸 끝내 버릴 순간만을 늘 기다려 왔던 건 아닐까? 그날의 내 기행이 그가 그토록 찾고 있던 완벽한 구실이 되어 준 건 아닐까? 나는 로렌스가 언제부터 빅토리아를 만나기 시작했는지 궁금해 견딜 수 없었다.

"뭐 좀 찾았어?" 다른 방에서 벡스의 목소리가 들려왔다.

"아, 아니. 아직." 내가 대답했다.

세면대 아래 자리한 수납장이 눈길을 끌었다. 손잡이로 향하는 손가락이 떨려 왔다. 나는 잠시 눈을 감고 숨을 깊이 들이마셨다. 그리고 해야만 하는 일이라고 되뇌었다. 마침내 손잡이를 당겼다.

맨 처음 눈에 띈 것은 로렌스의 생일에 내가 선물한 펜할리곤스 로션 병이었다. 그 뒤에는 족집게 한 쌍과 고급 보습 크림이 있었다. 나는 크림이 든 병을 비틀어 열었다. 크림 표면에 가느다란 손가락의 흔적이 희미하게 남은 게 보였다. 나는 빅토리아가 이 거울 앞에 서서 얼굴에 크림을 찍어 바르는 모습을 상상했다. 하지만 이런 상상에 주의를 빼앗길 시간이 없었다. 집의 다른 곳도 살펴보아야 했다. 로렌스가 귀가할 때까지 시간이 얼마나 남았는지 우리는 알지 못했다. 그만 수납장을 닫으려는데 뒤쪽에 뭐가 보였다. 청소용 세제가 담긴 병들에 가려져 있는 그 물건에 닿기 위해 손을 쑥 집어넣었다. 날카로운 플라스틱 가장자리가 만져졌다. 나는 부딪치든 말든 개의치 않고 그것을 홱 끄집어냈다. 물건을 내 손에 들고 있으면서도 도저히 믿을 수 없었다.

그건 나를 공격한 사람이 쓰고 있던 가이 포크스 가면이었다.

46.
벡스 BEX

젠이 그 물건을 발견했다.

"벡스! 벡스!" 젠의 비명이 들려왔다.

달려가 보니 젠이 문제의 그 물건을 손에 쥔 채 욕실 바닥에 주저앉아 있었다.

"왜 그래? 그건 뭐야?"

젠이 가면을 들어 올렸다. "로렌스가 날 공격했을 때 쓰고 있던 게 바로 이거야."

"어머!" 나는 소리치며 젠에게 건너가 그녀를 품에 안았다. 젠은 흐느끼고 있었다. 젠의 눈물이 내 몸에 와 닿는 걸 느낄 수 있었다. "그러니까…… 그 사람이 로렌스가 맞았구나."

"당연히 로렌스였겠지." 젠이 말했다. "그 사람이 아니면 누구겠어?"

"나쁜 놈. 널 공격하고 나서 거기 넣어 둔 게 틀림없어."

"로렌스가 나를 왜 이렇게 미워하는지 모르겠어."

"머리가 어떻게 된 거겠지." 나는 주머니에서 휴대폰을 꺼냈다. "가면을 여태 보관해 둔 걸 보니 방심하면 안 되겠어. 한번 사용했다는 건 또 사용할 수도 있다는 거니까."

"그래?" 젠이 잔뜩 겁에 질린 표정과 목소리로 말했다. "지금 뭐 하는 거야?"

"뭐 하긴. 경찰에 신고하는 거지."

내가 999번을 누르는 척하는 동안 젠은 아무 말이 없었다. "잠깐만…… 철저하게 좀 따져 보자." 내가 말했다. "경찰에 신고했는데 아무것도 발견하지 못하면 그땐 어떡하지? 그럼 로렌스가 범인이라는 증거가 없잖아. 그렇다고 이 가면을 가지고 갈 수도 없는 노릇이고. 로렌스가 딴 데서 갖고 온 가면으로 자신에게 혐의를 뒤집어씌운다고 우기면 끝이니까. 안 되겠다. 이 일을 좀 더 똑똑하게 처리해야겠다."

"똑똑하게?"

"응. 우리가 로렌스보다 한발 앞서가는 거지."

젠은 우리가 처음 만난 날 나를 보던 바로 그 눈빛으로 내 쪽을 바라보았다. 마치 내가 구세주라도 된 듯한 얼굴이었다. 내가 자신을 다른 사람들로부터, 어쩌면 자기 자신으로부터도 구해 줄 수 있을 거라 믿는 표정이었다.

"그럼 뭘 어떻게 해야 해?"

"만일의 경우를 대비해 사진을 찍어 놓자. 그다음 발견한 장소에 그대로 갖다 두는 거야."

"뭐? 하지만 이건 증거물이야. 로렌스가 나를 공격했다는 증거라고."

"걱정 마. 대가는 확실히 치르게 해 줄 테니까."

47.
젠 JEN

가면을 사진으로 찍고 나서 그것을 처음 발견한 곳에 다시 가져다 두었다. 그러고는 집을 빠져나왔다. 현관문을 열기 전에 벡스는 세상에서 가장 평범한 일인 것처럼 아주 자연스럽게 나가라고 말했다. 사람들은 죄책감을 감지할 수 있다고, 멀리서도 알아챈다고 했다. 벡스 말마따나 누가 지켜보고 있는지도 모를 일이었다.

나는 벡스의 말대로 하려고 최선을 다했다. 하지만 현관문을 닫다가 앞마당을 가로질러 오는 로렌스와 딱 마주치는 장면이 자꾸 떠올랐다. 그에게 발각되면 뭐라고 말해야 하지? 터무니없는 생각이라는 건 알았다. 걱정할 사람은 내가 아니라 로렌스였다. 곤경에 빠진 사람은 그였다. 그럼에도 불구하고 내가 아는 걸 최대한 숨겨야 한다는 느낌이 드는 건 어쩔 수 없었다. 우리는 젊은 아기 엄마 두어 명을 제외하고는 개미 새끼 한 마리 마주치지 않고 그곳을 벗어났다.

벡스의 집으로 돌아오면서 다음에는 뭘 어떻게 할 건지 얘기를 나누고 싶었다. 나한테 몇 가지 아이디어가 있었다. 그러면서도 누가 우리의 대화를 엿들을지도 모른다는 생각에 걱정을 떨칠 수 없었다. 우리는 마트에 가서 몇 가지 물건을 샀다. 벡스가 계산하는 동안 나는 밖으로 나와 휴대폰을 확인했다. 페넬로페에게서 부재중 전화와 메일이 와 있었다. 전화를 해 주든지 아니면 집으로 오라는 내용이었다. 나한테 긴히 해 줄 얘기가 있다고 했다. 우리가 마지막으로 대화를 나눌 때 그녀가 했던 말들이 떠올랐다. 아마도 나한테 사과하려는 것 같았다. 페넬로페에 대해 벡스가 한 말은 옳았다. 벡스의 조언을 귀담아들었어야 했다.

내 잘못으로 벡스를 잃을 뻔했다는 사실이 믿기지 않았다. 그녀를 스토커로 몰아세우면서 내뱉은 잔인한 말들, 히스에서 그녀에게 쏘아붙인 말들로 인해 우리의 우정은 무너지기 일보 직전이었다. 벡스는 오로지 나를 위해 그런 것뿐이었는데 나는 그녀의 마음을 오해했었다. 경찰을 부르는 게 옳은 결정이 아닐 수도 있다는 조언은 벡스만이 해 줄 수 있는 것이었다. 벡스 같은 감각과 지각을 발휘해 줄 사람은 없었다. 그런 벡스가 로렌스를 벌주자고 했고, 나 역시 바라는 바였다.

여러 가지 시나리오가 머리를 스쳤다. 어떤 복수 방법이 제일 효과적일까? 복수는 냉정한 상태에서 해야 한다는 말이 있다. 로렌스가 아무것도 예상하지 못하고 있을 때 행동에 옮기는 게 좋을 것 같았다. 하지만 오래 기다리긴 싫었다. 내가 고통받은 만큼 그도 고통받아야 마땅했다. 누군가 자신을 지켜보며 미행하고 있음을 그 사람이 알게 해서 쓰디쓴 두려움과 본능적으로 밀려드는 극심한 공포를 주고 싶었다.

나는 어두운 거리를 걸어가는 그의 모습을 상상했다. 그는 자신을 따라오는 발소리를 듣고 목덜미의 머리카락이 쭈뼛 서는 것을 느낀다. 심장 박동이 빨라진다. 걸음을 재촉하다 추격자를 따돌리려고 낯선 골목으로 방향을 돌린다. 하지만 그 어두운 존재는 계속해서 그의 뒤를 쫓는다. 마침내 그가 숨을 크게 들이쉰 후 고개를 돌린다. 그리고…… 나를 발견한다. 순간 그는 무슨 생각을 할까? 아마도 두려움은 아닐 것이다. 나는 여자니까. 여자를 두려워하는 남자는 많지 않다. 특히나 로렌스는 여자를 두려워하는 사람이 아니었다. 비아냥 가득한 소름 끼치는 웃음소리가 사방에서 들리는 듯했다. 나더러 불쌍하고 한심하다고 할 것만 같았다. 그리고 나를 밀어젖히고 밤의 어둠 속으로 사라질 것만 같았다.

로렌스에게 복수하려면 더 정교하고 복잡한 방법이 필요했다. 어떻게 해야 가장 큰 타격을 입힐 수 있을까? 집을 엉망으로 만들면 어떨까? 벽마다 페인트를 뿌리고 구석구석에 와인 병을 집어던지는 것이다. 아니면 그보다 교묘한 방법은 어떨까? 열쇠로 문을 따고 몰래 집 안으로 들어간 다음 100군데의 비밀 장소에 새우를 숨겨 둔다. 그렇게 하면 집 안에 악취가 진동할 것이다.

그가 가장 신경 쓰는 대상은 일과 명성이었다. 그를 파멸로 이끌 만한 계획을 세워 보는 건 어떨까? 그의 얼굴에 먹칠할 방법을 고민하다가 문득 어떤 생각이 떠올랐다. 머릿속이 그만 얼어붙고 말았다. 만일…… 대니얼에게 자신과 빅토리아의 관계를 폭로한 사람이 나인 줄 알고 나한테 화가 나 있는 거면 어떡하지? 어쨌든 로렌스는 그날 히스에서 대니얼과 빅토리아 근처에 내가 서 있는 걸 보았을 것이다. 그리고 그 직후 대니얼이 빅토리아를 찌르는 일이 발생했다. 설마 빅토리아의 죽음, 그리고 태아의 죽음이 내 탓이라고 생각하는 걸까?

갑자기 무엇을 해야 할지 갈피를 잡을 수가 없었다. 의혹이 꼬리를 물면서 몸이 마비된 것처럼 꼼짝도 할 수 없었다. 나는 로렌스의 진심을 전혀 모르고 있었다. 로렌스에게 사실을 밝힐 만한 가치가 있을까? 대니얼이나 빅토리아를 보거나 만나거나 그들과 대화한 건 그날이 처음이었다고 얘기할까? 하지만 욕실 수납장에 감추어져 있던 가면이 다시금 떠올랐다. 나한테 그토록 화가 나 있다면, 그날의 살인이 정말 내 탓이라고 생각한다면 과연 그는 어디까지 갈 작정인 걸까? 정말 나를…… 죽이고 싶은 걸까?

수많은 생각 끝에 그가 정말 나를 죽일지도 모른다는 데에까지 이르렀다. 나는 말도 안 된다며, 로렌스가 나한테 그럴 리 없다며 속으로 되뇌었다. 트위터 메시지 때문에 괴롭긴 했지만 그건 로렌스가 자신의 분노를 터뜨리는 수단일 뿐이었고 충분히 이해할 수 있었다. 진심으로 나를 죽이고 싶었다면 벌써 죽이고도 남았을 것이다. 내 머리가 산산조각 나서 골이 바닥으로 쏟아져 나올 때까지 돌을 던질 수도 있었을 것이다. 하지만 그러지 않았다. 그는 분노를 참아 내고 있었다.

다만 나는 정상화(통념이나 규범에 맞지 않는 생각이나 행동을 정상으로 받아들이게 되는 심리적 과정 - 옮긴이) 과정이 어떻게 이루어지는지 심리 치료사에게 들어서 알고 있었다. 머릿속에서만 거듭되거나 가벼운 형태로 실행되던 다양한 망상이 충분한 반복을 거치면 점차 용납되기 힘들고 관습을 거스르는 행동, 나아가 범행으로까지 이어질 수 있다고 했다.

로렌스가 살인을 저지를 수 있을까? 만에 하나 그렇다면 나는 어떻게 나를 지켜야 할까?

48.

벡스 BEX

젠은 밖에서 휴대폰을 보고 있었다. 생각이라는 게 아예 없는 것 같았다. 도살장에 끌려온 어린양이나 마찬가지였다. 젠은 나를 자신의 보호자이자 수호자, 세상의 모든 악을 막아 줄 보초병으로 간주하는 듯했다. 로렌스의 집을 나오면서부터 젠은 줄곧 그 크고 파란 눈에 고마움을 담아 나를 바라보았다. 히스에서 자신을 공격한 사람이 로렌스라는 증거를 찾도록 도와준 데 대한 감사를 표하고 싶은 게 틀림없었다.

한편 나는 이렇게 소리치고 싶었다. "그 가면은 내가 로렌스의 집에 가져다 둔 거야." 그리고 이렇게 덧붙이고도 싶었다. "널 공격한 건 바로 나라고, 이 멍청이야!"

물론 나는 그런 말은 한마디도 하지 않았다. 늘 그렇듯 그저 미소로 젠을 안심시키면서 이번에도 내가 다 알아서 해결해 주겠다고 말했다.

기분을 달래 줄 만한 음식을 찾아 마트의 좁은 통로를 돌아다니다 라즈베리 잼이 듬뿍 든 도넛을 찾아냈다. 장바구니에 도넛을 담는데 히스의 한적한 벤치에 앉아 있던 젠이 떠올랐다. 그때 나는 젠을 바라보며 가면을 제대로 썼는지 확인하기 위해 왼손가락으로 가면의 날카로운 끝부분을 훑고 있었다. 젠을 향해 한 발짝 내딛는 순간, 마침 뒤를 돌아본 젠과 눈이 마주쳤다. 그녀의 눈에 충격과 공포가 떠올랐다. 나는 오른손에 들고 있던 돌멩이로 젠의 머리를 내려쳤다. 적당히 힘 조절을 해야 했다. 기절만 시켜야지 심각한 상처를 남겨서는 안 되었다. 돌멩이로 젠의 머리를 쳤을 때 딱 하는 소리가 났다. 엄청난 만족감이 밀려왔다. 좋아하지만 몇 년 동안 듣지 못한 귀에 익은 노랫소리가 웅장하게 울려 퍼지는 기분이었다. 한번 더 내리쳤다. 젠이 헉하고 숨을 내뱉더니 바닥으로 쓰러졌다. 나는 잠깐 동안 말없이 선 채로 젠을 지켜보았다. 그런 다음 돌멩이를 챙겨 조용히 자리를 떴다. 연못이 모여 있는 곳을 지나면서 돌멩이를 물속에 던졌다. 수면 위로 펴져 나가는 잔물결을 바라보며 밀려드는 성취감을 만끽했다.

우유, 티백, 감자칩, 초콜릿, 두루마리 휴지, 와인을 장바구니에 담는 동안 그때의 기억들이 빠르게 스쳐 지나갔다. 계산하러 가면서 젠이 도넛을 먹는 모습을 상상했다. 한입 베어 물자 잼이 흘러나와 입술이 온통 핏빛으로 더러워지는 모습이었다.

"자, 너 주려고 산 거야." 나는 도넛을 건네며 말했다.

"맛있겠다. 혹시 무슨 비밀 임무라도 맡았어?" 젠이 물었다.

당황스러웠다. “무슨 소리야?”

“날 더 살찌게 만들라는 임무.” 젠이 웃음을 터트리며 말했다. 젠은 포장을 뜯더니 도넛 하나를 꺼냈다. “농담이야. 아까부터 단 게 너무나 필요했어. 복수는 배고픈 일이라잖아.” 튀긴 반죽을 베어 물자 잼이 흘러나왔다. 젠은 그것을 손으로 받았다.

젠의 입에서 복수라는 말이 나온 건 처음이었다. 생각보다 괜찮은 말이었다. “복수?”

“아, 그래. 복수. 그것도 엄청난 복수.”

“상대는…… 로렌스?”

“그럼 누구겠어?”

“무슨 계획이라도 있는 거야?”

“아직은 확실치 않지만 로렌스가 계속 날 갖고 놀게 두진 않을 거야.”

너를 가지고 노는 건 그가 아니야, 하고 나는 생각했다.

“뭐가 그렇게 재미있어?” 젠이 물었다.

“아니. 그냥 네가 도넛을 너무 맛있게 먹어서.”

젠이 도넛 상자를 건네며 물었다. “하나 먹을래?”

나는 고개를 저었다. “나중에.”

“페넬로페한테서 메시지랑 부재중 전화가 와 있어.” 젠이 입술에 묻은 잼을 훔치며 말했다.

“뭐래?”

“가능한 한 빨리 연락 달라고. 아무래도 사과하려는 것 같아.”

“그래서 어쩔 건데?” 내가 물었다.

“무시하려고. 적어도 당분간은.”

압지 패드에 반전되어 있던 내 이름이 떠올랐다. 페넬로페가 우리 주변을 얼쩡거리는 건 생각조차 하기 싫었다. 걸음을 옮기는데 나를 보는 젠의 시선이 느껴졌다. 곤란하거나 불편한 질문거리가 있는 모양이었다.

"뭔데?" 내가 물었다. "좋은 말할 때 다 털어놔."

"내가 뭐 물어보고 싶어 하는 거 어떻게 알았어?"

"네가 고개를 이상하게 들고 있으니까. 삐딱하게 기울이고 있잖아."

"내가 언제!"

"다 알면서 그런다." 내가 말했다. "아무튼, 말해 봐."

"저, 그냥, 네 공간을 되찾고 싶은지 궁금해서. 넌 얼마든지 원하는 만큼 있어도 된다고 했지만 너한테 짐이 되고 싶지는 않아."

"바보같이 구네! 얼마든지 있어도 돼. 막 편안하지는 않지만 월요일이면 내가 업무에 복귀하니까 적어도 낮 동안은 너 혼자 편히 쓸 수 있을 거야."

"정말?"

당연히 그렇다고 대답해 주었다. 내가 상관에게 3월 말까지는 복귀하지 않겠다고 말한 사실을 젠은 모르고 있었다. 다행스럽게도 캠던 구청은 예측 불가능한 내 정신 상태를 아주 잘 이해해 주었다.

아파트로 돌아온 후 젠은 자신이 쥐어짜 낸 복수 계획에 대해 떠들어 대기 시작했다. 장롱에 새우 숨기기, 옷을 잘라 창밖으로 던져 버리기, 로렌스의 커리어에 흠집 내기 등 상투적인 얘기들이었다. 나는 귀 기울여 들어 주는 척하고 격려의 뜻으로 고개를 끄덕이는 한편 머릿속으로는 나만의 계획을 세워 나갔다.

49.
젠 JEN

나는 벡스의 아파트에 홀로 앉아 있었다. 벡스는 직장인 캠던 구청으로 복귀했다. 아무리 노력해도 로렌스에 대한 생각을 멈추기 힘들었다. 로렌스에게 어떤 끔찍한 짓을 저지를지 상상하는 것도 멈출 수 없었다. 나는 일에 집중할 필요가 있었다. 기삿거리를 더 끄집어내야 했다. 돈도 바닥나고 있었다. 나는 상담 치료사의 조언을 묵살하고 내가 알고 또 알아내야 하는 것에 전념했다.

다 실바 부부에게 돌아갈 수 없는 건 확실했다. 그들은 여전히 빅토리아의 임신 사실이 알려진 게 내 탓이라고 생각했다. 카로 엘리엇이 더 해 줄 말이 있지 않을까도 생각해 보았다. 그 사건을 목격한 이후 많은 영향을 받았고 아들인 해리를 잃은 고통스러운 기억이 되살아났다던 줄리아 존스의 말도 생각해 보았다. 심층 기사를 제대로 쓸 수 있을지도 확신할 수 없었고, 목격자 중 나를 돕겠다는 사람이 하나라도 더 있을지 미지수였다. 일단 〈메일〉지 편집자인 닉에게 메일을 쓰기 시작했다. 혹시 끔찍한 사건을 목격함으로써 생기는 정신적 외상에 대한 특집 기사에 관심이 있는지 묻는 내용이었다. 눈길을 끄는 표제가 필요할 것 같았는데, 줄리아를 처음 만난 날 그녀가 했던 블랙 유머가 생각났다. '처형 목격자들'. 나는 이 말을 제목 칸에 입력했다. 그리고 마음이 바뀌기 전에 얼른 전송 버튼을 눌러 버렸다.

답장을 기다리면서 시간을 어떻게 보낼지 고민했다. 지금까지 스티븐 워커를 제외한 모든 목격자를 취재했다. 그는 나와 얘기를 나누고 싶은 듯했지만 벡스가 실성한 사람처럼 달려드는 바람에 겁을 먹고 달아나 버렸다. 그를 한번 만나 볼 가치는 있었다.

점심시간 직전에 스티븐이 다니는 학교의 정문 앞에 도착했다. 나는 아이가 아침에 도시락이나 방과 후 클럽 활동에 필요한 돈을 놓고 가서 전해 주러 온 학부모인 척했다. 온갖 피부색과 다양한 인종의 얼굴이 끊임없이 쏟아져 나와서는 옆으로 지나가는 것을 지켜보았다. 이토록 활기차고 역동적인 다문화 도시에 산다는 사실에 새삼 만족스러웠다.

그때 휴대폰이 울렸다. 메시지 알림음이었다. '@젠헌터당신을지켜보고있어'한테서 온 메시지였다.

> 스티븐이 다니는 학교 앞에서 어슬렁거려 보기로 한 거야? 제법인데.

주위를 둘러보았다. 보이는 거라곤 10대 아이들의 얼굴뿐이었다. 나는 하이게이트 로드를 왔다 갔다 하며 주차된 차들을 흘끔거렸다. 그때 길 건너편에 있는 그를 보았다. 로렌스였다. 그는 나에게 등을 보인 채 버스 정류장 옆에 서 있었다. 나는 도로로 한 발 내려섰다. 오른쪽에서 갑자기 자동차 경적이 울렸다. 차가 급정거하면서 남자가 "망할 년, 잘 좀 보고 다녀!" 하고 욕을 퍼부었다. 나는 다시 보도로 올라섰다. 심장이 두근거렸다. 지나가는 사람들이 실성한 사람 보듯 나를 위아래로 훑어보았다. 다시 새로운 메시지 알림음이 울렸다. '조심해. 끔찍한 사고라도 당하면 어쩌려고.' 머리가 산산이 부서지는 것만 같았다.

"로렌스, 원하는 게 뭐야?" 내가 버럭 소리를 질렀다. 하지만 나의 절박한 외침은 대형 트럭이 우르릉거리며 지나가는 소리에 묻혀 버렸다.

"제발 그만해. 대체 왜 이러는 거야?" 나는 속이 타들어 갈 정도로 있는 힘껏 소리쳤다.

눈앞에서 버스 한 대가 천천히 지나가며 시선을 방해했다. 버스가 지나가면 로렌스가 사라지고 없을 거라 예상했지만, 그는 여전히 같은 자리에서 내 마음을 어지럽혔다.

나는 오가는 차량을 이리저리 피해 건너편 정류장으로 뛰어갔다.

"여기서 뭐 하는 거야?" 내가 다시 소리를 질렀다. 그리고 손에 힘을 잔뜩 실어 로렌스의 어깨를 쳤다.

그가 획 돌아섰다. 얼굴에 당혹감과 두려움이 스쳤다. 로렌스가 아니었다.

"어……?" 나는 말문이 막혀 버렸다.

남자가 뒤로 물러섰다. 내가 무슨 짓이라도 할까 봐 두려워하는 얼굴이 역력했다.

"미, 미안해요." 나는 가까스로 입을 열었다. "다른 사람이랑 착각……했어요."

나는 뒷걸음질을 했다. 쥐구멍이라도 있으면 숨고 싶은 심정이었다. 내가 한 행동이 미친 듯이 부끄러웠다. 사실상 애먼 사람을 위협한 셈이었다. 그저 할 일을 하고 있던 선량한 중년 남성을 말이다.

지금 행동은 되게 별로였어.

아드레날린이 솟구치는 바람에 격분한 나는 새로운 생각이 떠올랐다. 어쩌면 나한테 메시지를 보내는 사람은 로렌스가 아닐지도 모른다는 생각이었다. 나는 분주한 거리를 사방으로 훑으며 휴대폰을 든 사람들을 유심히 살펴보았다. 헤드폰을 낀 한 젊은 여성이 달릴 준비를 하고 있었다. 운동하면서 들을 음악을 고르고 있는 모양이었다. 길 건너 학교 근처에 남자아이 무리가 보였다. 휴대폰으로 무장한 그들은 하나같이 맥 빠진 얼굴에 멍하고 공허한 눈빛을 하고 있었다. 스티븐이 저기 있을까? 저 아이가 혹시 스티븐인가? 나는 다시 건너편으로 뛰어가 군중을 밀치며 앞으로 나아갔다.

그때 교문을 나서는 스티븐이 보였다. 그는 친구와 농담을 주고받는지 크게 웃고 있었다. 나는 먹잇감을 포착한 동물처럼 앞으로 튀어 나갔다. 내 갑작스러운 움직임에 스티븐이 경계하는가 싶더니 겁을 먹고 달아나기 시작했다.

"스티븐, 기다려. 거기 서!" 내가 소리쳤다. "그냥 몇 가지 물어보려는 것뿐이야. 제발……."

스티븐은 하이게이트 로드를 지나 켄티시 타운 쪽으로 표범처럼 빠르게 달아나 버렸다. 나는 서둘러 그를 쫓아갔지만 따라잡을 가능성은 거의 없었다. 폐부 깊숙이 오염 물질이 가득 차오르는 느낌이 들었다. 나는 숨을 고르기 위해 멈추어 서서는 그가 가스펠 오크 쪽으로 난 길로 사라지는 모습을 그저 지켜볼 수밖에 없었다. 나는 한 검은 난간에 기대섰다. 바닥으로 쓰러지지 않기 위해 난간 위쪽을 지지대 삼아 움켜잡았다. 손가락으로 난간의 날카로운 모서리를 감아쥐었다.

또다시 휴대폰이 진동했다. 두려움과 충격에 손이 떨려 왔다. 나는 눈앞으로 전화기를 들어 올렸다. 정말이지 읽고 싶지 않은 메시지였다.

난간 조심해. 다치는 건 보고 싶지 않아.

젠장. 얼마나 더 버텨 낼 수 있을지 확신할 수 없었다. 이 메시지는, 아니 그는 나를 미치게 만들고 있었다. 이만하면 되었다. 이미 충분히 겪었다. 나는 '@젠헌터당신을지켜보고있어' 계정의 프로필을 열고 해당 아이콘을 클릭했다. 손가락이 차단 버튼 위에서 맴돌았다. 화면을 눌렀다. 끝났다. 이제 메시지는 오지 않을 터였다. 왜 진작에 이렇게 하지 않았을까? 아마 나는 그 계정을 통해 히스에서 일어난 사건의 배후를 찾아 줄 정보를 얻을 수 있을지도 모른다고 착각했던 것 같다. 나는 눈을 감고 심호흡을 했다. 이제 다 끝났다.

나는 난간에서 몸을 떼고 런던 북부의 평범한 중년 여자처럼 행동하려고 노력했다. 억지스럽기는 했지만 혼자 웃어도 보았다. 그렇게라도 해서 이제 괜찮다고 나 자신을 속이고 싶었다.

휴대폰이 다시 울렸다. 아마 벡스일 것이었다. 직장에 있으면서 내가 괜찮은지 확인하려는 메시지를 보냈을 터다. 하지만 메시지를 확인한 나는 그 자리에 얼어붙고 말았다. 그것은 새로운 트위터 계정인 '@젠헌터당신을지켜보고있어2'에서 보내온 것이었다.

나 아직 여기 있는데.

50.

벡스BEX

나는 윌리엄 엘리스 학교 맞은편에 자리한 불 앤 라스트라는 펍 2층에 서서 젠이 자제력을 잃고 미쳐 날뛰는 모습을 지켜보고 있었다. 충분히 예상했던 일이었다. 언젠가는 젠이 스티븐 워커와 이야기하고 싶어 하리라 생각했다. 젠은 그의 집 주소는 몰라도 그가 다니는 학교가 어딘지는 알고 있었으니 그를 찾아내는 건 시간문제일 뿐이었다. 나는 젠이 아파트를 나와 하이게이트 로드를 거쳐 학교 쪽으로 가는 동안 그녀의 뒤를 밟았다.

다음 퍼즐 조각은 저절로 굴러 들어왔다. 작년 내내 나는 직장에서 불 앤 라스트의 건축 계획 신청을 처리했다. 소유주는 건물의 꼭대기 두 개 층을 여섯 개의 손님방을 갖춘 공간으로 전환하고 싶어 했다. 나는 건축가와 사이가 좋았고 꼭 일 때문이 아니더라도 수시로 현장을 방문하곤 했다. 그래서 공사용 임시 가설물이 설치된 정면에 먼지가 거리로 뿜어져 나가지 않도록 플라스틱 시트가 한 겹 씌워져 있다는 사실도 알고 있었다. 하이게이트 로드가 내려다보이는 2층 방에서 창을 열고 시트를 살짝 찢는 일은 어렵지 않았다. 나는 누구의 눈에도 띄지 않은 채 그 틈을 통해 학교 정문을 내다볼 수 있었다.

젠이 시야 안으로 걸어 들어오고 있었다. 자라에서 산 꽃무늬 원피스에 검은 부츠, 데님 재킷 차림인 젠은 꽤 예뻐 보였다. 하지만 신경이 있는 대로 곤두선 모습이었다. 초조하게 머리를 만져 댔고, 커피나 각성제를 과다 복용한 사람처럼 행동했다. 나는 젠이 모르는 다른 휴대폰을 꺼내 메시지를 보냈다. 젠이 어떻게 반응할지 기다리는 동안 내 안에서 기대감과 짜릿함으로 최상급 마약에 버금가는 기분 좋은 쾌감이 밀려왔다. 너무 멀어서 젠의 눈빛이 보이지 않아 짜증스러웠지만 분명 동공이 확대되어 있을 거라는 확신이 들었다. 내 귀에 들리진 않아도 호흡도 가빠지고 있을 터였다.

젠은 하이게이트 로드를 오가며 주차된 차량을 자세히 들여다보기 시작했다. 그러더니 보지도 않고 도로로 발을 내디뎠다. 이런 망할! 하마터면 차에 치일 뻔했다. 하지만 다행히도 무사했다. 나는 젠이 죽는 걸 보고 싶지 않았다. 고양이가 쥐를 잡아 바로 죽이지 않듯 나한테는 젠을 위한 계획이 따로 있었다.

나는 젠의 고양이 헨리, 아니 헨리에타를 떠올렸다. 늙고 멍청한 짐승이었지만 젠은 그 고양이를 너무나 사랑했다. 헨리는 이웃에 사는 루라는 늙은 히피가 석 달 동안 아시아로 여행을 떠난다면서 맡긴 고양이였다. 하지만 루의 계획이 바뀌어 버렸다. 어떤 호주 남자와 사랑에 빠지는 바람에 적어도 1년 동안은 런던으로 돌아올 생각이 없어진 것이었다. 젠이 흔쾌히 헨리를 돌보아 주리라 여긴 걸까? 어쨌든 루는 젠이 그 늙은 고양이를 얼마나 좋아하는지 잘 알고 있었다. 젠은 자신에게 선택권이 없다고 생각했다. 젠이 돌보지 않으면 헨리는 배터시 동물 보호소 같은 곳에 갇힐 처지에 놓였기 때문이다. 그리하여 젠은 헨리를 입양하기로 했다. 로렌스는 집 안에 고양이라는 존재가 돌아다니는 것을 겨우 참아 주는 정도였던 반면, 젠은 그 생명체에 푹 빠져 버렸다.

처음에 젠은 헨리가 밖에 나갔다가 길을 잃은 줄로만 알았다. 어쩌다 밤새 돌아오지 않는 날도 있었으므로 평소와 다를 게 없다고 여겼던 것이다. 이틀이 지나자 젠은 슬슬 헨리를 걱정하기 시작했다. 하지만 그때까지도 자신과 떨어져 어디에서 짧은 휴가를 보내고 있으리라는 믿음을 버리지 않았다. 그러다 3일째 되던 날 아침, 토요일이었던 그날 젠은 걱정되어 죽겠다며 나에게 전화를 걸어왔다. 로렌스는 출장 중이었고 헨리는 여전히 돌아오지 않았다고 했다. 나는 별일 없을 거라며 젠을 안심시키기 위해 최선을 다했다. 그러나 젠은 뭔가 잘못되었다는 느낌이 든다고 했다. 젠은 아무래도 헨리가 죽은 것 같다며 울음을 터트렸다. 나는 그녀의 말을 잘 들어 주고 당장 갈 테니 같이 동네를 돌아 보자고 했다. 30분 후 나는 젠의 집에 가 있었다.

"와 줘서 정말 고마워." 젠이 내 뺨에 입을 맞추며 말했다. 그러고는 나를 집 안으로 들여보내 주었다.

"토요일 아침이라 딱히 할 일도 없었어." 내가 웃으며 말했다. "필라테스를 빼먹을 좋은 핑계가 생겼네."

젠이 커피를 내려 주었다.

우리는 광활한 뒤뜰을 끝에서 끝까지 찾아보았다. 간이 창고도 한번 더 뒤져 보았지만 아무 흔적도 없었다. 그런 다음에는 이웃집들을 돌아다녔다. 별채며 자전거 창고, 본채에 붙여 지은 낡은 차고와 정자까지 확인해 보았지만 헨리는 어디에도 없었다. 결국 포기하려는 순간, 나는 정원 바로 뒷집 사람들에게 말이나 건네 보자고 제안했다. 노부부 필립과 해리엇은 로렌스와 더 가까웠지만 가끔은 젠과도 악수를 건네는 사이였다. 우리는 단지를 한 바퀴 돌고 나서 그 집에 찾아가 초인종을 눌렀다. 젠은 얼마간 담소를 나눈 후 헨리에 관해 설명하며 혹시 뒤뜰에서 본 적이 있는지 물었다. 그들은 헨리를 보지 못했다고 말했다. 하지만 낡은 창고를 얼마든지 확인해 보아도 좋다고 했다. 우리를 안으로 안내한 그들은 제멋대로 자란 정원을 헤치며 앞장섰다.

무성한 울타리를 지나 포도나무 덩굴이 우거진 아치를 통과하니 허리께까지 자란 풀과 이끼가 펼쳐진 정원이 나타났다. 정원 끄트머리 두 집을 구분 짓는 낡은 울타리 바로 앞에 작은 창고가 하나 보였다. 가까이 가 보니 문짝이 경첩과 분리되어 있었다. 내가 문을 밀어 여는데 젠이 휘파람을 불며 헨리의 이름을 부르기 시작했다. 맨 처음 눈에 띈 건 바닥에 떨어져 있는 핏자국이었다.

"들어가서 한번 볼게. 넌 뒤로 물러서 있어." 내가 말했다.

"왜? 뭘 봤는데 그래?" 젠이 겁에 질린 목소리로 물었다.

내 시선을 따라 바닥의 핏자국을 발견한 젠은 나를 밀치고 들어가며 외쳤다. "헨리! 헨리! 너 거기 있니?"

아주 고약한 썩은 내가 코를 찔렀다. 젠은 손으로 입을 틀어막고 창고 안으로 들어가려고 안간힘을 썼다. 창고 안에는 낡은 상자 더미와 녹슨 잔디 깎는 기계가 있었다.

"헨리…… 헨리?" 젠은 앞을 가로막고 있는 장비들을 옆으로 치우면서 조심스럽게 고양이의 이름을 불렀다. 그러다 구석에서 꼼짝도 하지 않는 털 뭉치를 발견하고는 그대로 얼어붙었다. 젠은 손을 뻗었다가 피가 묻자 급히 거두어들였다.

"거기서 떨어져." 내가 말했다. "보면 안 돼."

젠은 청바지에 손을 문지르며 손가락에 묻은 핏자국을 지우려 했다. 셰익스피어의 비극《맥베스》에서 맥베스 부인이 손에 묻은 핏자국을 지우려 애쓰는 장면이 떠올랐다.

"오, 저런, 불쌍해라. 내가 처리할게." 내가 말했다.

"혹시 가능성은 없을까?" 젠이 자그마한 목소리로 애처롭게 물었다. "그러니까, 헨리가 혹시 아직 살아 있을 가능성이……?"

"내가 한번 볼게. 넌 여기에 앉아 있어." 내가 말했다.

나는 카디건 소매를 이용해 입을 막는 척하면서 창고 안으로 들어섰다. 나는 안에 있는 게 뭔지 정확히 알고 있었다. 그건 바로 피를 흘리며 죽어 있는 동물의 사체였다. 하지만 지금은 놀라움과 공포, 그리고 보통 그런 상황에서 기대되는 온갖 감정들을 연기해야 했다. 심지어 눈물도 몇 방울 흘려야 했다.

"유감스럽지만 희망이 없어. 헨리는 죽었어." 나는 젠에게 말했다.

"뭐? 어떻게…… 어떻게 그럴…… 수가?"

"내 생각에는 여우 아니면 그 비슷한 동물한테 당한 거 같아."

"어떻게 생각해? 혹시 헨리가……?"

"그리 고통스럽게 죽진 않았을 거야."

내 말은 사실이 아니었다. 당연히 헨리는 고통스럽게 죽었다. 나는 젠이 와인을 사러 잠시 외출한 틈을 타 튼튼한 원예용 장갑을 끼고 헨리를 제압한 후 뒤뜰에 있던 주방 가위로 찔렀다. 헨리는 나를 할퀴고 날카롭게 울부짖으며 몸부림쳤지만 나는 그 녀석을 단단히 쥐고 놓아주지 않았다. 치명적일 만큼 깊은 상처를 입혔다는 확신이 들자 이웃의 창고와 울타리 사이의 틈으로 헨리를 밀어 넣었다. 헨리는 그 창고에서 죽었다.

지금 나는 젠이 고통스러워하는 모습을 지켜보고 있었다. 젠은 완전히 정신이 나가서는 거리의 사람들에게 다가가 말을 걸었다. 그러다 윌리엄 엘리스 학교 밖으로 나와 있던 학생들을 귀찮게 하기 시작했다. 어디에 가두어 놓지 않으면 안 될 것처럼 자신에게나 다른 사람들에게 위험한 존재처럼 굴었다. 그러던 젠이 한 군데를 응시했다. 나는 그녀의 시선을 좇았다. 거기에는 10대 아이들의 얼굴들이 있었다. 갑자기 젠이 소리쳤다. "스티븐!" 젠장, 결국 젠이 그를 찾아냈다.

젠은 몇 가지 물어볼 게 있다며 스티븐에게 기다려 달라고 말했다. 하지만 녀석은 겁에 질려 어쩔 줄 몰라 했다. 그가 친구들에게서 떨어져 나와 길을 따라 전속력으로 도망가기 시작했다. 젠은 아이들과 학부모들을 이리저리 피해 가며 그의 뒤를 좇았다. 창을 통해서는 더 이상 그녀의 모습을 볼 수 없었다. 나는 계단을 뛰다시피 내려와 하이게이트 로드로 나갔다.

그녀가 검은 난간 같은 데에 구부정하게 기대 있는 모습을 보니 스티븐을 놓친 게 분명했다. 젠은 휴대폰을 거칠게 만지고 있었다. 눈에서 광기가 뿜어져 나왔다. 나는 젠의 트위터 계정에 들어가 보았다. '@젠헌터당신을지켜보고있어' 계정을 차단한 모양이었다. 그래. 이제 정신이 좀 드는 모양이군. 잘됐네. 솔직히 이렇게 하기까지 얼마나 걸릴까 궁금하던 차였다. 결국 다 내 계획대로 되었다. 나는 지난번 것과 비슷한 새 계정을 재빨리 만들었다. 그리고 새 메시지를 보냈다.

나 아직 여기 있는데.

말 그대로 나는 아무 데도 가지 않을 작정이었다.

51.
젠JEN

더는 견딜 수가 없었다. 무슨 수를 써서라도 멈추게 해야 했다. 나는 휴대폰을 부술 것처럼 꽉 움켜쥐었다.

숨을 깊이 들이마셨다. 집중해야 했다. 누군가 나의 일거수일투족을 지켜보고 있음을 의식하며 주위를 둘러보았다.

어디에도 로렌스는 보이지 않았다. 사람을 고용해서 나를 감시하고 이상한 메시지를 보내라고 시키는 건가? 그가 그렇게까지 하지는 않을 것 같았다. 다만 사건을 보고도 도망간 것이나 자신이 사건 현장에 있었음을 부인한 것은 누가 보아도 합리적인 태도가 아니었다. 나는 내가 미친 게 아닌가 싶었는데 정작 정신 건강에 진짜 문제가 있었던 사람은 로렌스였던 건가? 그날 히스에서 있었던 일을 다시 떠올렸다. 순간순간의 기억들이 섬광처럼 머릿속을 스쳤다. 햇빛을 받아 반짝이던 샴페인 병 조각, 빅토리아의 입에서 주르륵 흘러내리던 피, 고통스럽게 벤치 가장자리를 움켜쥐고 있던 빅토리아의 손가락, 조깅하던 남자에게 간곡히 도움의 손길을 구하던 제이미의 모습, 그럼에도 그대로 가 버린 모자에 얼굴이 가려져 있던 남자, 그다음에 벌어진 끔찍한 일까지.

로렌스는 거기서 뭘 하고 있었을까? 연인인 빅토리아가 살해당하고 전 여자 친구인 내가 그 장면을 목격한 바로 그 순간에 팔러먼트 힐 필즈를 어쩌다 지나갔다는 건 우연치고 너무 많이 과하지 않은가. 혹시 빅토리아를 뒤쫓고 있었던 걸까? 아니면, 나를? 트위터 장난질의 배후가 로렌스라면, 그는 히스에서 벌어진 사건의 진실이 눈에 보였던 것과는 다르다는 사실을 알려 주기 위해 그런 일을 벌인 걸까?

나는 대답이 듣고 싶었다. 휴대폰을 보니 오후 1시 30분이었다. 나는 아파트로 돌아가 벡스의 옷으로 갈아입었다. 벡스의 옷장에는 작업복 아니면 스커트, 블라우스, 플리스 같은 실용적이나 고루한 스타일의 옷이 가득했다. 나도 한때는 유명 디자이너 브랜드의 옷을 사 입을 만한 돈이 있었다. 내가 클로에, 아크네, 프라다, 보테가 베네타의 재킷과 원피스를 입던 시절에도 벡스는 갭, 막스앤스펜서, 프라이마크, 유니클로 같은 데서 옷을 사 입었다.

그러나 우리가 처음 만났을 때는 정반대였다. 나는 시골뜨기처럼 촌스러운 차림이었던 반면 벡스는 멋있고 도시적이고 세련되어 보였었다. 벡스는 나에게 많은 것을 가르쳐 주었다. 쇼핑하는 법, 머리 손질하는 법, 피부 관리하는 법뿐만 아니라 뭘 먹어야 하는지까지 벡스에게서 배웠다. 정작 벡스는 여행에서 돌아와 캠던 구청에서 일하기 시작하면서부터 겉모습에 전혀 신경을 쓰지 않게 되었다. 이전의 자신을 지우고 싶어 하는 사람처럼 말이다. 내가 옷차림에 좀 신경 쓰는 게 어떻겠냐고 넌지시 얘기할 때마다 벡스는 인생에는 겉으로 보이는 것보다 더 중요한 게 많다며 내 의견을 차단하곤 했다. 그녀의 말을 듣고 나면 외모에 신경 쓰는 일이 어리석고 피상적이고 죄스럽게 느껴졌다. 세상에는 아직도 굶어 죽는 사람들이 허다하다는 벡스의 말에는 반박의 여지가 없었다.

나는 마트에서 산 것 같은 청바지, 헐렁한 베이지색 블라우스, 회색 플리스, 낡아 빠진 파란색 바람막이를 골랐다. 그리고 벡스와 내가 기묘하게 뒤섞인 낯선 모습을 거울에 비추어 보았다. 기분이 이상했다. 시야가 흔들리는 느낌이었다. 살이 좀 붙고 입가와 이마에 주름이 졌다는 점을 빼면 거울 속의 내 모습은 벡스를 만나기 전의 나를 상기시켰다. 나는 혐오감에 고개를 돌렸다. 그렇지만 다른 선택지가 없었다. 로렌스를 내 삶에서 떨쳐 버리기에 적합한 변장 같았다. 나는 오래된 회색 모직 모자를 찾아 쓰고 내 운동화를 신었다. 그러고는 아래층으로 내려가 바깥세상으로 나갔다.

로렌스가 거리에 있는지 확인했다. 그는 보이지 않았다. 나는 터프넬 파크를 걸어 그의 집으로 향했다. 뇌리에 박힌 아주 익숙한 경로였다. 그러면서도 혹시 뒤에서 따라오고 있는 건 아닌지 뒤를 돌아보곤 했다. 그가 나를 쫓아오다가 버스나 대형 트럭 앞으로 확 밀어 버릴지도 모른다는 생각에 두려움이 밀려들었다. 나는 만일의 경우를 대비해 걸음을 멈추고 오른쪽으로 방향을 틀었다. 호흡이 가빠졌다. 다시 주변을 둘러보았다. 자꾸 급하게 고개를 돌린 탓인지 현기증이 나기 시작했다. 나는 근처의 벽을 붙잡고 서서 가까스로 중심을 잡았다. 그가 멀지 않은 곳에서 나를 지켜보고 있다는 생각을 멈출 수가 없었다. 하지만 여전히 그는 눈에 띄지 않았다.

그의 집 앞에 도착해 전화를 걸었다. 음성 사서함으로 연결되었다. 깊이 심호흡을 한 후 현관문을 두드렸다. 대답이 없었다. 나는 역까지 걸어가 런던 북부로 가는 지하철을 탔다. 아치웨이역에서 내려 승강장을 걷다가 같은 열차에 다시 올라탔다. 그러다 하이게이트역에서 남쪽 방향 열차를 타고 킹스 크로스로 돌아왔다. 나는 사람들 속으로 섞여 들어갔다. 혹시 로렌스가 나를 쫓아오고 있었더라도 지금쯤은 떨어져 나갔을 것 같았다. 나는 혼잡한 유스턴 로드를 가로질러 아가일 스퀘어로 이어지는 복잡한 거리로 걸음을 옮겼다.

15년 전 로렌스와 동업자들이 이곳에 사무실을 내기로 했을 때 많은 고객들이 미쳤다고 했다. 당시 어떤 고객은 왜 하필 마약 중독자, 창녀, 싸구려 관광객이 우글거리는 곳이냐고 힐난했다. 몇몇 건물은 여전히 살기 좋아 보이지 않았지만 그때보다 지역 분위기가 많이 변해 있었다. 길버트 스콧이 설계한 고딕 양식의 세인트 판크라스역은 5성급 호텔로 바뀌었고, 한때 캠던 구청 사무실이었던 거친 브루털리즘 양식의 구조물은 호화로운 스탠더드 호텔 체인의 런던 전초 기지로 탈바꿈 중이었다.

나는 다시 휴대폰을 확인했다. 새로 들어온 메시지는 없었다. 주변을 둘러보았다. 로렌스는 여전히 눈에 띄지 않았다. 길을 가다 보니 전면이 유리로 된 로버트슨+갤브레이스 파트너스 사무실이 눈에 들어왔다. 무슨 말을 할지 생각해 보지도 않은 채 인터폰을 누르고 문이 열리길 기다렸다. 잠시 후 버저음과 함께 문이 열렸다.

나는 안내 데스크에 있는 젊은 여자에게 다가갔다. 다행히 한번도 만난 적이 없는 사람이었다. 나는 로렌스 로버트슨을 만나러 왔다고 말했다. 그녀는 나를 의심스러운 눈초리로 쳐다보았다. 내 옷차림 때문인 게 분명했다. 약속이 되어 있는지 묻기에 아니라고 대답했다. 그냥 친구라고 하고 젬마라는 가명을 댔다. 나는 이 도박 같은 연기가 성공하기를, 그리고 로렌스가 사무실에 없기만을 바랐다. 그가 안내 데스크로 걸어 나온다면 내 입에서 무슨 말이 나올지 나조차 알 수 없었다.

그녀가 전화를 걸었다. 로렌스의 비서일 가능성이 컸다. 나는 직원인 조나 톰, 피터 중 누구라도 내려와 나를 보는 일이 없기를 바라며 그녀의 뒤에 자리한 나선형 계단을 살폈다.

"죄송합니다만 로버트슨 씨는 지금 자리에 안 계십니다." 그녀가 수화기를 내려놓으며 말했다.

표정을 보니 확실히 거짓말은 아니었다.

"언제쯤 돌아오실까요?"

내가 고객이었다면 그녀는 다시 전화를 걸어 비서에게 문의했을 것이다.

"잘 모르겠네요. 미안합니다." 그녀가 말했다. "전화번호는 알고 계시나요?"

"네. 그럼요." 내가 대답했다. "그냥 제가 직접 통화해 볼게요."

그때 빨간색 하이힐이 나선형 계단을 걸어 내려오는 게 보였다. 조의 구두가 틀림없었다. 계단에서 누구를 향해 소리치는 목소리가 들려왔다. 역시나 조였다.

"메시지를 남기고 싶으시면 언제라도……." 안내 데스크의 여직원이 말했다.

나는 그녀의 말을 자르며 대답했다. "괜찮아요. 나중에 보면 되죠."

숨을 죽이고 돌아서는데 조의 목소리가 점점 더 크게 들려왔다. 조가 내 뒷모습을 알아보면 안 되었다. 무사히 밖으로 나오자마자 안도의 한숨을 크게 내쉬었다. 몇 분을 흘려보낸 뒤에야 다음으로 뭘 해야 할지 생각해 볼 수 있었다. 나는 길을 걷다가 다시 로렌스의 사무실이 있는 건물로 돌아왔다. 그러다 사무실 전면이 훤히 보이는 커피숍이 있기에 창가에 자리를 잡고 앉았다. 로렌스는 워커홀릭이니까 사무실로 다시 들어올 확률이 높았다. 나는 휴대폰을 꺼내 메시지를 확인했다. 〈메일〉의 닉에게서 메일이 와 있었다. 나는 로버트슨+갤브레이스 파트너스의 출입구에 주의를 기울이며 메일을 확인했다.

닉은 충격적인 사건을 목격하는 일이 어떤지에 대한 심층 기사에 큰 관심을 보였다. 그는 내가 내 개인적인 증언뿐만 아니라 가능한 한 많은 목격자, 그중에서도 특히 줄리아 존스와 이야기를 나누길 바랐다. 그에게는 그럴듯한 계획이 있었다. 목격자들을 한자리에 불러 모으는 것이었다. 그러면 아주 설득력 있는 스토리가 탄생될 거라고 했다. 비현실적인 소리로 들릴 수도 있겠지만 팔러먼트 힐 필즈의 사건 현장에 모든 목격자가 모여서 사진 촬영을 할 수 있는 자리를 마련해 주면 좋겠다는 말도 했다. 그는 '처형의 목격자들'이라는 표제도 아주 마음에 든다고 썼다. '저희 편집자들 모두 표제를 마음에 들어 합니다. 2천 단어 정도만 뽑을 수 있다면 토요일자로 낼 수 있을 것 같습니다. 마감이 급하진 않지만 빠를수록 좋습니다. 어떠세요?' 닉은 쉬운 일이 아니란 걸 알고 있으며, 이 부분을 참작해 원고료에 반영할 예정이라고 했다. 그가 제안한 금액은 2천5백 파운드였다.

상당한 액수였다. 나는 돈이 절실했다. 마지막으로 확인한 은행 입출금 계좌는 지급 한도를 5천 파운드 이상 초과한 상태였다. 나는 서둘러 닉에게 답장을 보냈다.

'좋아요. 빨리 진행하고 싶네요. 준비되는 대로 사진 촬영에 대한 세부 내용과 촬영을 허락한 목격자들의 연락처를 알려 드리겠습니다. 좋은 기사가 나올 거예요. 감사합니다. 젠.'

하지만 전송 버튼을 누르자마자 나는 공황 상태에 빠졌다. 다들 참여하지 않겠다고 나오면 그땐 어떡하지? 그냥 다 잊고 평화롭게 살고 싶어 하면? 전국에 뿌려질 특집 기사 따위에 나오고 싶지 않다고 하면?

그럼에도 나는 이 일을 반드시 해내야만 했다. 제이미 블랙우드와 줄리아 존스는 내 연락에 긍정적인 반응을 보였었다. 두 사람을 끌어들인다면 나머지 사람들도 따라올 가능성이 있었다. 다만 스티븐 워커는 미성년이라 어려울 테고, 수련의인 아예샤 아메드도 호락호락하지 않을 것 같았다. 그러고 보니 아예샤는 사인 규명 조사 때 증언을 해 주겠다고 하긴 했었다. 나는 신중히 단어를 골라 메일을 작성해 목격자들에게 전송했다.

차를 더 주문하고 창밖을 지켜보며 로렌스가 나타나길 기다리는 동안 나는 그와 함께했던 지난 시간들을 돌이켜보았다. 그는 본모습을 숨긴 채 세상 사람들에게 좋은 사람인 척하는 위선자일까? 일전에 그런 유의 사람 한둘을 만나 보긴 했었다.

그때 로렌스가 사무실로 들어가는 모습이 내 눈에 포착되었다.

당장 뛰쳐나가 자초지종을 묻고 싶었지만 꾹 참았다. 대신에 나는 뜨거운 차를 한 모금 입에 머금고 입안이 타는 듯한 뜨거움을 견뎠다. 참을 만한 고통이었다. 심지어 차 맛도 느껴졌다. 나는 로렌스가 고통에 시달리느라 온몸이 상하고 모든 말단 신경과 세포가 망가지는 모습을 상상했다. 그가 고문당하듯 비명을 지르고 공포에 질려 눈을 휘둥그레 뜬 모습을 그려 보았다. 칼이 목덜미의 부드러운 피부를 스쳐 피가 배어 나는 모습이 눈앞에 보이는 듯했다. 그만! 잡생각에 빠져드는 건 금물이었다. 옳지 않을뿐더러 위험했다. 그런데 왜 죄책감이 드는 걸까? 로렌스는 나를 가지고 논 사람이 아닌가. 나한테 이상한 메시지를 보내고 나를 미행한 사이코였고, 빌어먹을 돌멩이로 내 머리를 내려친 범죄자였다.

나는 그 자리에 앉아서 차를 홀짝거리며 알맞은 타이밍이 올 때까지 기다렸다. 오후 5시 30분이 되자 사무실에서 사람들이 나오기 시작했다. 아까 안내 데스크에서 본 여자를 비롯해 다른 직원들이 퇴근 중이었다. 직원들 무리에 톰과 피터도 있었다. 마침내 조가 걸어 나왔다. 곧이어 로렌스가 따라 나오는 모습이 보였다. 나는 두 사람이 꽁냥거리는 걸 지켜보았다. 조는 로렌스를 좋아한다는 사실을 숨기지 않았다. 나는 히스에서 일어난 사건에 로렌스가 연루되어 있다는 사실을 그녀가 알고 있는지 궁금했다. 로렌스가 바로 그 수수께끼 같은 목격자이며 자신의 연인이 칼에 찔려 죽게 내버려 둔 사람이라는 사실을 말이다. 조가 그 사실을 알게 되면 어떤 반응을 보일까? 한 가지는 확실했다. 아마 그렇게 된다면 지금 같은 다정한 모습은 절대 보이지 않으리라.

조가 다시 한번 미소를 지으며 한 발짝 물러섰다. 로렌스가 고개를 끄덕였다. 두 사람은 인사를 나누는 중이었다. 조가 몸을 돌렸고 로렌스도 반대 방향으로 걸음을 옮겼다. 그러다 한 5초 후 로렌스가 고개를 돌려 그녀의 뒷모습을 쳐다보았다. 그의 얼굴에는 욕망이 가득했고 탐욕과 소유욕도 담겨 있었다. 그녀를 갖고 싶다는 충동을 넘어선, 단순한 욕망 이상의 감정이었다. 그녀를 장악하고 있고 원하는 건 뭐든 할 수 있음을 잘 아는 주인의 표정에 가까웠다 할까. 빅토리아를 볼 때도 저런 식이었을까? 한때 가지고 노는 장난감 보듯이? 애인을 살인 사건으로 잃었음에도 불구하고 상실감 같은 걸 전혀 느끼지 않는 것 같아 보이는 이유도 그 때문인가? 순간 그에게서 가까스로 벗어났다는 사실에 커다란 안도감이 느껴졌다. 그를 계속 만났으면 무슨 일을 당했을지 모를 일이었다. 여차하면 나도 죽이겠다고 마음먹었을 수도 있었다.

나는 재빨리 지갑을 꺼내 테이블에 10파운드를 올려놓고 밖으로 나왔다. 그리고 적당한 거리를 유지하며 로렌스의 뒤를 쫓기 시작했다. 그가 지하철역으로 내려갔다. 하지만 사람들 틈에 가려 잘 보이지 않았다. 그를 놓칠까 봐 걱정되었다. 다행히 노던 라인을 타러 가는 그를 다시 발견했다. 로렌스가 돌아보면 들킬 수도 있으므로 개찰구 앞에서 잠시 대기했다가 그가 출입구를 통과하자마자 뒤따라 들어갔다.

에스컬레이터에 올라타 여섯 사람 정도를 사이에 두고 섰다. 그의 뒤통수를 뚫어지게 응시하며 두개골이 얼마나 공격에 취약할 수 있는지 가늠해 보았다. 에스컬레이터에서 내리자 승객들이 더 많아졌다. 퇴근하는 사람들이 승강장으로 몰려들면서 줄이 밀리기 시작했다. 겨울 저녁의 쌀쌀한 날씨 속에 있다가 꽉 막힌 습한 온실 같은 곳에 들어온 사람들은 갑작스러운 기온의 변화를 버거워했다. 사람들의 이마에 땀이 맺히고 얼굴이 붉어지는 것이 보였다. 로렌스는 왼쪽으로 돌아 천천히 승강장 쪽으로 내려갔다. 그런데 자신이 향하는 방향이 더 붐빈다는 사실을 깨달은 그가 내 쪽으로 방향을 틀었다. 나는 재빨리 뒤를 돌아 사람들 틈으로 섞여 들어갔다. 운 좋게도 미국인 아이들 무리가 있어서 그 뒤에 숨을 수 있었다. 그는 내가 서 있는 자리에서 머지않은 곳에 멈추어 서서 전광판을 올려다보았다. 3분 후 열차가 도착한다는 안내문이 떠 있었다.

나는 거짓말, 스토킹, 협박, 공격 등 이 개자식이 나에게 했던 모든 악행들을 떠올렸다. 피가 거꾸로 솟았다. 그가 승강장 가장자리로 가까이 다가섰다. '그날 히스에서 뭘 하고 있던 걸까?' 터널에서 뜨겁고 더러운 공기가 뿜어져 나왔다. '도망은 왜 쳤지?' 나는 그에게 한 발짝 더 다가섰다. '나한테 트위터 메시지를 보내면서 역겨운 스릴이라도 맛본 건가?' 열차가 들어오면서 우르릉거리는 소음이 우리 쪽으로 덮쳐 왔다. '내 머리는 왜 공격한 거냐고?'

나는 천천히 움직여 마침내 그의 등 뒤에 도달했다. 열차가 만들어 내는 바람에 그의 머리카락이 갈라졌다. 순간 아까 그 미국인 아이들이 일제히 내가 있는 쪽으로 움직이면서 나는 중심을 잃고 휘청거렸다. 어쩔 수 없이 회사원처럼 보이는 한 양복 입은 남자의 어깨를 붙잡았다. 나는 사과의 뜻으로 미소를 지어 보였지만 그는 웃지 않았다. 로렌스는 철로를 내려다보며 당당하게 서 있었다. 끼익하는 소리와 함께 건조한 돌풍이 몰아치면서 열차가 들어왔다. 문이 열리자 로렌스가 열차에 올랐다. 곧이어 다른 승객들도 열차에 올라탔다. 문이 닫히고 열차가 출발하자 로렌스가 유리창에 눌린 모습이 보였다. 그는 밖을 내다보며 가늘게 뜬 눈으로 내 쪽을 바라보고 있었다. 당혹스러워하며 반신반의하는 얼굴이었던 것 같은데, 그냥 내 착각인가? 열차가 어두운 터널 속으로 빠르게 사라졌다. 나는 비틀거리며 새롭게 밀려드는 사람들을 헤치고 에스컬레이터에 올라탔다.

밖으로 나와 거칠게 숨을 들이마셨다. 속이 메스꺼웠다. 어쩌다 거기까지 따라가게 된 건지 그제서야 두려움이 엄습했다.

52.
벡스 BEX

집에 와 앉아 있는데 문이 열렸다. 웬 모르는 여자가 들어와서 내 앞에 섰다. 본능적으로 벌떡 일어나 누군데 남의 집에 함부로 들어오느냐고 따지려다 자세히 보니 다름 아닌 젠이었다. 심지어 젠은 내 옷을 입고 있었다.

"맙소사, 젠, 깜짝 놀랐잖아." 내가 말했다.

"미안해. 벨을 눌렀어야 했는데. 난 그냥……."

젠이 말끝을 흐렸다. 자리에서 일어나 젠에게 다가가려는데 뭔가 크게 잘못되었다는 직감이 들었다. 젠의 눈에서 광기가 뿜어져 나왔다.

"무슨 일이야?"

"내가 왜 이러는지 모르겠어. 그 사람을 따라갔었는데, 그런데…….”

“무슨 소리야?”

“로렌스 말이야.”

나는 목소리가 흔들리지 않도록 조심하면서 무슨 말인지 모르는 척했다. “로렌스가 왜?”

“로렌스네 사무실에 갔었거든. 일단 미안. 그 사람이 날 못 알아보게 하려고 네 옷 좀 빌려 입었어. 따돌려야 하니까. 너도 트위터 메시지 알잖아. 로렌스가 메시지를 또 보냈어. 스티븐을 찾으러 그 애가 다니는 학교에 갔었는데, 근데 날 지켜보고 있었나 봐. 도대체 어떻게, 어디서 보고 있는지 모르겠지만 나 모르게 내 일거수일투족을 주시하고 있었어. 미쳐 버릴 것만 같았어.”

젠은 눈물을 글썽거리며 소파에 쓰러지다시피 드러누웠다.

“마실 것 좀 가져다줄게.” 나는 주방에서 숨을 고르며 젠의 말에 놀라는 척해 줄 마음의 준비를 했다. 나는 화이트 와인 두 잔을 들고 다시 젠에게 갔다. “무슨 일인지 말해 봐. 걱정하지 말고. 네가 무슨 말을 해도 난 널 비난하지 않잖아. 어쨌든 로렌스는 무슨 일을 당해도 싼 인간이니까.”

젠은 와인 한 잔을 단숨에 마셔 버리고는 그의 뒤를 밟아 킹스 크로스역까지 따라간 과정을 풀어놓기 시작했다.

“무슨 생각이었는지 모르겠어. 뭐에 홀렸었나 봐. 모르겠어. 그냥 쓴맛을 제대로 보여 주고 싶은 마음뿐이었어. 날 따라다니며 괴롭힌 것에 대해서, 괴상한 메시지들을 보낸 것에 대해서, 히스에서 날 공격한 것에 대해서 말이야.” 젠은 죄책감으로 얼룩진 얼굴로 나를 바라보았다. “근데 그 사람은 본인이 미행당했다는 사실 자체도 모를걸.”

나는 농담하듯 젠의 말을 받아 주었다. “기회가 왔을 때 처치해 버렸어야지. 그 개자식을 열차 밑으로 밀어 버렸어야 하는 건데.”

젠은 웃고 있었지만, 와인을 병째 가져오려고 일어나면서 보니 내 말을 곱씹어 보는 듯한 얼굴이었다.

“근데 그러면 그 인간 말고 네가 감옥에 가니까.” 나는 잔을 채우며 말했다. 이제는 새로운 정보를 폭로할 시간이었다. “잘 들어. 네가 알아 둬야 할 게 있어. 나도 알아낸 지 얼마 안 된 거야.”

“뭔데?”

나는 침실에 가서 가방을 챙긴 다음 거실로 가져갔다.

“너한테 말해도 좋을지 확신이 서지 않더라고. 네 반응이 어떨지도 모르는 일이고.”

“말해 봐, 벡스. 무슨 일인데?”

“로렌스 얘기야.” 나는 가방을 열고 A4 크기의 갈색 봉투를 꺼내 젠에게 건넸다. “그 사람 집에 다시 갔다가 이걸 발견했어.”

젠이 봉투를 받아들었다. 그러고는 떨리는 손으로 안에 든 서류를 꺼냈다. 나는 젠의 얼굴이 당혹감으로 구겨지는 모습을 지켜보았다.

“이게 뭐야?”

“아무래도 로렌스가 숨기는 게 있는 것 같았는데, 역시 내 생각이 맞았어.” 내가 대답했다.

“아니, 우리 부모님 사망 확인서로 뭘 하고 있었던 거야?”

나는 젠이 알아서 깨닫길 기다렸고, 그 시간은 그리 오래 걸리지 않았다.

"젠장, 말도 안 돼. 그게 로렌스였어? 로렌스가 그런 거야?"

"그런 것 같아."

"〈뉴스〉에 제보한 게 로렌스였단 말이지? 부모님의 차 사고에 대해서 내가 거짓말을 했다고?"

"휴, 젠, 뭐라 말해야 할지 모르겠다."

"내내 날 거짓말쟁이로 몰 계획을 세우고 있었단 말이지? 내 거짓말을 폭로해서 해고당하게 만들려고?"

젠의 뺨 위로 눈물이 흘러내리기 시작했다. 젠은 말을 이어 가려 했지만 숨조차 제대로 쉬지 못했다.

"로렌스는 왜 나를 그렇게…… 미워하는 걸까?" 젠이 흐느끼며 말했다. "내가 뭘 어쨌길래."

"그러니까." 내가 젠의 손을 움켜잡으며 말했다.

닭똥 같은 눈물이 사망 확인서 위로 뚝뚝 떨어져 녹색 종이에 얼룩이 졌다.

"너한테 말을 해야 할지 말아야 할지 모르겠더라고. 사실을 알면 네가 상처받을 게 뻔해서. 하지만……."

"아니야. 얘기 잘했어. 자책하지 마, 벡스."

나는 자리에서 일어나 젠에게 휴지를 가져다주었다. 칼럼을 못 쓰게 되고, 로렌스와 헤어지고, 사이버 스토킹을 당하고, 피습까지 당하는 동안 쌓였던 고통이 몸 밖으로 표출되고 있었다. 눈물로 반짝이는 젠의 눈이 번뜩였다. 젠은 분노로 타오르고 있었다.

"로렌스한테 단 한번도 부모님 얘기를 솔직하게 한 적 없었어?" 내가 물었다. 젠이 고개를 저었다.

"그렇다면 어쩌다 알게 됐겠구나." 나는 부모님 얘기를 로렌스에게 전한 게 나라는 말은 하지 않았다. "네가 솔직하게 털어놓지 않으니까 로렌스가 그런 짓을 했을 거야."

"아니. 그건 이유가 될 수 없어. 나와 끝내고 싶었다면 그냥 평범한 연인들이 이별하듯 하면 됐잖아? '너 때문이 아니라 나 때문이야'라는 뻔한 핑곗거리도 있는데, 왜."

로렌스와 잤던 날 밤의 기억이 되살아났다. 왠지 모르게 얼굴이 따가웠다.

"로렌스는 개새끼야." 내가 말했다.

"그보다는 빌어먹을 사이코에 가깝지." 젠이 대답했다. 그러고는 눈물을 닦고 코를 힝 풀었다. "이해가 안 돼. 백번 양보해서 내가 너무 미웠다고 쳐. 미친 듯이 싫었다고 치자고. 티 안 나게 속으로만. 그러면서 나랑 스위스로 건너가 새로운 삶을 시작할 계획을 세웠다고?"

스위스라는 나라 이름을 듣기만 했는데도 토할 것 같았다.

"그냥 헤어지자고 하면 될 것을 굳이 우리 부모님이 어떻게 돌아가셨는지 증거를 캐고 다니고, 부모님의 사망 증명서까지 찾아서 내가 일하는 언론사 편집장에게 보냈다?"

"듣고 보니 진짜 미친놈이다."

"미친놈 정도가 아니지." 젠이 내 말을 받았다.

젠이 눈을 깜빡였다. 나는 그녀가 나를 낯선 사람 보듯 한다는 사실을 깨달았다. 그녀는 내 외피를 벗겨 내고 나라는 사람의 본모습을 깨달은 것 같았다. 당황스러웠다. 나에 관해 뭐라도 알아낸 건가? 페넬로페가 연락해 달라고 하면서 무슨 말이라도 했나? 혹시 그 늙은 여우가 나에 관해 찾아낸 게 있나?

우려와 달리 그녀는 잠시 후 평소의 젠으로 돌아왔다. 늘 그랬듯 울고, 질문 세례를 퍼붓고, 나에 대한 무한 신뢰를 보이며 조언을 갈구했다. 앞으로 젠은 어떻게 해야 할까? 또 '우리'는 어떻게 하면 좋을까?

53.
젠 JEN

벡스는 먼저 잠자리에 들었다. 나도 자려고 소파에 누웠지만 좀체 잠을 이룰 수 없었다. 나는 부모님의 사망 확인서를 물끄러미 들여다보았다. 하얀 종이와 검은 글자에 진실이 담겨 있었다. 내 엄마 질리언 헤스먼달프는 1997년 9월 6일에 암으로 사망했다. 그리고 내 아빠 케네스 헤스먼달프는 1998년 6월 3일에 심근 경색으로 인한 심장 마비로 사망했다. 아이러니하게도 부모님의 사망과 관련된 정보가 적나라하게 정리된 것을 보니 부모님이 낯설게 느껴졌다.

1995년 대학에 복귀한 첫날 부모님에 대해 멍청한 거짓말을 한 이후로 두 분은 여러모로 나에게 상상 속의 인물로 남았다. 나는 비극적으로 꾸며 낸 이야기를 통해 그들을 마음속에서 재창조해 냈다. 자동차 사고로 인한 죽음은 노년의 지극히 평범한 질병으로 인한 죽음보다 좀 더 특별하게 느껴졌다. 차 사고는 불치병을 앓으며 천천히 죽어 가거나 갑작스러운 흉통으로 죽는 것보다 훨씬 극적이었다. 뭐랄까, 약간의 위험과 신비한 매력을 동시에 불러일으켰다고나 할까.

각 확인서의 맨 하단에는 발급 요청 날짜가 찍혀 있었다. 2018년 7월 2일, 내가 로렌스와 헤어지기 직전이었다. 당시 나는 우리 사이가 괜찮은 줄 알았다. 5년이란 시간을 함께했지만 여전히 만난 지 얼마 안 된 커플처럼 열정이 있었다. 우리는 잘 어울렸고, 서로를 웃게 했고, 같이 있으면 즐거웠다.

로렌스가 무엇 때문에 내가 거짓말을 하고 있다고, 즉 내 부모님의 사인이 내가 말한 자동차 사고가 아니라고 의심하게 된 건지 궁금했다. 누가 귀띔이라도 해 주었을까? 하지만 누가? 게다가 나는 몇 년 전부터 헤스먼달프가 아닌 헌터라는 이름을 쓰고 있었던 데에다 살아 있는 다른 가족도 없었다.

로렌스에게 묻기에는 너무 늦어 버렸다. 로렌스는 자신의 감정이 얼마나 부정적이든 상관없이 나한테 물어볼 기회가 분명히 있었다. 하지만 그는 그 대신 다른 길을 택했다. 협박, 미행, 폭행이 그것이었다. 그의 집 욕실에서 가면을 발견했을 때 느꼈던 공포가 떠올랐다. 두려움이라는 서늘한 기운이 전신을 뱀처럼 훑고 지나갔다. 나는 문 쪽을 보았다. 오늘 밤 벡스가 말했듯 다음번에는 그가 무슨 짓을 할지 어떻게 알 수 있겠는가.

여전히 잠은 오지 않았다. 속이 쓰리다 못해 타들어 가는 것만 같았다. 호흡도 가빴다. 아래층의 공동 현관문이 여닫히는 기척이 들릴 때마다 깜짝깜짝 놀랐다.

나는 휴대폰으로 손을 뻗었다. 시간을 보니 새벽 3시 31분이었다. 트위터 알림이 몇 개 떠 있었다. 아이콘 위로 손가락을 가져갔지만 선뜻 누르지는 못했다. 전에 올린 글을 우연히 본 팔로워가 남긴 우호적인 의견이거나 고양이 콧수염과 관련된 웃긴 영상일 거라고 되뇌었다. '@젠헌터당신을지켜보고있어2' 계정도 차단했으니 걱정할 건 하나도 없었다. 도저히 잠들 수 있을 것 같지 않아서 트위터를 열었다.

> **@여전히젠헌터당신을지켜보고있어** 잠이 안 오나 봐. 불쌍해라.

나는 주위를 둘러보았다. 소파에 누워 덮고 있던 이불을 들추어 보기도 하고 집 안 여기저기를 살펴보기도 했다. 휴대폰 화면이 다시 밝아졌다. 메시지가 또 온 것이었다.

> **@여전히젠헌터당신을지켜보고있어** 그거 알아? 난 절대 당신 곁을 떠나지 않아.

나는 창가로 달려갔다. 커튼을 옆으로 젖힌 다음 고개를 쑥 빼고 거리를 내려다보았다. 쓰레기통 옆에 사람 형체의 그림자가 드리워진 게 보였다. 저건가? 밖에 있나? 나는 창을 열고 선반을 꼭 붙잡은 채 몸을 쭉 내밀었다. 눈을 가늘게 뜨고 어둠 속을 노려보았다. 하지만 아무것도 보이지 않았다.

@여전히젠헌터당신을지켜보고있어 조심해. 당신이 떨어지는 건 싫으니까.

젠장. 나는 선반을 움켜쥔 손에 힘을 주고 그를 찾기 위해 거리를 샅샅이 훑어보기 시작했다. 길 건너편 아파트의 창과 차의 내부도 훑었다. 몇 군데 불이 켜져 있기는 했지만 커튼과 블라인드가 다 내려져 있었다. 젊은 남녀 한 쌍을 태운 블랙 캡 한 대가 길 아래로 지나갔지만 영구차 같은 그 택시는 멈추지 않았다. 그때 퍼뜩 떠오르는 생각이 있었다. 그는 내 바로 아래에 있는 게 틀림없었다. 아파트 바로 아래쪽 뻔히 보이는 곳에 숨어 있는지도 몰랐다. 나는 몸을 더 밖으로 내밀었다. 3월의 쌀쌀한 바람이 얼굴을 때렸다. 눈이 따끔거리면서 눈물이 났다. 창 선반이 허벅지를 파고들었다. 더는 견딜 수 없었다.

"로렌스?" 내가 소리쳤다. "당신 거기 있어? 대체 왜……."

누군가 어깨를 건드리는 느낌이 들었다. 그 충격에 몸이 앞으로 쏠리면서 선반을 붙잡고 있던 손을 놓칠 뻔했다. 눈앞에서 땅이 빙글빙글 돌고 소용돌이가 나를 집어삼키려는 순간 손 하나가 나를 확 잡아끌었다.

"뭐 하는 거야, 젠?"

벡스였다.

"나, 나……," 말이 나오지 않았다. "나 메시지 또 받았어. 그 사람, 로렌스한테서."

나는 휴대폰을 벡스에게 건네며 말했다. "밖에서 날 지켜보고 있는 것 같아."

"젠장." 메시지를 읽고 난 벡스가 중얼거렸다.

벡스가 창가로 가 밖을 내다보았다. 그러고는 쾅 소리가 나도록 창문을 닫고 커튼을 쳤다.

"아무것도 없어. 갔나 봐." 벡스가 내 옆으로 와 섰다. "젠, 너 덜덜 떨고 있잖아. 여기 너무 춥다. 그만 소파에 눕자."

벡스가 나를 소파로 끌고 갔다. 나는 너무 불안하고 두렵고 화가 나 잠을 잘 수 없었다. 이불을 대충 덮고 누우려는데 벡스가 럼을 한 잔 가져왔다.

"자, 이거 마셔 봐." 벡스가 내 떨리는 손에 텀블러를 쥐여 주며 말했다.

나는 다음 단계가 어떻게 될지 잘 알고 있었다. 그냥 인정하기 힘든 것뿐이었다. 두려움이 뼛속까지 스며들었다. 밤이 깊어지기 전에 벡스가 내가 알아낸 정보를 경찰에 신고하고 싶은지 물었었다. 하지만 나는 거절했었다. 그래 보았자 아무 소용없을 것 같았기 때문이다. 경찰이 로렌스를 찾아가 심문한답시고 집에 숨겨 둔 가면이며 히스에서 날 공격했던 일에 관해 묻겠지만, 로렌스는 이미 빠져나갈 구멍을 마련해 놓았을 것이다. 아마도 이렇게 말하지 않을까. '헤어진 여자 친구와 그 친구라는 여자는 왜 남의 집에 침입했답니까? 혹시 두 사람이 내 집에 소위 그 증거라는 걸 심어 둔 건 아닙니까? 날 신고한 그 여자는 정신 건강에 문제가 있는 게 분명합니다.' 그러면 경찰은 내 주치의와 심리 치료사에게 문의해 볼 것이고, 결국 그렇게 되면 내 진술은 그의 진술과 일치하지 않을 테고 승리는 로렌스에게 돌아갈 게 뻔했다. 로렌스 같은 남자는 지는 법이 없으니까.

하지만 더 이상 그의 뜻대로 되진 않을 것이었다. 적어도 나와 관련된 문제에 있어서만큼은 말이다.

54.
벡스 BEX

나는 우리의 계획을 의심하는 척 연기했다. 화요일 이른 아침 집에서 커피를 마시고 있을 때였다. 우리 둘 다 밤을 새우다시피 한 상태였다. 젠의 피부는 도자기처럼 창백했고 눈밑에는 어두운 그늘이 져 있었다.

"어젯밤까지만 해도 로렌스를 깜짝 놀라게 할 수 있다며. 우리가 힘을 모으면 그렇게 만들 수 있다고 했잖아." 젠이 말했다.

"나도 내가 뭐라고 했는지 기억해. 근데 술김에 한 말이었어."

젠은 잠시 말이 없었다. "날 위해서라면 뭐든 하겠다며?"

"그랬지. 그렇지만 젠, 일상적인 문제를 도와주겠다는 얘기였지. 직장이나 인간관계랑 관련된 문제 같은 거. 네가 칼럼에 썼던 그런 문제들 말이야." 나는 속삭이듯 목소리를 낮추었다. "그 밖의 것들은 생각 안 해 봤어…….”

나는 잠시 침묵했다.

“네가 도와주지 않아도 난 어떻게든 할 거야. 설사 네가 도와주지 않더라도.” 젠이 말했다.

“뭐?”

“일단 저지르고 볼 거야. 위험을 감수하겠다고. 로렌스가 나를 공격한대도 상관없어. 잡혀서 감옥에 가도 상관 안 해. 난 꼭 할 거야, 벡스.”

“제발 진정해. 진정하고 다음에 다시 얘기하자.”

“얘기라면 이미 할 만큼 했어. 넌 몰라. 감시당하는 기분으로 매일 아침 눈을 떠야 하는 게, 휴대폰을 보면서 괴문자들을 확인하는 게 어떤지.”

“메시지 또 왔어?”

“어젯밤 이후로는 안 왔어.”

“지하철 승강장까지 미행했을 때 혹시 로렌스가 널 본 것 같아?”

“아니. 근데 열차가 출발할 때 얼핏 봤을 수도 있어.”

“그것 때문에 기겁한 거 아닐까? 그래서 어젯밤에 그런 메시지를 보낸 거고.”

이번에는 젠이 입을 다물었다. 젠은 커피를 더 내려야겠다며 자리에서 일어났다. 주방에서 젠이 쿵쾅거리는 소리가 들려왔다. 좁은 공간에서 물건들을 여기저기 세게 내려놓는 소음이었다.

“젠, 너 화난 거 알아.” 나는 컵을 밀어젖히며 일어나 젠에게 갔다. “안다고.”

“그래?” 젠이 다소 상기된 얼굴로 재차 물었다. “정말 알아?”

"그래. 알아. 로렌스는 끔찍하고 폭력적인 놈이야. 다음번엔 무슨 짓을 할 수 있을지, 또 무슨 짓을 할 건지 나도 무서워."

"그럼 나 도와줄 거야?"

"알았어. 그리고……."

젠의 눈빛이 환해졌다. "도와줄 거지?"

"너무 좋아하진 마. 하지만 어떻게 해야 성공할 수 있을지는 알 것 같아." 나는 가방에서 지도를 꺼냈다. "지난 몇 달간 캠던 구청에서 히스의 보안 강화에 관해 런던 도시 자치 위원단과 협의를 벌여 왔거든. CCTV가 설치된 곳이 다 표시된 지도가 나한테 있어. 그러니까 우리는……."

젠이 말을 받았다. "로렌스가 조깅하러 나갈 때 따라가자는 거지?"

"그렇지. 장소만 잘 고르면 보안 카메라에 전혀 잡히지 않을 거고."

젠은 대답이 없었지만, 나는 그녀가 이 계획을 마음에 들어 한다는 걸 확신할 수 있었다.

"더는 널 가지고 놀 수 없다는 걸 로렌스에게 제대로 알려 주는 거야." 내가 계속했다. "우리가 일을 끝내면 로렌스는 아마 이런 식으로 널 대한 걸 후회하게 될 거야."

조리대 위에 놓인 커피 메이커에서 거품이 부글거리며 준비가 되었음을 알렸다. 커피 메이커가 우리의 계획에 격하게 동의한다는 듯 쉬익 하는 소리를 냈다. "겁만 주는 거야." 내가 말했다. "그 이상은 안 돼. 알았지?"

젠이 고개를 끄덕였다. 그러나 속으로는 크게 동요하고 있었다. 나는 내가 젠의 머릿속에 씨앗을 제대로 심었기를 바랐다. 그건 바로 '살인'이라는 씨앗이었다.

55.
젠 JEN

벡스의 조언에 의하면 평소처럼 구는 게 중요했다. 나는 애써 일에 집중했다. 몇몇 목격자들에게 다시 한번 메일을 보냈다. 잘하면 특집 기사를 내는 일이 순조롭게 진행될 수 있을 것 같았다. 제이미 블랙우드는 기꺼이 참여하겠다는 답을 보내왔고, 줄리아 존스도 관심을 보였다. 정신 건강 관련 자선 단체의 홍보 대사이기도 한 그녀는, 내가 쓰는 기사가 트라우마의 후유증에 대한 인식을 높이고 트라우마를 양지로 끌어내 대화하는 일이 회복에 필수적임을 알리는 데 도움이 될 거라고 했다. 단, 조건이 있었다. 자선 단체가 기금 마련이 절실한 상태라 〈메일〉에서 상당한 액수의 돈을 기부해 주면 좋겠다는 내용이었다. 나는 이 건만 잘 해결되면 모두를 끌어들일 수 있을 거라며 닉에게 메일을 보냈다.

나는 점심을 먹고 나서 벡스가 CCTV를 하나하나 표시한 지도를 주머니에 넣고 히스로 향했다. 구불구불한 오솔길을 따라 걸으면서, 나는 특별히 높게 만들어진 기둥에 달려 있을 카메라를 찾아다녔다. 대부분은 눈에 띄었지만 벡스가 메모해 둔 것처럼 몇 개는 찾기 어려웠다. 나는 어떤 곳이 안전하고 또 어떤 곳이 위험한지 지도에 십자로 표시해 두었다. 로렌스를 미행할 때 그가 어느 방향으로 갈지 확실치 않았으므로 재빠르게 행동해야 할 필요가 있었다. 그는 조심스럽게 길을 따라갈 수도, 풀밭을 가로질러 완전히 다른 곳으로 갈 수도 있었다. 분명한 건 아무도 보고 있지 않을 때 일을 처리해야 한다는 것이었다. 다행스러운 점은 로렌스가 종종 어두워지기 시작하는 저녁에 조깅을 하러 나간다는 사실이었다.

다트머스 파크 쪽으로 돌아오다가 카이트 힐로 걸음을 옮겼다. 하늘은 구름이 뒤덮여 잿빛이었지만 아직 몇몇 사람들이 장관처럼 펼쳐진 런던의 스카이라인을 바라보며 서 있었다. 빅토리아 다 실바의 죽음을 기리는 꽃이 산더미처럼 쌓인 채 썩어 가고 있었으나 그것에 관심을 두는 사람은 하나도 없었다. 내가 목격자가 아니었다면, 또는 뉴스를 보지 않았다면 불과 3주 전에 이곳에서 무슨 일이 일어났었는지 전혀 알 수 없을 것 같았다. 나는 망설이다 그날 내가 있었던 바로 그 자리로 가서 섰다. 눈을 감고 얼굴을 때리는 차가운 바람을 맞으며 다른 목격자들의 정확한 위치를 기억해 내려 애썼다. 그날 그곳에는 제이미 블랙우드가 연인인 알렉스와 함께 개와 놀아 주고 있었고, 줄리아 존스는 달리는 중이었다. 스티븐 워커는 안내도를 살펴보는 중이었고, 아예샤 아메드는 빅토리아의 피가 얼굴에 튀자 깜짝 놀라 벤치에서 벌떡 일어났다. 그리고 그 순간 후드 티에 달린 모자로 얼굴을 가린 로렌스가 지나가고 있었다.

전화가 울렸다. 페넬로페였다. 휴대폰 화면에서 그녀의 이름을 보는 순간 연락하지 않은 것에 죄책감이 들었다. 그녀는 하지 말았어야 할 말을 했고 나는 그 말을 다 기억하고 있었지만 더 이상 화는 나지 않았다.

"여보세요?"

"젠, 잘 지냈어?"

페넬로페는 내가 대답할 틈을 주지 않았다.

"전에 그런 말을 해서 정말 미안하다. 네가 그렇게 나간 것도 일견 당연해."

"저는……."

그녀가 말을 끊었다. "내가 늙고 어리석은 거 나도 알아. 입만 살아 나불거리는 멍청한 늙은이지. 사과하고 싶어 안달이 난 늙은이." 페넬로페는 과장된 한숨을 쉬었다. "내 사과를 받아 주겠니?"

"저도 그런 식으로 발끈해서 뛰쳐나와서는 안 되는 거였어요. 그리고 당신 말이 맞아요. 전적으로 맞다고요. 전 쓰레기 같은 저널리스트예요."

"난 그런 식으로 말하진 않았다!"

"알아요. 무슨 말씀이 하고 싶으신 건지 알겠어요." 나는 웃음을 터트리며 말했다.

"젠, 지금 어디서 지내? 걱정했었어."

"벡스랑 같이 있어요."

페넬로페가 조용해졌다.

"지낼 만해요. 소파에서 생활하기는 하지만 편해요. 뭐, 그 집처럼 크진 않죠. 그래도 제 몸 하나 누일 정도는 돼요."

"보고 싶네. 그리고 할 얘기도…… 좀 있고."

모호한 말이었다. 나는 그저 페넬로페가 더는 대니얼 올리버와 빅토리아 다 실바에 관한 정보를 캐고 있지 않기만을 바랐다.

"딸을 잃고 슬픔에 빠진 부모를 스토킹하고 있는 건 아니겠죠?" 내가 물었다.

내 말에 페넬로페가 큰 소리로 웃음을 터트렸다. "물론 아니지! 날 뭘로 보고. 어쨌든 바빠서 차 한잔하러 들르기도 힘들겠구나."

"사실 딱히 그렇지도 않아요." 나는 지금 히스에 있다는 말은 하지 않았다.

"그래? 잘됐네. 준비되면 와."

"알겠어요." 나는 이렇게 대답하고 전화를 끊었다.

이후 1시간가량 히스 주변을 돌면서 왔던 길을 되짚어 갔다. 나는 카메라가 있는 구역과 없는 구역을 재차 확인했고, 계획을 완전히 숙지했다는 확신이 들 때까지 벡스의 주석이 달린 지도를 참조했다. 만일 CCTV에 내 모습이 찍혀 나중에 내 행동에 대해 심문을 받게 되면 그저 산책을 즐겼다고 말하기로 마음먹었다. 그리고 범죄 사실에 대해서는 무조건 잡아뗄 생각이었다.

일을 마친 나는 일단 지도를 외투 주머니 깊숙이 집어넣고 햄스테드로 향했다. 페넬로페의 집에 도착했을 때 그녀는 정원에서 원예용 장갑을 끼고 잡초를 뽑는 중이었다. 나는 잠시 동안 가만히 그녀를 지켜보았다. 잡초를 뽑는 지극히 일상적인 일을 처리할 때조차 그녀의 눈빛은 흔들림이 없었다. 페넬로페는 날씬하고 말끔했으며 여전히 강인했다. 그녀를 지켜보는 동안 나는 내가 그녀를 그리워하고 있었다는 사실을 깨달았다. 그녀가 투덜거리며 잡초의 뿌리를 땅에서 뽑아내다가 곁에 서 있는 나를 발견했다.

"거기서 얼마나 오래 서 있었던 거야?" 그녀가 물었다.

"방금 왔어요." 나는 거짓말을 했다.

"잘도 그랬겠다." 그녀가 내 말을 안 믿는다는 듯 웃으며 대답했다. "아무튼 땀이랑 먼지를 온통 뒤집어쓰고 있을 때를 잘도 골라서 왔네. 내가 어떤 상태인지 봐서 알 테니까 포옹은 건너뛰자." 페넬로페는 흙투성이가 된 원예 장갑을 들어 올려 내 얼굴에 문지르는 시늉을 했다. 그 바람에 우리 둘 다 웃음을 터트렸다. "넌 어떨지 모르겠지만 난 차 한잔하고 싶은데."

그녀는 나를 집 안으로 데려갔다. 페넬로페가 내 외투를 받아 주었다. 그녀는 우리가 전혀 싸운 적이 없는 것처럼 행동했다. 어쨌든 지금은 다 지난 일이니 그러려니 했다. 그녀도 다시는 그 일을 입에 담지 않을 것이었다. 우리는 차를 준비해서 큼지막한 주방 식탁에 앉았다.

"자, 이제 말해 봐. 그동안 어떻게 지냈어?" 페넬로페가 물었다.

"그럭저럭 지냈어요." 내가 대답했다. "기사 작성하는 일을 진행 중이에요. 〈메일〉에서 사건 목격자들이 겪는 후유증에 대해 특집 기사를 작성해 달라고 했거든요. 목격자 중 그날 거기에 있어 달라는 부탁을 받은 사람은 아무도 없잖아요. 그럼에도 목격자들은 하나같이 어떤 식으로든 영향을 받고 있고요. 아무튼 2천 단어 정도의 기사를 작성하기로 했고, 보수도 나쁘지 않아요."

"잘됐네!" 페넬로페가 손뼉을 치며 외쳤다.

별안간 의심이 들기 시작했다. "저, 혹시 저에 대해서 좋게 말씀해 주신 건 아니죠? 그러니까 제 말은, 그게 나쁘다는 건 아니지만, 전…….”

“아니. 전혀. 그 언론사의 편집자들을 알긴 하는데 이 소식은 처음 들어.”

나는 웃으며 차를 한 모금 마셨다. “제이미 블랙우드는 기꺼이 참여하겠다고 했고, 다른 사람들은 아직 대답이 없어요. 줄리아 존스는 〈메일〉에서 정신 건강 자선 단체에 거금을 후원하면 참여를 고려해 보겠다고 하고요. 아예샤 아메드라는 의사랑 스티븐 워커라는 10대 아이는 아직 설득 못했어요. 게다가 스티븐은 학생이라서 어머니의 허락도 받아야 할 것 같고요.”

“어렵겠네.” 페넬로페는 생각에 잠긴 채 분홍색 손톱으로 식탁을 톡톡 두드렸다.

“근데 학교까지 찾아가서 직접 말하지는 않았으면 좋겠다.” 나는 이미 그런 짓을 저질렀고 그래서 그 불쌍한 소년이 놀라서 달아났다는 얘기는 하지 않았다. “물론 알고 있겠지만 불법이거든.”

페넬로페가 대수롭지 않은 일이라는 듯 공중에서 한 손을 저으며 말했다. 그리고 내 속을 들여다보려는 듯 몸을 앞으로 기울이며 나를 응시했다.

“너 괜찮니?”

“네. 좀 피곤해서 그래요. 어젯밤에 잠을 못 잤어요.”

페넬로페는 눈을 깜빡였다. 내 말이 믿기지 않는다는 표시였다. 그녀의 화려한 속눈썹이 검은 나비가 날갯짓하듯 퍼덕였다. “정말 그게 다야?” 그녀는 나의 대답을 기다리며 잠시 말을 멈추었다. 정말이지, 그녀는 뛰어난 취재 기자였다.

“특집 기사를 잘 써 낼 수 있을지 걱정돼서 못 잔 거예요. 목격자들을 모두 모으려면 물어볼 것도 많고, 그리고 인터뷰 장소 문제도 있고요.”

“흠, 그게 걱정이라면 언제든 이 집에서 해도 돼.” 페넬로페는 손을 뒤로 뻗어 주방 밖에 자리한 텅 빈 방들을 가리켰다. “눈치챘는지 모르겠는데 이 집은 진저리 날 정도로 어마어마하게 크거든. 잘 사용하면 좋지.”

“진심이세요?”

“물론! 내가 언제 마음에 없는 말 하는 거 봤어?”

“그렇긴 하죠. 그럼 그렇게 할게요. 정말 잘됐네요.”

“언제 모이고 싶은지만 말해 줘. 인터뷰도 언제든 도와줄 수 있어.”

페넬로페가 그들에게 질문을 한다는 생각만으로도 신경이 곤두서는 것 같았다. 대니얼 올리버의 어머니 캐런 올리버에게서 유용한 정보를 캐내긴 했지만 페넬로페의 취재 스타일은 나를 불안하게 만들었다.

페넬로페의 집은 아주 유용하게 쓰일 수 있었으므로 나는 되도록이면 그녀를 화나게 만들고 싶지 않았다. 그렇다고 덜컥 인터뷰를 허락할 수는 없었다. “그건 상황 봐서요.”

“당연하지.” 페넬로페가 받아쳤다. “나도 방해꾼은 되고 싶지 않다.” 그녀는 자세를 고쳐 앉았다. 그러고는 나를 또다시 뚫어져라 쳐다보았다. “다른 문제가 있는 것 같은데 말이지. 진짜 아니야?”

심장 박동이 빨라지고 있었다. 내가 무슨 계획을 세웠는지 내 얼굴에 써 있기라도 한 걸까?

"하, 맞아요." 내가 말했다. 그리고 깊이 숨을 들이마셨다. "저한테 스트레스를 주는 게 그 기사뿐만은 아니에요. 돈, 빚 문제도 있거든요."

"저런, 왜 나한테 말 안 했어? 내가 도와줄 수 있잖아. 얼마가 필요한데?"

"맙소사, 페넬로페, 말씀만으로도 정말 감사해요. 하지만 진짜 괜찮아요."

"너무 빳빳하게 굴지 마. 내가 그렇게 없어 보이니? 난 평생 쓰고도 남을 만큼의 돈이 있는 사람이야. 도움이 필요한 친구가 있으면 반드시 도와준다는 게 내 삶의 철칙이야. 자, 말해 봐. 얼마가 필요해?"

"이미 저한테 많은 걸 해 주셨는걸요. 이 집에서 인터뷰를 하게 해 주시는 것만으로도……."

"그리고 있잖아, 너만 좋다면 지금 당장 돌아와도 돼."

"말씀은 정말 감사해요. 하지만 전 독립적으로 살아가는 법을 배워야 해요. 기사를 잘 써서 고료를 받으면 모든 게 다 괜찮아질 거예요."

"진짜?"

"진짜로요." 나는 거짓말을 했다. "고료만 받으면 빚을 갚고도 남을 거예요."

"그럼 차 좀 더 마실래?"

"아니요. 괜찮아요. 이만 가 봐야겠어요. 차를 너무 많이 마셔서 오줌소태가 날 거 같아요."

나는 이런 식의 거친 말투가 페넬로페를 즐겁게 한다는 걸 알고 있었다. 그녀가 손뼉을 치며 웃자 주름진 눈가가 환해졌다.

"진짜로요. 화장실 좀 써도 돼요?" 내가 물었다.

"어딘지 알지?" 페넬로페가 말했다.

나는 화장실 문을 닫고 안도의 한숨을 쉬었다. 가까스로 페넬로페를 따돌렸다. 거짓말—거짓말을 했다간 곧바로 냄새를 맡을 테니—대신 다른 진실을 말함으로써 위기를 모면할 수 있었다.

56.
벡스BEX

누가 뭘 하지 말라는 건 당신이 그 일을 해 주길 바란다는 말을 돌려서 한 것과 같다. 나는 어릴 때 이 말의 의미를 스스로 깨우쳤다. 몇 살이었는지는 확실치 않지만 아마 일고여덟 살쯤이었던 것으로 기억한다. 그때 일은 시작과 중간, 끝이 있는 일반적인 서사가 아닌 일련의 파편들로 머릿속에 남아 있다. 인과 관계를 깨달은 건 뒷날 모든 걸 꿰뚫어 보려는 필사적인 노력을 하기 시작하면서부터였다.

그날은 일요일 오후였다. 아빠는 언제나처럼 잔뜩 화가 나 있었다. 엄마는 냉장고에서 술을 꺼내 마시면서 창밖을 내다보고 있었다. 엄마는 대부분의 시간을 조용하게 보냈고, 어쩌다 입을 열면 발음이 불분명했으며 눈은 흐리멍덩했다. 나는 밖으로 나가고 싶었다. 막다른 길 건너편에 새로 이사 온 가족 중에 어린 여자아이가 하나 있었다. 지난번에 그 아이가 나를 보고 미소를 지었었다. 나는 그 아이와 놀고 싶었다.

"엄마, 나가서 놀아도 돼요?" 내가 물었다.

엄마가 초점 없는 눈으로 나를 내려다보았다. "무, 물론이지……. 하지만 절대……."

나는 엄마가 무슨 말을 하려는지 알고 있었다. 너무 멀리 가지 말라는 얘기였다. "멀리 안 갈게요." 나는 약속했다.

아빠가 떨떠름한 얼굴로 나를 힐끗 보며 말했다. "새로 이사 온 가족 근처에는 얼씬도 하지 마라."

나는 이해할 수 없었다. "왜요?"

아빠는 대답할 말을 찾으려고 애썼다. "그 사람들은…… 음…… 그 사람……은 믿을 수가 없어." 아빠가 엄마를 곁눈질하며 대답했다.

"그냥 자전거나 타고 노, 놀아." 엄마가 비틀비틀 안락의자로 가면서 가까스로 입을 뗐다. "잠깐 쉬어야겠다. 일요일 점심은 늘……."

아빠는 엄마한테 화가 나 보였다. 아빠가 또 무슨 짓을 저지를 것만 같았다.

나는 현관 쪽으로 갔다.

"베키, 내가 한 말 명심해라." 아빠가 고함을 쳤다. "그 가족 근처에 가지 마."

나는 깡충깡충 밖으로 뛰어나왔다. 신선한 바깥 공기가 반가웠다. 진입로에 세워져 있던 자전거에 폴짝 올라탔다. 나는 자전거를 타고 막다른 골목을 이리저리 돌아다녔다. 바람결에 머리카락이 휘날리는 걸 느끼며 구름 속을 날아다니는 상상을 했다. 상상 속에서 작은 상자처럼 생긴 집들과 군데군데 자리한 조그마한 정원들이 내려다보였다. 나는 엄청난 모험을 위해 탈출을 감행하는 중이었다. 두려움이 꽉 끼는 목걸이처럼 목을 조여 오지 않는 곳으로 갈 생각이었다. 나는 점점 더 빠르게 페달을 밟았다. 어느 때보다 빨리 달렸다. 발이 피스톤처럼 바퀴 주위를 맴돌았다. 벨라를 본 건 그때였다. 헤이스팅스 부부가 키우는 작고 귀여운 웨스트 하이랜드 화이트 테리어종 강아지였다. 도망 나왔나? 나는 개 주인을 찾아 주변을 둘러보았다. 강아지가 또 도망치게 하고 싶지는 않았다. 그러다 주위를 훑어보는 데 정신이 팔려 순간적으로 핸들에서 눈을 떼고 말았다. 자전거가 쓰러지는 듯하더니 바닥에 부딪히면서 소름 끼치는 소리가 났다. 나는 말 그대로 하늘을 날고 있었다. 떨어지지 않으려고 손을 뻗었지만 곧바로 노면 위에 곤두박질쳤다. 그 충격에 숨이 턱 막혀 아무 소리도 낼 수 없었다. 한 소녀가 나를 내려다보고 있는 걸 알아채자 그제서야 울음이 터져 나왔다.

"괜찮아. 울지 마." 소녀가 말했다.

소녀는 몸을 굽혀 나를 달래기 시작했다. 눈물이 그렁그렁한 눈을 깜빡거리며 자세히 보니 새로 이사 온 아이였다.

"다쳤어?"

손바닥이 찌르는 듯 아팠다. 무릎에도 피가 약간 났다. 입술이 평소보다 축축하면서 이상한 맛이 났다.

소녀가 주머니에서 휴지를 꺼내 건넸다. 나는 휴지로 눈물을 닦는 대신 입을 꾹 다문 채 아픔을 참으며 무릎에서 나는 피를 닦았다. 피의 빨간 색깔에서 색다른 감정이 느껴졌다. 나는 희고 깨끗한 휴지에 묻은 선명한 색깔에 완전히 매료되었다. 피가 휴지를 붉게 물들이는 모습을 가만히 지켜보았다.

"너 진짜 빠르게 달리더라." 소녀가 말했다. "자전거를 그렇게 빠르게 타는 건 처음 봤어. 남자애들보다 더 빠르던데. 근데 넌 이름이 뭐야?"

"베키." 내가 대답했다.

"내 이름은 앨리스야. 앨리스 자비스. 막 이사 왔어. 여기가 우리 집이야." 우리 집이랑 똑같이 생긴 집을 가리키며 소녀가 말했다. "같이 들어갈래? 우리 엄마가 무릎에 붕대를 감아 주실 거야."

내가 고개를 끄덕이자 소녀가 나를 일으켜 주었다. 순간 구역질이 나려 했지만 앨리스가 보는 앞에서 토하고 싶지는 않았다. 나는 비틀거리며 소녀 옆에서 떨어져 나와 연석으로 갔다. 내 자전거가 불편한 각도로 누워 있었다. 앞바퀴는 뒤틀려 있었고 프레임에는 긁힌 자국이 선명했다. 나는 토하려고 입을 벌렸다. 하지만 침과 피 말고는 아무것도 나오지 않았다. 나는 혀를 깨물었다는 사실을 깨달았다.

"미안." 내가 중얼거렸다.

"괜찮아. 내가 시원하고 맛있는 음료를 준비해 줄게. 그럼 금방 괜찮아질 거야." 앨리스가 말했다. 분명 본인의 엄마가 했던 말을 그대로 흉내 낸 듯한 말투였다. "어서."

앨리스가 내 자전거를 일으켰다. 강아지가 괜찮은지 확인한 후 나는 그녀를 따라 느릿느릿 집으로 들어갔다. 밖에서 볼 때는 똑같이 생긴 집이었는데 집 안의 모든 것이 우리 집과는 사뭇 달랐다.

더 깨끗했고, 더 아기자기했으며, 더 조용했다. 방금 자전거에서 굴러떨어지는 바람에 손과 무릎이 여전히 욱신거리는 상태였음에도 이곳에 오니 행복이 느껴졌다. 앨리스는 엄마를 불러 무슨 일이 있었는지 설명했다. 앨리스의 엄마라는 여자가 구급상자를 들고 급히 나에게 왔을 때 그녀에게서 싱싱한 꽃에서나 날 법한 좋은 향기가 난다는 사실을 가장 먼저 인지했다. 여자는 따뜻한 물이 담긴 그릇을 가져와 비누로 상처를 씻겨 주었다. 그녀는 상냥한 미소와 마음을 편안하게 해 주는 좋은 목소리를 가지고 있었다.

"이름이 뭐니?" 내 무릎에 붕대를 감아 주며 그녀가 물었다.

"베키래요." 앨리스가 나 대신 대답해 주었다.

"이 근처에 사니?"

나는 고개를 끄덕였다.

"번지수는?"

알려 주고 싶지 않았다. 왜인지는 모르겠지만 난생처음으로 내가 사는 곳이 부끄럽게 느껴졌다.

"너희 아빠는 무슨 일 하셔?" 앨리스가 물었다.

"다른 사람들 집에 페인트칠을 해 줘."

"우리 아빠는 회사에서 일하는데!" 앨리스가 뽐내듯 말했다. "엄마, 베키가 우리 집에서 차 마셔도 돼요? 내 방이랑 장난감들 구경시켜 줄래요. 그러고 나서 딕비도 보여 주고요. 베키가 좋아할 거예요."

"집에서 키우는 기니피그 얘기하는 거란다." 앨리스의 엄마가 덧붙였다.

"그래도 돼요, 엄마? 그래도 되죠? 그렇죠?"

"물론 되고말고. 하지만 베키의 부모님이 괜찮다고 하실 때만이야."

아빠. 나는 아빠가 이 집 가까이 가지 말라고 했던 걸 기억해 냈다. 그런데 아빠 말과는 다르게 이 가족은 아주 좋은 사람들 같았다.

"물어볼게요. 분명 괜찮다고 하실 거예요." 나는 거짓말을 했다.

앨리스는 제 기분을 주체하지 못하고 왁자지껄 떠들어 대기 시작했다. 자신이 새로운 친구를 만나 얼마나 기쁜지, 이사할 때 얼마나 걱정했었는지, 자신이 얼마나 예전 집을 좋아했는지, 딕비가 새 집에 얼마나 힘들게 적응했는지 등에 관한 얘기들이었다. 나는 집에 가서 부모님에게 물어보고 바로 돌아오겠다고 하고 집으로 건너왔다. 집으로 다시 들어가지는 않을 생각이었다. 창문으로 집 안을 들여다보니 엄마가 의자에 앉아 졸고 있었다. 아빠는 캔에 든 술을 마시며 텔레비전을 보는 중이었다. 나는 열까지 한 번, 두 번, 세 번 셌다. 그리고 뛰어서 앨리스의 집으로 돌아왔다. 그곳에서 나는 인형을 가지고 놀고, 땅도 파고, 털이 긴 기니피그한테 말도 걸고, 기니피그 소리도 흉내 내고, 케이크와 레모네이드를 먹으며 몽롱한 행복감에 푹 빠져 버렸다. 그러다 오후 4시가 가까워졌을 때였다. 현관문이 열리며 짙은 곱슬머리의 키 큰 남자 하나가 집으로 들어왔다. 나는 배가 움찔하는 걸 느꼈다. 그렇게 잘생긴 남자는 처음 보았다.

"아빠!" 앨리스가 소리를 지르며 달려가서 남자의 팔에 안겼다.

앨리스가 집에 못 보던 여자아이가 와 있는 것에 관해 설명하는 동안 그는 내내 미소 띤 얼굴로 앨리스를 꼭 안아 주었다. 앨리스의 말에 따르면, 나는 그녀와 가장 친한 친구였고 자전거에서 떨어져 죽을 뻔했으나 엄마가 돌보아 준 덕분에 기적처럼 회복해서 차를 마시고 있던 참이었다. 그때 누군가 현관문을 두드렸다. 내 안에서 뭔가 사라지는 느낌이 들었다. 나중에서야 그게 희망이었다는 걸 깨달았다. 다시 노크 소리가 들려왔다. 소리는 점점 더 크고 격해졌다.

"올 사람이 없는데?" 앨리스의 엄마가 주방에서 나오며 말했다.

나는 누군지 알고 있었다. 부끄러운 꼴을 보이고 싶지 않았다. 아빠를 멈출 수만 있다면 뭐든 할 수 있을 것 같았다. "아마 저희 아빠일 거예요." 나는 재빨리 문을 열러 뛰어가며 말했다.

"내가 열게." 자비스 씨가 말했다. "걱정하지 마라. 겁낼 것 없어."

나는 잠시나마 그 말을 진짜로 믿었다. 하지만 그가 문을 여는 순간 두려움이 다시 찾아왔다. 아빠였다. 붉은 얼굴에는 분노가 가득했다.

"여기 있었군." 안으로 들이닥치며 아빠가 고함을 쳤다.

"실례합니다만, 누구신지……." 자비스 씨가 말했다.

"당장 내 앞에서 꺼지시지."

아빠의 통통한 손이 내 목덜미의 살을 움켜쥐는 것이 느껴졌다. 아빠는 나를 떠밀며 집으로 데려가겠다고 말했다.

자비스 씨가 입을 열었다. "굳이 그렇게 하실 필요는 없……."

하지만 아빠가 그의 말을 잘랐다. "나나 우리 가족한테서 떨어지는 게 좋을 거요. 알겠소?" 아빠가 나를 내려다보며 말했다. "오늘은 이미 충분히 폐를 끼친 것 같고."

이제는 앨리스의 엄마가 아빠를 진정시킬 차례였다. "저, 베키가 아까 자전거에서 떨어졌거든요. 부모님께 물어보랬더니 여기서 차를 마셔도 된다고 했다던데요."

나는 얼굴이 붉어지기 시작했다. 앨리스가 울음을 터트렸다.

"얘가 그렇게 말했다고요?"

아빠가 내 팔을 아프게 움켜잡았다. 그러나 이럴 땐 아무 반응도 하지 않는 게 좋았다.

"이봐요, 당신은 여기 있는 사람들을 모두 불안하게 만들고 있어요. 내 딸한테나 당신 딸한테나 이게 최선은 아니라고 생각하는데……." 자비스 씨가 말했다.

아빠가 자비스 씨에게 성큼 다가가 정면으로 맞섰다. "뭘 위한 최선이요?"

자비스 씨가 방어하듯 손을 얼굴로 들어 올리며 말했다. "이봐요, 난 그저……."

아빠의 두 눈은 쇠구슬마냥 단단하고 냉혹했다.

"진정들 좀 하세요." 자비스 부인이 말했다. "쓸데없이 문제를 일으키고 싶은 사람은 없을 거잖아요. 그렇죠, 앨런?" 그녀는 자신의 남편과 우리 아빠를 번갈아 보며 말했다.

두 남자는 서로를 노려보았다. 그러다 아빠가 작은 소리로 뭐라고 중얼거리더니 나를 현관으로 떠밀었다. 떠나기 전에 나는 마지막으로 앨리스를 살짝 돌아보았다. 앨리스의 얼굴이 눈물로 젖어 있었다. 밖으로 나온 나는 몸을 굽혀 자전거를 챙긴 다음 집까지 뛰어왔다. 문이 쾅 닫히는 소리와 함께 잔뜩 화가 난 아빠의 목소리가 들려왔다. 집 안은 순식간에 공포에 휩싸였다.

그다음에 무슨 일이 벌어질지는 불 보듯 뻔했다.

57.
젠 JEN

나는 물을 한 모금 마신 후 깊게 숨을 들이마셨다. 목격자들이 페넬로페의 집에 속속 도착했다. 줄리아 존스만 일이 좀 늦게 끝난다며 '이러니 누가 정치를 하려고 들겠어요?'라는 말로 끝나는 메시지를 보내왔다.

〈메일〉지의 닉은 줄리아가 언급한 정신 건강 자선 단체에 5천 파운드를 기부하기로 편집자와 합의했다. 이 과감한 결정 덕분에 마침내 모두가—주저하던 아예샤 아메드까지도—특집 기사에 참여하게 되었다. 뿐만 아니라 어떻게 알아낸 건지 페넬로페는 스티븐 워커의 집 주소를 찾아내 아들이 인터뷰에 참여할 수 있게 해 달라고 스티븐의 엄마에게 편지를 보냈다. 편지에는 자선 단체 기부금 얘기뿐만 아니라 꽤 많은 사례금을 별도로 지급하겠다는 내용이 포함되어 있었다. 페넬로페는 사비로 그 사례금을 충당할 작정이었다. 곧 그녀로부터 답장이 왔다. 허접한 종이에 떨리는 필체로 레오노라 워커라는 서명이 있었다.

우리는 오전 내내 집을 치웠다. 페넬로페는 맨 위층의 서재가 일대일 대화에 안성맞춤일 것 같다는 안을 내놓았다. 주말쯤 사진사가 카이트 힐에서 목격자들의 개인 및 단체 사진을 찍기로 했다. 목격자로서 이런 일련의 일들을 감당하기란 쉽지 않을 것이었다. 고통스러운 기억을 샅샅이 되살리는 것만으로도 모자라 끔찍한 사건이 일어났던 현장에 다시 가야 했기 때문이다. 하지만 정신 건강 자선 단체 후원이라는 명분이 생기자 목격자들은 좋은 일을 하고 있다는 믿음을 스스로 가지게 되었다.

제이미 블랙우드가 바이마라너와 함께 가장 먼저 도착했다. "프레디를 동반해도 괜찮다고 하셔서요." 그가 말했다.

나는 알렉스도 왔으리라 예상하며 슬쩍 그의 뒤를 보았다.

"아, 알렉스요? 알렉스는 안 올 거예요. 사실 일이 좀 있었어요."

나는 그를 주방으로 안내해 페넬로페에게 소개해 주었다. 페넬로페는 프레디가 아주 마음에 들었는지 호들갑을 떨며 프랑스풍 창가 쪽 양지바른 자리에 앉혔다. 차를 마시는 동안 페넬로페와 제이미가 과도하게 친해져 떨어지지 않으려고 하는 바람에 나는 그를 계단으로, 그다음에는 서재로 끌고 가다시피 해야 했다.

"세상에, 저분 정말 제 스타일이세요." 제이미가 말했다. "다시 태어난다면 페넬로페 프레이저로 태어나고 싶군요."

"무슨 말씀이신지 알아요. 정말 멋진 분이시죠." 나는 시간을 의식하며 해야 할 일을 떠올렸다. 그와 나 사이에 놓인 작은 테이블에 올려 둔 녹음기를 켰다. "자, 그럼 시작할까요? 알렉스 일은 아쉽게 됐네요."

"네. 맞아요. 정말 그렇죠." 그가 대답했다. "알렉스는 제가 이렇게…… 저널리스트하고 얘기를 나누는 걸 별로 좋아하지 않았어요."

"이 특집 기사 때문에 문제가 생긴 거라면 정말 죄송해요. 전 그저……."

그가 내 말을 잘랐다. "걱정하지 마세요. 우리 관계는 이전부터 문제가 있었으니까요." 그가 아침 햇살을 받아 금빛으로 빛나는 적갈색 머리카락을 손으로 훑으며 말했다. "아무튼 알렉스는 집을 나갔어요. 다 끝난 거죠."

나는 그가 말을 이어 가길 기다렸다.

"얼마 전 밤에 외출했다가 술을 몇 잔 마셨는데 집에 돌아와서 언쟁이 좀 있었어요. 그게…… 이 건에 대해서요. 그도 인터뷰에 참여할 생각이라고 말씀드리긴 했지만, 실은 알렉스가 그리 내켜 하지 않았어요. 아니, 완강하게 반대했어요. 전 좋은 생각 같다고 철석같이 믿었기 때문에 그를 설득해 보려고 했습니다. 그는 제가 자기 말에 귀를 기울이지 않고 자신의 의견이나 기분을 깔아뭉갠다고 비난하더군요. 저는 그 모든 일이 일어난 후, 그러니까 히스에서 그 일을 목격한 후 정말 많이 생각했거든요. 상투적일지는 몰라도 옳은 게 무엇인가 하는 생각들 말입니다. 우리에게 인생은 한번뿐이고 그만큼 의미 있게 살아야 한다, 그리고 거짓된 삶을 살면 안 된다, 뭐 그런 거요. 신은 아실 겁니다. 젊은 시절 제가 얼마나 자신을 속이며 살았는지." 그가 목소리를 가다듬었다. "어쨌든 히스에서 그 사건을 목격한 것, 그런 다음 당신과 인터뷰했던 것 등을 곱씹다 보니 아무래도 제가 지금껏 숨기려고 했던 몇 가지 사실을 말하는 게 낫겠다는 생각이 들더군요."

"예를 들면요?"

"전 알렉스를 사랑하지 않았습니다. 좋아하기는 했지만. 그래요. 사랑은 아니었어요. 그리고 알렉스도 그 사실을 알았던 것 같아요. 언쟁을 벌이는 동안 어떻게 그럴 수 있냐며 끊임없이 불만을 터트리더군요. 왜 자신을 똑바로 보지 못하는지, 왜 사랑받기를 거부하는지 말입니다. 혹시 한때 마약을 너무 많이 한 것과 관련이 있는지 알고 싶어 했어요. 지금도 약을 먹는지 묻더군요. 전 아니라고 대답했고 진심이었습니다. 근데 거기서 그칠 게 아니라 알렉스가 제 말을 믿을 수 있게 만들었어야 했던 것 같아요. 그랬더라면 알렉스의 감정이 상하지 않았을지도 모르니까요. 받아들이기도 쉬웠을 테고요. 하지만 그에게 말하면서…… 과연 제 말을 감당할 수 있을지 걱정스러웠어요. 결국 낙담하고 좌절했죠. 그러면서 알렉스는 자신이 얼마나 나와의 미래, 그리고 프레디와의 미래를 고대하고 있었는지 말하더군요. 아이도 키울 생각이었다고 하고요."

"그렇다면 진실은 뭔가요? 알렉스한테 뭐라고 말한 거예요?"

"전 아직도 샘을 사랑하고 있어요. 죽은 사람……을 사랑하는 거죠." 모순적인 상황 때문인지 그는 울음도 웃음도 아닌 소리를 냈다. "저는 늘 제가 어떤 사람인지 잘 알고 있다고 생각했어요. 어쩌면 그 사람의 망상을 사랑하는 건지도 모르겠어요. 그 사람이 죽지 않고 계속 살아 있었다면 분명 제 생각은 달랐을 테니까요. 알렉스는 바로 이런 점 때문에 세상에 존재하지도 않는 사람과 경쟁하는 일은 불가능하다고 느낀 것 같아요. 제가 한 얘기를 어느 정도나 기사에 쓰고 싶으신지 모르겠지만 뭐, 다 괜찮습니다. 하지만 알렉스는 본인 이름을 빼 주길 바랄 것 같군요."

"그럼요." 내가 말했다.

그가 공감의 미소를 지어 보였다. "어떻게 지내셨어요? 사건 목격 후 별일 없으셨나요? 미안해요. 질문은 헌터 씨 몫인데."

나는 어느 정도까지 그에게 털어놓아야 할지 알 수 없었다. "걱정하지 마세요. 전 상관없어요. 힘들었죠. 악몽도 꾸고, 불안하고. 저는…… 저는 일단 시작부터 좋지 않았어요. 실직했거든요. 연애도 잘 안 됐고요. 게다가 다른 문제들도 좀 있었어요. 그래서 뭐, 저도 썩 잘 지내지는 못했어요." 나는 인터뷰를 다시 정상 궤도로 돌려 놓고자 손의 상처는 괜찮은지, 일은 어떤지, 수면 습관은 어떻고 어떤 꿈을 꾸는지 물었다. 빅토리아 다 실바와 그녀를 살해한 대니얼 올리버에 대해 어떻게 생각하는지도 물었다. 그는 자신을 보호하고 잃어버린 사랑을 대체하기 위해 돈을 쓴 이야기를 했다. 샘을 사랑했던 것처럼 누구를 또 사랑할 수 있을지 모르겠다는 말도 했다. 하지만 자신에게는 반려견 프레디와 친구들이 있으니 괜찮을 거라고 했다. 마지막으로 꺼낸 말은 그날 조깅하고 있던 남자를 본 얘기였다.

"그 남자가 가던 길을 멈추고 도와줬더라면 상황이 달라지지 않았을까 하는 생각이 들어요." 그가 말했다. "그렇지만 뭐, 알렉스도 나서길 거부했었으니까요. 어쩌면 그 일로 알렉스를 보는 제 시선이 달라진 것 같기도 해요. 우리 중 몇이라도 더 대니얼을 제지했더라면 비키는 살았을지도 몰라요. 지금도 그녀가 피투성이가 된 채 절박한 표정으로 숨을 헐떡이며 맨땅에 누워 있는 모습이 눈에 선해요. 그것 때문에 밤잠을 이룰 수가 없어요. 조깅하던 남자가 걸음을 멈추고 도와주기만 했더라도 상황은 완전히 달라졌을 거예요. 혹시 그 사람이 누군지 경찰이 알아냈나요?"

"아니요. 못 찾은 것 같아요. 아직은요." 내가 대답했다.

58.

벡스 BEX

보통 때와 다를 것 없는 금요일 오후였다. 나는 학교를 마치고 방에 숨어 있었다. 아무리 손으로 귀를 막고 베개로 머리를 감싸도 엄마 아빠가 싸우는 소리가 너무 커서 머릿속이 울리는 듯했다. 이럴 때면 이웃의 항의를 피할 수 없었다. 사람들은 벽을 치거나 전화를 했고, 밖에 서서 경찰에 신고하겠다며 위협하기도 했다. 하지만 아빠는 꺼지라고, 남의 일에 상관하지 말라고 소리만 질러 댔다. 근처에 살던 몇몇 호의적인 여자들이 엄마를 도와주려고 가정 폭력 전문 기관에 연락해 보라고 해도, 엄마는 도움 같은 것은 필요 없다며 아빠는 자신에게 손끝 하나 댄 적이 없다고 말하곤 했다.

아무리 듣지 않으려고 해도 망할 년, 화냥년 같은 이상한 단어들이 귀에 들어왔다. 아빠는 엄마가 앨리스의 아빠 자비스 씨를 좋아한다는 망상을 품고 있었다. 돌아보니 아빠가 왜 앨리스랑 놀지 말라고 했는지, 가지 말라는 말을 어기고 앨리스의 집에 갔던 날 왜 그렇게 이상하게 행동했는지, 왜 두 번 다시 그 집에 발을 들이지 말라고 했는지 다 이해되었다. 앨리스의 아빠는 잘생긴 남자였다. 어린 내 눈에도 그렇게 보였는데, 엄마도 같은 생각을 하지 않았을까. 그렇지만 엄마가 앨리스의 아빠에게 조금이라도 관심을 보인 적은 결단코 한번도 없었다. 아빠는 그 사람에게 엄마가 말 그대로 '홀딱 반한' 상태라고 확신했다. 그래서 엄마를 벌주기로 마음먹었다. 일을 마치고 돌아와서는 엄마에게 그날의 행적을 물었다. 어디 있었고 누구랑 이야기했는지, 심지어 문밖을 나간 적이 있는지도 캐물었다.

아빠는 자신이 앨런의 냄새를 맡았다고 확신했다. 집에서 누군가 섹스를 한 악취가 난다고 했다. 나도 섹스가 뭔지 알고 있었다. 책에서도 보았고 학교에서도 들어 보았다. 그래도 내 부모가 집에서 그런 얘기를 하는 소리는 듣고 싶지 않았다. 듣기만 해도 구역질이 났다. 엄마 아빠가 그런다는 생각만 해도 역겨울 지경인데 엄마랑 앨리스의 아빠라니? 아빠는 확신하고 있었지만 나는 믿지 않았다. 아빠는 집 주변을 돌며 증거를 찾아다녔다. 이불을 들추어 침대 시트를 확인하고, 엄마의 파우치와 욕실을 뒤졌다. 쓰레기통에 버린 휴지를 끄집어내 킁킁거리며 냄새를 맡기도 했다.

엄마가 별일 없었다고, 길에서 인사한 게 전부고 지나치면서 그저 웃는 얼굴로 고개를 끄덕인 게 다라고, 당신 미쳤냐고 말하면 아빠는 불같이 화를 내며 엄마를 때리곤 했다. 아빠의 주먹이 엄마의 광대뼈를 퍽 하고 치는 소리가 들리면 아빠의 눈을 파 버리고 싶은 충동이 일었다. 당연히 실제로 그러진 않았다. 한번은 한창 무시무시한 언쟁이 벌어지고 있을 때 아빠의 등을 때리려고 한 적이 있었다. 아빠는 광기가 이글거리는 눈으로 나를 돌아보더니 내 목덜미를 움켜잡고 숨이 끊어지기 일보 직전까지 눌렀다. 그러다 내가 정말 기절할 지경이 되어서야 놓아주었다. 나는 바닥에 엎어져 컥컥 숨을 토해 냈다. 나는 공기를 들이마시며 아빠를 가만두지 않겠다고 맹세했다.

그날 유리가 깨지는 소리가 들렸었다. 엄마는 비명을 지르는 일이 없었다. 늘 화가 나 있는 아빠를 더 자극하고 싶지 않아서였다. 하지만 엄마가 내 이름을 부르는 소리가 들려왔다. 나는 침대에서 뛰쳐나와 떨리는 손으로 문을 열었다. 다시 한번 소음의 파도가 밀어닥치더니 벽돌처럼 머리를 때려 대기 시작했다. 나는 계단 꼭대기에 선 채 손톱이 박히도록 난간을 움켜잡고서 당장 뛰어 내려가 아빠를 공격하고 싶은 충동을 가까스로 참아 냈다.

"베키!"

"불러 봐야 소용없어. 어쨌든 걔도 너만큼 개잡년이지."

"그렇게 말하지 마. 내 딸한테 그런 식으로 말하지 말라고."

"그년이 꼬맹이 녀석들이나 남자들을 어떻게 쳐다보는지 다 봤어. 다 너한테 배운 거겠지."

"베키는 그냥 내버려 둬."

"그년도 걸레야. 너처럼 걸레라고."

"그런 식으로 말하지 말랬지!"

"뭐야, 이젠 내 새끼라 이건가?"

엄마는 아무 말도 하지 않았다.

아빠가 있는 대로 비아냥거리며 말했다. "소중한 내 새끼다, 이거지?"

엄마가 확신 없는 목소리로 대답했다. "언제는…… 언제는 안 소중했어?"

"그랬나?"

이번에도 엄마는 대답이 없었다.

"내가 묻잖아. 그랬냐고?"

"그, 그래."

"언제는 저 작은 베키가 배 속에 있다는 생각만으로도 싫어하지 않았나?"

"아니야. 제발 그런 말은 하지 마. 애가 들어. 위층에 있다고."

"기억 안 나? 나게 해 줘?"

"브라이언, 제발 부탁이야. 뭐든지 할게. 뭐든 당신이 하라는 대로. 그러니 제발 말하지 마……."

"제발, 뭘 말하지 말라는 거야? 베키를 원한 적 없다는 거?"

내가 확실히 들을 수 있게, 무슨 뜻인지 헷갈리지 않게, 아주 또박또박하게 아빠는 위층을 향해 소리쳤다. "아이를 절대 원하지 않았다는 것 말이지? 시기가 좋지 않다면서. 너 선생 하고 싶어 했잖아. 물론 너처럼 멍청한 년한테는 꿈도 못 꿀 일이었지만. 말도 안 되는 희망 사항이었지. 게다가 나한테 숨기려고까지 했잖아. 기억해? 나한테 비밀로 하려고 한 거."

뭐라고? 나는 아빠가 무슨 말을 하는지 이해할 수 없었다. 아빠의 말이 마치 외국어처럼 들렸다.

"브라이언, 안 돼. 그만해."

“솔직히 아이를 안 가지려고 죽어라 애쓰다가 아이가 생기니까 없애려고까지 했었잖아.”

엄마의 알아듣기 힘든 울음소리가 공기를 갈랐다.

“그게 네년이 그렇게 사랑한다는 어린 베키한테 한 짓이잖아.” 아빠가 의기양양하게 말했다. “너무 사랑해서 지우려고 했어? 너무 사랑해서 없애고 싶었던 거야?”

59.
젠 JEN

두 번째로 도착한 사람은 스티븐 워커였다. 그는 잔뜩 긴장해서는 시선 둘 곳을 몰라 안절부절못했다. 여기만 아니라면 어디라도 좋겠다고 느끼는 게 분명했다. 나는 와 주어서 고맙다고 인사하며 줄리아 존스가 후원하는 정신 건강 자선 단체 일이 얼마나 중요한지 한번 더 힘주어 말했다. 취재한 내용은 허락 없이 기사에 인용되지 않는다는 것도 설명해 주었다. 모든 발언은 기록 후 다시 읽어 줄 것이며, 어떤 내용을 남기고 뺄지 본인에게 확인받겠다는 내용이었다. 제이미와 페넬로페도 소개해 주었다. 그는 페넬로페가 자신의 어머니에게 보상을 약속한 것에 대해 그 돈이 정말 큰 도움이 될 거라며 고마움을 전했다. 냉장고에서 다이어트 콜라를 하나 꺼내 스티븐에게 건넨 다음 그를 데리고 위층으로 올라갔다. 본격적으로 인터뷰를 시작하기 전에 나는 스티븐에게 학교생활, 음악 취향, 친구들 얘기부터 물었다. 20분 정도 대화를 나누는 동안 조금씩 긴장이 풀린 그는 마침내 녹음기를 켜고 진짜 질문을 시작해도 좋다고 말해 주었다.

"히스에서 사건이 일어났던 날에 대해 이미 다 말했겠지만 처음부터 다시 얘기해 줄 수 있겠니?"

스티븐은 자신이 매일 아침을 어떻게 보내는지, 학교생활은 어떤지, 그리고 엄마가 어떤 정신 질환을 앓고 있는지 들려주었다. 엄마한테서 받은 문자도 몇 개 보여 주었다. 피해망상에 젖어 비난하는 문자들이 연이어 와 있었다. 그가 체스 클럽을 벗어나 히스로 산책을 나왔을 당시 왜 그렇게 화가 나 있고 혼란스러운 상태였는지 짐작이 갔다.

"집에 가서 엄마 상태를 확인해야 한다는 건 알고 있었지만, 그냥 피하고 싶었어요." 그가 말했다. "엄마를 똑바로 쳐다볼 자신이 없었어요." 그가 말끝에 갑자기 불안한 듯 물었다. "이 얘기는 기사에 안 쓰실 거죠?"

나는 그러지 않겠다고 약속했다.

"머리를 식힐 신선한 공기밖엔 떠오르는 게 없었어요." 그가 자신 없는 목소리로 말했다. "무작정 조망 지점으로 연결된 길을 걸어 올라가기 시작했어요. 가는 데마다 다정하게 손을 잡은 연인투성이였어요. 생각해 보니 밸런타인데이더라고요." 그날을 떠올리며 그는 마지못해 헛웃음을 지었다. "언덕을 계속 올라가다 스카이라인 안내도를 보려고 걸음을 멈췄어요. 날씨가 구름 한 점 없이 정말 좋았죠. 거기에서 런던의 풍경을 건너다보며 나 같은 사람에게도 미래는 있을 거라고 마음먹어 보려고 했어요. 살면서 뭐라도 해낼 수 있을 거라고요. 한심하죠. 저도 알아요."

"전혀. 너한테도 분명 밝은 미래가 올 거야. 원하는 건 뭐든 할 수 있어." 이렇게 내뱉었지만 내 귀에도 내 말이 아주 거짓되고 공허하게 들렸다.

"정말이요? 저는 잘 모르겠어요. 아무튼 거기 서서 앞으로 살면서 무엇을 해야 할지 생각했어요. 앞으로 좋은 일만 일어날 거라고 바라면서요. 그런데 모든 게 엉망이 된 거죠. 어떤 남자의 목소리가 점점 커지는 게 들렸어요. 여자가 남자한테 제발 그만하라고 빌고 있었고. 그러더니 병이 깨지는 소리가 나서 돌아봤는데, 끔찍했어요. 정말 끔찍했어요. 남자가 여자 얼굴에 마구 병을 내리치던 광경은 절대 못 잊을 거예요. 사람들이 남자를 저지하려고 했어요. 제이미라는 남자랑 당신이요. 여기저기서 경찰이랑 구급차를 부르라고 소리쳤고요. 전 최악의 상황이 이미 벌어진 줄 알았어요. 그보다 더 나쁜 일이 일어날 줄은……." 그는 말을 잇지 못했다. 그러다 속삭이듯 낮은 목소리로 말했다. "그때 칼이 보였어요. 고상한 말투를 쓰던 나이 든 여자가……."

"아, 줄리아 존스, 하원 의원님."

"맞아요. 그분이 그 남자, 댄을 설득하려고 했어요. 그러자 남자가 그분한테 빌어먹을, 욕해서 죄송해요. 암튼 여왕이라도 되느냐고 대꾸한 기억이 나요. 그러고는 여자 친구의 머리카락을 쓰다듬었죠. 전 그가 순간적으로 정신이 돌아와서 사과의 의미로 여자한테 입이라도 맞추려는 줄 알았는데 들리지 않게 귓속말을 하더라고요. 그러다 칼을 들어 여자의 목을 그었고요. 피가 정말 많이 났죠. 어떤 젊은 여자가 의사라면서 그 여자를 살려 보려고 애썼어요. 저는 댄이 그 여의사도 공격할까 봐 걱정됐어요. 그래서 모두에게 경고했죠. 누구도 더 다치는 사람이 생기길 원치 않았거든요. 그때 경찰차의 사이렌 소리가 들렸어요……."

나는 다음 질문을 하지 않고 그가 스스로 말을 이어 가도록 내버려 두었다.

"그리고 네, 전 도망쳤어요. 히스를 가로질러 다시 내려왔어요. 어디로 가는지도 모르는 채로요. 그냥 달렸어요. 모든 것으로부터 가능한 한 빨리 벗어나고 싶었어요. 그 피투성이 현장에서 도망치고 싶었어요."

"경찰 때문이었어? 겁먹은 게?"

"네. 그런 것 같아요."

"혹시 그전에 경찰하고 무슨 일 있었니?"

그는 침묵했다.

"내 말은, 만일 그랬다면 네 행동이 이해될 것 같아서. 네 입장이라면 나도 똑같이 반응했을 것 같거든. 경찰은 보통 너 같은 청소년들을 호되게 다루는 편이잖아."

스티븐은 자신의 신발을 내려다보더니 초조해하며 안절부절못하기 시작했다.

"스티븐?"

그가 한숨을 쉬었다. "말씀드리는 편이 나을 것 같네요. 무슨 수를 써서라도 알아내실 테니까요. 차라리 제 입으로 말하는 게 나을 것 같아요. 제가 도망친 이유는 그러니까…… 전 다른 살인 사건의 목격자예요. 로이드 윌리엄스 살인 사건."

2018년에 발생한 로이드 윌리엄스 사건은 아주 유명했다. 교복을 입은 12세 소년이 자신이 살던 아파트 단지 계단에서 칼에 찔려 사망한 사건이었다. "캠던에서 칼에 찔려 사망한 아이 말하는 거야?"

스티븐이 고개를 끄덕였다.

"갱들 짓이었어요." 그는 말을 이었다. "제가 갱단의 일원이라는 건 아니고요. 전 그런 애가 아니에요. 그날 어쩌다 그 자리에 있게 된 거였어요. 루카스라는 친구가 같은 블록에 살아서요. 우리는 수업을 마치고 집에 가던 길이었어요. 계단을 올라가는데 사람들이 막 뛰어가는 시끄러운 소리가 나는 거예요. 한층 더 위로 올라가 보니 남자애들이 있었어요. 몇몇은 아는 얼굴이었고. 그 애들의 명성도 익히 알고 있었고요. 걔네가 그 불쌍한 애를 구석으로 몰았어요. 그 애는 있는 힘을 다해 도망치려고 했고요. 난간 너머를 흘낏 보더라고요. 3층 정도 되는 높이였는데 거기서 길가로 뛰어내릴 생각인 것 같았어요. 하지만 그 애한테는 그럴 시간이 없었어요. 무리 중 하나가 이만큼 큰……," 그의 목소리가 갈라졌다. 그는 목을 가다듬고 다시 말을 하기 시작했다. "일본도를 꺼냈고, 다른 녀석은 마체테 칼을, 나머지는 짧은 단도를 갖고 있었거든요. 아주 잠깐 주변이 조용해지는 듯했어요. 나무에서 새가 지저귀는 소리가 들렸고요. 그때 마체테를 들고 있던 놈이 한 발짝 앞으로 나서더니 그 애의 복부를 그었어요. 로이드가 손을 배에 가져갔지만, 그랬지만…… 이미……."

스티븐은 말을 끝까지 할 필요가 없었다. 그다음에 어떤 일이 일어났는지 신문에서 읽어 알고 있었다. 피해자 아이의 내장이 바닥으로 쏟아졌다. “아, 스티븐, 너무나 끔찍한 일을 목격했구나. 정말 유감이다.”

“순간 루카스랑 전 서로를 봤어요. 그러고는 곧바로 뛰기 시작했어요. 갱단 두 명이 우리 뒤를 쫓아와서 잡힐 뻔했지만 루카스가 그 동네 지리에 빠삭해서 겨우 도망쳐 나올 수 있었어요. 주변에 아무도 보이지 않을 때 최대한 빨리 경찰에 신고했어요. 물론 로이드를 살리기엔 너무 늦어 버렸지만요. 그런데 거기서 끝이 아니었어요. 경찰은 우리도 그 사건과 관련이 있다고 생각했어요. 우리도 거기에 가담했을 것이고, 따라서 뭔가 알고 있을 거라고요. 루카스와 나는 몇 시간 동안이나 따로 심문을 받아야 했어요. 정말 끔찍했죠. 엄마는 그 상황을 받아들이지 못했어요. 심지어 로이드의 죽음에 제가 연루됐다고 믿기까지 했어요. 그 일로 엄마는…… 그냥 병세에 도움이 안 됐다고만 해 둘게요. 루카스와 전 기소나 체포를 당하지는 않았지만 사건을 조사하는 과정에서 내내 질질 끌려다녔어요. 그러다 좋은 변호사를 만났고, 그분이 경찰에게 진실을 제대로 이해시켜 줬어요. 루카스와 저는 목격자가 돼서 수사를 도왔어요. 경찰이 신변 보호를 제공했고, 우리가 곤란해지는 일은 없을 거라고 했어요. 진심 무서워서 돌아 버리는 줄 알았어요. 거칠게 말해서 죄송해요.”

“욕을 하든 뭘 하든 편하게 얘기해. 충격이 심했겠네.”

“갱단은 기소되고 체포돼서 감옥에 갔지만 밖에 나머지 녀석들이 있어요. 이제는 아시겠죠. 왜…… 그날 히스에서…… 제가 도망쳤는지를요. 경찰이 또 제가 거기에 연루됐다고 생각할 것 같았어요. 그럼 또 심문을 받아야 할 테고요. 그리고 제가 어떤 식으로든 신원이 노출되면 그 갱단이 제 이름을 알아낼 테고, 혹시라도 절 찾아올까 봐 겁이 났어요. 생각만으로도 너무 무서워서 견딜 수 없었어요. 그래서 도망쳤어요."

그는 자신이 방금 무슨 말을 해 버린 건지 문득 깨달은 듯했다.

"이 얘기 기사에 안 쓰실 거죠?"

"걱정하지 마. 그 사건의 목격자라는 사실이 절대 드러나지 않게 할게. 게다가 그건 불법이야."

스티븐은 여전히 걱정이 가득한 얼굴이었다. "사진도 찍는다고 하셨잖아요?"

"얼굴은 신원이 드러나지 않게 확실히 처리할게. 아무도 너인 줄 모를 거야." 나는 스티븐을 안심시키기 위해 살짝 웃어 보였다. 하지만 속으로는 비명을 지르고 있었다. 이 인터뷰에서 쓸 만한 내용이 있기는 한가? 이걸 〈메일〉지 편집자한테 어떻게 설명하지? "그러면 그 사건 이후로 어떻게 지냈어?"

"그냥저냥. 꿈을 꿔요. 말하자면…… 악몽 같은 거죠. 희한하게도 두 살인 사건이 뒤섞여서 나타나요. 어떨 때는 대니얼 올리버가 마체테를 들고 서 있다가 로이드를 베기도 하고, 어떨 때는 빅토리아 다 실바가 갱단에 둘러싸여 아파트 계단에 서 있기도 하고요."

"그 사건에 대해 누구하고든 얘기를 나눈 적이 있니?"

"아니요. 학교에 상담사가 있기는 한데 원래는 스페인어 교사예요. 본인이 상담 쪽에 소질이 있다고 생각하는 것 같지만 제 생각에는 아니거든요. 그냥 어떻게든 스스로 알아서 살아 내는 게 최선이라고 생각하고 있어요."

나는 스티븐의 장래 희망에 대한 이야기도 살짝 물어보았다. 그는 조종사 아니면 비행기와 관련된 일을 하고 싶어 했다. 하지만 성적이 좀 걱정되는 모양이었다. 나는 목표를 높게 갖는 건 아주 좋은 일이라고 조언해 주었다.

"밖에 나가면 자꾸 뒤를 돌아보게 돼요. 누가 따라오는 것 같아서요. 로이드를 죽인 녀석들은 전부 감옥에 갔지만 남은 갱단들이 저를 끝장내려고 칼을 들고 기다리고 있을 것만 같아요. 가끔은 절 그 범죄에 연루된 걸로 몰아가려는 경찰이 아닌가 싶기도 하고요. 그래서 전에 학교 앞에서 봤을 때 놀라서 도망쳤던 거예요."

"미안해. 학교 앞에 불쑥 찾아간 내 잘못이야."

"전 제가 갑작스러운 움직임이나 커다란 소음을 감당 못한다는 걸 깨달았어요. 심지어 매연 같은 아주 일상적인 것들까지도요." 내가 앞서 질문한 것을 기억해 낸 듯 스티븐이 말했다. "뭐가 됐든 비슷한 상황을 만나면 깜짝깜짝 놀라요. 바보 같죠. 저도 알아요."

"무슨, 전혀 바보 같지 않아."

"전에 히스의 켄우드 근처에서 친구분이 갑자기 나타나서 절 놀라게 했을 때도 그랬고요."

"맞다. 그 일은 미안해. 그때는 벡스가 나를 보호한다는 게 그만 도가 지나쳤어."

"살인-자살 사건이 있던 날에도 그분이 그러고 있던데. 당신을 지키고 있었던 건가 봐요."

"날 지키고 있었다고? 아니야. 우린 그냥 팔러먼트 힐 필즈에서 만나기로 돼 있었어. 커피 한잔한 다음에 버스 타고 시내로 나갈 예정이었거든."

스티븐은 잠시 말이 없었다. 혼란스러운 표정으로 골똘히 생각에 잠겼다.

“뭐가 잘못됐어?”

“모르겠어요.” 그가 대답했다. “친구분 이름이 벡스라고 했나요? 전에 절 겁줘서 쫓으셨던 분이요?”

“그래. 맞아.”

“제가 그래서 알아본 거군요. 전에도 그분을 본 적이 있어요. 분명히. 어디서 봤는지 오랫동안 기억을 못했지만요.”

“무슨 소리야. 알아보다니? 우리가 같이 있는 모습을 보고 헷갈린 거겠지. 벡스랑 나는 오랜 친구고, 게다가 난 지금 벡스의 집에서 같이 살고 있거든.”

“아니요. 그런 게 아니라 그날, 살인-자살 사건이 일어난 날 봤다고요.”

“그러니까. 말했듯이 우린 거기서 만나기로 돼 있었어.”

그가 다시 조용해졌다.

“스티븐?”

“제가 그분을 본 건 더 이른 시간이었어요. 히스에서 누구랑 이야기를 나누고 있었어요. 경찰이 찾고 있다는, 그냥 가 버린 그 남자랑요. 당신이 ‘수수께끼의 남자’라고 부르는 그 사람. 그 사람이랑 대화 중이었다고요.”

60.
벡스BEX

그랬다. 엄마는 나를 원하지 않았다. 나를 떼어 버리려고 했다. 다 쓴 탐폰처럼, 다 싼 똥처럼 변기에 넣고 내려 버리려고 했다.

엄마도 알았다. 나도 알게 되었다는 걸, 엄마와 아빠가 주고받는 말을 다 들었다는 걸. 다음 날 나는 엄마의 눈을 똑바로 볼 수 없었다. 엄마가 다가와 내 어깨에 손을 대려 하거나 껴안으려 할 때마다 나는 역겹다는 듯 몸을 피했다. 앉아서 얘기 좀 하자고 했지만 나는 듣고 싶지 않다고, 무의미한 말에 귀를 기울이고 싶지 않다고 말했다. 엄마는 당시 자신의 삶이 어땠는지 이해해 달라고 간절하게 빌고 또 빌었다. 자신이 삶에서 얼마나 더 많은 걸 원했는지, 얼마나 발목 잡히고 싶지 않았는지, 그리고 얼마나 다른 미래를 꿈꾸었는지 알려 주고 싶어 했다. 하지만 나는 애원하는 엄마를 차가운 눈빛으로 쳐다볼 뿐이었다.

나는 밤에 침대에 누워 엄마가 어떻게 그럴 수 있는지만 계속 생각했다. 엄마는 병원에 가지 않은 게 분명했다. 왜 혼자 해결하려 했을까? 아이를 유산하려고 뜨개바늘, 독한 술, 열탕 목욕을 이용하거나 심지어 계단에 몸을 던지기도 했다는 소리를 들어 본 적은 있었지만 다 옛날 일이라고 생각했다. 엄마는 몇 번이나 나를 없애려고 했을까? 피가 흐를 때마다 드디어 아기를 잃게 되리라는 기대감에 기쁨에 겨워 가슴이 떨렸을까? 변기에 앉아 아래를 내려다보며 하얀 변기에 기다란 핏줄기의 흔적이 나타나기만을 기다렸을까? 그렇게 엄마가 나를 죽이려고 했을 때 나는 며칠이나 되었던 걸까? 몇 주? 몇 달? 그리고 어쩔 수 없이 그것을…… 아니, 나를 배 속에 품어야 한다는 사실을 깨달았을 때 엄마는 어떤 생각이 들었을까?

나는 생물 교과서에 실려 있는 태아의 발달 단계별 사진을 손가락으로 따라가며 자세히 들여다보았다. 4주쯤엔 아주 작은 외계인 같은 괴물의 모습이다가, 8주가 되면 눈꺼풀과 귀가 형태를 갖추기 시작하고, 12주에는 크기가 5센티 정도로 커지며, 16주에 이르면 손가락과 발가락에 지문이 생기고, 20주가 되면 손가락을 빤다. 그리고 28주 정도면 일찍 세상에 나오더라도 생존 확률이 높다. 엄마가 갖은 노력으로 나를 제거하려고 애쓰는 동안 양수로 가득 찬 따뜻한 주머니 안에서 걱정 없이 편안하게 웅크린 자세로 헤엄쳤을 나를 떠올렸다. 눈물이 흘러 뺨이 따끔거렸다. 엄마는 왜 나를 없애고 싶었을까? 뭐 때문에 그런 결정을 한 걸까? 어쩌다 결혼까지 하게 된 남자, 즉 아빠를 사랑하지 않아서였을까?

의문들이 꼬리를 물고 머릿속을 어지럽혔다. 그러다 엄마 때문에 어떤 식으로든 내가 해를 입었을지도 모른다는 생각이 들면서 구역질이 났다. 임신부의 과음이나 약물 복용으로 인해 아기가 다양한 증후군을 갖고 태어난 사례를 읽어 본 기억이 났다. 혹시 엄마의 낙태 시도가 나한테…… 확실한 건 아니지만…… 손상을 입혔을 수도 있을까? 학교 성적은 좋았으니 지능에는 문제가 없었다. 시험에 붙을지 떨어질지, 하는 걱정은 다들 하는 것 같았다. 엄마나 아빠는 고등학교를 졸업한 후 전혀 교육을 받지 않았다. 엄마는 교사가 되기를 원했지만 대입 준비 중 아빠를 만나 덜컥 나를 임신했다. 배 속의 나를 지우려고 했지만 실패하는 바람에 결국 아빠와 결혼했다. 그게 끝이었다.

아니, 정말 끝은 아니었다. 침대에 누워 여름밤의 열기에 괴로워하며 나는 다른 인생을 꿈꾸기 시작했다. 엄마 아빠에게서 벗어난 인생. 나는 '이혼'이라는 단어를 읊조리며 두 사람이 헤어지면 어떨지 상상해 보았다. 확실히 두 사람은 맞지 않았다. 게다가 각자 나름대로 문제가 있었다. 아빠는 성질이 포악했고, 엄마는 음주 문제가 있었다. 나는 둘 중 누구와 함께하길 원하는가. 아빠는 기회만 되면 나를 때릴 게 분명하고, 엄마는 알코올 중독에다 나를 낙태시켜 버리려고 했던 사람인데? 선생님이든 누구한테든 집에서 일어난 일을 얘기하면 사회 복지사들이 관여할 거고 그다음에는 나를 시설에 맡길 터였다.

나는 여러 시나리오를 상상하기 시작했다. 엄마와 아빠가 우리 집 똥차를 타고 가다가 싸운다. 싸움은 걷잡을 수 없어지고 아빠가 엄마를 후려친다. 엄마가 되받아치려다 실수로 핸들을 치는 바람에 차가 길에서 벗어나 마구 달리다 전속력으로 나무에 충돌해 둘 다 사망한다. 또는 엄마가 폭음 끝에 간암 같은 치명적인 불치병에 걸리고 아빠도 심장 마비로 사망한다. 또는 엄마가 보드카나 화이트 와인 같은 걸로 알약을 삼켜 자살을 시도한다. 아빠는 집 외부의 홈통에 페인트칠을 하다가 사다리에서 떨어진다. 하지만 불행히도 이 모든 계획은 전적으로 운이나 상황에 성패가 달려 있거나 시간이 흘러 그들이 사망에 이르게 될 때까지 무작정 기다려야 한다는 단점이 있었다. 만일 엄마만 죽고 아빠와 남게 되거나 아빠만 죽고 엄마랑 집에 갇혀 있게 된다면, 영원히 그들과 억지로 살아야 할 수도 있었다. 행여 따로 살 수 있다 해도 최소한 열여덟 살이 되어 독립해 나가거나 대학에 갈 때까지 기다려야 할 것이었다. 그때까지 마냥 기다린다는 건 거의 영원히 기다리는 것과 마찬가지였다.

다른 방법은 없을까? 아빠는 질투심에 눈이 먼 개자식이었다. 아빠는 엄마를 믿지 않았다. 아직도 엄마가 자비스 씨와 불륜을 저지르고 있다고 생각했다. 그 무더운 여름 내내 밤마다 나는 머릿속으로 게임을 했다. '만일'로 문장을 시작해 사건을 가정한 다음 엄마와 나, 자비스 씨와 자비스 부인을 체스 판의 말처럼 이리저리 옮겨 보곤 했다.

가끔은 이런 생각을 하는 게 옳지 않다고 스스로 억제하기도 했지만 달콤한 가능성에 마음이 끌려 또다시 계략을 구상하곤 했다. 이렇게 하면 어떻게 될까? 저렇게 하면 어떻게 될까? 영어 선생님은 내가 엉뚱한 상상을 잘한다며 그 상상에 날개를 달아 주어야 한다고 말했다.

이제 그 상상력을 빛낼 기회였다.

61.
젠 JEN

나는 서둘러 인터뷰를 끝내고 스티븐을 아래층으로 안내했다. 그는 혹시 잘못된 게 있는지 물었다. 나는 걱정하지 말라고만 말해주었다. 그러면서 시간 내서 솔직하게 얘기해 준 데에 또다시 감사를 전했다. 아래층에는 아예샤 아메드가 벌써 와 있었다. 일단 잘 왔다는 인사부터 하고 인터뷰에 응해 준 것에 대해 감사를 전했다. 그러고 나서 스티븐에게 아예샤를 소개해 주었다. 하지만 내 정신은 딴 데 팔려 있었다. 나는 사람들에게 전화 좀 하고 오겠다고 말했다. 공기가 답답하다는 느낌에 뒤뜰로 나간 나는 급히 벡스에게 전화를 걸었다. 벡스는 받지 않았다. 나는 다시 전화를 걸었다. 이번에는 와츠앱을 이용했다. 찰칵하고 전화를 받는 소리가 들렸다.

"젠?"

"그날 히스에서 뭐 하고 있었어?"

"음, 너 만나고 있었잖아. 기억 안 나?"

"기억나지. 그거 말고 그전에 말이야. 나랑 만나기 전에."

벡스가 조용해졌다.

"방금 스티븐하고 얘기 좀 했거든. 스티븐 워커 말이야. 걔 말로 네가 사건이 일어나기 전에 로렌스랑 얘기하는 걸 봤다던데?"

벡스가 숨을 깊이 들이마셨다가 내쉬는 소리가 들렸다. "젠, 너한테 말하려고 했어. 먼저 얘기했어야 했는데."

나는 벡스의 말을 잠자코 듣기만 했다.

"네가 좋아하지 않을 얘기라서. 들어 보면 내가 왜 말 안 했는지 너도 이해할 거야. 아니다. 그냥 네가 이해해 주면 좋겠어."

"말해 봐."

"너 만나러 히스로 가던 중에 로렌스를 우연히, 정말 우연히 마주쳤어. 코너를 돌다가. 너도 알지? 카페 맞은편 화장실 있는 곳. 처음엔 못 봤는데. 지나치다가 부딪칠 뻔해서 보니까 로렌스인 거야. 같이 얘기 잠깐 하다가 헤어졌어. 그래서 약속에 좀 늦은 거고."

"그땐 왜 아무 말도 안 했어?"

"미안해. 말하려고 했는데, 그게……."

"그게, 뭐?"

"로렌스 처음 만났던 날 기억해? 그 프렌치 하우스?"

벡스의 질문에 갑자기 어리둥절해졌다. 벡스가 왜 지금 그 얘기를 꺼내는 거지?

"물론이지. 하지만 그걸 왜 지금……."

"그때 우리 술 많이 마셨었잖아. 너는 런던 남부에 있는 네 집으로 가고 로렌스와 나는 같이 택시 타고 런던 북부로 가고."

무슨 말을 하려는 거지? 나는 벡스의 말이 듣고 싶지 않아졌다. 차라리 벡스가 전화를 끊었으면 싶었다.

"집에 거의 다 왔는데 로렌스가 자기 집에서 한잔 더 하지 않겠느냐고 묻더라고……."

"뭐? 혹시 로렌스랑 잤어?"

우는 듯한 소리가 들려왔다.

"술에 취해서. 그다음은 잘 기억이 안 나. 하지만…… 하지만 내 생각에…… 젠, 내 생각에 로렌스가…… 날 강간한 것 같아."

나는 벡스가 하는 말이 너무 엄청나서 믿을 수가 없었다. 혀가 마비된 듯 말도 나오지 않았다.

"깨 보니 침대에 누워 있었어. 택시에서 내려서 집에 들어간 다음 집이 정말 좋다고 말하고 와인을 한 잔 정도 마신 것까지는 기억나는데, 그다음은…… 하나도 기억이 안 나."

나는 로렌스의 침대를 떠올렸다. 시트의 느낌, 함께 있을 때의 냄새가 생각났다. "그렇지만 분명히 섹스는 한 것 같고?"

"그런 것 같아."

"미쳤구나! 로렌스가 약이라도 먹인 거야? 데이트 강간할 때 쓴다는 로힙놀 같은 거?"

"모르겠어."

순간 욕지기가 치솟았다. 로렌스와 자그마치 5년을 만났다. 그런 그가 나를 스토킹하고, 소름 끼치는 메시지를 보내고, 히스에서 나를 공격한 것으로도 모자라 내 가장 친한 친구를 강간했다니. "오, 이런, 벡스, 근데 왜 나한테 아무 말 안 했어?"

"하려고 했어. 정말로. 하지만 일이 어떻게 된 건지 확신할 수가 없으니까. 실제로 무슨 일이 벌어졌던 건지도 알 수 없고. 내가 아무리 말해도 로렌스가 딴소리 하면 그만이잖아. 그 일이 있고 나서 네가 로렌스와 사귀기 시작했고, 몇 주 후면 그냥 흐지부지 잊혀질 거라고 믿었어. 사실 난 너희 둘이…… 정식으로 사귈 줄 꿈에도 몰랐어."

벡스의 말을 듣고 있자니 비명이라도 지르고 싶은 심정이었다. 고개를 돌려 주방에 모인 이들을 바라보았다. 페넬로페, 스티븐, 아예샤, 제이미. 제이미의 사랑스러운 개는 햇살이 드는 자리에 가만히 누워 있었다. 정원 쪽으로 난 문은 닫힌 상태라 내 통화 소리가 그들에게 들리지 않을 터였다. 하지만 페넬로페는 자리에서 일어나 걱정스러운 표정으로 유리문 너머 나를 뚫어지게 바라보고 있었다. 나는 자리를 떴다. 그리고 잔디밭을 가로질러 목련 아래로 자리를 옮겼다. 활짝 핀 희고 붉은 꽃잎들이 어쩐지 음탕하게 느껴졌다. 근처 나무에서 새소리가 들렸다. 어찌나 평화롭고 아름다운지. 내 기분은 정반대였다. 살면서 한번도 느껴 보지 못한 분노가 치밀었다. 내가 당한 것보다 더 화가 났다. 복수심이 미친 듯이 끓어올랐다.

나는 목소리를 차분하게 가라앉혔다. 로렌스와 사귀기 시작했던 때를 돌이켜보았다. 처음에 로렌스와 벡스 사이에 뭔지 모를 냉랭한 감정이 오가는 것을 느끼기는 했다. 하지만 내 관심과 애정을 두고 무의식적으로 경쟁하느라 그런 거라고 가볍게 치부했었다.

"그런데 어떻게 아직도 로렌스랑 친구로 지낼 수가 있어? 그런 짓을 했는데도?"

"그게 너……를 위하는 길이라고 생각했어." 흐느끼느라 갈라진 목소리로 벡스가 말했다.

"그럼 그날은 뭐야? 히스에서 말이야."

벡스가 훌쩍거리며 코를 풀었다. "로렌스가 치근거리기 시작했어. 내가 얼마나 예쁜지 아냐면서 한다는 말이…… 곧 헤어질 거라더라."

"빅토리아 다 실바랑?"

"이름은 말 안 했고."

"그다음엔?"

"나한테 데이트 신청을 했어."

"뭐? 미친 거 아냐?"

"내 말이."

"그래서 넌 뭐라고 했는데?"

"얼굴을 때려 주고 싶었지. 실제로 때리진 않았지만. 그냥 농담하듯이 꺼지라고 말했어. 부드럽게 거절하지 말았어야 했나 봐."

"세상에, 벡스, 그놈이 너한테 그런 몹쓸 짓을 해 놓고 또 집적거렸다는 거야?"

62.
벡스 BEX

그토록 빠르게 핑곗거리를 생각해 내다니 나조차도 내 자신이 믿어지지 않았다. 스티븐 워커가 그날 현장에서 내가 로렌스와 대화를 나누는 모습을 목격했을 거라고는 꿈에도 생각하지 못했다. 젠에게서 그 말을 들었을 때 모든 게 물거품이 되는 줄 알았다. 꼼꼼하게 세운 계획, 그동안 해 온 모든 노력이 먼지처럼 사라지는 것만 같았다. 계획을 짜고, 사람들을 한데 모으고, 한쪽에는 암시와 제안을 다른 한쪽에는 단서와 의문을 뿌리면서 모든 걸 하나의 정교한 태피스트리로 짜 넣기 위한 수개월 동안의 노력이 수포가 되려 하고 있었다. 그러다 문득 그날 밤 로렌스와의 일이 떠올랐다.

그 만남을 언젠가는 유용하게 쓸 일이 있지 않을까 생각했는데 드디어 그걸 활용할 때가 온 것이었다. 나는 젠이 "우리가 처음 만난 날 밤 벡스를 강간했다는 게 사실이야?"라는 질문을 로렌스에게 대놓고 할 거라고 판단했다. 로렌스는 처음에는 부인하겠지만 대화 중에 결국에는 "물론 아니지. 벡스랑 잔 건 맞지만……."과 같은 식으로 말할 가능성이 컸다. 젠은 분명 뒷말은 들으려고도 하지 않을 것이었다. 하나도 중요하지 않을 테니까.

전화를 끊으면서 나는 페넬로페의 집에 있는 젠을 떠올렸다. 젠은 그 집에서 목격자들을 전부 인터뷰할 예정이었고 팔러먼트 힐 필즈에서 사진 촬영도 할 거라고 했다.

내가 걱정하는 건 그 늙은 여우였다. 어떻게든 젠을 조종해서 그 여자를 죽여 버리면 어떨까 잠시 상상해 보았다. 대리석 계단에서 세게 밀어 버리면 사고로 위장하기도 쉬울 것 같았다. 하지만 이렇게 촉박하게 일을 꾸미기는 힘들 것 같았다. 페넬로페를 제거하려면 내 손으로 직접 하는 수밖에 없었다. 페넬로페는 나에 대해 얼마나 아는 걸까? 압지 패드에 반전되어 찍혀 있던 내 이름이 다시 생각났다. 내 과거를 캐고 있는 게 분명했다. 페넬로페가 아직 중요한 걸 알아내지는 못한 것 같았다. 만일 그랬다면 젠이 아직도 나를 믿고 친근하게 대할 리 없었다. 아니면 알아냈더라도 젠에게는 알리지 않기로 마음먹은 걸 수도 있었다.

어느 쪽인지 알아보려면 페넬로페를 직접 대면하는 수밖에 없었다. 나는 젠에게 문자를 보내 인터뷰가 끝나면 만날 수 있는지 물었다. 로렌스와 있었던 일에 대해서는 한번 더 사과했다. 그리고 금방이라도 눈물이 날 것 같은 심정이며, 스스로 너무나 보잘것없는 사람처럼 느껴진다는 말도 덧붙였다. 내가 햄스테드에 있는 페넬로페의 집으로 들르는 게 편하다면 그리하겠다고 말했더니 몇 분 후

답이 왔다. 준비되면 언제든 오라는 문자였다. 마침내 진실을 알게 되어 다행이라는 말도 있었다.

나는 재킷을 걸치고 걷기 시작했다. 햄스테드로 연결된 거미줄처럼 얽히고설킨 골목을 걷는데 누군가 지켜보는 것 같은 느낌이 들었다. 주위를 둘러보았다. 잘 차려입고 유모차를 끌고 있는 한 무리의 아기 엄마들과 거리에서 이야기를 나누는 나이 지긋한 신사들 외에 눈에 띄는 사람은 없었다. 나는 하이게이트 로드를 가로질러 걸으면서 테니스장과 카페를 지나 조망 지점 쪽으로 향했다. 카이트 힐에 올라서서 런던을 내려다보는데 또다시 누구에게 감시당하고 있다는 느낌이 들었다. 나는 그게 누구든 방심하고 있다면 눈에 띄리라는 생각으로 재빨리 고개를 휙 돌렸다. 하지만 주변에 있는 사람이라곤 이탈리아에서 온 관광객 무리뿐이었다. 순간 내 스스로가 편집증 환자처럼 느껴졌다.

나는 히스 주변을 어슬렁거리며 1시간 정도를 더 보냈다. CCTV가 설치된 곳과 그렇지 않은 곳이 어딘지 공원을 한번 더 구석구석 살폈다. 히스 내에 보안 카메라가 있는 곳을 표시해 놓은 지도를 젠이 갖고 있다는 사실을 나는 알고 있었다. 젠은 본인이 지도를 주머니에 슬쩍한 것을 내가 모른다고 생각하는 모양이었다.

누군가 나를 지켜보고 있다는 느낌은 여전했다. 나는 걸음을 멈추고 뒤를 돌아 반대 방향에 있는 다른 길을 택해 풀밭을 가로지르기 시작했다. 하지만 여전히 보이지 않는 게 주변을 맴도는 기분이 들었다. 마치 눈가에 붙어 있다가 가까이 들여다보려고 하면 사라져 버리는 티끌 같았다. 정체를 모르지만 가까이 있다는 느낌, 존재하는데 보이지 않는다는 사실에 소름이 돋았다.

63.
젠 JEN

페넬로페는 내가 통화를 마치기를 기다리고 있다가 휴대폰을 주머니에 넣는 것을 보고 두 손가락을 흔들며 급히 나에게로 왔다. 은밀히 할 말이 있다는 표시였다.

"괜찮아?" 페넬로페가 미끄러지듯 다가와 물었다.

나는 아무 문제없다고, 인터뷰가 끝나는 대로 벡스가 들르고 싶어 한다고 말했다. 그리고 방금 속상한 소식도 전해 주었다고 덧붙였다.

"나야 당연히 괜찮지. 나도 벡스를 좀 만나고 싶네. 물어볼 게 있어서. 그건 그렇고…… 당면한 일부터 처리하자. 인터뷰 말인데, 지금 막 아예샤라는 젊은 의사랑 대화하던 중에 몇 가지 중요한 얘기를 들었어. 그 여의사는 아주 초조해하고 있어. 스트레스를 많이 받은 상태야. 불쌍한 아가씨 탓은 하지 말고. 그런 사건을 목격했으니……. 아직 어리잖아. 뭐, 그렇다 하더라도……. 젠? 내 말 듣고 있는 거니?"

집중하기가 힘들었다. 페넬로페가 하는 말이 귀에 들어오지 않았다.

"어쨌든 그 아가씨가 까다롭고 퉁명스럽게 비협조적으로 굴거든 사건이 있기 전날 밤 뭘 했느냐고 물어봐."

"무슨 말씀이세요?"

"그 여자한테 물어보면 알아."

머릿속에 다른 생각들이 가득해서 인터뷰에는 관심조차 가지 않았다. 그렇지만 이 말은 빼놓지 않았다. "이번에도 선을 넘진 않으셨길 바라요."

페넬로페의 눈에서 소녀 같은 장난기가 반짝였다. 어리광에 가까운 표정이었다.

"페넬로페?"

"내가 조사를 조금 해 봤거든. 그냥 만일의 경우를 대비해서. 내 조사가 아예샤에게는 아주 유익하게 들이맞았어. 아예샤가 그날 밤새 잠을 못 자서 피곤한 상태였다고 네가 말해 준 게 기억나서 좀 알아봤지. 그 말은 진짜였어. 전부 다는 아니지만. 넌 아예샤가 로열 프리 병원에서 당직 근무를 해서 잠을 못 잤다고 생각했겠지만 사실은 그날 밤 근무를 하지 않았어. 대신 다른 곳에서 일하고 있었다고, 한 친구가 말해 주더구나."

"어디 다른 병원에 있었대요? 대리 의사 같은 일을 한 건가요?"

"아니. 완전히 다른 분야." 페넬로페는 극적인 효과를 위해 잠시 뜸을 들였다. "들을 준비됐어? 아예샤는 그날 밤 핑크 다이아몬드라는 곳에서 일하고 있었어."

왠지 귀에 익은 이름이었다. 하지만 어떤 곳인지 정확히 알 수는 없었다. "이해가 안 가네요. 거기가 어딘데요?"

"쇼디치에 있는 랩 댄싱(술집 등에서 스트리퍼가 손님을 상대로 몸을 밀착하며 추는 선정적인 춤 - 옮긴이) 클럽."

"설마. 아예샤가 그럴 리가요. 그런 여자 아니에요. 그럴 리 없다고요."

"몸매가 끝내주긴 하잖아."

"하지만 진지하고 학구적인 사람이라고요. 그러니까 제 말은, 맙소사 그 아가씨, 의사예요."

"돈이 궁한 의사겠지. 내 소식통에 의하면 쇼핑 중독으로 카드빚이 심각하다더라."

그녀가 볼 때마다 값이 꽤 나가 보이는 옷을 입고 있었던 건 사실이었다.

"하지만 아예샤가, 랩 댄싱 클럽이요? 확실해요?"

페넬로페가 고개를 끄덕였다. "왜 그렇게 피곤했는지, 왜 잠이 들었었는지, 그리고 왜 그렇게 자기 이야기를 다 털어놓기를 주저하는지 설명이 되잖아. 비밀로 하고 싶은 게 당연하지. 건강 보험 관계자가 알게 된다고 생각해 봐."

"거기서 무슨 일을 했는지 혹시 아세요?"

"댄서가 아닌 건 확실해. 듣기로는 종업원이래."

"어떤 친구가 말해 줬다고 하셨잖아요. 사설탐정이라도 쓰신 건가요?"

"뛰어난 저널리스트는 자기 소식통이 누군지 절대 밝히지 않는 법이지." 페넬로페가 눈을 반짝이며 대답했다. "아무튼 소소한 부업까지 다 밝힐 필요는 없을 것 같지만 아예샤의 입을 여는 데 도움이 될지도 몰라서 알려 주는 거야."

보통 때 같았으면 페넬로페에게 한마디 쏘아붙였겠지만 지금은 화낼 기운도 없었다. 나는 간신히 옅은 미소를 지으며 고맙다고 말했다.

"너 괜찮은 거 맞니?" 페넬로페가 물었다.

"그럼요. 괜찮아요. 연달아 인터뷰를 해서 그런가 조금 피곤한 것뿐이에요."

페넬로페는 믿지 않는 눈치였다. 내 어깨를 툭 치더니 아무리 힘들어도 생기를 잃지 말라고 말했다. 그간의 일들에도 불구하고 페넬로페의 말에 웃음이 났다. 내가 아는 사람 중에 이런 독특한 표현을 쓰는 사람은 페넬로페 말고 없었다. 나는 집 안으로 들어가 아예샤에게 기다리게 해서 미안하다는 말부터 건넸다. 그러고는 그녀를 위층으로 안내했다. 인터뷰를 위해 앉자마자 나는 아예샤가 한시바삐 이 자리를 벗어나고 싶어 한다는 걸 깨달았다. 그녀는 불편한 듯 의자에서 앉은 자세를 계속 바꾸었고 녹음기를 독거미 보듯 했다.

우선 나는 그날 있었던 일을 기억나는 대로 말해 달라고 요청했다. 아예샤의 대답은 간단명료했다. 세세한 설명이나 색깔, 감정이 빠져 있고 오직 사실만을 나열했다. 아예샤가 말하는 동안 나는 전과는 다른 시선으로 그녀를 관찰했다. 검은 세로줄무늬 바지 정장을 입고 있었는데 생 로랑 같았다. 머리는 뒤로 깔끔하게 모아 묶었고, 화장은 거의 하지 않은 상태였다. 전문직 회사원 여성의 느낌을 주는 수수한 차림이었다. 그녀가 한껏 차려입으면 어떤 모습일까? 나는 아예샤가 거울 앞에서 밝은색 파운데이션, 립스틱, 아이섀도를 바르는 모습과, 자신의 멋진 몸매를 돋보이게 해 주고 가슴의 곡선을 강조하며 속살을 아슬아슬하게 감추어 줄 옷을 고르는 모습을 상상해 보았다.

나는 인터뷰를 다음 단계로 이끌었다. 살인-자살 사건을 목격한 일이 삶에 어떤 영향을 끼쳤는지 묻는 것이었다. 아예샤는 예상대로 아주 끔찍했다고 답했다. 그리고 빅토리아 다 실바와 대니얼 올리버 둘 다 살리고 싶었기에 훈련받은 대로 했고, 그 결과 전문가답게 감정적 개입을 최대한 자제할 수 있었다고 말했다.

"그럼 전 이만 다시 병원에 들어가 봐야겠어요." 아예샤가 자리에서 일어나며 말했다.

나에게는 두 가지 선택권이 있었다. 시간을 내주어서 고맙다며 그녀를 그냥 보내 주거나, 아니면 핑크 다이아몬드에서 투잡을 뛴다는 사실을 알고 있다고 밝히거나. 페넬로페라면 두 번째 방법을 쓸 것 같았다. 하지만 나는 그만한 용기가 없었다. 어쩌면 도덕적으로 우월한 위치를 차지할 권리가 없어서인지도 몰랐다. 나는 그냥 웃으며 악수를 건넸다. 아예샤도 미소로 화답하며 인터뷰가 끝났다는 사실에 안도했다. 나는 괜찮은 사람이라도 된 양 스스로를 기만하지 않은 데 만족해야 했다.

페넬로페가 아래층 계단참에서 기다리고 있었다. "얘기 좀 꺼내 봤어?" 페넬로페가 나지막이 힘주어 물었다.

"필요한 얘기는 다 들었어요." 내가 대답했다.

"잘했네." 페넬로페가 기뻐서 손뼉을 치며 말했다. "그런데 줄리아가 아직 안 왔어. 이상하지 않니?"

64.
벡스BEX

나는 작은 일부터 착수했다. 동네 이탈리안 레스토랑의 명함을 엄마 의자 등받이 쪽에 흘려 놓고, 안방에는 시장에서 산 싸구려 애프터셰이브 로션을 뿌렸다. 그리고 침대 밑에다 생활용품 잡화점에서 산 흰 양말 한 켤레를 던져 두었다. 이 물건들은 언제든 누군가 건드리기만 하면 폭발할 수류탄이 될 것이었다. 나는 한 치 앞을 예상할 수 없는 게임의 속성과, 나를 포함해 그 누구도 앞으로 인생이 어떻게 전개될지 알 수 없다는 사실이 마음에 들었다. 이제 무슨 일이 벌어질지 마음속으로 그려 보았다. 엄마가 불륜을 저지르고 있다는 증거를 발견했을 때 아빠의 표정, 엄마를 비난하고 빌어먹을 자비스 씨를 욕하면서 점차 고조될 아빠의 목소리, 분노가 극에 달했을 때 아빠의 목에서 벌레가 꿈틀대듯 움찔거릴 핏대, 아빠의 손이 엄마의 얼굴을 후려칠 때 나는 소리와 엄마가 부인하고 애원하고 협박하는 소리, 그리고 모든 것이 끝난 후 찾아올 끔찍한 정적까지 선명하게 그려졌다.

하지만 우습게도 일은 생각대로 풀리지 않았다. 소리치고, 비명을 지르고, 후려갈기고, 두드려 패는 대신 아빠는 이상하리만치 조용했다. 내뱉는 목소리도 속삭임만 겨우 면할 정도로 가냘팠다. 아빠의 얼굴은 끔찍했다. 낯빛이 창백했고, 핏발 선 눈밑은 짙게 그늘이 졌으며, 면도도 하지 않았다. 먹지도 않았고 일할 때를 빼고는 거의 침대에 누워 지내는 듯했다. 대체 뭐 때문에 그러느냐고 엄마가 다그쳐도 대답하지 않았다. 병원에 가 보라고 해도 고개만 내두를 뿐이었다.

밸런타인데이가 코앞으로 다가왔다. 학교에서는 다들 누가 카드를 받을 것인지 얘기하느라 바빴다. 친구 수전이 혹시 밸런타인데이 카드를 쓸 거냐고 물어 왔을 때 순간 좋은 생각이 떠올랐다. 그날 나는 종일 수업에 집중할 수 없었다. 생각만 해도 전율이 느껴지고 속이 뜨거워졌기 때문이다.

방과 후에 나는 시내로 나갔다. 그리고 앞에는 빨간 장미가 그려져 있고 안에는 영원한 사랑이 어쩌고저쩌고 오글거리는 글귀가 써진 싸구려 카드를 하나 샀다. 이 계획을 위해 특별히 새로 산 검정 볼펜을 손에 쥐자 술 취한 것처럼 숨이 가쁘고 약간 어지러웠다. 나는 연습장 한 장을 뜯어 글씨체를 연습했다. 준비가 다 되었다는 생각이 들 때까지 쓰고 또 썼다. 그런 다음 마침내 카드에 이렇게 적었다. '맨디, 세상에 단 하나뿐인 내 사랑, 힘들지만 함께할 그날을 기다리겠소. 사랑하는 앨런으로부터. xxx' 나는 즐거운 마음으로 봉투에 침을 발라 봉했다. 그러고는 봉투 겉면에 '맨디'라는 이름을 적고 카드를 가방에 넣었다.

집에 와 보니 아무도 없었다. 집에는 나 혼자뿐이었다. 나는 현장을 꾸미기 시작했다. 내 방 벽장에 숨겨 두었던 애프터셰이브를 꺼내 거실에 가볍게 두어 번 뿌렸다. 밸런타인데이 카드는 여러 곳에 놓아 보았다. 엄마의 화장대 위에 살짝 가려지게 놓아도 보고, 침대 서랍장 안에 넣어도 보고, 오래된 재키 콜린스의 책 안에 숨겨 보기도 하고, 엄마가 속옷을 두는 서랍 안에 넣어 보기도 했다. 그러다 아빠가 종종 뒤지던 장소로 결정했다. 그곳은 바로 엄마가 시험 성적표나 아빠랑 만나기 전에 갔던 공연 티켓 등 감상 어린 기념품을 모아 두는 옷장 바닥의 낡은 신발 상자였다.

얼마 후 엄마가 먼저 집에 도착해서 저녁으로 소시지와 으깬 감자를 준비하기 시작했다. 엄마는 요리를 하는 동안 라디오를 들으며 화이트 와인 두 잔을 벌컥벌컥 들이켰다. 20분쯤 지나 아빠가 여전히 유령 같은 모습으로 집 안으로 어슬렁어슬렁 걸어 들어왔다. 익어 가는 고기 기름의 역한 냄새가 주방을 가득 채웠다. 때문에 아빠는 애프터셰이브 향을 금방 알아차리지 못했다. 작업복을 벗고 거실에 자리 잡고 앉았을 때에야 비로소 거실에 감도는 자극적이면서도 향기로운 머스크 향의 흔적을 눈치챘다. 나는 소파에 앉아 책을 읽는 척하면서 아빠의 콧구멍이 벌름거리기 시작하는 장면을 지켜보았다. 아빠는 그 냄새가 앨런이 이 집에 왔었던 것과 관련 있다는 걸 깨달은 듯했다. 아빠는 잠시 그대로 앉아 있다가 갑자기 벌떡 일어나 주방으로 돌진했다. 얼굴이 붉으락푸르락했고 눈에는 광기가 가득했다. 아빠는 내가 익히 알고 두려워하는 그 모습으로 돌아와 있었다. 나는 아빠를 따라 주방으로 갔다. 그리고 전개되는 상황을 지켜보았다.

"맨디? 그놈 여기 또 왔었지?"

"또 시작이네." 엄마는 지겹다는 듯 프라이팬에서 눈도 떼지 않은 채로 시큰둥하게 대답했다.

"그놈이 여기 왔던 거 다 알아. 그놈 냄새가 난다고."

"브라이언, 내가 말했잖아. 자비스 씨는 이 집에 발을 들인 적이 없다고."

"그럼 왜 거실에서 그놈 냄새가 나는 건데?"

"당신 기분 탓이겠지. 저녁 준비 다 됐어. 베키, 식탁 차리는 것 좀 도와줄래?"

"그놈이 와서 뭘 어떻게 했어?" 아빠의 눈이 튀어나올 것 같았다. "소파에서 그놈이랑 뒹굴었어? 그놈한테 뒤라도 대 준 거야?"

"베키, 네 방으로 가. 애 듣는 앞에서 이러지 마."

"여기서 같이 들어야 무슨 일이 일어나는지 배울 수 있지 않겠어? 만약에 너처럼 여자가……."

"브라이언! 말조심해. 한심해서 못 봐 주겠네."

"나한테 그런 소리 하지 마. 그놈이 왔었던 거 다 알아. 느낄 수 있다고." 아빠는 엄마한테서 돌아서서 계단을 오르기 시작했다. 안방에서 서랍을 열고 물건들을 바닥에 내던지는 소리가 들려왔다.

엄마는 조용히 흐느끼면서 소시지만 뒤집었다. "내가 속상한 건 베키 너 때문이야. 엄마는 상관없어. 네 아빠랑 이렇게 사는 데 익숙해졌으니까. 하지만 넌 그러면 안 돼."

위층에서 쿵 하는 소리가 나면서 천장이 흔들렸다. 프라이팬의 뜨거운 기름 방울이 엄마의 손목으로 튀었다. 엄마가 급히 숨을 들이쉬며 손목을 문질렀다. 아빠가 쿵쾅거리며 계단을 뛰어 내려오는 소리가 들렸다. 아빠 손에 뭔가 들려 있었다. 그 카드였다.

"이거 뭐라고 할 거야?"

"몰라. 당신이 말해 봐, 브라이언. 그게 뭔데?"

"젠장, 이게 뭔지 네가 더 잘 알 거 아니야. 그놈이 준 밸런타인데이 카드잖아."

"무슨 말인지 모르겠어."

"건방지게 거기 서서 모른다고 하는 거야, 지금? 앞에 이렇게 증거가 떡하니 있는데?"

아빠가 카드를 읽기 시작했다. "맨디, 세상에 단 하나뿐인 내 사랑, 힘들지만……." 내가 쓴 단어들을 듣고 있자니 짜릿함이 밀려왔다.

"자, 저녁 먹자." 엄마가 지긋지긋하다는 듯이 말했다. 아빠의 말에 전혀 관심이 없는 게 분명했고 아빠가 뭐라 하든 상관하지 않겠다는 의미로 들렸다. 엄마의 반응은 아빠를 벼랑 끝으로 몰아세웠다.

아빠는 순식간에 엄마의 왼손을 움켜잡고 등 뒤로 꺾었다. 엄마가 아파서 움찔했다.

"빌어먹을 거짓말쟁이 같으니!" 아빠가 소리쳤다. 그러고는 손에 쥐고 있던 카드를 구겨서 엄마 얼굴 앞으로 가져가 격해진 감정으로 인해 갈라진 목소리로 다음 내용을 마저 읽었다. "함께……할 그날을 기다리겠소……. 사랑하는 앨런으로부터. 키스. 키스……키스."

아빠의 눈에 눈물이 차올랐다. 온몸을 떨고 있는 듯한 모습에 불현듯 아빠가 감정을 주체하지 못하고 폭발할 것 같다는 생각이 들었다. 엄마는 아빠의 이름만 불러 댔다. 아빠가 무슨 말을 하는 건지, 또 그 카드는 어디서 나온 건지 영문을 모르니 당연한 반응이었다. 오해라고, 누가 거짓말을 했거나 잔인한 장난을 친 거라고 말했다. 저녁 식사 시간은 엉망이 되어 가고 있었다. 소시지는 다 구워져 있었다.

"당신이 한번도 날 사랑한 적이 없다는 거 알고 있었어." 아빠가 말했다. "당신 눈에는 내가 영 아니겠지. 날 만나지만 않았어도 더 잘 살 수 있었을 거라고 생각하잖아. 선생도 되고 싶어 했고. 난 뭘 했더라. 이 밑바닥 같은 삶으로 당신을 끌어내린 거? 글쎄, 당신이 맞은편에 사는 기둥서방이랑 밤마다 만나는 꼴을 내가 그냥 가만히 보고만 있을 줄 알았어?" 아빠는 엄마의 팔을 쥔 손을 더 세게 움켜잡고 등 뒤로 거칠게 끌어당겼다.

"브라이언, 아파. 이거 좀 놔. 소시지 봐. 다 타잖아."

"빌어먹을 소시지 같은 건 내 알 바가 아니……." 아빠는 말을 마치기도 전에 엄마의 오른손을 움켜잡았다. 프라이팬에서 소시지를 이리저리 뒤적이던 손이었다. 아빠는 지글지글 끓는 기름 속에 엄마의 오른손을 그대로 집어넣었다. 모든 일이 순식간에 벌어졌다. 엄마가 비명을 질렀다. 엄마의 비명 소리는 라디오에서 흘러나오는 '낫씽 컴페어 투 유' 노랫소리에 묻혀 버렸다. 엄마는 손을 빼내려고 갖은 애를 썼지만 그럴수록 아빠는 엄마의 손을 더욱 세게 눌렀다. 살이 타는 냄새가 주방을 가득 채웠다. 엄마가 도와 달라고 소리쳤지만 나는 완전히 얼어붙어 꼼짝할 수 없었다. 두려움, 매혹,

기쁨이라고밖에 말할 수 없는 감정들이 한데 뒤섞였다.

"베키!"

엄마는 몸부림 끝에 아빠가 꼼짝 못하게 등 뒤에서 붙잡고 있던 손을 가까스로 빼냈다. 그 손은 해저 생물의 손발톱처럼 바닥을 긁으며 주방 조리대를 가로지르다 마침내 어떤 것에 가 닿았다. 칼이었다. 잠시 후 엄마는 칼을 손에 쥐고 전혀 예상하지 못했던 힘으로 아빠의 목에 가져다 댔다.

아주 심하게 두들겨 맞을 때도 보인 적 없던 절박감이 엄마의 눈에서 느껴졌다. 그때 엄마가 무슨 생각을 했을지 종종 궁금했다. 어떻게 할지 고민 중이었을까? 아니면 아주 엉뚱한, 원시적이고 최우선적인 생존 본능이었을까? 엄마는 손가락이 하얗게 질릴 정도로 칼을 꽉 움켜쥔 채 아빠의 목을 깊숙이 베었다. 피가 솟구쳐 가스레인지 위며 주방 바닥으로 마구 뿌려졌다. 아빠는 엄마를 잡고 있던 손을 떼고 믿을 수 없다는 표정으로 목을 잡았다. 엄마는 여전히 손에 칼을 든 채 바닥으로 쓰러졌다. 데인 손의 고통이 너무 심해서 견딜 수 없는 모양이었다.

엄마가 아빠를 건너다보았다. 아빠의 몸은 끝도 없이 차오르는 피 웅덩이 속에 푹 고꾸라져 있었다. 엄마는 무슨 일이 일어난 건지 믿을 수 없다는 표정이었다. 엄마는 거칠게 뜯긴 채 피투성이로 바닥에 떨어져 있는 밸런타인데이 카드만 하염없이 쳐다보다가 나에게로 고개를 돌렸다. 그때 엄마가 무슨 생각을 하고 있었는지는 알 수 없었다. 하지만 고개를 젓는 모습은 마치 말을 하는 듯했다. 어떤 말이었을까? 이런 짓을 저질러 놓고는 더 이상 살 수 없다? 내가 계략을 꾸민 게 분명하다? 아니면, 나를 낳지 말았어야 했다? 그때 엄마가 칼을 또 한번 들어 올렸다. 그리고 나를 똑바로 바라보며 자신의 목을 그었다.

65.
젠 JEN

줄리아 존스가 뒤늦게 도착해 사과했다. 빌어먹을 브렉시트 관련 회의가 또 열렸는데 예정된 시간보다 오래 걸렸다고 했다.

"와 주셔서 정말 감사해요. 〈메일〉지가 그렇게 선호하는 언론 매체도 아니실 텐데."

"맞아요. 잘 아시네요. 하지만 적어도 당신의 뜻과 맞고 자선 단체에 도움을 준다니 그저 고마울 따름이에요. 그런 돈은 큰 변화를 이뤄 내죠." 줄리아가 대답했다.

페넬로페가 줄리아를 맞이하기 위해 급히 방으로 들어왔다. 그녀가 기자 생활을 하는 동안에 노동당을 매도하는 기사를 쓰기도 했지만 줄리아 존스만큼은 매력적인 태도와 미소로 응대했다. 이 노동당 의원 역시 품위 있고 정중한 태도를 보였다. 줄리아는 페넬로페에게 화장실을 써도 되는지 물었다. 고속 도로 정체가 너무 심해서 참고 참다가 택시에서 거의 뛰어내리다시피 했다는 것이다.

페넬로페는 주방에 점심 식사가 준비되어 있음을 알렸다. 대단한 건 아니고 데친 연어에 햇감자와 구운 채소가 전부라며, 혹시 음료가 필요한지 물었다. 방으로 걸어 들어오던 줄리아 존스가 첫 타자로 음료를 요청했다. 그녀는 샴페인 한 잔을 벌컥 들이켜고는 한 잔 더 달라는 의미로 잔을 내밀었다. 나는 일단 인터뷰를 마친 후 나중에 마시겠다고 페넬로페에게 말했다. 우리는 꼭대기 층으로 올라가 서재에서 잠시 정치에 관한 한담을 나누었다. 줄리아는 내가 질문을 하기도 전에 샴페인 한 잔을 단숨에 마셔 버리고는 그날 히스에서 있었던 일에 관해 입을 뗐다.

"계속 악몽을 꾼다고 이야기하셨었죠?"

"그랬죠. 끔찍한 악몽이요. 아주 소름 끼치는 꿈. 해리에 관한 꿈이요. 제 아들…… 제 죽은 아들이요." 그녀는 다시 샴페인을 한 모금 마셨다. "꿈에서 우리는 인도에 있었어요. 산등성이를 걷는데 아들이 웃더라고요. 젊고 잘생긴 얼굴이었어요. 가끔은 아들의 모습이 눈앞에서 어린아이로 바뀌었어요. 제가 아들에게 넌 시시각각 어려지는 것 같다고 말했어요. 아들의 눈은 반짝반짝했고, 이가 어찌나 새하얀지 미소를 지으면 눈이 멀 것처럼 입에서 환한 빛이 쏟아져 나왔어요. 그러다 갑자기 얼굴에 그림자가 드리워지는 것 같더니 아들이 뒤로 물러서며 저한테 손을 뻗으면서 구해 달라고 하는 거예요. 그때 아들 발 아래에 있는 땅이 무너져 내렸어요. 아들도 같이 휩쓸려 떨어지다가 결국 사라져 버리고, 그러면서 전 잠에서 깨서……."

줄리아는 울음이 나오려는 걸 참아 내기 위해 입술을 지그시 깨물었다. “알아요. 그 애가 죽은 지 20년이나 지났다는 거. 하지만…… 어쨌든 그래요. 만일 그 사건을 목격한 것과 이런 고통스러운 기억이 다시 떠오르는 게 어떤 연관이라도 있는 건지 묻는다면 전 그렇다고 답하겠어요. 물론 그 사건과 아들의 죽음은 다르죠. 우리가 목격한 건 충격적이고 끔찍한 살인과 자살이지만 해리의 죽음은 그냥…… 사고였으니까요.” 줄리아의 대답에 어딘가 석연치 않은 구석이 있었다. 확신이 서지 않는다는 듯한 말투였다. “그리고 이것도 있고요.” 줄리아가 빈 잔을 들어 올렸다. “브렉시트만 끝나면 줄이겠다고 다짐했는데. 과연 그럴 수 있을지 모르겠네요.” 그녀가 공허하게 웃었다. “사실은 한잔 더 하고 싶은 마음이 굴뚝같아요.”

내가 잔을 채워다 주겠다고 했지만 줄리아는 본인이 직접 하겠다며 화장실도 또 가야 할 것 같다고 말했다. 녹음기가 제대로 작동하는지 확인할 기회가 생겼다. 나는 메모와 질문할 거리를 확인하고 휴대폰을 확인한 다음 메일 답장을 몇 개 보냈다. 줄리아는 뭐 때문에 이렇게 오래 걸리는 거지? 지금쯤이면 돌아왔어야 할 시간이었다. 서재의 창밖을 내다보니 줄리아가 정원에서 뻐끔뻐끔 담배를 피우는 모습이 보였다. 줄리아가 흡연가라는 건 몰랐던 사실이었다. 페넬로페가 나와서 줄리아의 잔을 채워 주었다. 두 여자는 얘기를 나누기 시작했다. 젠장! 페넬로페라면 줄리아를 심문하고도 남을 시간이었다.

서재를 둘러보았다. 그리고 책장을 샅샅이 훑어본 후 책상 옆으로 가서 섰다. 책상 위에는 놋쇠 틀에 끼워진 커다란 압지 패드가 놓여 있었다. 골동품 같았다. 압지를 써 본 게 언제였더라? 학교에서 썼던가? 화학 수업 때였나? 맞다. 압지 위에 검정이나 파랑 잉크를 살짝 떨어트린 다음 서서히 여러 가지 다른 색으로 분리되어 가는 모습을 지켜본 기억이 났다. 당시 선생님은 겉으로 보이는 모습이 다가 아닐 때가 종종 있다는 말을 했었다. "이 실험은 때로는 겉모습을 다 믿으면 안 된다는 걸 배우기 위해 하는 거야."

나는 손가락으로 압지의 표면을 쓸어 보았다. 밑에 뭔가 있었다. 틀을 들어 올리니 초록색 종이 서류철이 보였다. 서류철을 책상 위로 꺼냈다. 순간 몸이 굳었다. 이건 내 물건이 아니야. 원래 있던 자리에 돌려놔. 그리고 못 본 척해. 그러나 나는 호기심을 이기지 못하고 기어이 서류철을 열고야 말았다. 깨끗한 A4 용지 위에 '레베카 쇼'라는 이름이 적혀 있었다. 벡스의 이름이었다.

66.
벡스 BEX

나는 엄마 아빠의 시신을 지켜보며 이후의 몇 시간을 보냈다. 매력적인 무엇에 홀린 듯 크게 벌어진 상처와 붉어진 입술 위를 손가락으로 훑었다. 생명이 물러간 그들의 눈을 응시하면서 두 사람의 눈이 영원히 멀었다는 생각에 호기심이 일었다. 나는 두 사람 주위에 점점 더 고여 가는 피 웅덩이를 조심스럽게 피했다. 나를 더럽히고 싶지 않았다.

일이 잘 끝난 데에 커다란 만족감이 들었다. 전부 다 내가 한 일이자 내가 꾸미고 내가 실행에 옮긴 일이었다. 그럼에도 내가 의심받을 일은 단 하나도 없었다. 엄마의 손에 난 화상과 두 사람이 입은 상처가 모든 걸 말해 줄 터였다. 나는 구겨진 밸런타인데이 카드의 파편을 주워 변기에 넣은 후 물을 내렸다. 칼은 바닥에 떨어진 그대로 두었다. 뭐라더라? 수사관들이 쓰는 말 있던데. 그래. 그거. 유죄를 입증할 만한 다른 물건은 없는지 확인했다. 그다음 침대로 가 누웠다. 아마 아빠의 부재가 제일 먼저 드러날 테고, 다음으로 학교에서 나의 부재를 눈치챌 것이었다. 예상대로 전화가 울리기 시작했다. 나는 무시하고 받지 않았다. 누군가 계속해서 현관을 거세게 두드렸다. 그러다 종국에는 문을 부수는 것 같았다. 침대에 누운 채 눈을 떠 보니 한 여경이 나를 내려다보고 있었다.

나는 어느 깨끗하고 좋은 집으로 보내졌다. 그곳에서 여자 둘이 이런저런 질문을 했다. 나는 그들에게 엄마의 음주 습관과 아빠의 다혈질 성격에 관해 얘기했다. 그리고 메이플스테드 클로스 22번지에서의 삶은 그야말로 생지옥이었으며, 그날 하루가 저물 무렵 두 사람이 싸우는 소리가 들려서 방 안에 들어와 음악을 크게 틀었다고 말했다. 그러다 아래층에 내려와 보니 바닥에 두 사람이 누워 있었고, 999에 연락해야 한다는 걸 알았지만 당시에는 그저 얼어붙은 채로 어찌해야 좋을지 몰랐으며, 위층 화장실로 와서 한바탕 토하고 나서 그길로 침대에 쓰러져 기절한 것 같다고, 그리고 경찰이 올 때까지 그 상태로 있었다고 덧붙였다.

경찰은 엄마와 아빠 둘 다 사망했다는 비극적인 소식을 나에게 알려야 했다. 최초 증거에 따르면 아빠가 억지로 엄마의 손을 프라이팬에 갖다 댔고, 다음에 엄마가 앙갚음으로 아빠를 찔러 살해했으며, 그러고 나서 슬프게도 스스로 목숨을 끊은 것으로 보인다고 했다. 그들은 내가 대단히 용감하다며 앞으로도 쭉 용기를 가져야 한다고, 장례식이며 사인 조사 위원회 등 감내해야 할 일이 산더미같이 많을 거라고 말해 주었다. 더불어 지역 신문에서 사건을 취재

할 가능성이 크다고도 했다.

여경들이 이제부터 닥칠 일들을 대략적으로 설명해 주었다. 나는 최선을 다해 나를 돌보아 줄 위탁 부모의 집으로 보내지고 다른 학교로 전학 갈 예정이었다. 그리고 준비가 다 될 때까지는 학교에 가지 않아도 되었다. 상담 치료와 함께 사회 복지사가 지속적으로 방문해 내 상태를 살필 것이었다. 이제는 내가 잘 지내는 게 제일 중요하다고 그들은 말했다. 강해져야 한다고, 그럴 수 있겠느냐고 그들이 물었다. 나는 고개를 끄덕이며 강해질 수 있다고 대답했다.

1년간 위탁 가정에서 지낸 후 나는 콜체스터 외곽의 전원 지역에 크고 아름다운 집을 가진 쇼 부부에게 입양되었다. 쇼 아주머니는 빵과 마멀레이드를 손수 만드는 사람이었고, 쇼 아저씨는 대학에서 역사를 가르치는 강사였다. 농지와 바로 붙은 광활한 정원이 딸린 그 집은 공공 도서관처럼 책이 가득했다. 열심히 독서를 하면 쇼 부부가 기뻐하리라. 부모님 사건이 공부에 방해가 되지는 않았다. 오히려 전학 간 학교에서 성적이 올랐다.

내 '트라우마'를 치료하기로 되어 있던 루이스 딘이라는 전문 상담사도 나더러 똑똑하다고 했다. 그녀가 듣고 싶어 하는 말을 들려주는 건 나한테 식은 죽 먹기였다. 물론 말하지 않은 부분도 있었다. 내가 한 행동 뒤에 감추어진 진짜 이유 같은 것들 말이다. 내가 아빠의 다혈질적인 성격을 얼마나 증오했는지, 나를 지우려고 했던 엄마를 얼마나 혐오했는지, 그 거절의 두려움이 얼마나 나를 암세포처럼 갉아 먹고 있었는지. 가끔 집 안 구석구석에 애프터셰이브를 뿌렸던 일이며 내가 했던 절묘한 행동, 밸런타인데이 카드를 감추어 두었던 일 등에 대해서도 발설하지 않았다. 왠지 그때 이후로 밸런타인데이는 내 마음속에서 특별한 자리를 차지하게 된 것 같았다.

67.
젠 JEN

계단에서 페넬로페가 부르는 소리가 들렸다. 페넬로페가 위층으로 올라오는 모양이었다. 서류철에 든 서류를 살펴볼 만한 여유가 없었다. 하지만 페넬로페가 벡스의 뒤를 캐고 있다는 사실만은 확실해 보였다. 서류를 있던 자리에 되돌려 놓아야 했다. 페넬로페에게 너무나 화가 났다. 전에는 페넬로페의 간섭을 참았지만 이건 해도 너무한다 싶었다. 게다가 이런 행동은 그녀 자신에게도 좋은 영향을 주지 않을 거란 판단이 섰다. 나는 서류 뭉치를 움켜쥐고 페넬로페가 계단을 다 올라올 때까지 기다렸다. 페넬로페가 들을 수 있게끔 계단에다 대고 소리라도 지르고 싶은 심정이었지만 그녀가 올 때까지 조용히 참고 기다렸다.

"이게 뭐죠? 어떻게 설명하실 건가요?" 내가 서류철을 들어 올리며 취조하듯 물었다.

"오, 찾았구나. 잘됐다." 페넬로페가 마지막 계단을 딛고 천천히 올라서며 말했다. "그 서류에 대해서 너랑 얘기하고 싶었어. 유감스럽게도 유쾌한 내용은 아니지만. 아는 친구놈 하나가……."

"벡스한테 사설탐정이라도 붙인 거예요? 어떻게 감히."

"그래. 다행히도, 그랬어. 보아 하니 꽤 화가 난 모양인데 그래도……."

"꽤 화가 났다고요? 올해 들은 말 중에서 가장 절제된 표현인 것 같네요."

"젠, 서재로 가자. 거기서 조용히 얘기해. 아마 너도 이런 식으로 모든 게 드러나는 건 싫을 것 같은데."

"뭐라고요?" 나는 목소리를 낮추었다. "당신도 아예샤 정보를 캐내려고 무슨 방법을 썼는지 알려지길 원치 않을 텐데요? 어쨌든 전 당신한테 들은 말을 입도 뻥긋 안 했어요. 같이 수준이 낮아지긴 싫었으니까."

페넬로페는 눈을 치켜뜨고는 '유감이네. 그래 봐야 너만 손해지.'라고 말하듯 손을 들어 올렸다. 그리고 한 발짝 가까이 다가와 말했다. "젠, 내 말이 귀에 들어오지 않겠지만 네가 위험에 빠진 것 같아서 걱정된다."

"제정신이에요?"

"전에 여기 왔을 때 넌 아니라고 했지만 고민거리가 있는 게 분명했어. 목격자 인터뷰하는 문제 때문이라고 했지만 스트레스받는 일이 있다는 걸 직감했다고. 다른 일이 있구나 싶었지."

"하고 싶은 얘기가 뭐예요?"

"내가 뭐라고 묻든 완벽한 핑곗거리가 있겠지만, 히스 지도를 가지고 뭐 하고 있었니? CCTV가 설치된 구역이랑 설치되지 않은 구역이 표시돼 있던데. 특히 설치되지 않은 구역에서 뭘 하려고 했던 거야?"

그녀의 말에 총알이 가슴에 와 박히는 것 같은 충격이 느껴졌다.

"제 주머니를…… 뒤졌어요?"

"네가 사실대로 말하지 않으니까. 그리고……."

"맙소사, 페넬로페, 드디어 본색을 드러내는군요."

"알아. 좋게 들리진 않겠지. 잘한 짓이 아니란 건 인정해. 하지만 그렇게 하길 얼마나 다행인지 모르겠다! 네가 나한테 숨긴 채로 뭔가 진행 중인 건 분명했거든. 그리고 그 일이 벡스랑 관련 있다는 생각이 들었고. 잘 들어. 지금까지 내가 강조했던 얘기들은 단지 예감에 불과했던 게 맞아. 하지만 네가 벡스를 처음 나한테 소개해 줬을 때부터 석연치 않은 불편한 감정이 들었어. 그래서 뒷조사를 좀 해 본 것뿐이야. 서류철 안에 든 걸 읽어 보면 너도……."

나는 서류철을 페넬로페 쪽으로 떠밀듯 건넸다. 페넬로페는 받지 않을 도리가 없었다. 하지만 그러는 바람에 페넬로페가 한 발짝 뒷걸음질을 치면서 대리석 계단 끄트머리에 서게 되었다. 그녀는 서류철을 움켜잡으려다 중심을 잃고 말았다. 한 발만 잘못 디뎌도 굴러떨어질 수 있었다. 말다툼 중이긴 해도 페넬로페가 다치는 건 원치 않았다.

"조심해요!" 나는 이렇게 외치며 페넬로페를 붙잡기 위해 본능적으로 손을 뻗었다.

내가 그녀를 확 움켜잡자 페넬로페가 오른손을 뻗어 구불구불한 난간에 가까스로 기대섰다. 그 바람에 서류철에서 서류 두어 장이 빠져나와 펄럭거리며 계단에 나뒹굴었다.

"맙소사, 페넬로페, 놀랐잖아요."

페넬로페는 심하게 넘어질 뻔한 걸 내가 구해 주었다는 사실은 무시한 채 고맙다는 말 대신 벡스에 대한 이야기를 계속했다.

"너 벡스에 대해 얼마나 아니?"

"저기요, 벡스의 말이나 행동에 대해 무슨 생각을 하시는지 모르겠지만 전 신경 안 써요. 벡스는 제 가장 친한 친구라고요. 게다가 지금은 벡스 얘기를 할 때도 아니고요."

"너한테 주의를 줄 일이 있으니까 그렇지. 저기……."

"얘기는 충분히 들었어요, 페넬로페."

"주머니 속 CCTV 지도는?"

"그게 왜요?"

"지금 네 인생이 어떻게 돼 가고 있는지는 모르겠다만, 젠, 너한테 일어나고 있는 일들이 벡스랑 관련이 있어. 어떻게든 벡스가 널 조종하거나 통제하려는 것 같아 걱정이다. 터무니없게 들린다는 거 알아. 하지만 돌아가는 상황이 그래. 그러니까 내 말은……."

바로 그때 줄리아가 마지막 계단에 올라섰다. 홍조 띤 얼굴에 손에는 와인 잔을 들고 있었다. 우리 얘기를 어디까지 들은 걸까?

"아, 미안해요. 제가 방해한 게 아니면 좋겠네요, 젠. 혹시 인터뷰를 끝내도 되나요? 방금 전화를 받았는데…… 사무실로 돌아가야 할 것 같아요."

"아, 그럼요." 내가 말했다. "걱정하지 마세요. 저희를 방해하지 않으셨어요. 페넬로페는 혹시 음식이 더 필요한 사람이 있는지 보려고 막 아래층으로 내려가려던 참이었어요."

우리는 조용히 눈빛으로 불꽃을 튀기며 서로를 가만히 바라보았다. 마침내 페넬로페가 미소를 지으며 인터뷰 마치고 다시 얘기하자고 말했다. 그리고 가까이에 있는 서류철을 손에 쥐고 줄리아 옆을 지나며 고개를 까딱했다. 이번에는 줄리아가 나에게 너무 오래 있다 와서 미안하다고 말했다. 몇 년 전 끊었던 담배 생각이 너무나 간절했다는 줄리아의 변명 아닌 변명을 들으며 우리는 함께 서재로 돌아갔다. 나는 다시 녹음기를 켰다. 그러고 나서 우리는 멈추었던 부분에서부터 얘기를 시작했다. 줄리아는 악몽과 해리에 대해서, 그리고 자신이 얼마나 아들을 그리워하는지, 아들의 죽음으로 인해 자신과 첫 남편 사이에 얼마나 큰 슬픔의 바다가 자리 잡게 되었는지에 대해서 더 깊은 얘기를 꺼내 놓았다. 하지만 나는 그녀의 말을 듣지 않고 있었다. 오직 페넬로페의 경고와 초록색 서류철에 들어 있는 내용 생각뿐이었다.

인터뷰가 끝나고 줄리아를 아래층으로 안내했다. 다들 안도의 한숨을 쉬었다. 인터뷰가 종료되었다. 샴페인 덕분에 기분이 다소 고조된 우리는 시시각각 변하면서도 끝나지 않을 듯한 현 정치 상황을 두고 이야기꽃을 피웠다. 다행스럽게도 브렉시트에 관한 불편한 논쟁으로 번지지는 않았다. 페넬로페가 커피를 권하며 넓은 주방을 미끄러지듯 오가는 중에도 나에게서 눈을 떼지 않고 있음을 느낄 수 있었다. 페넬로페는 사람들이 가고 나면 나와 아까의 대화를 마저 하려고 기다리는 내색이었다. 하지만 나는 이 집에 더 머물 생각이 없었다.

내 외투 주머니를 뒤진 일에 대해 도저히 용서할 마음이 생기지 않았다. CCTV가 설치된 구역이 표시된 지도가 뭐 어떻다는 건가. 그걸로 페넬로페가 알 수 있는 건 없었다. 공공장소의 안전 문제와 치안 부재에 관한 기사를 쓰는 중이라고 말하면 그만이었다. 그리고 벡스에 대해 어떻게 그런 말을 할 수 있단 말인가. 이런 상황에서 벡스를 여기 들르라고 할 수는 없는 노릇이었다. 페넬로페 프레이저의 의심이 아니더라도 벡스는 충분히 상처받기 쉬운 사람이었다. 나는 휴대폰을 꺼내 벡스에게 인터뷰가 길어지고 있으니 집에서 만나는 게 좋겠다고 문자를 보냈다.

나는 자리를 돌아다니며 제이미, 줄리아, 아예샤, 스티븐에게 일일이 고맙다는 말을 전했다. 그리고 인터뷰 내용은 아주 조심스럽게 다루어질 거라며 그들을 안심시켰다. 하나둘씩 작별 인사가 오가기 시작했다. 나는 페넬로페와 언쟁을 벌이고 싶지 않았다. 인터뷰 참여자 중 누가 보기라도 한다면 아주 꼴사나울 것이었다. 나는 현관을 향해 걸음을 옮기며 줄리아 쪽에 붙어서 히스를 산책하지 않겠느냐고 물었다. 줄리아는 사무실로 돌아가야 한다고 대답했지만, 나는 다시 집 안으로 끌려 들어가지 않기 위해 줄리아와 함께 집을 나서려는 듯 행동했다. 현관에 거의 다다른 순간 페넬로페가 나를 불러 세웠다.

"제니퍼? 할 얘기가 남았잖아. 잊지 않았지?"

"줄리아랑 막 가려던 참이에요."

"제 걱정은 마세요." 줄리아가 말했다. "지금 시내로 나가 봐야 해서요. 차는 얼마든지 같이 타고 가도 되긴 하지만. 근데 산책하러 간다고 하지 않았나요?"

"배려의 말씀 감사하지만 친구를 만나기로 한 게 갑자기 생각나서요." 나는 페넬로페에게 들리도록 일부러 지나치게 공손한 말투로 소리쳤다.

"오래 걸리지 않을 거야." 페넬로페가 말했다. "근데 아주 중요한 얘기야. 분명 관련이 있……."

페넬로페의 목소리에서 괴로움 혹은 당황스러움이 묻어났다. 그럼에도 나는 미안하다고, 나중에 전화하겠다고 얼버무리고는 그대로 현관을 빠져나왔다.

68.

벡스BEX

내 상담 치료사였던 루이스는 인과 관계에 대해 버릇처럼 지껄였었다. 그러면서 내가 딸이라고 해서 부모님의 죽음에 대해 비난받을 필요는 없다고 말했다. 과연 진실을 알고 나서도 그런 얘기를 할 수 있을까.

나는 그 일을 저질렀을 때 어떤 기분이었는지, 또 왜 그런 짓을 했는지 말하라고 하면 못할 것도 없었지만 굳이 나서서 입 밖으로 꺼내진 않았다. 사실대로 다 말해 버렸다가는 감옥행이나 정신 병원행에 당첨되기 딱 좋아서이기도 했고, 혼자만의 비밀이 있다는 게 왠지 기분이 좋았기 때문이다.

밤이면 밸런타인데이에 있었던 일을 머릿속으로 차례차례 반복해서 떠올려 보곤 했다. 나는 모든 과정을 천천히 곱씹어 보았다.

끝없이 뿌려지던 애프터셰이브, 방 안에 천천히 퍼져 나가던 작은 물방울 입자들이며, 이탈리안 레스토랑에서 집어 온 명함을 의자 뒤에 숨기던 일, 손 글씨를 쓰고 또 쓰면서 연습하던 일, 마침내 카드를 써서 옷장 신발 상자 속에 넣어 둔 일 등이 느린 속도로 머릿속을 스쳐 갔다. 아빠가 카드를 발견하길 기다리면서 들었던 짜릿함과 그 순간이 오기까지 초읽기를 하며 등골을 타고 오르내리던 황홀감이 떠올랐다. 기대감은 늘 그렇듯 실제 사건, 즉 뒤이어 벌어진 죽음 못지않게 나를 흥분시켰다.

물론 시간이 흘러가는 동안 나는 이 모든 일이 벌어지기까지 무엇이 영향을 끼쳤을지 자문했다. 그리고 그 답은 너무나 간단해서 상담사가 들었어도 충분히 이해했을 만한 것이었다. 만일 태어나기도 전에 엄마가 배 속 아기인 자신을 없애려 했다는 말을 듣는다면 어떤 마음이 들겠는가? 누군가 원하는 사람이 된 적도, 누구에게 사랑을 받은 적도 없다면? 그런 원초적인 공포 때문에 거절당하는 게 두려워 무슨 짓이든 할 준비가 되어 있다면? 심지어 다른 사람이 접근해 오는 것을 감수하기보다는 차라리 죽여 버리는 게 낫겠다는 생각이 든다면? 때로는 상담 중에 학교 적응이 힘들다고(거짓말이었다), 그리고 앞으로 행복해질 수 있을지 모르겠다고(이 또한 거짓말이었다) 하소연했지만 속마음은 완전히 달랐다. 나는 일련의 질문에 조용히 묻고 답하면서 상담자와 내담자라는 두 가지 역할을 혼자서 다 하고 있었다.

질문 : 당신이 피해자라고 생각하나요?

응답 : 네. 그렇지만 상관없어요. 사실 그 점을 유리하게 이용할

수 있을 것 같거든요.

질문 : 피해의 원인이 뭐라고 생각해요?

응답 : 모르겠어요. 어쩌면 엄마 배 속에 있을 때 엄마가 저에게 하려던 짓 때문일 수도 있겠죠. 그런데 그게 상관이 있을까요? 어쩌면 원인은 영원히 알 수 없겠네요. 아니면 엄마 아빠랑 같이 산 것 때문일까요? 폭력 가정에서 자란 거? 엄마가 얻어맞는 걸 지켜보면서 산 거 때문에? 엄마가 술을 마시면서 자신을 지워 가는 모습을 옆에서 지켜본 거? 내가 사랑받지 못했다는 걸 알게 된 거?

질문 : 지금은 엄마 아빠에 대해 어떻게 생각하나요?

응답 : 두 분 다 돌아가셔서 기뻐요. 그 사람들은 죽어도 싸요. 내가 세상에 나오는 걸 원치 않았다면 이유가 뭐였을까요?

질문 : 당신의 미래는 어떨 것 같아요?

응답 : 여름날의 햇살처럼 눈부시게 밝을 것 같아요.

질문 : 모든 걸 계획할 때 기분이 어땠어요?

응답 : 살아 있는 느낌이 들었어요. 그 어느 때보다 더요.

질문 : 부모님을 미워했나요? 그래서 그렇게 한 거예요?

응답 : 어쩌면요. 하지만 단순히 미운 게 아니라 그 이상이었어요.

질문 : 무슨 뜻인가요?

응답 : 모르겠어요. 설명하기 힘들어요.

질문 : 왜 하필 밸런타인데이를 선택했어요?

응답 : 감상적인 것들은 다 쓰레기니까요. 죄다 거짓이에요. 그

날은 사랑에 대한 날이니까요. 아니면 그 반대거나.

질문 : 앞으로 또 그런 일을 할 건가요?

응답 : 상황에 따라 다르겠죠.

질문 : 예를 들면요?

응답 : …….

질문 : 예를 들면요?

응답 : 아무도 절 원하지 않는다거나, 절 사랑하지 않는다고 한다면 또다시 그런 일을 벌일 순 있겠죠. 버림받을 것 같다는 느낌이 들 때도 마찬가지고요.

69.

젠 JEN

나는 모든 일이 시작된 바로 그 장소, 카이트 힐의 벤치에 와 앉아 있었다. 하지만 사건을 떠올리고 있는 건 아니었다. 대신 서류 두 장을 들고 있었다. 2층 계단에 떨어져 있던 것들을 주워 온 것이었다. 페넬로페가 앞서 내려가면서 서류 몇 장이 떨어진 걸 보지 못한 게 틀림없었다. 아니면 나더러 보라고 고의로 남겨 둔 걸까?

나는 줄리아와의 인터뷰를 마친 후 급히 아래층으로 내려가 서류부터 치웠다. 그러고 나서 줄리아에게 작별 인사를 하고 벡스의 아파트로 직행하는 대신 이곳 조망 지점으로 왔다. 종일 인터뷰를 하고 난 지금 나는 얼마간 혼자 있을 시간이 필요했다.

목에 잘못 걸린 음식처럼 말이 마구 튀어나오려고 했지만 나는 조용히 입을 다물고 있었다. 한편으로는 서류를 갈가리 찢어 버리고 싶기도 했다. 그러면 내용을 읽을 필요도 없어질 테니까. 하지만 앞에 놓인 문제에 정면으로 부딪치는 것 말고는 선택의 여지가 없었다. 타이핑된 서류는 인터뷰 기록의 형식을 갖추고 있었다. 짐작건대 페넬로페가 내가 모르는 어떤 여자와 인터뷰를 한 내용인 것 같았다. 앞부분은 없고 뒷부분만 있었지만 읽다 보니 어느새 내용이 이해되었다.

……그 아이는 정말 사랑스러웠어요. 문제를 일으키는 일도 없었죠. 항상 예뻤어요. 아기 때부터. 그리고 아주 잘생긴 청년으로 자랐어요. 여자애들 애간장을 녹였죠. 여자애들은 그 아이한테서 눈을 떼지 못했고, 많은 여자애들이 그 애한테 연락을 했어요. 특히 중학생 때는 더했죠. 제가 목격한 몇몇 장면은 말해도 아마 못 믿으실 거예요. 한밤중에 눈물 바람으로 전화가 오고 난리도 아니었죠. 드라마 저리 가라 할 정도였어요. 그 애는 아주 똑똑했어요. 어디든 가고 싶어 했고, 원하는 것도 많았어요. 우리가 해 줄 수 있는 것보다 많은 걸 바랐고요. 언제나 돈에 밝았어요. 아주 어릴 때부터요. 꼬마 사업가였죠. 늘 뭔가 팔려고 했어요. 저랑 아이 아빠는 언젠가 이 아이가 시장에서 본인의 가판대를 놓고 장사를 하게 될 거라고 농담처럼 말하곤 했어요. 물론 아이는 그보다 더, 훨씬 더 잘 해냈어요. 우리는 아이가 너무나 자랑스러웠어요. 물론 문제도 있었어요. 우리도 그걸 알고는 있었고요.

어떤 문제였나요?

전에 오셨을 때도 말씀드렸다시피 약물 문제였어요. 대부분 코카인이었죠. 아이 말로는 일에 도움이 된대요. 정신이 명료해진다나, 뭐 그렇대요. 저는 마약은 나쁜 거라고 누누이 말했어요. 눈에 띄게 상태가 안 좋아지고 있었거든요. 불안해하고, 초조해하고, 피해망상까지 왔었어요. 게다가 질투도 심했고요. 제가 말씀드렸듯이 질투심은 늘 아들과 함께였어요. 아들을 가까이서 지켜봐야 했어요. 어릴 땐 그토록 사랑스럽던 애가……. 아주 열정적이고, 열의가 넘친다는 건 그만큼 관심이 있다는 표시잖아요. 무슨 말인지 아시죠? 젊었을 때 아이 아빠가 제 환심을 사기 위해 애쓸 때 딱 그랬거든요. 댄이 그걸 닮았나 봐요. 저 아빠의 기질이요. 그래도 댄이 그런…… 그런 일을 저지를 줄은 상상도 못했어요.

[흐느끼고, 코를 푸는 소리]

아, 정말 청천벽력 같은 일이었어요. 무엇이 그 애를 궁지로 몰았는지 모르겠어요. 제 생각에 비키는 우리 아이하고 맞지 않았던 것 같아요. 그러니까 제 말은, 비키는 형편이 훨씬 좋았거든요. 우리 아이가 비슷한 환경에서 살아온 사람을 만났다면 더 행복했을지도 몰라요. 하지만 만일 그랬다면 그건 대니얼이 아닐 거예요. 그 애는 늘 더 많은 걸 원했으니까요. 비키한테 한 짓은 끔찍하기 그지없죠. 말씀드렸다시피 질투심 때문이었을 거예요. 비키가 다른 남자를 만나고 있다는 사실을 안 게 틀림없어요.

그 남자가 누구인지 아시나요?

아니요. 알아내지 못했어요. 그런데 비키가 임신 중이었다고 하더군요. 댄이 자제력을 잃은 건 당연해요. 댄이 저지른 짓은 변명의 여지가 없지만, 그 애 입장에서 생각해 보세요. 그 애는 비키를 사랑했어요. 진심으로. 근데 사랑하는 사람이 다른 남자의 아이를 가졌을지도 모른다니 어땠겠어요. 큰 충격을 받았을 거예요. 혈기 왕성한 남자라면 당연히 그러지 않겠어요? 비키가 그 남자한테 가고 싶다고, 그 남자가 아기 아빠일 수도 있다고 말해서 댄이 그런 극단적인 짓을 저질렀을 수도 있어요.

지난번에 대니얼이 연상의 여자한테 빠진 적이 있다고 말씀하셨었는데, 혹시 그 사람에 대해서 좀 더 언급해 주실 수 있나요?

제가 그런 말을 했나요? 기억이 잘 안 나네요. 아, 무슨 말씀이신지 알겠어요. 물론 얘기해 드릴 수 있고말고요. 이제 기억이 나네요. 그때 댄이 좀 힘들어했었어요. 비키와는 반대 상황이었죠. 관계를 완전히 끝낸, 아니다, 끝내려고 한 사람이 댄이었으니까요.

그래서 어떻게 됐는데요?

난리도 아니었죠. 우리 아들은 그 여자가 지겹다고 했어요. 그래서 다른 여자를 몰래 만났나 봐요. 막 대학생이 됐을 때였으니까 한 열여덟 정도였을 건데. 문제를 불러일으킨 그 여자는 댄보다 나이가 많았고요. 아마 지금 호주에 사는 제 딸 티나의 친구였던 걸로 기억해요. 댄이 헤어지자고 했더니 갖은 방법으로 협박을 일삼았어요. 자길 떠나면 자살해 버리겠다고도 하고요. 아들은 여자가 그냥 그러는 척하는 거라고, 의미 없는 행동이라고 생각했어요. 근데 진짜 자해를 한 거예요. 거의 죽을 뻔했대요. 다행히 너무 늦기 전에 발견됐나 보더라고요. 아들은 그 여자한테 미안한 마음이 들었던 것 같아요. 여자를 떠나지 않겠다고 하더군요. 그러다 또 다른 여자와 사랑에 빠져버렸어요. 그 사람이 비키예요. 비키와도 오래가진 못했지만.

그 여자는 어떻게 됐는지 아세요?

누구?

연상이었던 여자요. 자살 시도했다던.

모르겠어요. 떠났겠죠. 전혀 마음에 들지 않았어요. 눈빛도 차가웠고, 뭔가 꿍꿍이가 있는 듯한 느낌을 주는 여자였죠.

[사진을 꺼내 대니얼의 어머니에게 보여 줌.]

혹시 이 사람이 그 여자인가요?

[대니얼의 어머니가 사진을 봄.]

네. 그 여자 맞아요. [잠시 침묵] 그건 그렇고, 이게 다 햄스테드 히스에서 벌어진 사건이랑 무슨 관계가 있나요? 벡스라는 여자가 그 사건이랑 무슨 관계가…….

벡스라니. 벡스라는 이름이 검은 글씨로 쓰여 있었다. 내가 아는 그 벡스일 리 없었다. 내가 알기로 벡스는 에식스에서 자랐다. 그러니 그 벡스일 리 만무했다. 벡스가 아닐 거야.

벡스의 아파트로 돌아오는 길에 알림이 울렸다. 메시지였다. 혹시라도 주변에 로렌스가 있는지 살펴보기 위해 주위를 두리번거렸다. 주변 사람들의 얼굴을 훑어보았지만 그는 없었다. 그때 비명이 들렸다. 나는 깜짝 놀라 재빨리 돌아보았다. 하지만 라 생트 유니언 가톨릭 스쿨에서 나오는 시끌벅적한 여학생 무리뿐이었다.

@여전히젠헌터당신을지켜보고있어 시간이 거의 다 됐군.

나는 떨리는 손가락으로 계정 주소를 누르고 곧바로 답장을 보냈다.

@온리원젠헌터 무슨 시간?

나는 다시 메시지가 오기를 기다리면서 주위를 둘러보았다. 여학생 무리는 흩어졌고 그들이 내는 소리도 멀찌감치 사라져 가고 있었다. 대머리에 깡마른 남자가 자전거를 타고 빠르게 지나갔다. 길이 끝나는 곳에 한 남자가 조깅을 하는 게 보였다. 나는 눈을 가늘게 뜨고 지나가는 차들과 사람들을 꼼꼼히 보았다. 두어 걸음 더 내딛자 목덜미에 주목 울타리의 가시가 느껴졌다. 그가 여기서 뭘 할 수 있겠느냐고 되뇌었다. 대낮인 데다 수시로 사람들이 오갔다. 나는 아파트 현관을 향해 조금씩 움직였다. 안에 사람이 있을까? 나는 목을 빼고 위를 올려다보았다. 조깅하는 남자가 가까워지고 있었다. 길을 따라 힘차게 뛰어오는 다리만 보였다. 나머지 부분은 과하게 커 보이는 유모차를 미는 아기 엄마들에 가려 잘 보이지 않았다. 그때 휴대폰에 새 메시지가 도착했다는 알림이 울렸다.

@여전히젠헌터당신을지켜보고있어 알잖아.

@온리원젠헌터 뭘 안다는 거야??

그때 메시지가 잇따라 들어왔다.

@여전히젠헌터당신을지켜보고있어 히스에서 무슨 일이 벌어졌었는지 봤으니 알 텐데.

@여전히젠헌터당신을지켜보고있어 아주 쉽고 빠르게 끝날 거야.

순간 온몸의 기운이 모조리 빠져 버리는 느낌이 들었다. 몸속의 피를 다 쏟아 낸 것 같았다. 울타리에 풀썩 기댔다가 그대로 바닥으로 스르르 주저앉았다. 뛰어오는 발소리가 들렸다.

@여전히젠헌터당신을지켜보고있어 돼지처럼 도살해 버리겠어.

나는 아스팔트로 포장된 길 위에 털썩 주저앉으면서 이렇게 죽을 수는 없다고 생각했다. 아직 죽을 준비가 되지 않았다. 로렌스는 나를 망가트렸다. 그는 내 직업과 집을 빼앗았고, 히스에서 나를 공격했다. 게다가 제일 친한 친구를 강간했다. 나는 '안 돼'라는 말을 주문처럼 외웠다. 더는 당하고만 있지 않을 작정이었다. 공기를 크게 한 모금 들이마시고 나서 반동을 이용해 몸을 일으켰다. 주변을 둘러보며 뭐라도 있는지 찾아보았다. 혹시 무기가 될 만한 게 있을지 몰라 주머니와 가방도 뒤졌다. 손가락에 열쇠 꾸러미가 만져졌다. 등 뒤로 손을 움켜쥐었다. 대단한 무기는 아니었지만 눈을 찌를 수는 있을 것 같았다.

@여전히젠헌터당신을지켜보고있어 내가 일을 끝낼 때쯤엔 제발 죽여 달라고 빌게 될걸.

열쇠 끝에 눌린 손바닥이 아플 정도로 열쇠를 꽉 움켜쥐며 공격태세를 갖추고 있는데 뛰어오는 발소리가 점점 커졌다. 나는 정신을 집중하고 여차하면 비명을 지르려고 입을 벌렸다. 남자가 속도를 내며 다가왔다. 그런데 그는 로렌스가 아니었다. 금발에다 로렌스보다 10년은 더 젊어 보였다. 남자는 곁눈질로 나를 미심쩍게 흘깃 보고는 순식간에 지나쳤다. 그러고는 그대로 사라져 버렸다.

얼마나 긴장을 했었는지 몸이 산산조각 날 것만 같았다. 나는 땅이 꺼질 듯 크게 한숨을 내쉬었다. 이런 식으로는 살 수 없었다. 나는 희생자가 되고 싶지 않았다. 이제는 반격할 때였다. 나는 로렌스를 죽이기로 마음먹었다.

70.
벡스BEX

문이 열리고 젠이 급히 뛰어 들어왔다. 메시지를 받은 게 분명했다. 젠은 굉장히 격한 몰골로 나타났다. 눈에는 광기가 서려 있었고 얼굴 위로 금발 머리가 마구 흐트러져 있었다.

젠은 내뱉는다기보다 거의 토해 내듯 말했다. "날 갖고 놀 수 있다고 생각하나 본데…… 교묘하게 잠깐 어떻게 해 볼 생각이라면…… 더는 물러서서 이런 짓을 하게 두고 보지 않겠어. 1초라도 용납하지 않을 거야." 젠은 입꼬리에 거품을 물고 말했다. "더 이상은 못 참아……. 정말……."

"젠, 젠, 좀 진정해. 여기 와서 앉아. 무슨 일인지 말해 봐."

젠이 휴대폰을 내밀었다. "읽어 봐. 그 개자식이 나한테 뭐라고 보냈는지. 그 자식이…… 나를…… 돼지처럼 도살……하고 싶대."

나는 젠의 휴대폰을 받아 들고 메시지를 훑어보았다. "세상에, 이 정도면 지금 당장 경찰서도 갈 수 있겠다. 노골적으로 협박한 거잖아. 경찰이라면 분명……."

"경찰은 안 돼. 그런 식으로 처리하지 않겠어. 하나도 달라지지 않을 테니까. 기껏해야 경고나 주고 끝나겠지. 그것도 메시지를 추적할 수 있을 때 얘기잖아. 여차하면 계정을 삭제해 버릴 수도 있는 일이고. 안 돼. 상황이 더 안 좋아질 수도 있어. 그랬다간……." 갑자기 젠이 제정신이 돌아온 듯 나를 쳐다보았다. "맙소사, 벡스, 내가 너한테 너무 무신경했다. 날 완전히 쓰레기라고 생각해도 할 말 없을 지경이야."

"뜬금없이 무슨 소리야?"

젠이 두 팔로 나를 감싸 안았다. "트위터 메시지도 그렇고, 내가 정신이 나갔었나 봐. 그 자식한테 너무 화가 나서 네 생각을 멈출 수가 없어. 그 자식이 너한테 한 짓 말이야."

나는 울기 시작했다. 그리고 더 일찍 털어놓았어야 했는데 어떻게 입을 열어야 할지 몰랐다며 미안하다고 말했다.

"네가 로렌스 좋아한 거 알아……. 내가 그러면 안 되는 거였는데…… 난 정말 나쁜 친구야." 나는 흐느끼는 중간중간 억지로 소리를 짜내어 말했다.

"무슨 말이야? 미안할 사람은 그놈이지. 너는 그냥 그 집으로 들어가 늦은 시간에 한잔 더 한 것뿐이잖아. 그걸로 죄책감을 느낄 필요는 없어." 젠이 뒤로 물러서서 내 어깨를 붙잡은 채 눈물 맺힌 내 눈을 들여다보며 말했다. "그 자식이 너한테 무슨 짓을 했는지 알았다면 그때 죽여 버렸을 거야. 너도 알지?"

"그래서 말 못한 거야." 나는 주머니에서 휴지를 꺼내 얼굴을 닦으며 말했다. "네가 무슨 짓을 할지 몰라서 무서웠어. 로렌스한테나 나한테나."

"너한테?" 젠은 생각만으로도 놀란 듯했다. "누누이 말하지만 이 문제로 비난받을 사람은 네가 아니야. 혹시 경찰에 신고할 생각은 안 했어? 일이 있은 다음에 말이야."

"그럴까도 생각했지만 그걸 경찰이 어떻게 밝혀내겠어? 골치만 아프지. 진술 과정 생각만 해도 지긋지긋하고 오히려 그…… 일 자체보다 더 괴로울 것 같아서 겁났어. 기억도 거의 나지 않았고."

"다시 정확히 얘기해 보자. 로렌스랑 택시를 타고 돌아갔는데 그 사람이 자기 집에 가서 술 한잔 더 하자고 했고, 그다음에……?"

"아무것도 기억 안 나. 다음 날 아침 일 빼고는. 무슨 일이 있었던 건 분명해. 나는 그 사람 침대에 누워 있었어. 옷도 입지 않은 상태로."

"그놈한테 뭐라고 말한 건 없어?"

"없어. 그냥 내 물건만 챙겨서 나왔어. 더럽혀진 기분이 들었고, 너무 수치스러웠어. 너한테 말할까도 생각했지만, 정말 그러고 싶었지만, 네가 로렌스를 많이 좋아하는 것 같았어. 그래서 적절한 때를 기다렸는데, 시간이 지날수록 이 모든 걸 털어놓는 게 옳은 일일지 의문이 들기 시작했어. 그날 나 술 엄청 마셨잖아. 우리 다 마찬가지였지만. 그냥 기억이 까맣게 안 나는 걸 수도 있고. 전에도 과음한 다음 날에 그런 적이 있거든. 누구나 그런 경험이 한번쯤은 있잖아. 술을 너무 많이 마셔서 기억이 띄엄띄엄 나는 거. 말은 안 했지만 그때 이후로 내내 자책감에 시달렸어. 하지만 너에게 말하지 않은 이유는 혹시라도 널…… 너를 잃게 될까 봐 걱정돼서 그랬어."

젠이 나를 또 한번 꼭 안아 주었다. "바보 같은 소리."

"그럼 나한테 화 안 난 거야?"

"너한테는 당연히 화 안 났지. 하지만 그 자식한테는…… 만일 그 자식한테 화가 났냐고 묻는다면…… 엄청나게 화가 나서 솔직히……."

"솔직히, 뭐?"

"아마 알고 싶지 않을걸?"

"너 아직도 로렌스를 혼내 줄 생각인 거야?"

"물론이지." 젠이 나를 외면하며 중얼거렸다. 냉장고로 가더니 화이트 와인 한 병을 꺼내 잔 두 개를 채웠다. "내가 정말 하고 싶은 건……."

젠이 말을 하다 말았다. 나는 젠이 말을 끝내도록 부추겼다. "정말 하고 싶은 건, 뭐?"

"네가 모르는 게 나아." 젠이 머리를 쓸어내리며 말했다. "우리 다른 얘기 하자."

젠은 인터뷰 관련 얘기를 풀어놓기 시작했다. 기사에 필요한 정보를 다 얻은 것 같다며 기뻐했다. 하지만 페넬로페에 관해서는 한마디도 꺼내지 않았다. 심지어 내가 대놓고 물어보았음에도 작정한 듯 함구했지만, 젠을 살살 구슬려 가며 말을 유도하자 봇물 터지듯 속내를 털어놓았다. 페넬로페는 말 그대로 악몽 같다고, 젠은 말했다. 그리고 페넬로페가 불법적으로 사설탐정을 고용해 아예샤 아메드, 즉 그 여의사가 빚을 많이 지고 있으며 이스트 엔드에 있는 랩 댄싱 클럽에서 일하고 있다는 사실을 알아낸 것에 대해 얘기했다.

“물론 난 그 정보를 아예샤에게 압박을 가하는 용도로 쓰지 않았어. 그게 아니더라도 아예샤는 충분히 힘든 일을 겪었고, 그녀의 소비 습관이 과하든 말든 내가 상관할 바 아니니까. 게다가 누구나 숨기고 싶은 비밀이 있기 마련이잖아.” 젠은 조용히 와인을 한 모금 마셨다. “그리고…… 너한테 말해도 괜찮을지 모르겠는데, 페넬로페가 너에 관한 정보도 캐려고 한 것 같아.”

“나? 내 정보를 왜? 나에 대해 밝혀낼 게 있어? 그냥 직접 물어보면 될 것을. 나한테 비밀 같은 게 있을 리 없잖아.”

“내 말이. 이 서류 좀 한번 읽어 보라고 끈질기게 날 설득하려고 하는 거야. 내용이 너에 관한…….”

“내 정보를 서류철까지 만들어서 갖고 있다는 얘기야?”

“그렇대. 너에 대해 얼마나 아느냐고 말도 안 되는 질문을 해 대는데, 어쨌든 순 거짓말쟁이야. 이번 건만 끝나면 다신 안 봤음 좋겠어.”

심장이 방망이질 치는 게 느껴졌다. 하지만 마음과 목소리를 침착하게 유지했다.

젠이 주머니 깊숙이 손을 넣더니 네모 모양으로 접은 종이 두 장을 꺼내 펼치면서 나와 종이를 번갈아 보았다. 그리고 뺨을 붉히며 내용을 읽었다. 나는 와인을 한 모금 마셨다. 젠이 무슨 말을 하려는 것인지 알 수 없었지만 나에 관한 정보를 알고 있는 게 분명했다.

“이런 질문 정말 하기 싫은데 물론 별거 아니지만, 혹시…….”

"괜찮아. 얼마든지 물어봐. 솔직하게. 난 괜찮으니까."

어디 구멍이라도 있으면 들어가 숨고 싶은 심정이었지만 상황을 가볍게 받아들이려 노력했다. "페넬로페가 나에 관해 나쁜 거 하나라도 찾아냈다면 그게 뭔지 나도 정말 알고 싶다."

젠이 목소리를 가다듬었다. "이건 페넬로페가 대니얼의 어머니인 캐런 올리버와 진행한 인터뷰 내용이야."

"좋아."

"그리고 그 내용은, 솔직히, 말이 안 돼. 아니다. 그냥 다 치우자." 젠이 종이를 접으며 말했다. "내가 한 말 다 잊어."

"젠, 괜찮아. 제발, 무슨 내용인지 그냥 말해 줘."

젠이 종이를 다시 펼쳐 들고는 찬찬히 훑어보았다. "있잖아, 그냥 물어볼게. 터무니없는 소리라는 건 아는데, 인터뷰 내용을 보면 자기 아들 대니얼이 어떤 연상의 여자와 엮인 적이 있다고 언급하는 부분이 있거든. 그 여자 이름이 벡스였다는데, 성은 말 안 했고. 분명한 건 페넬로페가 그 여자 사진을 캐런한테 보여 줬다는 거야. 그래서 물어볼 수밖에 없겠는데. 혹시 대니얼 올리버랑 아는 사이였어? 과거에 말이야."

내가 꽤 괜찮은 거짓말쟁이라는 건 나도 잘 알고 있었다. 나는 책에서 본 모든 방법을 동원했다. 턱을 목 쪽으로 당기고 눈은 순진한 아이처럼 보이도록 약간 크게 떴다. "응? 당연히 아니지. 내가 그 사람을 어떻게 알아? 대니얼 올리버라는 이름을 그날 히스에서 처음 들었는데."

"나도 그럴 거라 생각했어." 젠이 재빨리 대답했다. "미안해. 말도 꺼내지 말았어야 했는데. 내가 바보 같았다."

아니, 젠은 전혀 바보 같지 않았다. 바보 같은 건 나에 관한 서류를 작성했다는 사실을 젠에게 발설한 페넬로페였다. 그녀는 스스로 무덤을 판 거나 다름없었다.

71.

젠 JEN

차마 벡스에게 로렌스를 처리하는 일을 도와 달라는 부탁은 할 수 없었다. 이 일은 내 혼자 힘으로 해결해야 할 것이었다. 하지만 대니얼 올리버를 아는지 물어본 건 잘한 일이었다. 적어도 이제는 이 생각으로 고민하지 않아도 되었다. 그러나 페넬로페가 다시금 내 인생을 쥐락펴락하게 두었다는 사실에 대해서 나 자신에게 화가 나는 건 어쩔 수 없었다.

인터뷰 장소로 집을 사용하라는 페넬로페의 제안은 절대 받아들여서는 안 되는 것이었다. 나 자신을 위태롭게 할 뻔했으니 말이다. 페넬로페는 제정신이라고는 믿기지 않을 수준의 방법을 동원했다. 무엇보다 벡스에 대해 그런 말도 안 되는 의심을 품다니 미치지 않고서야 어떻게 그럴 수 있겠는가. 인터뷰가 끝나고 페넬로페네 집에서 나온 후로 페넬로페는 스무 개 가까운 메시지를 보내왔다. 나는 그녀가 보낸 메시지들을 읽어 보지도 않고 모조리 삭제해 버렸다. 인터뷰 내용을 기록할 때는 전화도 음성 사서함으로 넘어가게 두었다. 굳이 그녀가 남기는 메시지에 귀를 기울이고 싶지 않았다.
휴대폰이 울렸다. 페넬로페일 것 같아 보는 둥 마는 둥 했는데, 전화는 제이미 블랙우드가 건 것이었다.

"젠, 통화 괜찮아요?"

"안녕하세요, 제이미. 무슨 일이에요?"

"혼자 계세요?"

늦은 밤이었다. 벡스는 24시간 운영하는 체육관에 갔다. 벡스는 스트레스, 불안, 화를 없애는 데 운동이 최고라고 말하곤 했다. 벡스는 레깅스, 운동화에 큼지막한 파카까지 차려입고 아파트를 나서면서 뭐라도 한 대 치고 싶은 심정이라고 했다. 나는 로렌스 대신 샌드백이라도 때리면 어떻겠느냐고 농담처럼 건넸다.

"네. 왜요?" 내가 제이미에게 물었다.

"잘 들으세요. 조금…… 이상하게 들리겠지만, 페넬로페가 당신 걱정을 정말 많이 하고 있어요. 그리고……."

"저, 죄송한데 저한테 페넬로페 얘기는 하지 말아 주세요. 자세한 말씀은 드릴 수 없지만 지금 페넬로페가 절 힘들게 하고 있는 상황이라서요."

"아무 일 없는지만 확인해 달라고 저한테 부탁했어요."

"그럼요. 전 완전 괜찮아요. 조금 피곤한 것 말고는……."

"페넬로페는 당신이 무슨 일……을 저지를지도 모른다고 생각해요."

"무슨 일을요?"

"뭐가 됐든 극단적인 거요. 페넬로페가 그렇게 말했어요. 당신 걱정을 많이 해요. 전화도 하고 메일도 보냈다던데요."

"이런 일로 신경 쓰시게 해서 죄송해요, 제이미. 그냥 솔직히 말씀드릴게요. 페넬로페는 지금 쓸데없는 소릴 하고 있어요."

제이미는 아무 말이 없었다. 그저 숨소리만 들릴 뿐이었다. "젠, 제가 하는 말 듣기 싫겠지만 잠시만요. 페넬로페가 달리 어떻게 해야 할지 모르겠다면서 본인이 알아낸 정보 몇 가지를 저한테 공유해 줬어요. 그리고 그중에 당신이 알아야 할 게 있는 것 같고요."

"뭐죠?"

"젠, 객관적인 의견을 듣고 싶다면 페넬로페가 걱정하는 바를 진지하게 고려해 보는 게 좋을 것 같습니다."

머리로 피가 쏠리는 느낌이 들었다. 걷잡을 수 없이 분노가 치밀어 오르면서 갑자기 숨이 차기 시작했다. "페넬로페가 무슨 소리를 했는진 모르겠지만……."

"당신 친구, 레베카에 관한 얘기예요. 당신은 벡스라고 부르는 것 같던데. 전후 사정은 모르나 페넬로페가 몇 가지 보여 준 게 있어요. 그리고 그중에 일부는…… 음, 우려되는 점이 있어요. 하나만 약속해 줘요. 정보를 보내 줄 테니 한번 보겠다고요. 제가 바라는 건 이거뿐이에요. 페넬로페가 바라는 것도 이게 전부고요."

"지금으로선 페넬로페 입을 다물게 할 수만 있다면 뭐라도 하겠어요." 나는 피곤한 목소리로 대답했다. "하지만 정말로, 말도 안 되는 걸 거예요."

우리는 인터뷰를 했던 날에 대해 잡담을 조금 나눈 후 통화를 끝냈다. 잠시 후 수신함에 메일이 도착했다. 낡은 〈이스트 앵글리안 데일리 타임스〉 신문 기사 하나를 스캔한 것이었다. 1990년 4월 28일 자 신문이었다.

밸런타인데이의 잔혹극

콜체스터 지역에서 가정 폭력에 시달리던 한 여성이 폭력 남편을 살해한 후 스스로 생을 마감하는 사건이 벌어졌다.
34세의 어맨다 패터슨은 남편 38세 브라이언의 목을 벤 후 스스로 목숨을 끊었다. 콜체스터의 메이플스테드 클로스에 거주 중이던 이 부부는 지난 2월 15일 경찰에 의해 사망한 상태로 발견되었다. 사건이 발생한 건 하루 전날인 2월 14일 밸런타인데이인 것으로 추정되었다.
병리학자 브루스 로빈슨 박사가 콜체스터에서 행한 조사에 따르면, 한 명의 자녀를 둔 어맨다는 사건 도중 손에 심한 화상을 입은 것으로 알려졌다. 부부가 살던 연립 주택의 주방에서 발견된 시신 근처에 프라이팬이 있었는데, 남편 브라이언 패터슨이 프라이팬의 뜨거운 기름에 어맨다의 손을 집어넣어 한동안 눌렀고 이에 고통을 견딜 수 없었던 어맨다가 부엌칼로 남편을 찔렀을 가능성이 크다고 경찰은 밝혔다. 어맨다는 해당 지역에서 페인트공이자 도장업자로 일하던 남편의 목을 베고 같은 칼로 자신의 목을 베었다.
이웃들은 어맨다가 가정 폭력의 피해자였음을 증언했다. “쉽지 않았어요. 그 집안에서 좋지 않은 일이 벌어지고 있다는 걸 모두가 의심했지만, 어맨다는 관계 당국에 알리고 싶어 하지 않았거든요." 이름을 밝히지 않은 한 이웃이 말했다. "무슨 말이라도 할걸 그랬어요. 그랬다면 일이 이렇게까지 되진 않았을 텐데."

이웃들의 말에 따르면, 사망한 부부에게는 레베카라는 13세의 딸이 하나 있으며 사건 당시 집에 있었으나 다친 데는 없다고 했다. 레베카는 사건 이후 다른 가정에 입양되었다.

레베카라는 이름, 그리고 사건이 벌어진 날이 밸런타인데이라는 사실이 뇌리에 와 박혔다. 순간 구역질이 몰려왔지만 억지로 삼켰다. 글자가 흐릿해지면서 모니터 화면을 어지럽게 오갔다. 있을 수 없는 일이었다. 나는 성이 다르다고 되뇌었다. 이 기사는 패터슨 부부에 관한 것이었다. 벡스의 성은 '쇼'였다. 하지만 입양되면서 양부모의 성을 따랐을 수도 있겠다는 생각이 불현듯 스쳤다. 나는 기사의 날짜와 남겨진 아이의 나이를 확인했다. 1990년 4월 28일, 13세였다. 이 아이가 지금까지 살아 있다면 마흔두 살일 터였고 벡스의 나이와 같았다.

72.

벡스 BEX

나는 그 늙은 여우의 집 밖에 서서 어둠이 내리기를 기다렸다. 전면 창의 젖혀진 커튼 사이로 꼭대기 층에서 새어 나오는 듯한 희미한 불빛이 보였다. 그녀가 뭘 하고 있을지 궁금했다. 마호가니 책상에 앉아 나에 대해 모아 놓은 서류들을 살펴보고 있는 모습을 떠올려 보았다. 무슨 정보를 찾아낸 건지 알아야 했다. 그래야 이 상황을 어떻게 처리할지, 그 '여우'를 어떻게 다룰지 생각해 낼 수 있을 것 같았다.

손에 쥔 페넬로페의 집 열쇠가 주는 감촉에 안도감이 들었다. 나는 올록볼록한 열쇠의 깎인 면을 손가락으로 만지작거렸다. 조금이라도 계획이 어긋나면 큰일이었다. 페넬로페가 나에 대해 얼마나 알고 있을지, 젠에게 얼마나 얘기했을지 확신이 서지 않았다. 젠의 최근 행동을 미루어 보아 아는 건 별로 없는 듯했다. 벡스라는 이름의 여자가 한때 대니얼 올리버와 알고 지냈다는 사실, 그리고 햄스테드 히스에서 사건이 벌어지던 날 내가 로렌스와 대화를 나누는 모습을 스티븐 워커가 목격했다는 게 전부인 듯했다.

나는 그 일에 대해 어떻게든 해명했을 뿐만 아니라 나에게 이로운 방향으로 돌렸다는 점이 만족스러웠다. 젠은 감히 상상할 수 없을 정도로 고지식했다. 덕분에 한 건축가를 정조준하는 계략의 기초를 단단히 세울 수 있었다. 나는 실제로 빅토리아 다 실바를 죽인 사람이 대니얼 올리버가 아님을 암시하는 수수께끼 같은 메시지를 보냄으로써 젠을 이 계략에 끌어들였다. 젠은 호기심을 이기지 못하고 조사를 시작할 게 뻔했다. 나는 메시지를 더 위협적으로 작성했다. 덕분에 젠은 히스에서 가면을 쓴 남자의 공격을 받았을 때나 로렌스의 집에서 그 가면을 발견했을 때, 손에 쥔 찰흙처럼 내 마음대로 주무를 수 있는 상태가 되어 있었다. 이제 마지막으로 운명의 바퀴를 몇 번만 더 돌려 주면 모든 게 끝날 것이었다. 로렌스에게 무슨 일이 벌어질지 생각하니 웃음이 났다. 다만 일단은 코앞에 닥친 일부터 해결해야 했다.

바로 페넬로페였다.

나에 관해 어떤 불리한 정보를 입수했는지 알아내야 했다. 당연했다. 그게 아니라면 무슨 이유로 여기에 왔겠는가. 그 늙은 여우의 인생을 완전히 끝내 버리고 싶은 마음이 굴뚝같았지만, 범죄 현장에서 내 DNA가 발견되면 어떻게 되는지 익히 알고 있었다. TV의 스릴러 프로그램에서 본 바로는 함부로 흔적을 남기는 행동은 아주 현명하지 못한 일이었다. 그래도 얼마간의 재미는 볼 수 있을 것 같았다.

꼭대기 층의 불이 꺼졌다. 나는 20분을 더 기다렸다가 행동에 들어갔다. 현관 앞으로 걸어가 귀를 기울였다. 아무 소리도 나지 않았다. 나는 열쇠를 구멍에 끼워 넣고 천천히 돌렸다. 툭 하고 잠금장치가 풀리는 소리가 들렸다. 잠시 망설여졌지만 문을 열고 안쪽으로 발을 들였다. 집은 어둡고 조용했다. 나는 재빨리 문을 닫았다. 기름진 고기 요리 냄새가 풍겨 왔다. 나는 유령처럼 조용히 움직이기 위해 운동화를 벗었다. 손전등을 꺼내 어둠 속을 비추며 안으로 들어갔다. 주방에 있는 긴 원목 식탁으로 다가갔다. 종이 몇 장이 있긴 했지만 내가 찾는 서류는 아니었다. 서랍에도 냄비, 팬, 조리 도구 등 뻔한 물건만 있었다. 나머지는 테이프, 오래된 엽서, 도장, 풀, 카드, 볼펜, 끈, 쓸모없어진 휴대폰 충전기 등이었다. 나는 거실로 이동해서 책꽂이, 사이드 테이블, 소파를 뒤졌다. 이번에도 나오는 건 없었다. 복도로 다시 나와 혹시 무슨 소리가 들리진 않는지 계단 쪽에 귀를 기울였다. 멀리서 여우 한 마리가 우는 소리 말고는 조용했다. 나는 조심조심 대리석 계단을 오르기 시작했다.

2층은 건너뛰고 곧장 꼭대기 층으로 향했다. 서류철이라면 서재나 침실에 있을 가능성이 컸다. 3층에 다다른 나는 층계참에서 걸음을 멈추었다. 체력에 문제가 없음에도 불구하고 숨이 찼다. 물론 페넬로페가 침실 밖으로 나오면 어떻게 할지도 고민해야 했다. 몇 가지 생각해 둔 시나리오가 있었다. 대부분 페넬로페를 계단에서 밀어 버리는 계획이 들어가 있었다. 늙고 힘없는 그녀에 비해 계단은 단단했다. 머리를 부딪칠 가능성이 컸고 그만큼 사망할 확률도 높았다. 범죄 과학 수사 팀이 와서 DNA를 분석하면 내 흔적이 발견될 수도 있겠지만 젠이 이곳에 살 때 여러 번 방문한 적이 있다고 하면 그만이었다. 단, 페넬로페한테 할큄을 당하는 일만은 피해야 했다. 그녀의 손톱 밑에서 발견된 내 DNA를 설명할 방법은 없을 테니까. 바라건대 그런 일만큼은 생기지 않아야 했다.

나는 계단에 서 있다가 서재로 걸음을 옮겼다. 손전등을 이용해 책상 위와 서랍을 찾아보았다. 저널리즘 관련 서류들과 책 몇 권, 그녀를 흠모하는 편집장들에게서 받은 메모들, 쿠츠 은행에서 발행한 수표책 등이 있었다. 스테이플러 심이 든 상자와 새 엽서들, 펀치, A4 용지 뭉치, 프린터 카트리지, 만년필용 잉크도 있었다. 하지만 나와 관련된 건 없었다. 나는 구석에 자리한 서류 보관함을 조심스럽게 열었다. 전에도 뒤져 본 적이 있어서 별다른 건 없으리라는 확신이 들었다. 책장도 살폈고, 프린터 아래까지 살펴보았다. 그런데 노트북이 보이지 않았다. 노트북 가방도 이곳에 없었다. 젠장. 이 마녀 같은 여자가 침실로 다 가져간 모양이었다.

가능한 한 조용하고 은밀하게 페넬로페의 침실로 향했다. 손전등을 소매 끝에 넣어 희미한 불빛만 나오게 했다. 방문 앞에 서니 문이 살짝 열려 있는 것이 보였다. 나는 온 신경을 집중해 문을 조금 밀었다. 끼익하는 소리가 나지 않아 다행이었다. 나는 발로 문을 밀어 조금 더 열었다.

문틈으로 더블 베드가 하나 보였다. 그 끝에 누워 있는 검은 형체의 윤곽선이 보였다. 페넬로페였다. 방 안으로 들어갔다. 가까이 다가가니 희미하게 코 고는 소리와 함께 고른 숨소리가 들렸다. 나는 침대 옆의 협탁으로 다가가 섰다. 손전등이 탁자를 비출 수 있도록 소매 끝을 걷어 올렸다. 협탁 위에는 양장본 도서가 여러 권

쌓여 있었고, 비싸 보이는 나이트 크림 하나와 〈뉴요커〉 한 부가 놓여 있었다.

바닥으로 불빛을 옮겼다. 서류철이나 서류철이 들어 있을 법한 물건은 없었다. 살금살금 침대 바닥 주변과 창가 쪽 침대 가장자리를 천천히 돌아보았다. 어두운 가운데 페넬로페의 화장기 없고 주름진 얼굴이 보였다. 세상에 내보이는 얼굴과는 딴판이었다. 침대 위를 가로질러 손전등을 비추니 드디어 목표물이 눈에 들어왔다. 이불 위 페넬로페의 팔 아래에 서류철이 있었다.

나는 조금 더 다가가 다시 한번 자세히 들여다보았다. 페넬로페의 손이 갈고리처럼 서류철을 꽉 움켜쥐고 있었다. 읽다 잠든 모양이었다. 서류철을 단숨에 잡아빼서 계단을 뛰어 내려간 다음 집 밖으로 뛰쳐나가는 건 어렵지 않을 것 같았다. 하지만 그렇게 하면 페넬로페를 깨우고 위험 경보를 울리는 꼴이 될 게 뻔했다. 내용물은 쉽게 볼 수 있겠지만 위험 부담이 너무 컸다. 나는 페넬로페가 뒤척이다 손아귀의 힘이 약해지기를 바라며 어둠 속에 숨어서 기다렸다. 하지만 그녀는 꼼짝도 하지 않았다. 잠시 페넬로페가 깨어 있는 건 아닌지 궁금해졌다. 내가 여기 서서 자신을 지켜보고 있다는 사실을 아는 게 아닐까? 지금 나하고 게임이라도 하자는 건가? 그녀를 지켜보면서 베개로 얼굴을 눌러서 죽여 버릴까 싶기도 했다. 그러나 이번에도 TV는 나에게 너무 많은 걸 가르쳐 주었다. 그랬다가는 자연사로 처리되지 않고 사인 규명이 본격적으로 시작될 가능성이 컸다. 그녀를 죽이는 일이 너무나 당겼지만 간신히 참았다. 결국 무거운 마음으로 후퇴를 결정했다. 나는 마지막으로 서류철을 한번 힐끗 보고는 침실을 빠져나왔다. 다음 기회가 올 때까지는 페넬로페를 그대로 놓아둘 수밖에 없었다. 그렇지만 결코 무사히 빠져나가도록 가만히 두진 않겠다고 속으로 다짐했다.

침실을 막 나서려는 순간 신발 한 켤레가 눈에 띄었다. 페넬로페가 침대에 올라가면서 벗어 둔 것이었다. 한 짝을 들어보니 굽이 제법 있는 검정 슬리퍼였다. 나는 계단을 내려가면서 두어 칸 아래에 신발 한 짝을 내려놓았다.

계단에서 실족사한다면 과연 누구의 잘못일까?

73.
젠 JEN

벡스가 들어오는 소리에 소파에서 잠이 든 척했다. 불이 꺼진 가운데 벡스가 방 안을 돌아다니는 게 느껴졌다. 벡스가 나에게 다가와 나를 내려다보며 살피는 느낌이 들었다. 나는 최대한 숨을 고르고 자연스럽게 쉬려고 노력했다. 벌떡 일어나 따지고 싶었지만 움직이지 말아야 했다. 목이 조여지며 숨이 막혀 왔다. 하지만 헛기침할 엄두도 나지 않았다. 나는 벡스가 자리를 뜨길 바라며 천천히 열을 세기 시작했다.

하나…… 1990년의 기사에서 본 단어들이 아직도 머릿속을 맴돌았다. 밸런타인데이, 살인-자살 사건, 이웃들의 말에 따르면 사망한 부부에게는 레베카라는 13세의 딸이 하나 있으며 사건 당시 집에 있었으나 다친 데는 없다고 했다. 레베카는 사건 이후 다른 가정에 입양되었다.

둘…… 페넬로페가 캐런 올리버와 했던 인터뷰에서 캐런은 아들 대니얼이 벡스라는 연상의 여자와 교제한 적이 있다고 말했다.

셋…… 벡스가 아주 오래전부터 대니얼 올리버와 아는 사이라면 팔러먼트 힐 필즈에서 일어난 사건과 무슨 관련이라도 있는 걸까?

생각이 여기에 이르자 목을 조르는 듯한 느낌이 극에 달해 침마저 삼킬 수 없었다.

넷…… 이후에 나한테 일어난 일은 다 뭘까?

다섯…… '@젠헌터당신을지켜보고있어' 계정에서 보낸 트위터 메시지들은 또 뭐고.

호흡이 가빠졌다.

여섯…… 누가 계속 감시하고 쫓아다니는 느낌이 들었었지.

일곱…… 히스에서 나를 공격한 남자…… 가면을 쓰고 있던 사람은 누구였을까.

목구멍에 침이 고였다.

여덟…… 로렌스의 집에 가면이 있었어. 증오스럽고 혐오스러워 참을 수가 없어.

더는 숨을 참을 수가 없었다. 두려웠다. 죽어 가는 물고기처럼 헐떡이며 기침하는 척 숨을 크게 들이마셨다. 눈을 뜨니 역시나 벡스가 어둠 속에서 나를 내려다보고 있었다.

"괜찮아. 나야." 벡스가 말했다.

"뭐 해?" 나는 목소리를 가다듬으며 물었다.

"미안. 충전기 찾느라고."

나는 휴대폰 불빛을 비추어 소파 아래와 주변을 찾아보는 시늉을 했다.

"신경 쓰지 마. 방에 있나 봐." 벡스가 그대로 서서 나를 보며 말했다.

입 밖에 내지 않은 말들로 공기가 무겁게 가라앉았다. 묻고 싶은 게 많았지만 나는 그저 함구했다.

"왜 그래, 젠?" 벡스가 속삭이듯 물었다.

"그냥. 악몽을 꿨나 봐. 아무것도 아니야. 다시 자야겠어. 내일 중요한 날이거든."

"왜?"

"편집자가 기사를 좀 빨리 작성해 달래. 사무실에 와서 지면 배치가 마음에 드는지도 확인해 주고."

어두웠다. 벡스는 내가 보이지 않을 터였다. 내가 거짓말을 하고 있다는 걸 눈치챘을까?

"원래 그렇게 해?"

"아니. 좀 별나긴 하지." 나는 목소리를 침착하게 유지하려고 애썼다. "그런데 닉 말로는, 그쪽 편집자, 나도 목격자 중 하나라 기사랑 관련이 있으니까 기사가 나가는 과정을 지켜보는 게 좋겠다고 하더라고. 가능한 한 조심스럽게 처리하고 싶은가 봐."

벡스는 다시 말이 없더니 불을 켜고 옆으로 와 앉았다.

"불 켜도 괜찮지?"

심장이 다시 쿵쾅거리기 시작했다. "그럼. 괜찮고말고." 나는 제대로 일어나 앉아 다리를 소파 아래로 내리며 말했다.

이렇게 가까이 앉은 적이 수도 없이 많았지만 오늘은 왠지 달랐다. 온몸의 세포가 최대한 벡스에게서 멀리 떨어지라고 소리치는 느낌이었다. 벡스가 나를 찬찬히 살펴보는 게 느껴졌다. 죄책감의 기미라도 찾으려는 걸까? 혼자만 몰래 알고 있는 정보라도 있을까 봐? 혹시 자신을 배신하려는 게 아닌가 싶어서?

"혹시 나한테 할 말 있어?"

"너한테? 할 말?"

"그래. 속에 있는 말. 난 문제가 있으면 바로 알 수 있거든. 로렌스에 관한 거야? 혹시 마음이 바뀌어서……."

"아니. 난 그냥……."

"절대 잊지 못할 충격을 주고 싶다고?"

"그래. 로렌스가 너한테 한 짓을 듣고 나니 그 자식이 힘들어하는 모습을 보고 싶어졌어."

"나도 마찬가지야. 다른 문제는 없고?"

"인터뷰 문제지 뭐. 다른 목격자들 얘기를 들으니까 떠오르는 게 많더라. 그때 벌어졌던 일들이 다시 생각나고, 그 피며 시신이며…….”

“그래. 힘들었을 거야. 그래서, 다른 건 진짜 없어? 페넬로페에 관한 거라든지?”

“페넬로페?”

벡스가 천천히 고개를 끄덕였다. “페넬로페한테서 들은 얘기 없어?”

“아니? 들은 거 없는데?”

벡스가 나를 뚫어지게 쳐다보았다. 마치 내가 속마음을 숨기느라 쌓아 둔 보호막을 겹겹이 벗겨 내는 것만 같았다.

“정말?”

“맨날 하는 소리지 뭐. 너에 관한 헛소리 같은 거.”

“뭐라고 그랬는데? 그러니까, 정확히 뭐라고 했어?”

“전에 얘기한 그 서류철 얘기. 대니얼 올리버의 어머니와 했던 인터뷰 내용을 옮겨 적은 거 있잖아. 내가 읽어 본 건 바닥에 떨어진 두 장이 전부야.”

나는 히스의 CCTV 설치 정보가 담긴 지도에 관해 페넬로페가 물어보았다는 말은 하지 않았다. 페넬로페가 보내온 메일과 음성 메시지 얘기도 물론 하지 않았다. 1990년 밸런타인데이에 일어난 사건에 관한 신문 기사를 보았다는 얘기도 꺼내지 않았다. “페넬로페가 나한테 너……에 대해 얼마나 아냐고 물어보더라.”

“그래서 뭐라고 했어?”

“넌 언제나 내 곁을 지켜 주는 친구라고 했지.” 무의미하고 공허하게 들리는 말이었다. “또…… 내 목숨을 걸고 믿을 수 있는 친구라고.”

74.
벡스 BEX

아침 일찍 눈이 떠졌다. 젠도 마찬가지였다. 젠은 본인의 독자들은 그럭저럭 오랫동안 속일 수 있었을지 몰라도 나를 속이는 데는 서툴렀다. 나는 젠이 뭔가 숨기고 있다는 사실을 알아챘다. 눈을 심하게 깜빡거렸고 찔리는 데가 있는 얼굴이었다. 젠을 믿지 않기를 잘했다.

집을 나서서 젠의 뒤를 밟는데 로열 프리 병원으로 가는 것 같았다. 혹시 페넬로페가 내가 계단에 놓아둔 슬리퍼를 신다가 넘어져서 병원에 있는 건가? 하지만 젠은 다른 곳으로 향하고 있었다. 아파트를 나선 젠은 지하철역으로 가 노던 라인을 타고 킹스 크로스로 갔다. 신문사로 가는 길이었다면 서클 라인으로 갈아타고 서쪽의 하이 스트리트 켄싱턴으로 갔어야 했다. 그러나 젠은 동쪽의 리버풀 스트리트역으로 가고 있었다.

나는 안전거리를 유지한 채 젠이 표를 구매하는 광경을 지켜보았다. 저 예쁜 금발 머리 안에서 무슨 일이 벌어지고 있는 거지? 페넬로페는 젠한테 무슨 말을 한 걸까? 분명 젠은 간밤에 나한테 얘기한 것보다 더 많이 알고 있는 게 틀림없었다. 그게 아니라면 지금 여기 서서 도착지 안내표를 올려다보고 있을 리 없었다. 젠이 보고 있는 건 런던 동부, 즉 케임브리지, 노리치, 입스위치, 클랙턴온시, 할로, 그리고 나의 고향 콜체스터였다. 나는 젠의 행선지가 콜체스터임을 알아챘다. 나한테 굳이 거짓말까지 하고 가는 데라면 거기 말고 또 어디겠는가. 젠이 커피를 사려고 줄을 서 있는 동안 나도 내 몫의 표를 샀다.

충분히 거리를 두고 승강장까지 젠의 뒤를 쫓아가다가 세 칸 뒤의 객차에 올라탔다. 열차가 멋진 주택가와 사무실을 휙휙 지나 꿈틀꿈틀 런던을 벗어나면서 불안감이 밀려오기 시작했다. 몇 년 동안 가지 않은, 다시는 가고 싶지 않았던 길이었다. 역겹다는 정도로는 표현이 되지 않는 그런 느낌이었다. 굳이 표현하자면 피부 밑에서 벌레가 뚫고 나오려고 필사적으로 기어 다니는 느낌에 가까웠다. 이렇게 압도당할 순 없었다. 내가 아니라 젠에 대해 생각해야 했다. 젠이 내 과거를 헤집고 다니면 어떻게 대처할지 방법을 아직 마련해 놓지 못한 상태였다.

물론 젠을 죽여 버릴 수도 있었다. 하지만 그렇게 하면 본래의 목적에서 벗어나는 셈이었다. 그렇다. 나는 절대 젠이 죽길 원치 않았다. 오히려 그 반대였다. 내가 원하는 건 젠이 영원히 내 곁에 머무는 것이었다. 다치게 하는 정도면 족했다. 그러면 나한테 의지할 수밖에 없을 테니까. 척추 부상, 끔찍한 절단 사고, 흉한 외모 손상도 괜찮을 것 같았고, 눈을 멀게 하는 것도 고려해 볼 만했다. 선택지는 많았다. 이런 생각을 하다가 어느 순간 나는 내가 아무 짓도 저지를 수 없다는 걸 깨알았다. 나는 지금 모습 그대로의 젠을 갖고 싶었다.

젠과 몇 칸 떨어져 열차 안에 앉아 있으려니 젠을 쫓아 런던 북부에 갔던 기억이 떠올랐다. 그때도 젠은 거짓말을 했다. 1998년 6월의 일이었다. 젠은 전화로 캐슬린이라는 고모가 세상을 떠났다며 장례식 때문에 프레스턴에 가야 한다고 말했다. 내가 같이 가 줄까 물었더니 혼자 가도 괜찮다고 대답했다. 나는 젠이 지하철로 유스턴까지 가서 기차로 갈아탄 다음 북쪽의 화장터로 가는 내내 한 걸음도 놓치지 않고 몰래 따라갔다.

나는 역에서 택시를 잡아탔다. 택시는 붉은 벽돌로 된 테라스 하우스가 늘어선 길을 통과하고, 삭막한 산업 단지를 지나고, 끝없이 연결된 로터리를 돌고 돌아 화장터에 도착했다. 택시에 앉아 있는데 검정 옷을 차려입은 젠이 보였다. 친척처럼 보이는 한 나이 든 여자가 젠을 끌어안았다. 나는 몇몇이 무리를 지어 건물 안으로 들어가는 모습을 보며 기다렸다가 차에서 내렸다. 기사에게는 돌아올 때까지 있어 달라고 부탁했다.

나는 근엄한 얼굴의 장의사를 발견하고는 그에게 고인의 이름을 알려 줄 수 있는지 물었다. 그는 주머니에서 종이 한 장을 꺼내더니 헤스먼달프, 케네스 헤스먼달프이며 6월 3일에 사망했다고 말했다. 젠의 고모가 아닌 아버지의 장례식이었던 것이다. 나는 그에게 고맙다는 인사를 하고는 다시 택시를 타고 그곳을 떠났다. 그리고 런던으로 돌아와 젠이 오기를 기다렸다.

이렇게 얻은 정보로 무장한 나에게 케네스 헤스먼달프의 사망 확인서를 떼는 일은 식은 죽 먹기였다. 사망 원인은 차 사고로 인한 부상이 아닌 심근 경색, 즉 심장 마비였다. 인터넷으로 좀 더 찾아본 결과 질리언 헤스먼달프, 즉 젠의 어머니의 사망 기록도 어렵사리 알아낼 수 있었다. 젠의 어머니는 1997년 9월 암으로 사망한 것으로 되어 있었다.

처음에는 배신감이 들었다. 젠에게 끌렸던 이유 중 하나는 우리가 공통점이 많다는 것이었다. 둘 다 10대 시절에 부모를 잃었고 세상에 혼자 남았다. 나중에 안 사실이지만 둘 다 성을 바꾸었다는 점도 같았다. 게다가 우리는 가장 친한 친구로서 서로에게 모든 걸 털어놓는 사이가 아니었던가. 그러다 내가 젠에게 털어놓지 않은 게 있음을 깨달았다. 아마도 공유하지 않는 게 최선일 내 삶의 측면들이었다. 젠이 학보에 게재한 첫 칼럼에 내 이름을 썼을 때 편집증적으로 굴었던 이유도, 다시는 내 이름을 기사에서 언급하지 않겠다고 약속하게 만든 이유도 그래서였다.

또한 나는 젠의 행동에 매우 감탄했다. 젠은 내가 생각했던 것보다 더 나와 닮아 있었다. 그리고 그걸 알게 된 지금 나는 젠의 급소를 쥐고 있는 듯했다. 그 느낌은 성관계에서 얻는 즐거움 이상으로 짜릿했다. 순간에 불과한 오르가슴은 내 안에서 점점 커 가는 팽팽하고 뒤틀린 에너지인 젠이 내 지배하에 있음을 깨달을 때의 쾌감에 비할 바가 아니었다.

술에 취할 때면 가끔 내가 그녀의 비밀을 알고 있음을 밝히고 싶은 충동이 일었다. 하지만 아무리 하고픈 말이 목구멍까지 올라와 입 밖으로 나오기 직전이라도 마지막 순간에는 늘 속으로 삼켰다.

그동안 주변의 모든 이들이 내 인생에서 사라졌다. 젠만큼은 나를 떠나게 두지 않을 작정이었다.

75.
젠 JEN

열차의 문 열림 버튼을 누르고 승강장으로 내려섰다. '출구' 표시를 향해 걷는데 같은 방향으로 누가 서 있는 게 보였다. 이럴 수가. 나는 눈을 가늘게 뜨고 그 사람을 뚫어지게 보았다. 틀림없이 그녀를 닮아 있었다. 한 발짝씩 다가갈수록 전날 밤 느꼈던 두려움이 또다시 온몸을 휘감았다. 피부가 차갑게 식는 것 같았다. 가슴이 죄어들었다. 쫓기는 사냥감처럼 호흡이 가빠졌다. 벡스가 나를 쫓아온 것이었다. 그녀가 여기 있었다.

급히 열차에 다시 올라타려 했지만 문이 닫히고 말았다. 도움을 청하기 위해 주변을 둘러보았지만 다른 승객들은 런던을 향해 떠난 지 오래였다. 입술을 꽉 깨물었다. 그저 눈 딱 감고 그녀를 맞닥뜨리는 수밖에 다른 길이 없었다. 오히려 잘된 일인지도 몰랐다. 솔직하게 터놓고 얘기하면 이쯤에서 모든 걸 끝낼 수도 있을 터였다. 나는 용감해져야 했다.

가까이 다가가면서 뭔가 이상하다는 사실을 깨달았다. 그녀가 승강장 가장자리에 너무 가까이 서 있었다. 팔짱을 낀 그녀의 몸이 앞뒤로 흔들리고 있었고 시선은 눈앞의 철로에 고정된 상태였다.

"벡스?"

그녀는 대답하지 않았다. 내가 여기 있다는 사실도 모르는 듯했다. 다시 한번 이름을 부르자 벡스가 천천히 내 쪽으로 고개를 돌렸다.

"너 괜찮아?"

그녀는 아무 말없이 승강장 끝으로 더 다가갔다. 나는 도착 안내판을 올려다보았다. 10분 이내에는 들어올 열차가 없었다.

"여기서 뭐 해?"

벡스의 눈에 그렁그렁 눈물이 차오르더니 뺨 위로 흘러내렸다. 바로 앞 선로에서 거슬리는 소리가 나더니 멀리서 열차가 우르릉거리며 다가오는 소리가 들렸다.

"벡스, 뭐라고 말 좀 해 봐. 나야, 젠."

벡스는 내 이름을 듣더니 정신을 좀 차리는 듯했다.

"젠?"

"그래. 나야."

벡스는 어린 소녀처럼 나를 바라보았다. "나한테 화났어? 제발 나한테 화내지 마."

물론 여러 가지로 화가 난 상태였다. 단순히 화가 난 게 아니라 그 이상이었다. 분노와 두려움이 어디서부터 시작되었는지 알 수 없었지만 지금은 그런 말을 꺼낼 타이밍이 아니었다.

"내가 왜 너한테 화가 나?"

"난…… 더는 못하겠어."

"왜? 무슨 일이야?"

벡스는 다시 입을 다물었다. 열차가 들어오는 소리에 넋이 나간 듯 선로만 뚫어져라 쳐다보았다.

나는 겁이 나기 시작했다. 안내판을 올려다보았다. 무정차 급행 열차가 1분 안에 지나갈 예정임을 알리는 안내문이 깜빡이고 있었다. "벡스, 정신 차려."

벡스는 몸을 떨며 거친 목소리로 내뱉었다. "이제…… 너무…… 늦었어. 내가 아……프게 한 거 알아. 너한테 말하지 못한 게 있어."

"말 못한 거라니?"

나는 극심한 공포를 느끼며 역무원을 찾아 주위를 둘러보았다. 하지만 멀리 아이 셋을 한 유모차에 태운 채 서 있는 아기 엄마 한 명을 제외하고는 아무도 보이지 않았다. 나는 소리를 질러 벡스를 말려야겠다고 생각했다.

"벡스, 무슨 일인지 얘기해."

웅웅대던 선로가 덜컹거리기 시작했다. 열차가 날카로운 소리를 내며 빠르게 다가왔다. 열차는 곧 도착할 예정이었다. 벡스를 놀라게 만들어서 돌발 행동을 유발하고 싶지는 않았다. 나는 그녀가 눈치채지 못하게 살금살금 다가갔다. 필요하다면 뛰어들어서라도 벡스를 붙잡아야겠다고 생각했다. 나는 벡스를 예의 주시하며 그녀를 구할 태세를 갖추었다. 벡스에 대해 의심이 들었고 질문들이 말벌 떼처럼 머릿속을 시끄럽게 맴돌았지만 지금의 그녀를 그냥 두고 볼 수만은 없었다.

“화 안 낸다고 약속할게.”

마침내 벡스가 고개를 돌렸다. 붉게 충혈되고 날이 선 슬픈 눈이 내 눈과 마주쳤다.

“내 생각에는 네가…….”

바로 그때 열차가 시속 300킬로미터는 족히 넘을 것 같은 속도로 휙 지나갔다. 벡스는 하마터면 그 난폭하고 우레 같은 소리를 내는 기계에 치여 산산조각 날 뻔했다. 오싹한 충격에 몸이 떨려왔다. 끔찍하고 압도적인 소음이었다. 머리는 휘날리다 못해 산발이 되었다. 터널에서 나온 바람에 밀려 벡스가 승강장에 털썩 주저앉았다. 열차가 지나가자 역 안은 흐느끼는 소리만 남고 다시 조용해졌다.

나는 몸을 굽혀 벡스를 안았다. 그리고 흐느낌이 잦아들 때까지 오랫동안 그대로 있었다. 나는 벡스에게 숨을 깊이 들이마시라고 말해 주었다. 이윽고 벡스가 나를 마주 볼 수 있게 되었을 때 벡스를 부축해서 일으켜 근처 벤치로 데리고 갔다.

그런데 이제는 내가 화를 억누르기 힘들어졌다. “아깐 무슨 생각으로 그런 거야? 벡스, 말해 봐!”

벡스가 소매로 코를 훔치고는 눈물을 펑펑 흘리며 입을 뗐다. 벡스의 고백은 온전한 형태를 갖춘 문장을 말할 수 없는 사람의 말처럼 조각조각 부서졌다.

“그 사람은 내 남자 친구였어. 맞아. 대니얼하고는 아는 사이야. 진작 말했어야 했다는 거 알아. 당시에 댄은 정말 다정했어. 나는 그 사람보다 연상이었고, 그만큼 경험도 더 많았어. 댄은 친구 남동생이었어. 그 친구는 지금 호주에서 레스토랑 종업원으로 일해. 연락 못 들은 지는 몇 년 됐고. 댄은 질투심이 많고 성미가 급했어. 몇 달 정도 사귀었고, 날 감시하며 다른 남자 만난 거 아니냐고 추궁하는 그 사람을 견딜 수가 없어서 끝냈어. 댄은 충격에서 헤어나지 못했어. 일종의 신경 쇠약까지 왔던 것 같아. 하지만 내가 제정신으로 살기 위해선 어쩔 수 없었어. 안전도 걱정됐고, 떠나는 수밖에 없었다고. 조심해서 나쁠 거 없잖아. 근데 그런 일을 겪고 나니까 난…… 뭐랄까 약해져 있었어. 너한테 털어놓지 못한 건 그럼 다른 얘기까지 다 끄집어내야 하니까 그런 거였어."

나는 과감히 질문을 던졌다. "부모님 일은 어떻게 된 거야?"

벡스는 고개를 끄덕였다. 그리고 다시 한바탕 울음을 터트리느라 말을 잇지 못했다.

"신문 기사 읽었어, 벡스. 괜찮아. 나한테는 얘기해도 되잖아."

"나 안 미워할 거지?"

나는 고개를 저었다.

"내 부모님, 그러니까 친부모님은 엉망이었어. 진짜 엉망이었지. 엄마는 술꾼이었고, 아빠는…… 폭군이었거든. 대개 아이들은 어려서 좋고 나쁜 걸 구분하지 못한다고들 하잖아. 비교 대상이 없으니까 눈에 보이는 게 일반적인 줄 알고 받아들인다고. 하지만 나는 아니었어. 난 그렇게 사는 게 옳……지 않다는 걸 알았어. 특히 엄마는 사는 게 너무 힘들어 보였어. 매일 아빠한테 맞았고, 아마 이거 말고도 다른 부분에서도 힘든 일투성이였을 거야. 그러다 1990년 어느 날이었어. 심한 언쟁이 벌어졌고 상황은 극단으로 치달았어. 아빠가 엄마 손을…… 엄마 손을 뜨거운 프라이팬에 넣었어. 살이 익는 냄새가 아직도 생생해."

벡스는 말을 멈추고 조금 더 울었다. 나는 내가 곁에 있다는 걸 알려 주기 위해 벡스의 어깨를 꽉 쥐었다. "많이 힘들면……."

그러나 벡스는 내 말을 끊고 억지로 웃어 보였다. 자신을 위해서라기보다는 나를 위한 것이었다. 그러고는 이어서 말했다. "그게 영원히 낙인처럼 박혀 버렸어. 어쨌든 엄마는 아빠를 저지하기 위해서 뭐라도 잡으려고 손을 뻗었고…… 제일 가까이 있던 걸 집은 거야. 부엌칼이었어. 엄마는 그걸로…… 아빠를 찔러 죽였어. 그러고 나서…… 바로 그 칼로 자살했어. 말려 보려고 했지만 그럴 수 없었어. 너무 무서웠고, 말릴 힘도 부족했어. 지금도 다 내 탓인 것만 같아."

76.

벡스 BEX

효과가 있는 모양이었다. 우리는 기차를 타고 런던으로 돌아왔다. 대화는 나누지 않았다. 적어도 승강장에서 내가 했던 말은 입에 올리지 않았다. 모든 사실을 털어놓은 건 아니었지만 그렇다고 없는 말을 지어 낸 것도 아니었다.

젠은 혹시라도 내가 열차 밖으로 뛰어내릴까 봐 염려하는 눈치였다. 젠은 나를 절대 혼자 두지 않을 태세였다. 최소한 자살 위험이 있어 보이는 동안은 그럴 것 같았다. 나는 내가 얼마나 오래 이런 식으로 굴 수 있을지 알 수 없었다. 물론 울어야겠다는 생각이 들 때는 얼마든지 울 수 있었다. 우울이라는 검은 개에 시달리는 모습도 얼마든지 연출할 수 있었다. 하지만 지나치면 안 된다는 것 또한 알았다. 은근하게 드러내는 게 포인트였다.

속으로 웃음이 났다. 젠의 즉흥적인 내 고향 방문을 막았다는 사실 때문이었다. 젠은 캐런 올리버와 얘기를 나누러 가려던 게 분명했다. 댄의 어머니가 나에 관해 무슨 말을 할지 정확히는 알 수 없었지만 좋은 얘기일 리 없었다. 다행히도 내 양부모와 친부모 다 사망했으므로 진상이 밝혀질 일은 없었다. 하지만 젠이 대니얼의 옛 친구들이나 내 학창 시절 친구들을 들쑤실 가능성이 있었다. 시간을 좀 벌긴 했으나 젠이 더 조사하는 걸 막을 방법이 없었다. 그걸 막기 위해서라도 젠을 어느 정도 휘어잡을 필요가 있었다.

답은 뻔했다. 로렌스를 '겁주겠다'는 우리의 계획을 실행에 옮기는 것이었다. 하지만 열차 안에서 이 얘기를 꺼낼 수는 없었다. 나는 어리석고 몰지각하며 이기적이었던 나의 태도에 대해 여러 번 사과하고 나서 기사가 잘 되어 가고 있는지 슬쩍 물었다. 젠은 자신이 콜체스터로 향한 이유를 말하지 않은 데 대해 사과했다. 그리고 기사를 조금 일찍 마무리해야 하며 기사 제목과 본문 배치를 확인하러 사무실에 들러야 할 것 같다고 했다. 우리는 가는 내내 이따금 서로를 보았을 뿐 남은 시간은 창밖을 바라보며 보냈다. 간간이 젠의 휴대폰이 문자 메시지 도착을 알리며 진동했다.

"확인 안 해?" 내가 물었다.

"닉이겠지. 그 편집장. 재촉하는 거지 뭐." 젠이 대답했다.

"난 괜찮아. 정말이야. 일이잖아. 편집장이 뭐라고 하는지 확인해야지. 연락해 봐."

"기다려 줄 거야. 지금은 네가 제일 중요해."

젠의 청바지 주머니 밖으로 휴대폰의 윤곽이 드러나 보였다.

"난 진짜 괜찮다니까? 일이 중요하지. 게다가 지금 그 특집 기사

보다 중요한 게 뭐가 있어."

나는 젠을 뚫어지게 쳐다보며 미소 지었다. 젠에게는 선택권이 없었다. 결국 휴대폰을 꺼내 화면을 확인하고는 다시 주머니에 넣었다.

"거봐, 내 말이 맞잖아. 닉이야. 지금 어디냐고. 기사는 중요하지 않아. 같이 있어 줄게."

"고마워."

열차가 에식스의 시골 풍경을 빠르게 지나치고 있을 때 나는 젠이 의혹의 눈길로 나를 바라보고 있음을 눈치챘다. 다행히 시간이 지나면서 그 의혹의 눈길은 연민의 눈길로 바뀌었다. 나는 계속해서 젠을 지켜보았다. 그녀는 어떤 생각이 떠올랐는지 뭔가 물어보려고 입을 열었다가 마음이 변한 듯 다시 입을 다물었다. 그러다가 내 직장이며 지역 계획 업무, 그리고 직장 동료에 관해 물었다. 다른 승객의 눈에는 둘 다 수면 부족으로 약간 창백한 얼굴에다 서로 알긴 하지만 잘은 모르는 지인 사이로 보일 터였다. 우연히 열차 안에서 만나 서로의 근황을 나누며 런던으로 향하는 모습으로 보일 수 있었다. 우리가 자신과 서로에 대해 어떤 비밀을 간직하고 있는지 남들이 알 리 없었다.

그때 또다시 궁금증이 일었다. 과연 젠은 나에 관해 얼마나 알고 있을까? 그리고 나는 젠을 얼마나 알고 있는 걸까?

77.
젠 JEN

우리는 벡스의 아파트로 돌아왔다. 나는 벡스를 침대에 눕히고 수면제 두 알을 건넸다. 그리고 푹 쉬고 나면 기분이 나아질 거라고 말했다. 벡스의 침실 문을 닫고 나서야 어마어마한 안도감을 느낄 수 있었다. 콜체스터에서부터 쓰고 있던 가면을 벗어던졌다. 이제부터 적어도 벡스가 잠들어 있을 1, 2시간 동안만큼은 나를 관찰하고 살피는 그녀의 시선을 견뎌 낼 필요가 없었다.

생각과 감정을 추스를 수 없어 혼란스러웠다. 열차 승강장에서 있었던 일이 머릿속을 떠나지 않았다. 신문사에 가 보아야 한다고 했던 내 말을 벡스가 진짜로 믿었는진 알 수 없었다. 하지만 생각해 낼 수 있는 핑계가 그것뿐이었고 그녀에게서 벗어나기 위해서는 허접할지언정 그 핑계라도 대야 했다. 소파에 앉아 페넬로페가 보내온 메시지들을 쭉 확인했다. 열차 안에서는 화면에 뜬 내용만 흘낏 확인하는 수밖에 없었다. 페넬로페는 내 주머니를 뒤진 것을 사과하며 나한테 할 얘기가 있다고 끈질기게 연락해 왔다. 그러다 마지막 문자에서는 내가 위험에 처한 것 같다고 말하고 있었다.

78.

벡스BEX

나는 금세 자리에서 일어났다. 그리고 방 안을 서성이며 다음에 할 일을 고민했다. 생각해, 벡스. 생각하라고. 마침내 완벽에 가까운 아이디어가 떠올랐다. 문가로 가서 귀를 기울이니 젠의 목소리가 들려왔다. 닉이라는 이름이 두어 번 들렸다. 그는 젠이 쓰고 있는 기사의 담당 편집자였다. 나는 젠이 통화를 마칠 때까지 기다렸다가 문을 열고 나갔다. 젠은 소파에 앉아 휴대폰을 들여다보고 있다가 깜짝 놀라 고개를 들었다. 그리고 내가 잠든 줄 알았다며 나 때문에 놀랐다고 했다. 나는 수면제를 먹지 않았다고 대답했다.

"좀 어때?" 젠이 물었다.

"모르겠어. 초조해. 바보 같고. 죄책감도 들고. 슬프고, 화나고. 안 좋은 기분의 종합 선물 세트야."

나는 거실을 가로질러 소파 옆으로 갔다. 젠이 휴대폰을 주머니에 넣었다. 내가 옆에 앉자 젠이 살짝 몸을 뺐다.

"편집자가 계속 귀찮게 하는 거야?"

"닉? 응. 날짜 좀 미루려고 했는데 오늘 안에 꼭 들르라네."

젠은 기사 얘기를 계속했지만 나는 더 듣지 않고 끼어들었다.

"있잖아, 오늘 아침에 내가 너 따라간 거 알지? 콜체스터까지 말이야. 네가 아파트에서 나갈 때까지 기다렸다가 뒤따라가면서 지켜봤어."

젠은 내가 이런 고백을 하리라고는 예상하지 못했던 게 분명했다. 그녀가 눈을 깜빡거리며 침을 꿀꺽 삼켰다.

"사실 나는 네가……," 나는 말을 이어 갔다. "모르겠어. 나는 네가 로렌스에게 무슨 짓이라도 하려고 그러는 줄 알았어."

"뭐? 무슨 소리야?"

"그 자식한테 겁주자는 얘기했었잖아. 그걸 네가 혼자 하기로 마음먹은 줄 알았어. 내가 털어놓은 말들 때문에 로렌스한테 너무 화가 나서 나 대신 그 자식을 혼내 주려나 보다 생각했지. 아마도 그 장면을 보고 싶었던 것 같아. 그래. 그 장면을 목격하고 싶었어. 나한테 그런 짓을 저지른 놈이 고통받는 모습을 보고 싶었어. 그래서 직장에 병가를 내고 너를 따라갔던 거야. 하지만 네가 지하철을 타러 내려가고 있을 때 네가 다른 데로 가고 있다는 걸 깨달았어. 그래서 아파트로 돌아오는 대신 너를 계속 쫓아갔어. 그러지 않고는 못 배기겠더라고. 뭐에 홀린 기분이었어. 그런데 리버풀 스트리트에서 콜체스터행 열차를 타는 네 모습을 보고 잊고 지냈던 기억들이 다시 떠오르기 시작했어. 그리고 콜체스터에서 내렸을 때 나는 내가 이상한 감옥에 갇혀 있다는 걸 깨달았어. 미안해. 말로는 설명이 잘 안 되네."

"아니야. 괜찮아. 이해해. 계속해 봐."

"우리 가족이 겪은 끔찍한 일이나 로렌스가 나에게 저지른 그 과거로부터 도망치는 방법은…… 그냥 다 끝내는 거뿐이라는 생각이 들었어. 물론 진짜로 그럴 생각이 있었던 건 아니야. 무엇보다 적절치 못한 행동이고. 게다가 네가 근처에서 날 구해 줄 거라 믿었어. 뭐랄까, 도움을 청하는 아주 전형적인 수단이었다 할까. 너한테 불쌍하게 보여야 한다고 생각했거든."

젠이 내 손을 잡았다. 손이 축축했다.

"바보 같은 소리. 넌 불쌍하지 않아. 많은 일을 겪었고 끔찍이도 고통스러웠던 건 사실이지만 넌 믿을 수 없을 만큼 용감했어."

나는 젠의 눈을 똑바로 바라보았다. "뭐 하나 물어보고 싶은데 솔직하게 대답해 주면 좋겠어. 알았지?"

"그럼."

"우리 둘 다에게 도움이 될 만한 방법을 찾아냈어. 그런데 로렌스……가 필요해."

"로렌스……." 젠이 주문을 외듯 나를 따라 그의 이름을 읊조렸다.

"우리가 그 자식한테 겁만 주기로 한 건 아는데 만약에…… 만약에 거기서 조금 더 나가 보면 어떨까 싶어서."

"무슨 뜻이야?"

"네가 나한테 하는 말을 들으면서 그놈이 죽기를 바라는 게 틀림없다는 확신이 들었거든. 그 사람이 너한테 한 짓이나, 지금 하는 짓이나, 또 나에게 한 짓을 생각했을 때 말이야. 내가 도와줄 수 있어……. 내가 우리를 구할 수 있다고."

"정말 그……러고 싶다는 거야?"

"그래. 네 일이라면 언제나 내가 발 벗고 나선다는 거 알잖아."

"하지만 죽……."

젠은 차마 '죽인다'는 말까지는 꺼내지 못했다.

"내가 보여 준 히스 지도 알지? CCTV 설치 구역 표시해 놓은 거. 그때도 내가 그랬잖아. 로렌스가 조깅하러 나왔을 때 공격하면 된다고. 대신 겁만 주는 게 아니라 완전히 끝내 버리는 거지. 더 좋은 게 뭔지 알아? 우린 절대 잡히지 않을 거야. 아무도 우릴 못 볼 게 확실하니까. 보안 카메라가 없는 장소에서 일을 치를 거니까. 어떻게 하냐면 그냥…… 누구든…… 무작위의 낯선 이, 10대 깡패 집단의 일원 같은 누가 봐도 나쁜 놈한테 공격당한 걸로 보이게 하자. 강도를 만나서 잘못된 것처럼 보이게."

젠의 눈이 놀람, 기대, 흥분으로 커졌다. 젠은 자리에 앉은 채 내가 한 말이 무슨 뜻인지 되새기고 있었다.

"근데 굳이 도와주겠다는 이유가 뭐야?"

"어제 승강장에 서 있을 때 로렌스가 얼마나 끔찍한 짓을 저질렀는지 절실히 깨달았어. 이미 지난 일이긴 하지만 강간은……." 나는 너무 끔찍해서 차마 입에 담을 수 없는 척하며 말을 끊었다. "히스에서 그 사람을 목격하고 너에게 한 짓을 보면서, 그리고 나한테 한 짓을 떠올리면서 뭐랄까, 일종의 동기가 마련된 것 같다고나 할까." 나는 손가락으로 머리를 쓸어 넘겼다. "내가 미쳤나 봐. 미안해. 말도 안 되는 소리를 지껄였네. 그냥 못 들은 걸로 해." 나는 자리에서 일어나 침실 쪽으로 걸어갔다. "아무래도 수면제를 먹는 게 낫겠어."

젠이 팔을 뻗어 내 손목을 붙잡았다. 조금만 더 세게 잡았다면 아플 뻔했다.

"아니. 말도 안 되는 소리 아닌데." 젠이 말했다. "다시 와서 앉아 봐. 그리고 얘기 좀 더 해 봐. 어떻게 하면 될지 다시 말해 줘."

79.

젠 JEN

우리는 검은색 운동복을 입고 느긋하게 달리기 시작했다. 적당한 거리를 두고 앞서가는 로렌스의 뒷모습을 지켜보았다. 그의 집에서부터 뒤를 쫓기 시작해 터프넬 파크와 다트머스 파크 거리를 지나 히스 언저리까지 왔다. 해가 막 지기 시작하면서 풍경 위로 은은한 살굿빛이 내려앉았다. 조깅하는 사람들, 개와 산책을 나온 사람들이 보였다. 돌아다니는 사람들은 어디든 있었다.

벡스는 예상했던 상황이라고 말했다. 그러고 나서 계획을 한번 더 점검했다. 나는 CCTV의 위치를 화살표로 표시한 지도를 숙지했다고 말했지만 벡스는 재차 확인시켰다. 로렌스가 저지른 짓도 다시 한번 상기시켰다. 그는 냉혹하고 비겁하고 잔인한 인간이자 여성을 혐오하는 괴물이었다. 그는 벡스에게 약을 먹이고 강간했다. 나를 스토킹하고 공격했다. 우리는 스스로를 보호해야 했다. 그러니 지금 우리의 행동은 일종의 자기방어였다. 무엇보다 그는 나를 돼지처럼 도살하겠다고 하지 않았던가. 적어도 우리의 행동을 계기로 그에게 다른 여성이 또 당하는 일은 없을 것이었다. 이건 마땅히 해야 할 일이었다.

벡스는 상당한 시간을 할애해 나에게 지시를 내리고 여러 가지를 가르쳤다. 그녀는 초강력 테이프로 내 왼쪽 팔 아래쪽에 날카로운 주방용 칼을 고정시켰다. 나는 긴팔 상의의 소매 아래에 칼을 감추었다. "어때? 불편하진 않아?" 벡스가 칼을 내 팔에 단단히 밀착시키며 물었다. "아니. 전혀." 내가 대답했다. 사실 기분이 굉장히 좋았다. 어떤 위험으로부터도 나를 지켜 줄 무기를 장착하는 건데 불편할 리 만무했다. 벡스는 달리면서 칼이 내 몸을 해할 수도 있으니 조심해야 한다고 당부했다. 또한 떨어트리지 않도록 신경 쓰라는 말도 덧붙였다. 우리는 집에서 런지, 제자리 뛰기, 점프 스쾃 등 다양한 동작을 취해 보았다. 칼은 여전히 제자리에 잘 붙어 있었다. 벡스는 칼을 재빠르게 꺼낼 수 있어야 한다며 능숙해질 때까지 반복해서 연습시킬 거라고 말했다.

벡스는 우리의 로렌스 살인 계획이 수포로 돌아갈 수도 있다는 점 또한 놓치지 않았다. 이 계획은 로렌스와 가까이 있어야 하고, CCTV가 설치되지 않은 구역이어야 하며, 다른 목격자가 없어야 하는 등 여러 상황이 완벽하게 맞아 주어야 성공할 수 있었다. 그리고 이렇게 완벽한 상황이 되었을 때 빠르고 결단력 있게 행동으로 옮길 수 있도록 준비되어 있어야 했다. 과연 해낼 수 있을까? 나는 할 수 있다고 말했다. 벡스는 어디를 찔러야 사망에 이를 수 있는지 알려 주었다. 목에 자리한 두 개의 경동맥이었다. 벡스가 로렌스의 주의를 끌기 위해 멈추어 서서 대화를 시작하면 내가 그의 뒤로 은밀히 접근해 목을 베면 되었다. 단, 아주 깊숙이 그어야 했다. 근육이나 피부만을 베는 건 의미가 없으며 뇌에 산소를 공급하는 동맥 부위를 정확히 끊어야 했다. 성공하면 로렌스는 빅토리아나 대니얼처럼 몇 분 안에 과다 출혈로 죽게 되어 있었다.

로렌스가 죽기 전에 혹시 그에게 하고 싶은 말이 있을까? 벡스는 일단 현장을 벗어나면 곧장 CCTV가 설치된 구역으로 뛰어가야 한다고 말했다. 의심스러운 건 절대 목격하지 않은 것처럼 보이는 게 중요하다고 했다. 옷에는 절대로 혈흔이 없어야 하고, 칼이 내 소매 안쪽에 보이지 않게 다시 붙어 있어야 한다고 했다. 벡스는 가방 안에 휴지, 여분의 테이프, 갈아입을 운동복을 챙기기로 했다. 증거물은 나중에 편할 때 버리면 된다고 말했다.

더불어 절대 두려워하면 안 된다는 말도 덧붙였다. 일이 다 끝나면 내가 자랑스러울 거라고, 어쩌면 일의 성공을 축하하는 여행을 떠날 수도 있을 거라고, 비용은 전부 자신이 대겠다고 했다. 벡스는 로렌스가 저지른 잘못을 장황하게 늘어놓았다. 벡스의 말에 따르면 그는 연쇄 학대범이며 강간범, 가학 성애자였다. 오랫동안 본능적으로 폭력의 정도를 키워 오다가 일상이 되어 버린 것이라고 했다. 그날 오후가 지나갈 무렵 나는 완전히 분노에 사로잡혀 있었다. 증오가 온몸을 휘감았다. 살인에 대한 생각은 내 머리뿐만 아니라 몸까지 점령해 버렸다. 내 몸속 세포 하나하나가 복수를 원했다. 전에는 피에 굶주렸다는 말의 의미를 전혀 이해하지 못했지만 지금은 온몸으로 느낄 수 있었다. 그건 바로 날것 그대로의 갈망이자 오로지 죽음만이 충족시켜 줄 욕구였다.

그리고 그 대상은 바로 벡스였다.

앞서 벡스가 화장실에 갔을 때 나는 수면제를 가루 내어 차 안에 넣어 두었다가 벡스가 마시는 모습을 지켜보았다. 그리고 잠깐 신문사에 다녀오겠다는 메모를 남겼다. 나는 벡스를 확실히 따돌리기 위해 목적지의 반대 방향인 아치웨이로 가는 버스에 올라탔다. 134번 버스 2층에 앉아 벡스의 집에서 페넬로페와 전화로 나누었던 대화를 떠올렸다. 페넬로페는 엿들을 만한 사람이 없는지부터 물었다. 내가 벡스의 집이라고 답하자 페넬로페는 만일의 경우를 대비해 통화 상대가 자신이 아닌 다른 사람인 척하는 게 좋겠다고 말했다.

나는 닉과 통화하는 척하기로 했다. 페넬로페는 자신이 두려운 게 뭔지 간략하게 전했다. 그녀는 내가 위험에 처한 거라 확신했다. 벡스 부모님의 죽음, 벡스가 10대였던 대니얼 올리버와 사귀었던 일 등 내가 이미 알고 있는 내용을 거듭 얘기하며 뭐 하나라도 진실성이 의심되는 점이 있다면 캐런 올리버를 만나 보라고 부탁했다. 나는 다시 콜체스터를 갈 시간적 여유는 없었지만 그녀의 전화번호는 알고 있었다. 아치웨이역에서 내린 나는 거리를 빠르게 훑어보며 혹시 벡스가 있는지 확인했다. 없었다. 나는 캐런 올리버의 전화번호를 눌렀다. 손가락이 너무 떨려서 세 번이나 다시 누른 끝에 전화가 연결되었다. 하지만 전화는 곧장 음성 사서함으로 넘어갔다.

다음에는 로렌스에게 전화를 걸었다. 반드시 그와 통화를 해야 했다. 내 질문에 답해 줄 수 있는 유일한 사람이었다. 로렌스의 휴대폰으로 전화를 걸자 그가 받았다. 하지만 회의 중이라며 다시 전화하겠다고 말했다. 전화를 끊는데 온 신경이 누더기처럼 너덜너덜해지는 기분이 들었다. 머릿속이 온통 답 모를 질문들로 가득했다. 모든 게 도박이나 마찬가지였다. 로렌스가 전화를 다시 할까? 로렌스와 연락이 닿아 얘기를 나눈다고 해도 그게 거짓말이 아니란 걸 어떻게 알 수 있을까? 어쨌든 그는 그날 히스에 있었다는 사실을 부인할 터였다. 하지만 나는 조깅을 하고 있던 수수께끼의 남자가 그 사람이라는 걸 확신했다.

그는 왜 사실을 인정하지 않을까? 뭘 숨기는 걸까? 나에게 연속으로 괴상한 메시지를 보낸 것도 인정하지 않았다. 나는 다른 건 몰라도 그의 집에 숨겨져 있던 가면과 히스의 벤치에 앉아 있던 나를 공격한 이유에 대한 해명을 듣고 싶었다. 마침내 휴대폰에 그의 이름이 떴다. 나는 온 힘을 다해 목소리를 침착하게 유지하려고 애썼다. 그는 이미 내가 히스테리를 부리는 모습을 충분히 보아 왔다. 마지막으로 그가 본 건 내가 소리를 지르는 모습이었다. 나는 그 일에 대해 사과부터 했다. 그리고 그런 식으로 행동해서 미안하다고도 말했다. 어쨌든 그를 만나는 게 중요했다. 단 5분이라도 만나야 했다. 나는 그를 탓하지 않을 생각이었다. 감정을 잘 조절하고 있는 내 자신이 대견했다. 로렌스는 통화 중 간간이 한숨을 푹푹 쉬면서 싫은 내색을 감추지 않았지만, 자기 사무실로 온다면 몇 분 정도는 내줄 수 있다고 했다. 그로부터 20분 후 나는 아가일 스퀘어에 도착했다. 그러고는 전화로 도착을 알렸다.

그가 나를 발견하고 다가왔다. 순간 나는 그의 얼굴이 오후 시간을 방해받아 살짝 짜증이 난 표정이었다가 걱정스러운 표정으로 바뀌는 것을 보았다. "맙소사, 젠, 얼굴이 많이 상했잖아. 무슨 일이야?" 그가 말했다.

나는 숨을 깊이 들이쉬고 말했다. "물어볼 게 좀 있어. 미친 여자가 발악하는 것처럼 들리겠지만 참고 들어 주면 좋겠어."

그가 내 심각한 표정을 가만히 들여다보고는 고개를 끄덕이며 말했다. "어디 가서 커피라도 마시자."

그는 내가 그를 기다리느라 몇 시간이나 앉아 있었던 카페로 다시 나를 데려갔다. 문득 지하철역까지 그를 따라갔던 게 떠올랐다. 우리는 붐비는 카페 뒤쪽에 자리를 잡고 앉았다. 주문을 마친 후 나는 히스에서 일어난 일에 관해 할 얘기가 있다는 말로 운을 떼었다. 그는 억지로 치과 검진을 받는 사람처럼 불쾌한 표정으로 눈을 꼭 감았다.

"그렇게 당신 집에 쳐들어가선 안 되는 거였어." 내가 말했다. "그날 히스에서 뭘 하고 있었는지 따져 묻고 모든 걸 당신 탓으로 돌렸으니 나한테 화내는 것도 당연하지."

"아니야. 사과해야 할 사람은 나지." 그가 눈을 뜨며 말했다. "당신한테 진실을 말해 줬어야 했는데. 하지만 일이 벌어지고 나니까 난 당신이 그걸 이용할지 몰라서 겁이 났어. 모르겠어. 그냥 신문이나 잡지에 기사로 쓸까 봐 걱정스러웠어. '젠 헌터의 삶'에 내가, 아니 제임스가 등장할 때마다 내가 얼마나 친구들한테 맹공을 당했는지 당신도 잘 알잖아. 당신이 일에서 잘린 건 안타깝지만 너무 필사적으로 덤버드니까. 난…… 기사에 다시 내 이름이 오르내리는 게 싫었던 거뿐이야."

"비키가 그렇게 된 건 유감이야. 당신이랑 비키가 만나는 중이었다는 거 알아."

이 말에 로렌스는 깜짝 놀랐다. "어떻게 알았어?"

"조사 좀 해 봤거든. 그리고……."

"나에 대해 그 어떤 내용도 안 썼으면 좋겠다고 했잖아. 젠장, 젠, 하나도 안 변했네?" 로렌스가 의자를 박차고 일어났다. "그런 것도 이유 중 하나였어. 내가 왜 당신이랑……. 관두자. 뭐가 됐든 이제 난 손 떼겠어. 나 일하러 가야 해."

"기사 때문에 조사한 게 아니야. 그거보다 훨씬 중요한 일 때문이야." 내가 황급히 말했다. 어디까지 밝혀야 할지 알 수 없었다. "제발, 앉아."

"그럼 뭐 때문인데?" 그가 다시 자리에 앉으며 물었다.

나는 대답하지 않았다. "나한테 정말 솔직하게 말해 줘야 해. 전에도 한번 물었지만 다시 물어볼게. '@젠헌터당신을지켜보고있어'라는 트위터 계정으로 나한테 메시지 보낸 거 당신 아니야?"

"아니라고. 나 아니야."

나는 휴대폰을 꺼내 사진을 쭉 훑었다. 그리고 잠시 망설이다 그에게 사진을 보여 주었다.

"이거 전에 본 적 있어?"

"아니. 이게 뭔데?"

"히스에서 나를 공격했던 사람이 쓰고 있던 가면이야."

그는 충격을 받은 모양이었다. "누가 당신을…… 공격했었다고?"

나는 머리를 숙이고 가르마를 타서 상처 부위를 보여 주었다.

"맙소사, 젠, 누가 당신한테 이런 짓을 한 거야?"

그는 내 휴대폰을 가져가서 엄지와 다른 손가락을 이용해 사진을 확대했다.

"잠깐만, 이건……? 지금 나 놀리는 거지. 이거 우리 집 욕실이잖아. 대체 무슨……."

"지금 당신 기분이 어떨지 알아. 내가 다 설명할게."

"젠, 이게 다 무슨 일이야? 뭐냐고?"

"벡스가 당신 집 열쇠를 갖고 있어. 벡스랑 나는 그날 날 공격한 사람이 당신이라고 생각해서 같이……."

"그래서 우리 집에 몰래 들어왔다?"

"그래. 맞아. 근데 이 가면이 당신 욕실 수납장에 있었어."

그는 자신의 욕실에서 외계인이라도 나왔다는 소식을 들은 듯한 표정을 지었다.

"농담해?"

"아니. 나도 농담이었으면 좋겠다."

"나한테 이 가면을 쓰고 히스에서 당신을 공격했었는지 묻는 거야? 진심이야? 그러고선 욕실에 숨겨 놨느냐고?"

"그래."

"잘 들어, 젠. 우리가 다른 점이 있다는 거 알아. 한때는 모든 걸 뒤로하고 다시 잘해 볼 수 있지 않을까 생각했었어. 정말 그랬어. 하지만 내가 그런 짓을 저질렀을 수도 있다고 생각한다면……."

그때 뭔가 선명해졌다. 몇 주 전 로렌스와 내가 다시 잘될 수도 있지 않을까 생각했던 때가 있었다. 그런 생각을 하면서 얼마나 설레는지 벡스에게 털어놓았던 기억이 났다. 우리 사이에 많은 일이 있긴 했지만 그래도 어쩌면 로렌스가 다시 나를 받아 줄지도 모르겠다고 말했었다. 로렌스가 나를 용서해 줄지도 모른다면서 말이다. 하지만 일은 생각처럼 되지 않았다. 로렌스와 내가 만나기로 한 하루 전날 내가 카이트 힐에서 끔찍한 사건을 목격했던 것이다.

"괜찮아?"

나는 입을 열 수 없었다. 그때부터 모종의 공격을 받고 있었던 걸까?

"젠, 그러고 가만 있으니까 겁나잖아. 뭐가 문제야?"

다 문제였다. 빌어먹을, 전부 다. 지난 몇 주간의 일들이 머릿속을 맴돌았다. 비키가 살해된 것, 대니얼의 자살, 나를 끊임없이 괴롭히던 이상한 메시지들, 점점 커진 로렌스에 대한 불신, 히스에서의 공격, 로렌스의 집에서 발견된 가면, CCTV 설치 구역이 표시된 히스 지도, 로렌스가 벡스를 강간했다는 진술 등. 하지만 지금 나는 이 모든 게 완전히 다른 시각으로 보이기 시작했다. 닫혀 있던 문이 갑자기 눈앞에서 열리는 기분이었다. 정신 분열이라도 일어난 것처럼 동요되었다. 나를 벼랑 끝으로 몰겠다고 위협하는 비현실에 포위된 기분이었다. 하지만 모든 과정을 되짚어 보는 동안 일련의 사건이 결국 하나를 가리키고 있다는 사실을 문득 깨달았다. 그건 바로 최종 마무리, 즉 내가 로렌스를 죽이는 것이었다.

나는 커피를 한 모금 마셨다. 속이 메스꺼웠다.

"몇 가지만 더 물을게." 내가 낮은 소리로 말했다.

로렌스는 이 충격 때문에 내 얼굴에서 핏기가 가시는 걸 본 게 틀림없었다. 아마도 내가 하려는 말이 심각한 것임을 눈치챘을 것이다.

"그래." 그가 대답했다.

"사건이 일어난 날 왜 히스에 있었어?"

그는 잠시 머뭇거렸다. 입을 여는 순간 할 말, 못할 말이 모조리 쏟아져 나올지도 몰라 두려워하는 듯했다. "나와 비키의 관계를 안다고 했지? 그게 사실은, 우린 엉망이었어. 솔직히 헤어지려고 했어. 서로 원하는 게 달랐거든. 비키는 자신이 댄을 사랑하지 않는다는 걸 깨닫고, 어쩌면 자신이 사랑할 상대는 나라고 생각했던 것 같아. 내가 아이를 원할 거라고, 내가 자신과 결혼을 원한다고 확신에 차 있었던 모양이야. 어쩌다 그런 생각을 하게 됐는지는 모르겠지만."

나는 숨을 깊이 들이마신 후 말했다. "벡스였구나."

"벡스라니?"

"당신을 소개해 준 게 벡스였지? 비키한테 말이야."

"맞아. 하지만……."

"그날 히스에는 왜 간 거야?"

"벡스가……."

이번에도 벡스였다.

"……날 도와주겠다고 했거든. 비키가 그날 댄이랑 헤어지겠다는 얘기를 벡스한테 했대. 빌어먹을 밸런타인데이에 말이지! 난 그건 큰 실수라고 말했어. 제발 그러지 말라고 부탁했지. 댄의 불같은 성격이나 질투심은 들어서 알고 있었지만 일이 그렇게 될 줄은……. 어쨌든 벡스는 팔러먼트 힐 필즈에서 만나는 게 좋겠다고 나를 설득했어. 비키가 안전한지 확인만 하자면서……. 비키는 사랑스러운 여자였어. 난 비키를 정말 좋아했어. 그런데 젠장……." 그의 목소리가 갈라졌다. "그 일이 일어난 후 이것저것 솔직히 얘기 못한 거 미안해. 비키를 좋아한 건 맞아. 다만 계속 사귈 생각은 없었어. 그렇다고 비키가 그런 일을 당하길 바란 건 절대 아니야." 그가 손에 대고 기침을 했다. 그러고는 흘러내리는 눈물을 닦았다. "그렇게 되길 바란 건 정말 아니었다고. 언덕 꼭대기로 달려갔을 때 무슨 일이 벌어지고 있는지 봤지만 나는…… 내 손으론 해결할 수 없었어. 그래서 도망쳐 버렸어. 가능한 한 빨리. 난 무슨 일이 벌어질지 전혀 몰랐고, 비키가 임신 중이라는 사실도 몰랐어. 나중에 기사를 읽고 알게 된 거야. 나는 그 아이가 내 아이인 줄 몰랐어. 하지만…… 아, 젠, 정말 죄책감 때문에 견딜 수가 없어. 처음부터 비키랑 엮이는 게 아니었어. 그냥 좀 즐기기만 할 생각이었는데. 당신이랑……."

로렌스는 말을 마칠 필요가 없었다. 그가 하려던 말은 '당신이랑 헤어지고 나서'였다. 이 말인즉슨 로렌스가 비키를 만난 시점은 우리 관계가 끝난 다음이었음을 의미하는 거였다.

"유감이야, 로렌스." 내가 말했다. "벡스가 당신한테 와서 경고 같은 거 한 적 있어? 경찰한테 자수하라든지 뭐 그런 말. 그날 현장에서 조깅하면서 지나간 사람이 당신임을 밝히라는 말 말이야."

"아니. 없어."

그렇다면 벡스는 나한테 거짓말을 했다.

"근데 이런 말은 했어."

로렌스는 무슨 말을 해야 할지 확신하지 못하겠는지 갑자기 말을 멈추었다. "젠, 이건 정말……."

"뭔데?"

"다 털어놓고 싶었어. 그때 당신이 우리 집에 들렀을 때…… 어차피 밝혀질 거긴 하지만, 그래서 당신도 알게 된 거겠지만, 벡스는……."

"프렌치 하우스에 갔던 날 밤 얘기하는 거지?"

로렌스의 얼굴이 굳어졌다. "어떻게 알았어? 난 진작에 사실대로 말할 생각이었는데 벡스가……."

"괜찮아, 로렌스. 계속해 봐." 내가 말했다.

"살인-자살 사건의 전말에 대해 당신이 정확히 모르는 게 좋을 거라고 못을 박더군. 뭐가 됐든 내가 당신한테 한마디라도 한다면 자기는 프렌치 하우스에 갔던 날 밤 일에 대해 당신한테 털어놓을 수밖에 없다면서. 그게……."

"당신이 벡스를 강간했다는 얘기? 다 들었어."

"뭐?" 로렌스는 내뱉듯 말하고는 어떻게든 자신의 피부에서 내 말의 찌꺼기를 씻어 내려는 듯 얼굴을 손으로 비벼 댔다.

"벡스 말로는…… 당신 집으로 갔을 때 당신이 술에 뭘 넣었다던데? 그러고는 자기를…… 강간했다고."

"맙소사, 그 말을 믿는 거야?" 로렌스의 눈이 분노로 이글거렸다. 우리 관계가 끝난 지난 여름밤에나 보였던, 거의 본 적 없는 증오로 가득 찬 눈빛이었다. "정말 내가 그런 짓을 할 수 있을 거라 생각해?"

"아니. 절대 아니야. 잘 들어. 난 벡스를 믿지 않아."

"대체 무슨 장난을 치고 있는 거지? 눈에 띄기만 해 봐. 당장……."

"그냥 무슨 일이 있었는지만 말해 줘. 솔직하게. 무슨 일이 있었대도 신경 안 쓸 거니까." 이 말은 완전히 진심은 아니었다. 이제부터 얘기를 들으려면 마음의 준비를 단단히 해야 했다.

“그냥 술에 취해서 그런 거야. 하지만…… 별 의미 없었어. 벡스를 강간한 게 아니야. 술에 뭘 타지도 않았고. 그리고 다음 날, 바로 다음 날 아침에 벡스한테 말했어. 좋았다고…… 즐거웠다고, 하지만 각자 자기 생활로 돌아가는 게 좋겠다고. 나는 관계를 맺을 준비가 돼 있지 않다고. 그러다 당신을 좀 더 알게 됐고……. 그렇게 모든 게 달라졌지.”

이런 질문을 한 달 전에 했더라면 얼마나 좋았을까. 모든 게 지금과는 달랐을 것이다. 나는 이루 말할 수 없는 슬픔을 느꼈다. 하지만 울 수 없었다. 완전히 달랐을 모든 일을 떠올려 보았다. 함께 즐기고 있을 미래, 여행, 침대에 늦게까지 누워 즐기는 일요일 아침, 시끌벅적한 파티와 조용하고 친밀한 대화, 어쩌면 아이도 두 명쯤 낳았을지 모르는 일이었다. 하지만 이제는 절대로 이루어질 수 없는 일들이 되었다. 한때 우리는 둘만의 새로운 삶을 시작할 예정이었다. 그게 이 모든 일이 일어나게 된 원인이었을까?

80.
벡스BEX

우리는 히스를 달리고 있었다. 지금처럼 살아 있음을 뼈저리게 느껴 본 적이 없었다. 아까 낮잠을 자 둔 게 도움이 된 듯했다. 얼굴에 와 닿는 공기가 깨끗하고 차가웠다. 젠은 진짜로 살인을 저지를 모양새였다. 그녀의 눈을 보면 알 수 있었다. 차갑고 냉정한 눈빛이었다. 일견 투지와 용기도 보였다. 감탄하지 않을 수 없었다. 우리 계획의 마지막 퍼즐이 완성되는 순간이었다. 날아갈 듯 기분이 좋았다. 운명은 내 편이었다.

아파트를 나서기 전에 실행에 옮겨야 할 동작을 반복해서 검토했다. 경동맥 절단 기술을 가르치는데 젠의 눈이 으스스할 정도로 밝게 빛나기 시작했다. 기대감으로 가득 차 힘이 넘치는 듯했다. 젠은 전문가라도 된 양 자신감 있게 칼을 잡았다. 들을 건 조용히 듣고, 필요한 건 질문하고, 왼팔 안쪽에 칼을 단단히 고정했음에도 아프다는 불평 한마디 하지 않는 그야말로 이상적인 제자였다. 틀림없이 불편했을 텐데 흠잡을 데 없는 스토아 철학자처럼 모든 걸 견뎌 냈다.

젠은 내 말을 하나라도 놓칠세라 열심히 귀를 기울였다. 나에게 일어난 현실이 믿기지 않았다. 그동안 내가 꿈꾸어 온 바로 그 순간이었다. 팔러먼트 힐 필즈에서 대니얼 올리버와 빅토리아 다 실바 사이에서 연출되었던 장면이 똑같이 재현될 차례였다. 그때 그 현장을 가까이서 보지 못한 점이 안타까울 뿐이었다.

나는 몇 년간 댄과 연락을 주고받아 왔다. 심지어 그가 10대 후반일 때 나를 차 버린 일을 용서하는 척도 했다. 당시 그에게 차이면서 나는 큰 상처를 입었다. 하지만 겉으로는 괜찮은 듯 굴었다. 그는 나를 좋은 친구로 생각했고 비밀을 털어놓아도 될 만한 사람으로 여겼다. 가까운 사이로 지내면서 나는 그를 이용해 나 자신도 감탄할 만큼 정교한 범죄의 밑그림을 그렸다. 나는 그의 질투심이 비정상적으로 강하다는 사실을 그와 사귀면서 익히 알고 있었다. 그가 그만 헤어지자고 했을 때 나는 언젠가 복수하리라 다짐했었다. 복수는 어렵지 않았다. 그의 새 여자 친구 비키와 친해진 후 로렌스에게 소개해 주기만 하면 되었다.

나는 인테리어 디자이너인 비키가 건축가인 로렌스를 우러러보는 데서 그치지 않고 좋아하게 되기를 바랐다. 예상대로 그녀는 로렌스에게 반해 버렸다. 그것도 아주 홀딱. 로렌스는 5년 동안 이어졌던 젠과의 관계가 끝난 후 가볍게 즐길 상대를 찾고 있었다. 그리고 아름다운 20대 여성 비키가 그 역할을 맡게 된 것이었다.

두 사람 모두의 '친구'로서 나는 메시지를 전하고 만남을 주선하는 중재자 역할을 충실히 했다. 물론 그 만남은 대니얼 몰래 이루어지는 것이었고 사회 통념상 떳떳하지 못한 행위였다. 나는 두 사람의 관계에 대해 속속들이 알고 있으면서 은밀히 관여했다. 특히 비키는 나를 상담사로 삼고 로렌스를 향해 점점 커지는 감정을 토로하곤 했다. 나는 그와의 관계를 확실히 밀고 나가야 한다고 조언해 주었다. 로렌스가 그녀를 사랑하고 있는 게 분명하고 그는 오래 만날 사람을 찾고 있으니 어쩌면 그의 아이의 엄마가 될 수도 있을 거라면서 말이다. 비키로부터 임신 소식을 들었을 때 도저히 믿을 수 없었다. 내가 세운 계획이 다소 터무니없었기에 이 정도까지 기대하지는 않았기 때문이다.

배 속의 아이가 댄의 아이든 다른 남자의 아이든 중요하지 않았다. 누구의 아이인지 확실치 않다는 사실만으로도 댄을 돌아 버리게 만들기에 충분했다. 그를 더 자극하기 위해 나는 레스토랑 명함, 가짜 호텔 영수증, 손으로 쓴 메모 등 오래전에 썼던 기술 몇 가지를 다시 써먹었다. 신기술의 결정체도 조금 이용했다. 모르는 번호로 친근한 메시지를 보내거나 새로 사귄 남자 친구인 척 메일을 보내는 것이었다. 그중에는 로렌스의 얼굴 사진도 있었고, 비키를 아주 많이 닮은 여자가 얼굴이 가려진 어떤 남자와 구강성교를 하는 듯한 흐릿한 사진들도 있었다. 결정적으로 이 작전은 기가 막히게 효과적이었다. 그들의 밸런타인데이는 피로 물들었고 다름 아닌 젠이 그 현실판 공포 영화를 목격했다. 이 순간을 위해 나는 사전에 젠과 팔러먼트 힐 필즈에서 만나기로 약속을 정했다.

로렌스에게는 비키가 그날 히스에서 댄과 헤어질 작정이라는 정보를 흘렸다. 로렌스의 의협심 넘치는 본성을 건드려 본 것이었다. 어쨌든 나는 로렌스가 비키가 상처받기를 원하지 않으리라는 걸 잘 알고 있었다. 물론 그곳에서 로렌스와 마주쳤을 때 댄이나 비키가 어떻게 반응할지는 확신할 수 없었다. 다만 그간 보낸 사진들을 통해 댄이 로렌스를 알아보기를 바랐다. 아니면 비키가 자신이 로렌스와 저지른 부정을 댄에게 솔직히 털어놓고 싶어질 수도 있으리라고 생각했다. 모든 게 음울한 발레 공연처럼 치밀하게 연출되었다. 그리고 그 공연의 주인공은 다름 아닌 젠이었다.

젠은 몰랐겠지만 모든 게 다 젠을 위해 마련된 것이었다. 나는 젠이 무대 한가운데에 있어야 한다고, 그래서 모든 걸 직접 보아야 한다고 생각했다. 대신 벌어진 상황에 의문을 품지 않을 수 없게 만들어야 했다. 그리하여 표면적으로는 두고 볼 것도 없이 질투심으로 인해 벌어진 사건이었지만 그 이면에는 훨씬 복잡하고 사악한 동기가 겹겹이 자리하게끔 꾸몄다. 트위터 메시지들은 젠으로 하여금 사건의 진실을 조사하고 싶게 만들었고 그녀를 옴짝달싹 못하게 가두었다. 그녀는 대니얼을 향한 복수와 그녀 자신에 대한 내 교묘한 조종이 두 개의 음울한 멜로디 가락처럼 동시에 히스에서 연주될 줄은 꿈에도 몰랐을 것이다. 게다가 무엇보다 완벽하고 아름답게 대위를 이루는 선율이었다.

그날 오후 일찌감치 나는 최대한 간단하게 계획을 세웠다. 물론 몇 가지는 생략했다. 누가 우리를 보는 것도 싫었고 무엇보다 우리의 행동이 CCTV에 찍히는 걸 원치 않았기 때문에 보는 사람이 없다는 확신이 들 때만 실행에 옮길 예정이었다. 대신 범행을 저지른 다음의 일을 확실히 통제할 수 있게 해 줄 요소를 하나 추가

할 작정이었다. 나는 젠이 다른 사람들처럼 나에게서 떠나 버리길 바라지 않았다.

젠은 모르고 있었다. 자신이 로렌스를 막 살해하려 할 때 내가 휴대폰을 꺼내 모든 걸 녹화할 거라는 사실을 말이다. 젠이 칼을 로렌스의 목에 꽂은 후 옆으로 그어 동맥을 끊는 모습은 카메라에 다 찍힐 것이었다. 휴지로 칼에 묻은 피를 닦고 무기를 다시 소매 안쪽에 고정하는 모습도 마찬가지였다.

그 장면은 어느 누구와도 공유하지 않을 터였다. 나는 오직 젠에게만 밝히고 우리 둘만의 작은 비밀로 간직할 셈이었다. 다른 사람들은 알 필요가 없었다. 이 계획은 아주 특별한 방식으로 우리를 하나로 묶어 줄 것이었다.

81.
젠 JEN

내가 버틸 수 있었던 건 살인에 관한 생각 덕분이었다. 걸음을 옮길 때마다, 땅 위에 발을 내디딜 때마다 그녀를 죽이는 일에 더 가까워지고 있었다. 팔에 묶은 칼이 살에 닿아 쓸렸지만 그 고통쯤은 아무렇지 않았다. 그럴 만한 가치가 있었으니까. 같이 달리는 동안 나는 그대로 멈추어 서서 칼을 꺼내 그녀가 가르쳐 준 대로 그녀의 목을 베어 버리고 싶은 충동을 느꼈다. 하지만 적당한 때가 올 때까지, CCTV가 설치되지 않은 구역에 다다를 때까지 기다려야 했다.

달리면서 이 상황이 얼마나 아이러니한지 생각했다. 내가 여기에 있는 이유는 로렌스 때문이었다. 원래 목표는 그였다. 앞서 카페에서 만났을 때 그에게 아직도 조깅을 하러 나가는지 물었었다. 그는 그렇다고 대답했다. 그날도 일을 마치자마자 히스로 조깅하러 갈 예정이라고 했다. 물론 나는 그에게 내 계획에 대해 아무 말도 하지 않았다. 맞은편 자리에 앉아 이야기를 나누면서 그동안 엉뚱하게 그를 향해 증오심을 품었던 사실이 부끄러워졌다. 한때 그를 죽일 생각까지 했고 그가 하지도 않은 짓을 한 것으로 착각해 복수한답시고 칼을 꽂을 뻔했다.

얘기를 마친 후 나는 자리에서 일어나 로렌스를 끌어안았다. 그는 조금 흠칫했으나 내가 바라는 게 그저 한번 안아 보는 거라는 사실을 눈치채고는 기꺼이 안겨 주었다. 코끝에 그동안 그리웠던 머스크 향이 느껴졌다. 나는 그의 귀에 대고 솔직하게 말해 주어 고맙다고 속삭였다. 그리고 나는 당신을 믿는다고, 당신은 좋은 사람이고 친절한 사람이라고 말해 주었다. 그리고 친구로 지내도 되겠는지 물었다. 그가 물론이라고, 자신도 그러고 싶다고 대답했을 때 나는 눈물이 나려는 걸 애써 참아야 했다.

그가 사무실로 돌아간 후 나는 다시 자리에 앉아 휴대폰에서 인터넷을 켰다. 검색창에 내 이름과 '바젤, 스위스'를 넣었다. 그리고 우리가 예정대로 이주했더라면 펼쳐졌을 꿈같은 삶이 담긴 페이지가 열리기를 기다리면서 고풍스러운 마을에 자리한 매력적인 아파트의 풍경과 서로의 손을 잡고 라인강을 산책하는 우리의 모습을 그려 보았다. 물론 그런 일은 일어나지 않았다. 우리가 헤어지면서 정신적으로 완전히 무너져 버린 나는 줄곧 벡스의 보살핌을 받으며 런던에서 지냈다. 그 사이 로렌스는 동료에게 스위스에서 새로이 사무실을 열자고 제안했단다. 이유는 하나였다. 현실을 마주하기 힘들어서라고 했다.

잠시 후 '젠 헌터의 삶 : 나는 정말 새로운 곳에서 살게 될까?'라는 제목이 휴대폰 화면에 떴다. 나는 기사의 앞부분을 읽어 내려갔다.

> 지난주에 제임스가 엄청난 사실을 제안했다. 청혼은 아니었다! (제임스, 혹시 읽고 있어? 내 대답은 무조건 '예스'야.) 함께 스위스로 이주해서 살지 않겠느냐는 것이었다. 스키 샬레와 솜털 같은 눈, 세련된 시계와 지하 금고와 치즈 퐁듀의 나라 스위스 말이다. 어떤 여자가 이 제안을 거절할 수 있을까? 제임스는 바젤에 새 건축 사무소를 열고 싶어 했다. 나는 약 2분간의 심사숙고 끝에 비명을 질렀다. "당연하지!" 단언컨대 도보 여행의 장소가 햄스테드 히스에서 하우스슈톡으로 바뀐다는데 싫어할 사람은 없으리라.

글을 읽고 있기가 민망했다. 이런 쓰레기 같은 글을 써 재꼈으니 칼럼이 나갈 때마다 항의 메일이 한 바가지씩 날아든 건 당연지사였다. 내 자신이 너무 바보 같았다. 나는 말 그대로 눈이 멀어 버리는 바람에 나를 잔뜩 노려보고 있는 걸 제대로 파악하지 못하고 있었다. 나는 '젠 헌터의 삶'을 통해 스위스로 이주할 계획을 온 천지에 떠들어 대고 있었다. 그리고 모든 게 빠짐없이 기록되고 있었다.

> 유일한 걱정거리는 내 고양이 헨리다. 헨리를 두고 갈 수는 없다. 당연히 헨리도 데리고 갈 생각이다.
>
> 이곳이 그리울 것이다. 코너트 호텔 바의 칵테일과 네타포르테에서의 즐거운 쇼핑, 무엇보다 친구들이 가장 보고 싶겠지.

하지만 영상 통화가 있으니까. 게다가 바젤은 런던에서 그리 멀지도 않다. 금요일 비행기를 잡아타고 런던으로 와서 친구와 주말을 보내는 모습을 상상해 본다. 우리는 서로를 보자마자 하나도 변한 게 없는 것처럼 수다를 떨기 시작할 것이다.

칼럼이 나가기 전에 스위스로 이주할지도 모른다는 얘기를 벡스에게 털어놓기가 꺼려졌었다. 벡스가 어떻게 반응할지 불안했고, 어떤 말부터 꺼내야 좋을지 알 수 없었기 때문이다. 결국 칼럼이 나가는 날이 되었고 더 이상 미룰 수 없었다. 나는 벡스에게 전화를 걸어 칼럼을 읽었느냐고 물었다. 벡스는 아직이라고 답했다. 나는 잠시 망설이다가 용기를 내어 이주 계획을 털어놓았다. 아무 대답이 없어서 전화가 끊어진 줄 알았다. 벡스의 이름을 부르며 어떻게 생각하는지 묻자, 벡스는 정말 좋은 아이디어라며 나를 만나러 바젤을 방문할 날이 벌써부터 기대된다고 들뜬 목소리로 대답했다. "대박이다. 인생 2막이나 마찬가지잖아."

그러고 나서 바로 그다음 주에 내 고양이 헨리가 사라졌다. 그리고 벡스는 나를 헨리가 죽은 곳으로 안내했다.

82.

벡스 BEX

드디어 로렌스를 찾아냈다. 나는 젠을 바라보며 고개를 끄덕였다. 계획을 실행에 옮길 때가 되었다는 신호였다. 우리는 울창한 숲으로 이어져 끝이 보이지 않는 인적 없는 흙길로 접어들었다. CCTV가 설치되지 않은 구역이었다. 나는 젠에게 준비가 되었는지 물었다. 혹시 누가 있는지 주위를 살펴보았지만 아무도 보이지 않았다.

"준비됐고말고." 젠이 숨을 헐떡거리며 대답했다. "영원히 이 순간만을 기다려 온 기분이야."

우리는 조금씩 속도를 높여 로렌스를 향해 질주했다. 젠이 오른손으로 왼쪽 소매 속에 숨겨 둔 칼을 더듬어 확인했다. 나는 주머니 깊숙이 손을 넣어 휴대폰의 위치를 가늠해 두었다. 운동화가 땅에 끌리는 소리로 인해 로렌스가 미행당하는 사실을 눈치챌까 봐

조금 염려되었다. 그때 그의 귀에 초소형 이어폰이 끼워져 있는 게 보였다. 젠이 소매를 걷자 속에 감추어 두었던 칼이 드러났다. 젠은 테이프를 뜯어내고 획 비틀며 팔에서 칼을 뺐다. 석양빛에 금속 칼날이 반짝였다.

나는 젠을 보았다. 내 평생 이토록 젠이 자랑스러워 보이긴 처음이었다. 목표는 명백했다. 젠이 칼 손잡이를 힘주어 잡았다. 마음속 깊이 자리한 분노가 아니고선 나올 수 없는 힘이었다. 뛰어와서 그런지 그녀의 얼굴이 붉게 달아올라 있었다. 어쩌면 나도 일전에 느껴 본 적이 있는 살인을 저지르기 전의 기대감으로 벅차올라 황홀해서 그런 건지도 몰랐다. 나는 주방에서 엄마와 아빠를 지켜보면서 그 느낌이 어떤 건지 알았다. 그리고 히스에서 빅토리아와 대니얼의 살인-자살 사건이 벌어지기 직전에도 같은 느낌을 받았다. 멀리서 지켜보아야 했지만 감정은 충분했다. 이제는 젠도 같은 걸 느끼고 있기를 바랐다. 그 달콤함은 중독성이 있었다.

젠이 코앞에 닥친, 증오하는 남자를 죽이는 일에 정신이 팔려 있으리라 확신한 나는 휴대폰을 꺼내 녹화 버튼을 눌렀다. 로렌스는 숨소리가 들릴 만큼 가까워져 있었다. 그는 곧 피를 흘리며 땅에 쓰러질 것이었다. 그리고 조깅이나 산책을 나온 사람들의 눈에 띌 때쯤엔 숨이 끊어져 있을 것이었다. 나는 휴대폰을 들어 올려 로렌스의 머리에 초점을 맞추었다. 그때 젠이 갑자기 멈추어 섰다. 젠은 조각상처럼 서 있었다. 흡사 박물관에서 본 그리스 여신상 같았다.

"뭐 해?" 내가 초조하게 물었다. 그새 로렌스는 숲으로 더 깊이 뛰어가고 있었다. "저대로 가 버리게 둘 거야?"

"너한테 물어볼 말이 있어." 젠이 말했다.

"뭐? 지금? 나중에 물어보면 안 돼?"

젠이 조금 이상해 보였다. 눈이 전보다 더 밝게 빛나고 있었다. 뒤돌아보니 로렌스가 족히 스무 걸음은 멀어져 있었다.

"따라잡을 수는 있겠지만 시간이 많진 않아." 내가 말했다. "저길 빠져나가면 곧바로 카메라가 설치된 구역으로 돌아가게 돼. 젠?"

젠이 한 발 다가왔다.

"너였니?"

"뭐가? 무슨 말을 하는 거야?"

"우리 부모님 사망 확인서를 신문사에 보낸 거, 너야? 내가 잘리게 만든 거, 너였어?"

"무슨 소리야?"

"모르는 척하지 마."

"젠, 진정해. 전에도 얘기했잖아. 너 망상증 있다고. 너 아픈 거야. 알다시피 한동안 좋지 않았잖아. 에피소드 하나 더 생기겠네."

"젠장, 장난하지 마!" 젠이 더욱 가까이 다가오며 내뱉었다. 칼끝이 내 얼굴을 겨냥하고 있었다.

"젠, 무섭게 왜 이래. 난 정리가 다 됐다고 생각했는데? 모든 짓을 저지른 건 로렌스야. 사망 확인서를 신문사에 보낸 것도 로렌스였다고."

"네 말 안 믿어. 다 네가 그런 거잖아!" 젠이 칼을 내 얼굴 앞으로 치켜들었다. "애초부터 트위터 메시지를 보낸 것도, 히스에서 나를 공격한 것도, 그 가면도 다 네가 한 짓이잖아!"

아니라고 말하기 위해 입을 여는 순간 칼끝이 목을 누르는 게 느껴졌다.

"맙소사, 젠, 너 지금……."

"아니! 너야말로 사실대로 말해. 아니면 이대로 목을 그어 버릴 테니까. 어떻게 하는 건지 네가 가르쳐 줬잖아. 기억 안 나?"

주위를 둘러보았다. 로렌스는 이미 가 버리고 없었다. 멀리서 사람이 뛰어오는 소리가 들렸다. 어쨌든 시간을 끌고 있으면 누구라도 와서 도와줄지 모르는 일이었다.

나는 아기에게 자장가를 불러 주듯 가능한 한 부드러운 어조로 말했다. "혼란스러운 거 알아. 너 아팠잖아. 솔직히 나 아니었으면 정신 병원에 갇혔을걸? 내가 널 어떻게 돌봐 줬는지 몰라? 네가 잘렸을 때도, 로렌스한테 차였을 때도 네 곁에는 내가 있었어."

젠은 이 사실을 부인할 수 없을 터였다. 그리고 잠시 나는 설득에 성공했다고 생각했다. 젠은 멍한 표정이었다. 넋이 나간 사람 같았다.

"내가 언제 널 다치게 한 적 있었어? 우린 가장 친한 친구고, 늘 그랬잖아. 앞으로도 그럴 거야."

그때 젠의 눈이 달라졌다. 마치 최면에서 깨어난 사람 같았다. "헨리는 어떻게 한 거야?"

"누구?"

"헨리에타 말이야. 내 고양이."

"그게 뭐?"

"여우한테 당한 거 아니지? 네가 그런 거지?"

칼날이 목을 강하게 눌렀다. 젠장. 칼이 살갗을 뚫고 들어오면서 피가 났다.

"난 진실이 알고 싶을 뿐이야, 벡스. 그게 다라고. 그냥 사실대로 말해."

젠이 칼날을 옆으로 돌렸다. 내 목은 베일 준비가 되어 있었다. 한번 쓱 지나가면 나는 죽은 목숨이었다. 할 말이 떠오르지 않았다. 처음으로, 말문이 막혔다.

83.

젠 JEN

"말해!"

벡스는 겁을 먹은 듯했다. 마땅히 그래야 했다. 이제 로렌스는 시야에서 완전히 사라졌다. 우리는 보안 카메라가 설치되지 않은 구역에 서 있었다. 손에 든 칼로 빠르게 한번 쓱 긋기만 해도 벡스는 죽은 목숨이었다. 하지만 그러기 전에 듣고 싶은 대답이 몇 가지 남아 있었다.

"제기랄, 빨리 대답하라고!" 나는 재차 소리를 질렀다.

"좋아……. 하지만 잘 들어. 무모하게 굴지 말고……. 다 널 위해서 그랬다는 걸 알아야 해. 헨리는 늙은 고양이였어. 한창때가 지난."

나는 그 자리에서 벡스를 죽여 버리고 싶은 충동을 자제하느라 안간힘을 썼다. 들어야 할 얘기가 더 있었다. 하지만 시간이 없었다. 묻고 싶은 말들로 입이 타들어 갔다.

"사망 확인서는?"

"그래. 내가 그랬어."

벡스가 들리지 않을 정도로 작게 대답했다.

"뭐?" 나는 칼날이 피부 속으로 들어갈 정도로 더 세게 눌렀다.

"내가 그랬다고. 내가 신문사에 보냈어." 벡스는 어쩔 줄 몰라 하며 목소리를 높였다. "근데 그건 네가 행복하지 않을 게 뻔해서였어. 행복하지 않았을 거야……. 스위스에 가면."

이 모든 게 다 내 스위스행과 관련된 거였다니.

"너한테 전화 받기 전에 칼럼 봤었어. 제임스, 아니 로렌스랑 바젤로 떠나기로 했다는 글 말이야. 난 네가 떠나는 게 싫었어. 너 없는 삶은 상상할 수도 없었어."

"그래서 날 위한 최선이라고 생각해 낸 게 내가 신문사에서 잘리게 만드는 거였니?"

"넌 늘 칼럼에 대해 불평했잖아. 덫에 걸린 것 같다면서. 친구들과의 우정도 엉망이 됐고, 관계를 맺는 데 압박감이 든다고 했잖아. 나는 네가 더…… 나아질 수 있을 거라 생각했어."

"더 나아진다고?"

"넌 정말 뛰어난 작가야, 젠. 그딴 칼럼 쓸 시간에 평소에 지겹도록 얘기했던 소설을 쓰는 게 좋겠다고 판단했어."

"그 일을 못하게 되면, 그리고 그런 식으로 일자리를 잃으면 내가 어떻게 될지 생각 안 해 봤니? 기억 안 나는 모양인데 잘리고 나서 빌어먹을 폭식증 때문에 엄청 고생했었다고."

"하지만 곁에 내가 있었잖아? 우리 둘만 있는 것도 나쁘지 않았잖아. 예전 생각도 나고."

"맙소사, 벡스, 너 지금 무슨 말을 하는진 아니?"

"우리 그때 행복했잖아. 우린 앞으로도 행복할 거야. 로렌스는 너한테 맞는 사람이 아니었어. 절대로. 로렌스가 나만큼 널 지지해 줄 수 있을 거 같아? 네가 그 사람이랑 다시 잘해 볼 기회가 올지도 모른다고 생각했던 거 알아. 하지만…… 다 널 위한 거였어."

내려다보니 벡스의 손이 떨리고 있었다. 하지만 여전히 아이폰을 꽉 움켜쥐고 있었다. 모든 게 녹화되는 중이었다. 나는 벡스의 휴대폰을 비틀어 빼앗았다. "이걸로 뭐 하려고?"

"아무것도 안 해. 저절로 켜졌나 봐."

나는 벡스의 말을 믿지 않았다. 동영상을 어디에 쓰려는 게 분명했다. 어느 용도로? 나를 협박해서 계속 자기 옆에 붙여 놓으려는 심산인가? 나를 수중에 넣고 자기 마음대로 휘두르기 위해? 벡스는 어디까지 갈 셈이었던 걸까? 우리가 그동안 나누었던 우정이 주마등처럼 스쳐 지나갔다. 기숙사에서 만난 첫날 벡스는 나를 자신의 날개 아래 품어 주었었다. 나를 변화시켰고 나를 보호해 주고 싶어 했다. 예전에 학생 신문에 자기 얘기가 실렸을 때 벡스가 불같이 화를 냈던 일이 떠올랐다. 당시 나는 그저 사생활을 보호받고 싶은 욕구 때문이라고 생각했었다. 하지만 지금 와서 보니 모든 게 이해가 갔다. 벡스는 다른 사람이 자신의 과거를 캐는 게 싫은 거였다. 그때는 전혀 이상하게 여기지 않았다. 내가 너무 순진했다. 그래서 벡스는 날 이런 식으로 조종할 수 있다고 생각한 걸까? 내 문제는 뭐였을까? 벡스는 얼마나 오래 그 병적인 세뇌 작업을 계획해 온 걸까? 이런 게 세뇌가 아니라면 대체 뭐란 말인가. 하마터면 나는 로렌스를 죽일 뻔했다. 벡스는 엉망진창인 머릿속에 무슨 꿍꿍이를 담고 있는 걸까?

나는 칼을 쥐지 않은 손으로 녹화 중지 버튼을 눌렀다. 그러고 나서 벡스의 트위터 계정을 열어 '@젠헌터당신을지켜보고있어' 계정이 있는지 찾아보았다. 아무것도 없었다. 나는 벡스의 손이 닿지 않도록 휴대폰을 내 주머니에 넣었다. 그러면서도 칼로 벡스의 목을 누르는 건 잊지 않았다.

"메시지들은 어떻게 된 거야?"

벡스는 반응을 보이지 않았다.

"메시지는 어떻게 된 거냐고!" 나는 칼을 쥔 손에 더욱 힘을 주며 그녀를 다그쳤다.

"나 지금…… 지금 너무 아파." 벡스가 가쁜 숨을 쉬며 말했다. "다른…… 다른 휴대폰으로 보낸 거야."

"그러니까, 다 네가 저지른 짓이었네. 가면 쓰고 히스에서 날 공격한 사람도 너고. 가면을 로렌스네 집 욕실 수납장에 넣어 놓고 내가 발견하게 한 것도 너고. 이게 다…… 로렌스를 미워하게 만들고 결국 죽이게 하려고 그런 거였어!"

벡스는 아무 말이 없었다.

"그럼 카이트 힐에서 벌어진 살인-자살 사건은 어떻게 된 거야? 묻지 않을 수가 없네. 왜 그랬어? 널 계속 좋아하게 만들려고?"

"넌…… 넌 이해 못해." 벡스가 어쩔 줄 몰라 하며 허둥지둥 대답했다.

"그렇다면…… 이 일은?"

"나한테 달리 무슨 선택권이 있었겠어?" 벡스는 평소처럼 침착한 목소리로 또박또박 말했다. 하지만 그래 보았자 말도 안 되는 소리라는 걸 강조할 뿐이었다. 마트에 원두커피가 떨어져서 인스턴트커피를 산 이유를 설명하는 꼴이었다. "널 스위스로 가게 둘 수 없었어. 그것만은……."

"하지만 그 불쌍한 아이한테는 아무 감정도 없었어? 비키 말이야."

"개는 어쩌다 그렇게 된 거야."

"뭐?"

"내가 미워한 건 대니얼이었어. 날 떠났으니까."

또다시 벡스의 거짓말이 드러났다. 자신이 대니얼을 찼다고 했지만 실은 차인 거였다. 벡스의 눈이 분노로 이글거렸다.

"아무도 날 떠나선 안 돼." 벡스는 입안에 독기를 품은 듯 내뱉었다.

이제야 그간의 일들이 조금씩 이해되기 시작했다.

"한때 댄을 사랑했었어. 나한테는 세상의 전부였다고. 근데 댄이 다른 사람이 좋아졌대. 난 그 사람이랑 거래를 해야 했어. 그래서 어쩔 수 없이 친구처럼 지냈지. 기나긴 게임이 시작됐어. 그 시간 내내 난 댄을 증오했어."

"그럼 로렌스는? 로렌스가 강간했다는 것도 거짓말이잖아?"

"그 사람은 날 이용했어." 벡스가 대답했다. 에식스 지방 특유의 비음 섞인 말투가 더욱 두드러졌다. "날 갖고 놀고는 버리려고 했어. 그러더니 널 다른 나라로 빼앗아 가려고 했고. 그냥 두고 볼 수 없었어. 그래서 로렌스를 치워 버렸어. 사망 확인서로 필요한 일 처리를 다 하고. 널 직장에서 잘리게 만들고. 근데 너랑 로렌스가 헤어지고 나서도 여전히 다시 잘될 가능성이 보이는 거야. 둘이 점심 약속을 하고, 넌 그 사람을 만난다는 생각에 들떠 있고. 그걸 어떻게 그냥 둬? 다 없애 버리면 널 계속 가까이 둘 수 있는데."

벡스가 낯설었다. 내 옆에 가까이 있는 벡스를 보는 것 자체가 역겨웠다. 벡스에 대해 잘 안다고 생각했던 모든 게 뒤집히면서 정신이 분열되는 것 같은 착각마저 들었다.

"콜체스터역에서는 왜 그랬던 거니? 그것도 날 위해서 연출했다고 할 거야?"

벡스는 이 질문에는 답하지 않았다. 그저 하던 말만 이어 갔다. "늘 똑같아. 사람들은 날 떠나고 싶어 하고 나랑 끝내고 싶어 해. 하긴 우리 엄마도 그랬으니까. 배 속의 나를 지워 버리려고 했거든. 그래서 난 엄마랑 아빠한테 교훈을 좀 줬지. 아주 제대로."

벡스가 엄마에 대해 고백하는 말을 들으니 속이 뒤집혔다. 신문에서 오려 낸 기사를 본 기억이 떠올랐다. 자기 친부모의 죽음에 벡스가 어떤 역할을 했을까? 목에서 신물이 올라왔지만 꾹 삼켜 냈다. 목구멍과 속이 타는 듯 쓰려 왔다.

"그리고 앨리스." 속삭이듯 부드럽게 말하는 바람에 무슨 이름인지 잘 들리지 않았다.

나에겐 의미 없는 이름이었다. "뭐? 앨리스가 누구야?"

"우리 집 건너편에 살던 여자애. 아빠는 내가 그 애랑 못 놀게 했어. 나랑 친구가 될 수도 있었을 텐데. 아빠가 나를 그 집에서 질질 끌고 나왔어. 하고많은 방법 중에 그런 식으로 날 그 집에서 데리고 나왔다고."

벡스는 앞뒤가 맞지 않는 소리를 지껄였다. 나는 벡스가 한 말을 이해해 보려고 온 신경을 집중했다. 맞추어지지 않는 퍼즐들이 너무 많았다. 마치 깨진 거울 조각들을 힘겹게 모아 붙이는 기분이었다.

"그러니까 네 말은, 내 손으로 로렌스를 죽이게 만들어서 나를 영원히 네 곁에 두려고 했다는 거야?" 생각만으로도 말문이 막혔다. "너 정말 질린다."

"그런 말 하지 마, 젠. 진심 아니잖아. 우린 늘 가까운 사이였잖아. 꼭 친자매처럼……."

"자매는 절대 아니었지. 지금 심정으론 네가 태어나지 않았더라면 더 좋았을 것 같다."

벡스의 눈이 분노로 이글거리기 시작했다. 덜컥 겁이 났다. 하지만 꾹 참고 말했다.

"네 엄마가 널 지워 버렸어야 했어. 네 엄마는……."

"닥쳐!" 벡스가 소리를 질렀다.

그때 근처에서 뭔가, 아니 누군가 움직이는 소리가 들렸다. 나는 고개를 돌렸다. 벡스는 그 순간을 놓치지 않았다. 다리를 들어 무릎으로 내 복부를 걷어찼다. 폐에서 공기가 훅 빠져나가는 느낌이 들었다. 벡스는 내 손목을 잡고는 완전히 비틀어 버렸다. 나는 칼을 쥔 채 버텼지만 고통이 극심했다. 뼈가 으스러지는 것 같았다. 결국 칼을 떨어트리고 말았다. 칼이 떨어지면서 바닥에 부딪히는 소리가 났다. 벡스가 칼을 집으려고 몸을 굽히려는 순간 누군가 달려오는 소리가 들렸다.

아마도 벡스가 위기에 처한 줄 알고 도와주러 오는 모양이었다.

그들은 눈앞에서 벡스의 상처를 볼 것이었다. 그러면 나를 폭행범으로 오해해 잡아넣을지도 몰랐다. 벡스는 내 정신병력을 경찰에 얘기할 테고, 그 진술은 사실로 확인될 가능성이 컸다. 그렇게 되면 나는 형을 선고받을 것이고 벡스는 자유롭게 살아가면 될 터였다. 어쩌면 순진한 새 희생양에 눈을 돌릴 수도 있었다.

뒷걸음질을 치는데 회색 운동복을 입은 여자가 우리 사이로 달려오는 것이 보였다. 낯익은 얼굴이었다. 그러다 여자가 가까워지면서 뒤늦게 깨달았다. 그녀는 바로 줄리아 존스였다. 줄리아가 칼을 낚아챘다.

"아, 고마워라! 결정적인 순간에 와 주셨네요." 벡스가 숨을 헐떡거리며 말했다. 그녀는 땅바닥에 무릎을 꿇고 있었다. "경찰 좀 불러 주시겠어요? 제가 공격을 당해서…… 이 여자가 무슨 짓을 하는지 다 보셨겠죠?"

줄리아는 벡스를 한번 보고 나를 보았다가 다시 벡스를 보았다.

"망할, 뭐 해요?" 벡스가 소리쳤다. "내 말 안 들려요? 날 좀 봐요. 내 목 좀 보라고요." 벡스가 내가 그은 칼자국을 가리키며 상처에서 피가 흘러나오는 것을 보여 주었다. "이 여자가 나한테 무슨 짓을 했는지 봐요!"

줄리아는 칼을 쥔 손을 고쳐 잡더니 순식간에 벡스와 내가 무슨 일인지 알아채기도 전에 칼을 벡스에게로 가져갔다. 그리고 목에 대고 깊숙이 그었다. 피가 솟구치자 줄리아가 뒷걸음질을 쳤다. 벡스는 비명을 지르려고 입을 열었지만 아무 소리도 내지 못했다. 벡스의 눈이 휘둥그레졌다. 팔러먼트 힐 필즈에서 비키의 끔찍한 죽음과 댄의 자살을 목격하던 그 시점으로 되돌아온 것 같았다.

분명 내 착각일 것이었다. 줄리아는 내가 상상해 낸 가공의 인물, 즉 방금 저지른 짓으로부터 내가 자신을 보호하고 제정신을 유지하기 위해 무의식적으로 만들어 낸 일종의 유령임이 틀림없었다. 벡스는 내 손으로 죽인 게 분명했다. 그리고 이건…… 이건 전부 살아 있는 악몽일 것이었다. 나는 힘겹게 눈을 깜빡이며 심호흡을 했다. 눈앞에 펼쳐진 광경에서 시선을 돌려 텅 빈 히스를 건너다보며 나무, 풀, 하늘, 그리고 먼 구름에 집중하고 또 집중하려고 노력했다. 다시 뒤를 돌아보았을 때 벡스는 죽어 가고 있었다. 그리고 그 모습을 줄리아가 지켜보고 있었다.

이해할 수도, 받아들일 수도 없었다. 뭘 어떻게 해야 할지도 알 수 없었다. 어떻게 된 일인지 물어보려고 입을 떼려는 순간 줄리아가 한마디로 내 입을 막았다.

"해리를 위해서예요."

84.
젠 JEN

우리는 카이트 힐 정상에서 런던의 스카이라인을 배경으로 섰다. 나, 제이미 블랙우드, 그의 바이마라너, 아예샤 아메드, 스티븐 워커, 그리고 줄리아 존스였다. 한때 전혀 모르는 사이였던 우리는 우리가 처음 만난 팔러먼트 힐 필즈의 그 장소로 돌아와 있었다. 각자가 그날에 대해 특별한 기억을 품고 있었고, 우리가 목격한 장면은 남은 인생에 많은 영향을 미칠 터였다. 페넬로페는 벤치에 앉아 신문을 읽고 있었다. 촬영이 끝나면 나를 데리고 점심을 먹으러 가서 다시 한번 사과하겠다고 기다리는 중이었다. 나는 페넬로페가 신문을 한 장씩 넘기다가 히스에서 신원을 알 수 없는 한 여성의 시신이 발견되었다는 짧은 기사를 발견할 순간을 기다렸다. 그 기사를 보고 그녀가 무슨 생각을 할지 궁금해졌다.

사진 촬영을 맡은 로리가 큰 소리로 다양한 요구를 해 댔다.

"제이미, 개를 데리고 앞으로 나와 주시겠어요? 좋아요. 가운데에 무릎을 꿇고 앉아 보면 어때요?"

"줄리아, 고개를 약간만 돌려 주실래요? 먼 데 보지 말고 카메라를 똑바로 봐 주세요."

"젠, 표정 좀 풀어요."

"너무 걱정들 하지 마세요. 곧 끝납니다!" 로리가 농담을 건넸다.

그는 나나 줄리아가 머릿속으로 무슨 생각을 하는지 알 턱이 없었다. 이틀 전 무슨 일이 있었는지 짐작도 할 수 없을 테니까. 나는 그가 카메라 렌즈를 통해 우리의 얼굴을 찬찬히 뜯어보다가 우리가 저지른 짓을 알아내는 상상을 했다. 그는 내 특집 기사에 가장 잘 어울릴 만한 사진을 찍고 싶어 했지만 그의 사진은 오직 하나의 이야기와 순간의 표면적인 모습만을 전달할 뿐이었다.

각자에게는 사람들이 짐작도 하지 못할 뒷이야기들이 숨어 있었다. 제이미는 그 어느 때보다 화려한 모습이었지만 결혼하려던 남자와 막 이별한 상태였다. 여기에는 그가 유령과 사랑에 빠졌다는 이유가 한몫했다. 스티븐의 젊음과 활력은 빛나는 보호막이 되었다. 그 누구도 그가 세 사람의 잔인한 죽음을 목격했다고는 상상도 못할 것이었다. 값이 1천 파운드를 훌쩍 넘고도 남을 정장을 차려입은 아예샤는 어엿한 전문직 여성의 모습이었다. 하지만 페넬로페와 나는 그녀의 명성에 해가 될 만한 정보를 알고 있었다. 줄리아는 어떨까? 줄리아의 딸이 들려준 얘기에 의하면 그녀는 일부러 방패 삼아 강인해 보이는 옷차림을 택한다고 했다. 그 단단한 껍질 아래에는 불안, 예민함, 고통, 그리고 점점 심해지는 알코올 의

존중이 자리하고 있었다. 최근에 살인을 저질렀다는 것 또한 아무도 모르는 사실이었다.

손목의 통증 덕분에 무슨 일이 벌어졌는지 실감이 났다. 벡스의 목숨이 끊어지기까지는 그리 오랜 시간이 걸리지 않았다. 지금 생각해도 그녀의 죽음은 끔찍했다. 고통스럽고 추했다. 벡스가 바닥에 나뒹굴며 나에게 손을 뻗었을 때, 그리고 입술을 움직여 내 이름을 부르며 소리 없이 작별을 고했을 때 조금이라도 연민이 느껴질 줄 알았다. 하지만 아무 감정도 생기지 않았다.

내 행동을 줄리아에게 설명해야겠다는 생각도 안 한 건 아니었다. 어쨌든 그녀는 내가 벡스의 목에 칼을 들이대고 누르는 모습을 다 본 게 확실했으니까. 그렇지만 나에게는 시간이 없었다. 지나가는 행인이 우리를 발견하기 전에 빨리 뒤처리를 해야 한다는 생각뿐이었다. 공교롭게도 벡스가 그녀만의 철저한 방식으로 모든 상황에 대비해 둔 덕분에 나는 벡스의 가방에서 새 상의를 꺼내 갈아입을 수 있었다. 그리고 벡스의 피로 뒤범벅이 된 옷은 벗어서 다시 가방에 넣었다. 줄리아는 벡스가 자신이 갈아입으려고 준비해 둔 여벌의 옷으로 갈아입었다.

"해리를 위해서라고요." 줄리아가 같은 말을 되풀이했다.

해리는 그녀의 아들이었다. 벡스와 그가 무슨 관계가 있길래?

"해리와 인도로 여행을 갔던 여자가 바로 벡스였어요. 그날 히스에서 얼굴을 보고 알았어요. 내가 풀밭에 토했던 것 기억해요? 다들 내가 그 사건 현장을 목격한 충격 때문에 토했다고 생각했겠죠. 물론 그 이유도 있기는 했지만 사실은 그 여자를 보고 충격을 받아서 그랬어요. 경찰이 온 직후에 그 여자가 와서 당신을 돕더군요. 그래서 그때 당신 친구라는 걸 알았죠. 해리가 보내 준 사진에서 본 얼굴이라 알아볼 수 있었어요. 처음에는 그 여자일 리 없다고 애써 외면했는데 사진을 보면 볼수록 더 확신이 갔어요. 그 여자가 맞았어요. 2000년에 찍힌 사진 속의 모습보다는 늙고 촌스러웠지만……."

나는 같은 해에 벡스가 전 세계를 여행했었다는 사실이 떠올라 순간 소름이 끼쳤다. 여행에서 돌아왔을 때 여행지에서 있었던 일에 대해 입도 뻥긋하지 않는 점을 늘 이상하다 여겼었다. 그 흔한 사진 한 장 없었다. 그때 벡스는 카메라와 필름을 모조리 도둑맞았다고 했었다.

"당신의 인터뷰 요청에 응했던 이유 중에는 두 사람이 친구라는 사실도 있었어요. 당신이 절 그 여자한테로 이끌어 줄지도 모른다고 생각했거든요. 그리고 정말 그렇게 됐네요. 전 그 여자가 아파트에서 나올 때부터 뒤를 쫓았어요. 히스에서 이동하는 동안 다 지켜봤고요. 그래서 월요일 인터뷰에 늦었던 거예요. 매번 느낀 건데 그 여자는 늘 당신을 그림자처럼 따라다니는 것 같더군요. 무슨 생각으로 그러는지는 알 수 없었지만, 마치……."

"나중에 다 말씀드릴게요."

"그러니까, 그 여자는 좀 위험한 인물 같았어요. 아무튼 그래서 오늘 당신이랑 그 여자를 미행하게 된 거예요. 뭘 어떻게 하겠다는 계획 같은 건 없었어요. 하지만 당신을 봤을 때, 그리고 칼이 바닥에 떨어져 있는 걸 봤을 때 그 여자가 칼을 주워서 어떻게 할지 확신이 섰어요."

"벡스가 아드님한테 뭘 어떻게 했기에 이렇게까지……."

"해리가 편지를 여러 통 보냈었거든요. 지금은 일부만 남아 있지만……." 줄리아의 목소리가 갈라졌다. 그녀는 코를 훌쩍이며 감정을 추스르고 말했다. "그 애는 작가가 되고 싶어 했어요. 그래서 집에 편지를 써 보내는 게 좋은 훈련이 된다고 생각했죠. 여행 중에 만난 여자 얘기도 있었어요. 어떻게 만났는지는 정확히 모르겠어요. 호스텔 중 한 군데에서 알게 된 게 아닌가 짐작할 뿐이에요. 처음에는 그 여자가 정말 마음에 든다고 하더군요. 어느 편지에는 사진도 동봉했어요. 이름이 레베카라고 했죠. 영국에서 대학을 나왔다는 검은 머리의 젊고 예쁜 아가씨였어요. 성은 몰랐어요. 그래서 나중에 찾고 싶어도 찾을 수가 없었어요. 제가 국회 의원이 되기 전 사회 복지 사업을 하고 있을 때여서 영향력이 별로 없기도 했지만요."

나는 칼을 휴지로 깨끗하게 닦아서 소매 아래에 감추었다. 혹시 피가 묻은 흔적이 없는지 줄리아를 꼼꼼히 확인한 후 새 휴지를 꺼내 얼굴을 조심스럽게 닦아 주었다. 그런 다음 모든 걸 가방 안에 넣었다. 나중에 한꺼번에 버릴 생각이었다. 내가 일을 수습하는 동안 줄리아는 지난 얘기를 들려주었다.

"편지 내용은 갈수록 심각해졌어요. 그 여자에 대한 해리의 인내심이 한계에 다다라 있었죠. 해리는 관계를 끝내고 싶어 했어요. 해리는 여행에서 만나 잠깐 즐기는 관계로 생각했지만, 그 여자는 그것보다 훨씬 더 진지한 관계로 생각했던 모양이에요. 그 여자가 자기를 떠나면 죽어 버리겠다고 협박했나 봐요. 전 아들이 너무 걱정돼서 마지막 통화 때 얼른 집으로 돌아오라고 했어요. 하지만 귀담아듣지 않았어요. 심지어 제가 직접 가서 데려오겠다는 말까지 했었다고요. 그땐…… 이미 늦었어요. 소식이 끊겼고 호스텔에 전화해 보니 떠났다더군요. 어디로 갔는지도 모르고요. 그러던 어느 날 밤 인도 주재 영국 고등 법무관 사무소에서 연락이 왔어요. 협곡 바닥에서 시신 한 구가 발견됐대요. 끔찍한 사고가 있었대요. 함타 패스를 여행하다 미끄러져 사망한 것으로 추정된다는 설명이었어요. 그로부터 몇 주 후에 아들이 보낸 마지막 편지가 도착했고요."

나는 그녀가 무슨 말을 할지 짐작할 수 있었다. 줄리아는 편지 내용을 떠올리며 침을 삼켰다.

"해리는 레베카의 행동을 점점 예측할 수가 없다고 썼어요. 자신의 신변을 걱정하고 있었고요. 레베카라는 여자는 자기를 떠나면 아들을 죽이겠다고 협박했대요. 어느 바를 가든, 어느 호스텔을 가든 따라다니기 시작했대요. 그래서 해리는 그 여자를 떼어 버리기 위해 혼자 함타 패스로 트레킹을 하러 가겠다고 했어요. 그게 아들의 마지막 편지였죠."

"설마……?"

"맞아요. 저 여자 짓이에요. 확실해요."

줄리아는 벡스의 시신을 내려다본 다음 나를 보았다. 갑자기 현실이 그녀를 덮쳤다. 자기 손으로 살인을 저지른 것이었다. "전 이제 어떻게 될까요? 직장, 남편, 딸. 루이자는 절 어떻게 생각할까요? 젠장. 경찰 좀 불러 주겠어요?"

나는 고개를 저었다. 동쪽에서 시원한 바람이 불어왔다. 가볍게 내리는 가랑비가 얼굴을 두드렸다.

"그냥 좀 달리는 게 어때요? 각자 다른 방향으로요." 내가 말했다. "집으로 가세요. 제가 전화할게요. 무슨 일이 있었는지 아무한테도 말하지 마시고요. 아시겠죠?"

"알았어요. 하지만……."

강인하게만 보이던 줄리아의 모습이 흐트러졌다. 정신을 차리기 힘들어 보였다.

"걱정하지 마세요." 내가 덧붙였다. "아무한테도 말 안 해요."

카이트 힐에서의 촬영이 막바지에 다다르고 있었다. 1시간은 족히 포즈를 취하면서 괜찮은 척하느라 진이 다 빠져 버렸다. 사람들이 흩어지기 시작했다. 그러나 아무도 그 자리에서 멀리 떨어지진 않았다. 마치 팔러먼트 힐 필즈의 조망 지점에 묶인 사람들 같았다. 자신의 일부가 이곳에서 죽었음을 알고 있는 듯했다. 그러면서도 또다시 뭔가 잃을까 봐 차마 다른 곳으로 가지 못하고 있는 것처럼 보였다. 사실 우리는 이미 많은 것을 잃었다. 이 장소는 계속해서 우리의 꿈과 악몽에 등장할 것이었다. 나와 줄리아에게 특히 더 빈번하게 말이다.

사진 촬영 내내 줄리아의 시선이 나에게 와 닿는 걸 느꼈다. 그녀는 나와 얘기를 하고 싶어 했다. 그러나 지금은 때와 장소가 좋지 않았다. 우리는 간밤에 전화로 짧은 대화를 나누었다. 나는 범죄와 연루되는 일은 없을 거라며 그녀를 안심시켰다. 경찰이 정보 제공을 요청해 오면 사건 발생 당시 근처에서 조깅을 하고는 있었으나 희생자를 목격하지도, 의심스러운 정황을 보지도 못했다고 말하라고 했다.

내가 경찰한테 상세 진술을 요청받게 되면—분명 그렇게 되겠지만—나는 벡스와 조깅을 하러 같이 나가긴 했으나 벡스가 훨씬 달리기에 능숙해서—이건 입증 가능한 사실이다—나중에 아파트에서 다시 만나기로 하고 벡스가 앞서 뛰어갔다고 말할 생각이었다. 그런 다음 10시가 되어도 그녀가 돌아오지 않아 여러 번 전화를 걸었고(그때는 이미 다른 모든 증거물과 함께 벡스의 휴대폰도 폐기된 후였다), 그러다 실종 신고를 하기에 이른 거라고 말할 작정이었다. 벡스의 시신은 다음 날 아침 반려견과 산책을 나온 사람에 의해 발견되었다.

페넬로페가 건너오라는 손짓을 했다. 옆에 와서 앉으라는 표시였다. 다가가 보니 신문이 접힌 상태로 페넬로페의 무릎에 올려져 있었다. 페넬로페는 아무 말도 하지 않았지만 나는 그녀가 시신이 발견된 기사를 읽었음을 확신했다. 그녀는 실눈을 뜨고 나를 응시했다. 그녀는 모든 걸 알고 있었다.

과연 페넬로페는 비밀을 지켜 줄 수 있을까?

\- 끝

감사의 말

소설 쓰기는 대체로 고독한 일이나 혼자서는 절대 불가능한 작업이기도 하다. 저작권 에이전시 앳킨 알렉산더의 모든 이들, 특히 최고의 에이전트이자 친구인 클레어 알렉산더에게 감사를 전한다. 클레어가 20여 년 전 나에게 준 기회에 대해 언제까지나 고마운 마음을 잊지 않을 것이다. 레슬리 손, 리사 베이커, 해외 저작권 부서 사람들, 에이미 세인트 존스턴, 재즈 애덤슨, 코니 페르난데스와 호아킴 페르난데스에게도 큰 감사를 전한다.

이 책이 훨씬 더 나은 모습이 될 수 있게 해 준 편집자이자 동료 작가인 피비 모건에게도 정말 정말 고맙다고 말하고 싶다. 나는 그녀에게서 아주 많은 영감을 얻었다! 원고를 정리해 준 샬럿 웹, 디자인을 맡아 준 클레어 워드, 보조 편집자 소피 처처, 그리고 하퍼콜린스 출판사의 모든 관계자들에게도 감사를 전한다.

범죄 추리 소설가이자 형사인 리사 커츠에게도 감사의 말을 전하지 않을 수 없다. 리사는 경찰 수사에 관한 전문 지식과 조언을 아낌없이 전해 주었다. 또한 정신과 의사이자 친구인 수전 쇼 박사에게도 고마움을 전한다. 그녀는 출간 전 원고를 검토해 주고 유용한 피드백을 아끼지 않았다. 나의 곁에서 오랜 시간 동안 런던 북부 거리와 햄스테드 히스를 함께 걸어 준 부모님과 친구들에게도 고맙다고 말하고 싶다. 특히 마커스 필드에게 감사를 전한다.

5인의 목격자

1판 1쇄 인쇄 2022년 6월 9일
1판 1쇄 발행 2022년 6월 30일

지은이 E. V. 애덤슨
옮긴이 신혜연

발행인 황민호
본부장 박정훈
책임편집 강경양
편집기획 김순란 한지은 김사라
마케팅 조안나 이유진 이나경
국제판권 이주은 한진아
제작 심상운

발행처 대원씨아이㈜
주소 서울특별시 용산구 한강대로15길 9-12
전화 (02)2071-2094
팩스 (02)749-2105
등록 제3-563호
등록일자 1992년 5월 11일

ISBN 979-11-6918-213-3 03840